# 凶弾のゆくえ

サンドラ・ブラウン
林　啓恵 訳

集英社文庫

# 目次

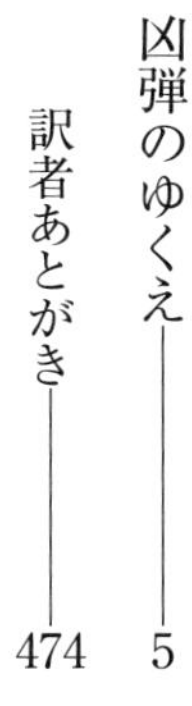

# 主な登場人物

コールダー・ハドソン……………企業向けコンサルタント
エル・ポートマン…………………絵本作家、事件の被害者
チャーリー・ポートマン…………エルの息子、事件の被害者
グレンダ・フォスター……………エルの親友、フォスター不動産のCEO
ショーナ・キャロウェイ…………コールダーの恋人、リポーター
パーキンス…………………………事件の担当刑事
オリビア・コンプトン……………パーキンスの相方の刑事
ドーン・ホイットリー……………事件の被害者
リヴァイ・ジェンキンス…………事件の当初、犯人と疑われた少年

# 凶弾のゆくえ

# 著者より

『凶弾のゆくえ』は死を扱った作品です。同時に、生き残ることを扱った作品でもあります。突如襲ってきた悲劇のその刹那、それまで赤の他人だったふたりの運命が衝突します。誰にも予測のつかない、不可解なできごとがなければ、エルとコールダーが出会うことはなかったでしょう。偶然襲ってきたできごとによって、両者の運命が交錯したのです。

わたしは銃乱射事件をはじまりとする物語を書きたかったわけではありません。むしろこれまで避けてきた題材と言っていいでしょう。新たな銃乱射事件が起きたと聞けば、あなたと同じように――誰もがそうであるように――心がかき乱され、反発を感じ、言いようのない悲しさを覚えます。理解不能な残酷さに出くわした人の恐怖には、計り知れないものがあります。

けれど、わたしは作家として向きあいました。そう、そうした場面を想像しました。恐怖に満ちた体験をした人が、そのトラウマにどう対処するかを想像しました。どのようにして人生が断ち切られたところから立ちなおり、その再建を図るのか。人生の断片が粉々にされている、あるいは失われているとき、どうしたら正常と呼びうる状態まで戻せるのか。

この場をお借りして告白すると、この作品を執筆しているあいだも、エルとコールダーが心と魂に負った深い傷をじゅうぶんに表現できていないという自覚がありました。

本書を読んでくださったなかで、この作品の登場人物たちと類似の経験をお持ちの方には、お詫(わ)びしなければなりません。実際には理解できていないのに、できているという前提で執筆しているのですから。しかし、最善は尽くしました。信憑性(しんぴょうせい)を高めるように努力し、感情を総動員して、悲劇的なできごとの航跡で溺れまいと必死にもがく人の姿を描きました。

いまやニュース報道において〝新たな銃乱射事件〟は目新しさを失いました。報道されても安易にチャンネルを切り替えられ、命が失われたり心をうち砕かれたりした学校や町や教会やショッピングモールやエンターテインメント施設やオフィスビルの名前は、忘却の彼方(かなた)に押しやられます。わたしたちは社会としても、あるいは個々人としても、こうしたことに慣らされてはなりません。

では、どんな思いがわたしにこの物語を書かせたのでしょう。それは、犠牲者を称(たた)えるためだったのではないかと思います。そのなかには生き残った人たちも含まれるのです。

サンドラ・ブラウン

# プロローグ

記録として……


万が一自分が逮捕されたら、きっと異常者扱いされる。

たしかに尋常じゃなく腹を立ててはいるけれど。

いまこの頭のなかにある計画は、尋常な人間でも実行できる。自分はまともだ。分別もある。外見にもふるまいにもおかしなところはない。実際おかしくないのだから。

自分は怒っている、それに尽きる。

体のなかで怒りが渦巻いている。こんなふうになってもうだいぶになる。自分と同種の目的を持つ連中は、とても愚かな大失敗を犯す。実行前にその内容を世間に触れまわるせいだ。SNSで不平不満を垂れ流したり、友人とかいうものを信じて極端な考えを打ち明けたり。凶暴な思いつきを紙に書きとめ、死と破壊を思わせる不気味な絵を描く。メモ帳にはくだらないたわごとがあふれ、それがのちに動機解明のためと称して精神医学者やFBIのプロファイラーの分析対象になって、だいたいは〝意味なし〟と判断される。

でも、意味がないのは分析という行為のほうだ。時間と税金の無駄遣い。行動を起こした個人が正気を失っていたり、人格変容をもたらす脳腫瘍をわずらっていたり、脳内の神経伝達物質が不均衡というまれな状態だったり、支配的なイドによって呪われたりしているとはかぎらない。

そうじゃなくて、たんに腹を立てているだけかもしれない。

それが自分。激怒している。そして、人々が嘆き悲しんで絶対に忘れられないようなことをして、その怒りを放出させようとしている。ただし、それに先だって触れまわるようなへまはしない。我慢ということを知らないばかたちは逮捕されるか、ＳＷＡＴチームの銃弾で蜂の巣にされるか、さもなければみずから命を絶つしかなくなる。

この身にはそのどれも起きない。逃げきる自信がある。

使うのはこの拳銃。追跡不能。念には念を入れて調べた。一度も犯罪に使われていない。携帯できて隠しやすく、それでいてＡＲ－15ライフルなみの威力がある。

これでわかったろう？　自分にはぬかりがない。

気になる穴、引っかかりが、ひとつだけあるとしたら、いつどこで計画を実行できるかわからないこと。そのときが来たら、どんな状況だろうと、臨機応変に動くしかない。

だが、こちとら頭は悪くない。条件がそろっていなかったり、警官が多かったり、好ましくない要因があったりしたら、実行を中止して次回を期するまでだ。

残念ながらすでに何度か延期してきた。最初は最適な状況に見えて、いまだ、と思う。ところが、すんでのところで不測の事態が起き、実行を阻まれる。一度は激しい雷雨になった。

完璧なタイミングだと思ったら、どこかの老人が発作を起こしたということもあった。案の定、警備員と救急救命士があたりにあふれた。あれで決行したらばかすぎる。

いつまでも実行できないことへのいらだちや怒りは深くて、苦々しさが残る。

時間や場所を選べないのが難点ではあるものの、即応的なやり方はこちらの有利に働く。それならつい口をすべらせて秘密を暴露することもないし、うっかり情報が漏れて誰かにこちらの意図を探られたり、興味を持たれたりすることもない。

瞬時の判断で行動することのもうひとつの利点は、チャンスが到来して環境が整っているとわかったときに、怯んだり考えすぎたりする暇がないことだ。躊躇することなく果敢に行動しなければならない。

だから自分はつねに待機状態にある。死角はない。いざとなったら、臨戦態勢に入れる。ここぞという時は、来ればわかる。そして実行する。

しかも誰からも疑われないのだから、最高ではないか。

# 1

「きみは最高の人材を自認し、そして悔しいことに事実、そのとおりだ」JZI（ジョン・ジマーマン産業）のCEOは晴れやかな笑顔で銀行の振込明細書を差しだした。「一時間前にきみの口座に報酬と追加成功分のボーナスを振り込んだ」

「恐れ入ります」コールダー・ハドソンは明細書をチェックした。振込先口座は正しいし、小数点前の金額は六桁で、しかもかなりの上乗せがある。

「問題ないようですね」コールダーは明細書をたたみ、オーダーメイドのスーツの胸ポケットにしまうと、自分を囲んでいる上級管理職の御歴々に笑みを向けた。「お世話になりました。御社JZIをわたしの推薦者として使わせていただいてよろしいですか？」

CEOが一同に成り代わって答えた。「もちろんだとも。高評価を書かせてもらうよ」

コールダーは片方の眉を吊りあげた。「かゆいところに手の届くサービスを強調していただいて」

低い笑い声があがった。

「言うまでもない」CEOが応じた。

コールダーは満足げにうなずいて一同に礼を述べると、祝福を与える聖職者のごとくひとりひとりと握手を交わした。別れのあいさつをし、ブリーフケースを手に会議室を出る。

エレベーターまではなにげない足取りと物腰を保っていたが、頭のなかはマルディ・グラのお祭り騒ぎに突入していて、パレードの主役は彼自身だった。

鉄骨とガラスを主建材とするダラスの超高層ビルの最上階から地下駐車場までは長い道のりだったものの、いまだお祝い気分に血を沸きたたせながらエレベーターを降り、そこではじめて天にこぶしを突きあげた。がらんとしたコンクリートの洞窟に歓呼の声がこだまする。

事前の取り決めどおり、彼のジャガーは最前列のＶＩＰ用スペースに停めてあった。この約三カ月間はレンタカーであちこち走りまわってきただけに、ふたたび自分の艶やかなスポーツカーに戻れることがことさらにうれしい。

指先にキスをして、車のルーフを軽く叩いた。「やあ、愛しのきみ、おれがいなくて寂しかったかい？」肩を抜くようにして上着を脱ぎ、ブリーフケースともども助手席に置くと、エンジンをかけて、恋しくてならなかった力強いエンジン音にぞくぞくした。

バックで車を出し、急カーブを切って出口階へと進めると、タイヤがすごみのある音を立てる。「ハンドルを握るのは悪党」気取った笑みを浮かべてぼそりと言い、駐車場から公道に飛びだした。

たいていの企業の定時は過ぎ、ラッシュアワーの渋滞もやわらいでいた。だが、そうでなくとも彼のじゃまをしようとする運転手がいるとは思えない。今日ばかりは。コールダーは市街地の交差点のいくつかで黄色信号を突っ切り、合流車線から高速道路に入った。

沈みゆく太陽が空にオレンジがかった赤い縞模様を描いている。彼はサングラスをかけ、ハンドルのボタンを押してハンズフリー通話に接続した。

二度めの呼び出し音でショーナが出た。「ハローーーー、ハンサムさん」

「ハローーーー、うるわしのきみ」

「どうだった?」

「そうだな、なかにはそう言えないやつもいるんだろうが、おれにとっては最高の日だ」

「声の調子からしてそんな感じ。慢心がダダ漏れだわ」

「抑えようとしてるんだが、どうにも、わかるだろ……」

「ええ、わかりますとも。前にもその声を聞いたことあるもの。耐えがたい声」

コールダーはにやりとした。「でもきみは耐えてくれるんだよな?」

「いい気になっちゃって。で、いまどこなの?」

「自宅に向かってる。きみは?」

「自宅? あなた、こっちに来るんじゃなかったの?」

ショーナが今夜仕事なのを思いだして、コールダーの上機嫌はいくらか陰った。しまった、彼女の予定を忘れていた。「まだスタジオなのか?」

「なに言ってるの、フェア会場よ。インタビューの準備ができるまで、バンで待機中」大げさにため息をつく。「忘れてたわね、コールダー、そうでしょう? 来るって言ってたじゃない」

たしかに。カウンティフェアの日だった。「考えてみると言ったんだ」考えるまでもなかった。そう言ったときには、行かないとわかっていた。郡主催の祭りに行く趣味はない。

「どれぐらいかかる？」

「コンサート開始の一時間前にインタビューの予定よ。本番前の舞台裏のエネルギーをいくらか届けられるといいんだけど。最後まで残る必要はないけど、しばらくはいなきゃならないわね」

その発言のいちいちが気に入らなかった。「おれは過去最大の仕事を終えたところだ。十万ドル以上稼いだし、お偉いさん方はおれに金を払えるのがうれしくて、いまにもキスしようとする勢いだった。いつパーティをはじめてもらってもいいんだが」

「パーティはするわよ。スタートは数時間後になるけど」

何時間も待てと？

ショーナが言っている。「……最後の最後で、プロデューサーがインタビューを十時のニュースにねじ込んでくれたから」

「そこまでの重要人物は誰なんだ？　大統領でも来てるのか？」

「それ以上ね。ブライス・コンラッドなの」

「誰だ？」

「カントリーミュージック界で随一の輝ける新星」興奮を隠そうともせずに彼女は言った。

「聞いたことないな」

「あるわよ！　言ったじゃない、ふだんはカメラを避けてるのに、わたしのインタビューは受けてくれることになったって。この話を十分はしたわ」いったん黙って、ふたたび話しだす。「でも、あなたがうわの空なのはわかってた」

「かんべんしてくれよ。仕事のことで頭がいっぱいだったんだ。おれにとっては重要な週だった」

「わたしだってそうよ、コールダー」彼女が言い返した。「わたしの話をちゃんと聞いてたら、ブライス・コンラッドと一対一で話ができることが大手柄だとわかったはずなんだけど。すごいことなんだから。今日の午後、〈エンターテインメント・トゥナイト〉から電話があって、週末彼の特集をするから、そのときインタビューの音声を少し使わせてもらうかもって。だから、最高の日だったのはあなただけじゃないの。そうそう、わたしに話を振ってくれて、ありがと」

　この調子で続けていたら、いまの上機嫌がぶち壊されてしまう。新参者のカントリーシンガーをめぐる口論で心地よい興奮を失うのはなんとしても避けたかった。

　ここは下手に出たほうがいい。「いや、申し訳なかった。ちゃんと話を聞くべきだった。〈エンターテインメント・トゥナイト〉の話、すごいじゃないか」

　彼女が態度をやわらげた。「たとえインタビューが使われなくても、わたしに目をつけてくれたのはまちがいないものね」

「ますますお祝いしなきゃな。何時ごろ帰れる？　シャンパンを冷やしとくよ」

「予定どおり、こちらに来てくれない？」

「フェアにか？」彼は鼻を鳴らした。「ショーナ、本気で言ってるのか」

「少し距離はあるけど、でも――」

「ほとんどオクラホマだぞ」

「追い越し車線を使えば四十五分よ。お願い、きっと楽しめるから」

「なにと比べて？　内視鏡検査とか？　それにきみは仕事なんだろ？　おれはへこへこしながら、そのへんで股でもかいてるしかない」

「たぶんあなたが着くころにはインタビューを終えてる。ねえ、お願い、気持ちのいい夜なのよ」

「ショーナ――」

「北門にあなたの分の通行証を置いとく。予約済みの駐車場もあるし。着いたらメッセージを送って。そしたらこちらの居場所を知らせる。何曲か聴いたら帰れるから。約束する」

「今夜はカウンティフェアにだけは行きたくない気分でね。インタビューの成功を祈ってるよ。うちで待ってるから、あとで」

コールダーは電話を切った。憤懣（ふんまん）やるかたなく、浮きたった気分が吹き飛んでしまった。カーラジオの音量を上げたものの、選曲にむかついてラジオそのものを切った。

さっき達成感に包まれていたときは、帰宅したらシルクのシーツのあいだにショーナの温かな体と冷えたシャンパンが待っているものと思い込んでいた。土埃（つちぼこり）の舞う込みあったフエア会場ほど、そのファンタジーから遠い場所があるだろうか。腹も立つというものだ。

　だがコールダーはしばらく高速道路を走るとアクセルをゆるめ、今夜彼女に仕事があるのを忘れていた自分に非があることをしぶしぶ認めた。自身のキャリアアップに全身全霊を傾けている彼女の身になれば、今回のインタビューを取れたことは一大事だったはずだ。

　このままだと、帰宅した彼女はさすがに口ぐらいはきいてくれるにしても、機嫌の悪さは避けられない。さぞかし冷たい扱いを受けるだろう。セックスなど望むべくもない。問題外。

　逆にもし自分が予想外にフェア会場に現れて、彼女を驚かせたらどうなる？　そして、ひどい態度だったよ、ごめん、と謝るのだ。本心ではなくとも謝れば雪解けして、今夜相手をしてもらえる可能性は格段に高くなる。大切なのはそこだ。

　総合的に見て……。

　十八輪トラックの前に飛び込むと、運転手からクラクションを浴びせかけられた。コールダーは中指を立てて応じ、ジャガーのアクセルを踏み込んで、高速道路の出口に向かった。


「チャーリー、チャーリー、こっちこっち。ママのほうを見て」

　エルは小型のメリーゴーランドの前で携帯電話のカメラを構えて、通りすぎていく息子の満面の笑みをとらえた。つぎにめぐってきたときは、手を振る息子の動画を何秒か撮った。手を振らせてくれたのは、友人のグレンダだ。息子がメリーゴーランドに乗るのはこれで五度めなので、彼女が交代を申し出てくれたのだ。

メリーゴーランドの速度が落ちて停まり、グレンダはカラフルなポニーから降りたくないともがく二歳児を抱えて戻ってきた。エルはばたつくチャーリーを引き取った。

「代わってくれて助かったわ」エルは言った。「もう一度乗ったら、戻しちゃってたかも」

グレンダが笑った。「回転と音楽と、どっちのせいで？」

「どっちもよ。これから何日も蒸気オルガンの音が耳について離れなそう」

「あたしも。とはいえ、大好きなカウボーイと馬に乗れるんだもの、そんな機会はのがせない」グレンダはチャーリーの頬を軽く叩いた。頬が綿あめでべたついていることをエルが謝ると笑い飛ばした。「いいって。でも、もう行かなきゃ。仲間のひとりから、着いてビアガーデンにいるってメッセージが来てるの。フローズンマルガリータのピッチャーがあたしの名前を呼んでるんだって」

「行って」エルはチャーリーをベビーカーに乗せようと格闘しながら言った。息子は背をそらしていやがる。「こんなに長居するつもりはなかったんだけど、もう時間の問題みたい。疲れて、いつぐずりだしてもおかしくないわ」

エルはベビーカーの後部の物入れからバンを引っ張りだして、息子に渡した。バンというのは、耳の垂れたウサギのぬいぐるみだ。息子はそれを腕のなかに抱えるとすぐに、おとなしくなった。

眉をひそめて、グレンダが言った。「あなたもコンサートまで残れたらいいのにね」

「ええ、ほんとに。今回は突然の外出だったから。直前だとなかなかベビーシッターに来てもらえなくて」

　その日の朝、溜まっていた洗濯物と簡単な家事を片付けたエルは、おもちゃと本と〈パウ・パトロール〉のビデオでチャーリーのご機嫌を取りながら、ホームオフィスで仕事をしていた。

　ところが午後に入るとチャーリーが相手をしてもらいたがってぐずりだした。朝から閉じ込められていたのだから、当然だ。快調に進めていた仕事を中断し、コンピュータをシャットダウンして膝に息子を抱きあげ、キスをしながらグレンダに電話したいかと尋ねた。「今日はフェアの最終日よ。いっしょに行くかどうかグレンダに訊いてみよう」

〝グレンダ〟と〝行く〟しか理解できない息子だが、一度で意味はわかったようだった。

　グレンダは不動産会社の仕事を早引けできるとふたつ返事で応じた。「ちょうどよかった。ピラティス仲間とガールズナイトの約束をしてて、今夜のコンサートに行くのよ。まずあなたとチャーリーに会って、そのあと彼女たちと合流する」

　時間を決めて北門の内側で落ちあうことになった。フォスター不動産の社長兼CEOであるグレンダは、デニムのロングスカートに銀の飾り鋲がついたカウボーイブーツ、フリンジつきの革のジャケット、ターコイズのビーズのネックレスという、高級ウェスタンウェアのモデルのようなスタイルで登場した。

「自分が地味に思えちゃう」エルは卑下するような笑みを浮かべた。「それにママっぽい」

　グレンダはエルを見て視線を上下させる。「もうひとサイズ小さなジーンズをはいたら、お尻がうんとセクシーになるのに」

「まさか」

「あなたのお尻となら、いつだって交換するわよ。髪については話題にするのもいや。ずるすぎる。でもTシャツはもう少しいいのにして、キラキラさせるといいかも」

エルは笑った。「キラキラはわたしのライフスタイルにぴったり」

それから二時間、ふたりは交替でチャーリーのベビーカーを押して人込みを歩いた。ふれあい動物園とクリスマスマーケットを楽しみ、展示をいくつか見て、日没とともに空が濃い紫色に変わるころ、催し物エリアをあとにした。

乗り物に色つきライトがともりだし、チャーリーの目を奪った。エルは息子を連れて幼児エリアの乗り物をいくつか楽しみ、グレンダがあとで送ると言って携帯電話で写真を撮った。文句なしにメリーゴーランドがチャーリーの一番のお気に入りになった。しめくくりにふさわしい。

いまエルとグレンダはハグして別れのあいさつを交わしている。グレンダが言った。「まわりにはかわいい男がたくさんいるのよ。殻を破ってね、エル」

「かわいい男ならもういるもの」エルはかがんで息子の黒っぽい巻き毛をくしゃくしゃと撫でた。

「反論の余地なし」と、グレンダ。「かわいすぎる。気をつけて帰って。じゃあね」

「明日電話でコンサートの話を聞かせて」

「ええ」グレンダは投げキスをしながら雑踏を縫ってビアガーデン方面に歩きだした。

金曜の夜に外で遊べる自立した友人への羨望で、胸がちくりとした。だがエルは三年前にこの道を選び、一瞬としてその決断を悔やんだことがなかった。

顔を下に向けると、大あくびするチャーリーがいて、純粋なよろこびに胸がふくらむ。かがんでその首筋に鼻を擦りつけた。「ママはあなたのことが大大大好き。さ、おうちに行くわよ」

チャーリーがベビーカーの足置きを蹴った。「いく」

「帰るのが遅くなりそうね」人にぶつからないよう気をつけながら、手早くベビーカーの向きを変えた。

入場時に使った北門は、近づくにつれてますます混雑してきた。入り口と出口とで別個に設けられた回転式ゲートに入場者と出場者が集まり、それぞれの方向に人溜まりができている。エルとチャーリーは入ってくる人波に逆らう形で進んでいたので、しまいにはすり足でしか動けなくなった。

「今夜は大騒ぎになりそうだ」

そう言ったのは隣をのろのろと歩いている足の悪い紳士だった。血色のいい丸顔。広くてぴかぴかの禿頭(はげあたま)を囲むようにして馬蹄形(ばていけい)に白髪が生えている。鼻梁(びりょう)にかかっているのはワイヤーリムのメガネで、そのレンズには回転する観覧車が映っていた。不機嫌になって不満を漏らしてもおかしくない状況なのに、楽しげにしゃべっている。

エルは彼にほほ笑みかけた。「ブライス・コンラッドは人気ですもの」

「そうだね」紳士はウインクした。「逃げだすのが間に合ってよかった」

エルは紳士のお茶目な笑顔に笑みを返したが、意識はベビーカーから降りたがっているチャーリーに向いていた。

「だめよ、チャーリー、出ちゃだめ」

シートに押し戻そうとしてもチャーリーは抵抗して、座っていなければだめと言っても聞こうとしないが、最後にはエルが勝った。上体を起こし、チャーリーが本格的に駄々をこねだすまでの時間を計算しながら、期待を込めて北門を見た。

「失礼」

老紳士とは逆の側から不機嫌そうな小声が聞こえ、門の方向から歩いてきた人がエルにぶつかった。顔を見て返事をしようと思ったが、すでに通りすぎていた。スラックスにドレスシャツという服装が目立っている。会社勤めのエリートビジネスマンなのだろうとエルは思った。

それが銃声を聞く前、エルが最後に思ったことだ。

唐突に大きな音が響いた。

最初は絶叫マシンの効果音だと思った。つぎに音が一回で終わらないとわかって、花火がはじまったのだと思った。だが、花火の打ちあげ予定はコンサートのあとだ。

怪訝（けげん）に思いながらさっき話をした老紳士を見た。彼は首に手をあてていて、その指のあいだから血が噴きだしている。間欠泉のようなそれがエルに降りかかった。

老紳士がよろけ、エルに倒れかかってきた。後ろに押されたエルは左手でベビーカーのハンドルをつかみ、右手で体を支えようとした。アスファルトに手をついたとたん、肘が曲がる。激しく倒れた拍子に舌を噛んで、血の味が口内に広がり、左手がベビーカーのハンドルから離れた。

老紳士の体がベビーカーに向かって倒れ、ベビーカーが前に押される。ころころと転がり、いまや蜘蛛の子を散らすように逃げまどう人たちのなかに突き進んでいった。

誰かが叫んだ。「銃だ、銃だ」

考えられないことが現実に起きたのだと瞬時に悟った。「チャーリー！」

身を乗りだしベビーカーのどこかをつかもうと必死に手を伸ばしたが、ベビーカーはすでに手の届かないところに進み、そこからさらに遠ざかろうとしていた。しかもベビーカーの手前にはうつぶせに倒れた老紳士がいて、動かない体の下には血溜まりが広がっている。まだ機能している頭の片隅で彼が死んでいることを察知した。だが、考える間もためらう間もなく、うつぶせになった老紳士の体の上を這った。手とスニーカーが血ですべり、前に進めない。右腕がおかしかった。

ベビーカーは恐怖に怯える人々に揉まれていた。エルとの距離はさらに開き、そこに乗っているわが子チャーリーには、手が届かない。

彼女のすぐ前で男が脚を突きだして倒れ、倒れながら痛みに叫んだ。エルの悲鳴が同じようにパニックを起こして死ぬほど怯えている人たちの悲鳴に混じって呑み込まれる。それでもわが子の声は聞き分けられた。泣き叫んでいる。

「チャーリー、いま行くから！　ママがいま行くわ、チャーリー！」

逃げていく野球帽をかぶった男がベビーカーにぶつかる。男の膝がベビーカーの側面にあたったのが見えた。

エルがなすすべもなく恐怖の面持ちで見守るなか、ベビーカーがかしいで片側二輪になった。

さっきぶつかってきたエリートビジネスマン風の男性がエルの視界の隅に飛び込んできた。彼はベビーカーに手を伸ばし、間一髪でハンドルをつかんだ。

だが勢いがついていたベビーカーはそのまま男性を道連れに横倒しになった。

ベビーカーが男性の下敷きになる。

エルは絶叫した。

ほかの人たちの生々しい悲鳴も聞こえていた。多数の足に踏まれて大地が震動している。

その修羅場がエル・ポートマンにはスローモーションで映しだされるホラー映画となった。

残酷なほど鮮明に脳裏に刻まれたそのすべてが、のちの彼女に呪いのようにつきまとうことになる。

# 2

「ミスター・ハドソン？」

　誰が話しかけているか知らないが、いまは静かに放っておいてもらいたい。コールダーは特大の頭痛にみまわれていた。

　周囲には物音と人が動きまわる気配がある。誰のものとも知れず、知りたいとも思わなかった。みなしゃべる声がでかい。異様に明るいライトがぎゅっとつぶったまぶたのあいだから忍び込んでくる。過剰な刺激が竜巻のように押し入ってくる。いま彼が心から望むのは、沈黙、静けさ、暗さ、忘却だった。

「ミスター・ハドソン、聞こえますか？　もう起きていいですよ。手術は終わりました」

　しつこいやつ――女の声だ――が近づいてきて、彼が横たわっている台だかなんだかにぶつかる。台が揺れ、脳内の痛みレベルが急上昇した。右手を持ちあげられて圧迫され、やがて解放される。その女が言った。「シンディです。これから数時間はわたしが担当します。先生はすぐに来ますからね。アイスチップを使いますか？」

　彼女の名前などどうでもいい。それより何者だ？　なんの話をしている？

「頭を少し持ちあげますよ。吐き気がしたら言ってください」

〝少し〟どころではなかった。彼女は仰向けになっている彼の頭をまっすぐ上に持ちあげた。頭蓋内でダイナマイトが爆発し、胃がもんどりを打って、えずいた。

「はい、袋」

ひんやりした異物を口に押しつけられ、何度も激しく吐きそうになった。胃がくり返し引きつけを起こすが、出てくるのは酸っぱい液体のみで、ぺっぺと吐いてもそれが袋に入ったかどうかわからず、そのことを気に病む余裕もなかった。

やっとコールダーの吐き気がおさまると、彼女が尋ねた。「よくなりました？　また気分が悪くなったら、教えてくださいね」

彼は腕を持ちあげようとした。自分を至福の無の境地から地獄へと引きずりだした魔女のシンディを叩いてやりたかったのだが、手足を思うように動かせなくなっているらしかった。

その事実に驚愕した。無理やり目を開いて、頭上の明かりのまぶしさにまばたきする。人影が浮かびあがっては遠のき、浮かびあがっては遠のいて、乗り物酔いのような気分になったが、やがて焦点を合わせて拷問者の姿をとらえることができた。

長い髪を細かく三つ編みにした若い女性がベッド――どう見ても病院のベッドだ――のかたわらで、点滴袋をいじっていた。

点滴のチューブを目で追うと自分の右手の甲にたどり着き、そこにテープでシャントが留められていた。人さし指の先には赤いライトのついた機器がはさんである。なにかしらの測定器なのだろう、とコールダーは思った。呼吸するのにカニューレを使っていることにも気づいた。

　若い女は顔だけふり返って、彼に笑いかけた。「よかった。だいじょうぶそうですね。吐き気はおさまりました？」

　話そうとしても、しわがれた音しか出ない。口内はざらつくほどに乾き、さっき込みあげてきた不快な味の液体のせいで喉が焼けている。あらためて声を出そうとすると、こんどはどうにかささやき声が出た。「病院にいるのか？」

「手術後の回復室です」

「手術？」

「よくなりますから、心配しないで」シンディは彼の右肩をぽんと叩くと、ノートパソコンの載ったポータブルスタンドまで移動してなにかを入力しはじめた。

　なんの手術だ？　なんでこんなにだるくて、無気力なんだ？　いったいおれの身になにが起きた？

　記憶はまだ判然としないが、時系列のあいまいな事柄が少しずつよみがえってくる。それを正しい順番にならべようと奮闘していると、やがてダラス市街地のオフィスビルを出てから、隣の郡のへんぴなコミュニティのひとつで行われているフェアの会場に到着するまでのあいだのできごとが復元できた。

　ショーナをびっくりさせたくて会場に行ったのだ。案の定の大混雑だった。それで……。前触れもなく、耳のなかで銃声が再現され、現実離れした光景と音の記憶に襲われた。パニックを起こし、悲鳴をあげて逃げまどう人たち。倒れて、血を流している人。なぜなのか。その説明となりうる恐ろしい考えにとらわれた。「麻痺してるのか？」

銃撃を受けたことを思いだした。「おれは撃たれたのか？」手足が重くて動かせないのは

看護師は手を止めてベッド脇に戻ってきた。「麻痺してませんよ、ミスター・ハドソン。腕にケガをしたんです。点滴で入れてるのは痛み止め。動かすことは可能ですけど、まだ脳が動かそうという気になってないだけです」

それでようやく左側の腕と肩に巻かれた包帯に気づいた。看護師を見返すと、彼女はその瞳のなかに強い不安感を見たらしく、彼の肩をいま一度、軽く叩いた。「よくなります」

「腕が使えなくなるのか？」

「だいじょうぶです、ミスター・ハドソン」

気休めを言うのはやめろ、とどなりたかった。これがだいじょうぶな人間の姿か？　かぼそい声の背後に精いっぱいの気力を込めて言った。「医者と話したい。手術の担当医と」

「そのうち来ますから」

彼は首を振った。脳内に埋め込まれた痛みの地雷が爆発する。「いま会いたい」

「まだ手術室なんです。乱射事件で負傷した人たちの処置にあたってて」

コールダーはいったん開いた口を急いで閉じた。吐き気の第二波が高波となって押しよせたので、口に広がった苦い液体を飲み込んだ。「負傷者の人数は？」

「それは知らされてないんです」

彼女は嘘をついている。だがいまはそれを責める気力がなかった。「亡くなった人もいるのか？」

「ジンジャーエールを持ってきます。それでも吐き気がおさまらないようなら、なにか薬を出してもらいましょう」

答えを避けていることこそが答えだった。死者が出たのだ。

看護師は、形だけ彼をほかの患者から隔てている薄手のカーテンをめくって、出ていった。ここはせわしない場所だ。スタッフはそれぞれに仕事をこなし、なにかを運んだり、押したりしている。モップ用のバケツをダンスのパートナーのように転がしてまわっている人もいれば、うるさいカートとともに通りすぎる人もいる。顔をこわばらせて走る手術着姿の若い女。デスクの電話はひっきりなしに鳴っているものの、応答する者はいない。コールダーの視界から外れたところで、性別年齢不詳の誰かが痛みに叫んだ。

自分はいま悪夢を見ているにちがいない。これが現実だとしたら異様すぎる。コールダー・ハドソンのような人間がカウンティフェアの会場で撃たれることなど、あっていいはずがない。そもそも自分のような人間はカウンティフェアになど行かない。

しかし、頭を枕に戻して猛々しい明かりにまぶたを閉じたとき、これが現実以外のなにものでもないことを認めた。

頭痛以外にたいした痛みはないものの、麻酔が切れて痛み止めの投与量を減らされたらたまったものでないのがわかる。

とりあえずいまはありがたいことに左腕が感覚を失っているうえ、動かせないほど重たい。そうでなくとも、多少の恐怖もあって、動かしてみようという気にもなれなかった。さっきシンディは麻痺はしていない、よくなると明言したが、額面どおりに受け取っていいのか？パニックを起こさせたくなかっただけではないのか。

それでも命はある。

死んでいておかしくなかった。

死んだかもしれないのだ。今日。

胸の奥で圧が高まってきた。それがしだいに強まり、しまいにはその圧であばらに亀裂が入りそうで怖くなる。喉が締めつけられて痛い。頭のなかに生々しい光景が脈絡なくよみがえる。

右手を握って震えを抑えた。つぶった目の端から涙が滲み、こめかみを伝った。こらえようという強い意志が働いているにもかかわらず、唇のあいだから嗚咽が漏れた。

「ミスター・ハドソン？」

いつしか眠りについていたコールダーは、うっすらとした驚きとともに目覚めた。寝るつもりはなかったのに。薬のせいだ、と思った。

銃乱射事件のことを思いわずらわないように、脳が休止しただけかもしれない。運命のいたずらによって、自分は死者の出た事件を生き延びた。

　自分が生き残り組に入った奇跡の理由をあれこれ考えるのはいやだった。そんな難解かつ複雑な問題は、いまの自分には荷が重すぎる。向きあうとしてもいまじゃない。

「ミスター・ハドソン？」

　これ以上は放置できそうにないので、まぶたをしばたたいて目を開いた。

　こちらを見おろしている男が言った。「ここの外科部長のモンゴメリー医師だ。ERできみの治療にあたったが、覚えてないだろうね。あとで、腕の手術跡を診せてもらう。とはいえ、ほとんどの作業はチームのほかの人間が担当したんだが。具合はどうだい？」

　医師が着ている手術着はくたびれていないので、手術室から直行したわけではないようだが、そこで長時間、治療にあたっていたようすがうかがえた。顔には重い疲れが滲んでいる。薄くなりつつある髪には白いものが交じっていて、コールダーは自分の治療にあたったのが新米医師でないと知って安堵した。

「ああ、くだらない質問だとも」モンゴメリーは皮肉っぽくほほ笑んだ。「こんな状況で、具合もなにもあったもんじゃない」

　コールダーは咳払いをした。「おれの腕は？」

「ここに弾丸が入った」医師はコールダーの肘から三センチほど上を指さした。「上腕骨をかすめて、肩のすぐ下から出た。関節を外れていたのが、もっけのさいわいだったな。骨の欠片はすべて除去した。血管外科医が太い血管を一本修復したおかげで、前腕と手の血流が戻った。こと銃創に関して言えば、きみは幸運だった。わたしたちが案じていたのは頭部の損傷のほうだ」

「頭部の損傷？」

「きみは地面で頭を打ったらしい。それもかなり強くね。ここに運び込まれたとき、反応はあったが、意識はなかった。頭部をスキャンして出血や骨折や陥没の有無を調べたところ、どれも見つからなかった。重度の脳震盪（のうしんとう）を起こし、脳の一部には腫れも見られたが、深刻なものではない。薬と酸素吸入で対処できる」医師はカニューレを指さした。

「頭がクソ痛いが」

医師がうなずいた。「想定内だ。いずれ消える。きみを担当する神経科医があとで認知力のテストをしにくるが、混乱はなさそうだ。話しぶりも明瞭だな。視界はぼやけてないか？」

「最初に目を覚ましたときだけだ。ただ、焦点を合わせるのに何秒かかかる」

「それもごく一般的な反応だ」医師はコールダーの左手をベッドから持ちあげた。「指は動かせるかな？　ピアノを弾くような感じで」

言われたとおり医者の手に向かって指を動かしていると、ふと、腿（もも）の外側を指で小刻みに叩きながら回転式ゲートを抜けてフェア会場に入るのをいらいらと待っていた時間がよみがえった。

あそこで足留めされていなければ、乱射事件には遭遇しなかったのか？　逆にほんの少しでも遅れていたら、殺されていたかもしれない。どこでどう運命が変転して、銃で撃たれることになったのか？　銃弾が心臓ではなく上腕にあたったのは、どういうことか？

モンゴメリー医師は自分の指示どおりコールダーが指を動かせているのを見ると、うれしそうにコールダーの手をベッドに戻した。「わたしと神経外科医の見立てでは、神経に損傷はなさそうだが、腕のどこかに痺れや疼くような感覚があったら言ってくれ。

念のため、明日もう一度、頭部のスキャンを行う。これから数日はこまかにモニターしながら抗生剤を点滴して感染症を防ぐ。そのあとは帰宅して、腕が回復するまで安静にしてもらう。数週間たって合併症がなければ、筋力と柔軟性を取り戻すため、整形外科医から数週間の理学療法が処方される。年は三十七だったかな?」

「来月で三十八だ」

「そうか、きみの健康状態はおおむね良好だ。バイタルも問題ない。血液検査の結果も完璧だった。銃弾が出入りした部分には傷跡が残るが、大事なのはよくなることだ。二、三カ月もすれば、腕は新品同様になる」

「それを聞いて安心した。ありがとう」

医師は沈黙をはさんで、ふたたび口を開いた。「心理士が来て、体験したことについてきみと話をすることになってる」

「その必要はない」

「この病院では、トラウマになりそうな体験をした患者に対してそういう手続きを踏むことになってる」

「だとしても、おれには不要だ。あの体験については話したくない。忘れたいだけだ」

医師は彼の目をのぞき込んだ。こちらがおちつかない気分になるほど長くそうしたあと、静かに言った。「脳の腫れは一日二日でおさまるがな、今日脳に記録されたことは命あるかぎり日々そこに残る。きみは危機に際して勇敢だった。いまになって臆病風に吹かれるな、ミスター・ハドソン。心理士と話をするんだな」

コールダーは時間の感覚をすべて失った。スタッフがミニカーに乗ったサーカスの道化師よろしく、病室を訪れては去っていく。体温測定。採血。一時間に一度は起きあがって、肺活量を計られた。

最初に与えられたソフトドリンクを吐き戻したせいで、吐き気の抑制剤だかなんだかを投与されそうになった。看護師が座薬を持ってきたが断った。はらわたがひっくり返るほど吐いたって、そんなものは使いたくない。

十二歳ぐらいにしか見えない看護師がカテーテルをチェックしにやってきて、導尿バッグの尿量を調べた。屈辱だった。

絶え間ない中断をはさみながらも眠ろうとした。ところが、意識のない状態に戻りたくてたまらないのに、負傷した腕がずきずきと脈打ちだした。まるで別の生命体が宿って拍動しているようだ。さらに周囲の騒がしさによって頭痛が増幅した。

警察の事情聴取がまだなので、恋人の面会は認められていないと聞かされた。ショーナを追い返した人物が気の毒になる。彼女のことだから、大騒ぎをしただろう。受賞歴もあるチャンネル7のニュースチームの一員であるショーナ・キャロウェイは、人から断られることに慣れていない。

だが、コールダーは彼女の面会が禁じられていることに内心ほっとしていた。こんな無様な姿を見られる屈辱もさることながら、ショーナのことだから悲しんだり、感謝したり、同情したり、気を揉んだりするだろう。芝居がかった女だ。いまはそんな彼女のあふれでる感情に対処するだけの精神力がなかった。

そして彼女は好奇心をあらわにするはずだ。コールダーから情報を根掘り葉掘り聞きだそうとする。こちらはまだ、立ち入った質問に答える心の準備ができていないというのに。

そんな思いがあったため、はじめて見る人間がふたり病室に入ってきて、保安官事務所の〝CID〟に所属する刑事だと名乗ったとき、恐ろしさが鎖帷子（くさりかたびら）のように彼を包んだ。

# 3

ふたり組の男女のうち、男のほうは五十がらみだった。身長、体重ともに平均的で、なにもかもが平均的なのに、刑事らしさはあった。

表情はどちらかというと陰気で、鋭いところも、高圧的なところもなく、冷徹そうな雰囲気はみじんもなかった。コールダーの税理士と言っても通るような風貌だ。この刑事の姓はパーキンスといい、名前のほうは聞き落とした。

対照的に女のほうは、どこを取っても平均から大きく外れていた。多すぎる髪に、大きすぎる歯。さらには豊かすぎる胸のせいで、紺のブレザーの下に着ている淡いブルーのシャツのボタンがはじけ飛びそうだ。名前はオリビア・コンプトン。パーキンスより年は下のようだが、強引さは彼女のほうが上だ。見た目とは裏腹に、態度は仕事一辺倒だった。

彼女が尋ねた。「ご気分はいかがですか、ミスター・ハドソン？」

「犬のクソみたいな気分だ。あなたは？」

眉墨で描かれた眉の片方が吊りあがる。彼女はパーキンスを一瞥（いちべつ）したが、彼はまるで意に介していない。彼女はコールダーに目を戻した。「それ以上ないほどわかりやすい返事です」

「ＣＩＤとは？」

「犯罪捜査課の略です」

「銃撃事件の件か？」

「いたしかたなくうかがいました。パーキンスもわたしも、あなたが厳しい状況なのは理解しています」

「だったら、なぜいまそれを強いる？」

「これはたんなる予備的な事情聴取なので、手短にすませます」

コールダーはそっけなくうなずいた。ふたりを追い返したかったが、どうしても訊いておきたいことがあった。「何人が被害に遭った？」

「あなたを入れて負傷者十二名、うち重傷者が三名。被疑者を含めて死者五名。被疑者はその場で死亡。自分を撃って死にました」

それはなにより。コールダーは思っただけで、口には出さなかった。「何者だ？　なにが不満だったんだ？」

「名前の公表はまだです。未成年なので」

「未成年？」

「十六です」

「まったく」

「といっても、すでに不法侵入罪で二度、軽微な窃盗で一度、中学で友人にマリファナを売りつけて一度捕まっています。二度少年刑務所に入り、ハイスクールは去年正式に中退。そして一昨日、フェアの催し物エリアにあるゲームの担当として雇われたのです」

ここでパーキンスがはじめて口を開き、説明を補った。「彼がなにを不満に思っていたかについては、捜査中でして」

「不満がどうのの問題じゃないかもしれない」コールダーは軽蔑を込めて言った。話を聞くかぎり、その男は人からの尊敬や承認を求めていた敗者としか思えなかった。それで事件を起こして四名の命を奪い、その数はまだ増える可能性があった。そいつの生皮を少しずつ剝いでやりたかった、とコールダーは思った。「ドラッグでいかれてたのか？」

「解剖すればわかりますが」と、コンプトン。「雇用時にはドラッグ検査をパスしてるはずです」

「そんなものはどうとでもなる」

刑事ふたりが険しい顔でうなずいた。コンプトンが言う。「被疑者の動機を明らかにしたいので、なにか手がかりを見聞きした可能性のある人から話を聞かなければなりません。たとえば事件の前に被疑者が誰かと口論している姿を見たとか」

「おれは催し物エリアまで行ってないし、どんな形の口論も目にしてない」

「たんなる一例です。あなたが体験されたことを話してください」

「いまか？」

「すぐに終わらせます」

そう彼女は言ったが、すでにこの予備的とされる事情聴取は長引いていた。コールダーの頭は割れるような痛さで、腕も同様、胃はいまだむかついている。甘んじて座薬を受け入れるべきかもしれないと思うほどだ。

　自分の無力さにうんざりする。自分より優位にあって権限を持つ刑事たちは、ラシュモア山の岩肌に彫られた大統領たちのごとく意志堅固な顔をしている。こうなったらさっさと終わらせるべく、記憶にあることを吐きだしたほうが得策だ。

「おれがフェア会場に到着したのは――」

「たとえば？」パーキンスが割り込んだ。「その前にあなたのことを教えてもらえませんかね」

「運転免許証ではわからないことを。免許の住所に変更はありませんか？」

「ああ」

「結婚は？」

「いや、だが彼女と暮らしてる」

「彼女の名前は？」

「ショーナ・キャロウェイ」

　ふたりは螺旋綴じの小さなメモ帳に記入する手を止めて、彼を見た。そしてふたりで目を見交わしてから、再度コールダーを見た。コンプトンが尋ねた。「チャンネル5のショーナ・キャロウェイですか？」

「そうだ、チャンネル7の」

「そうですか。ご存じですか、彼女がインタビューを――」

「ああ。彼女と落ちあって、コンサートに行くつもりだった」

「コンサートは中止になりましたよ」パーキンスが言った。

「事件後、ミズ・キャロウェイと話しましたか？」コンプトンが尋ねた。「あなたが負傷したことを彼女はご存じですか？」

「おれとは話してないが、彼女はおれが撃たれたことをなぜか知ってる。看護師によると、病院まで来たそうだ。だが、警察の事情聴取がまだだという理由で面会を許されなかった」

　コンプトンが言った。「彼女とその撮影班は現場にいたので、彼らが第一報を報じたんです。事件の数分後には、フェア会場から現場中継してました」

　ショーナならとことん食いつくす、とコールダーは思った。自分の彼女がそんな機会に恵まれたのだから、よろこんでいい。ところが、なぜか鬱屈した気分になった。

「お勤めはどちらです、ミスター・ハドソン？」パーキンスが尋ねた。

「自営だ」

「どんなお仕事を？」

　コールダーは型どおりの返事をした。「コンサルタントをしてる」

「どういった方々向けの？」

「法人相手の」

　コンプトンには型どおりの答えが通じなかった。「どんなコンサルティングですか、ミスター・ハドソン？」

「相手企業によってちがう」コールダーは右手の指先でこめかみを揉んだ。「聞いてくれ、いまは頭が爆発しそうだから、またにしてもらえないか？」

「質問はあとほんの二、三です」彼女は粘った。「事件は北門付近で起きました」

「ああ、おれが北門を通って一分ほどたったころだった」

「おひとりでいらしたんですか？」

「大勢が北門をくぐろうと押し合いへし合いしてたが、おれはひとりだった。ショーナから通行証を取っておくと言われたのに、行くと約束しなかったせいで、チケットを買う列にならぶはめになった。回転式ゲートを抜けたら、こんどは外に出ようとする人波に呑まれた。大混雑だった」

「監視カメラの映像で見ましたよ」パーキンスが言った。

「犯人にしたら、ここ以外ないという場所だったろう」コールダーは言った。「人が恐ろしく密集してたんで、短時間に効率よくたくさんの人が撃てる。ただし、こちらは銃撃がはじまったとき、永遠に終わらないように感じた」

「これが被疑者の最新の顔写真です。記憶にありますか？」コンプトンはブレザーのポケットから写真を出して、コールダーに見せた。

　あらかたコールダーが思い描いていたとおりの男だった。半分閉じたまぶた、不潔そうな長い髪、食ってかかるような表情。この男はわずか数分でチンピラから大量殺人犯に出世した。よかったな、クソ野郎。

むかむかしながら写真を返した。「覚えはないが、見たかもしれない。ひどい混雑だった」

「最初の銃声を聞いたときは、なにをしてらしたんですか？」

「人込みを前に進んでた。ショーナからコンサートの舞台裏にいると聞いてたんで、どうやったら最短でそこまで行けるか探ってた」

「最初の銃声を聞いたとき、なにを思われましたか？」

「どこぞのおかしなやつがおれたちに向かって発砲してる、と思った」

こんども刑事ふたりは目を見交わしてから、コールダーに視線を戻した。コンプトンが言った。「きっかけとなる兆候があったかどうか、いま被疑者の生い立ちを調べています」

「過去になければ、最近はじまったんだろ」

コンプトンはこれには応じなかった。「すぐに銃声だとわかりましたか？」

「ああ。おれの親父(おやじ)は銃器マニアで、猟用のセミオートマチックを持ってる。いまは親父もむかしほどじゃないが、おれが子どものころはよく射撃場に行ってて、おれも連れていってもらった。いつもイヤーマフをしてたって、発砲音は知ってる。犯人はなにを使ってたんだ？」

「グロック34です」

コールダーはそれが九ミリ口径のセミオートマチックであることを知っていた。捜査官御(ご)用達(ようたし)の拳銃だ。

「十八連マガジンを使っていて」刑事は言った。「それがからになってました」

だったら、最後の一弾を自分の頭にぶち込んだわけか、とコールダーは思った。

「銃はお持ちですか、ミスター・ハドソン？」コンプトンが尋ねた。

「鹿撃ち用のライフルを一丁。だが、猟にはめったに行かない。最後が二年前、それきり、ライフルを発砲してない」

パーキンスが言った。「監視カメラにあなたが近くにいた男性の袖をつかんで引き倒す姿が映ってましたよ」

「おれがか？　記憶にないが」

「向こうは覚えておられました」コンプトンがまたもや片眉を持ちあげた。

「無事なのか？」

「あなたのおかげで」

コールダーは顔をこすった。「とっさに動いただけで、褒められるほどのことじゃない」

「あなたは大声と身振りで身を伏せろと周囲に指示を出しておられた」

「ほんとに覚えてないんだ」

「軍事訓練を受けたことは？」

「いや。兵役についたことはない」ベッドの上で楽な姿勢になろうとしたが、チューブが何本もつながれていては、ベッドにくくりつけられているも同然だった。「痛みがひどくて疲れた。よく覚えてない。体が動いた、ただそれだけのことだ、わかったか？」

「ベビーカーを追いかけたことは覚えていますか？」

コールダーは目を閉じた。考えようとすると頭痛が悪化する。「覚えてなかった。いま言われるまで」

「そのお子さんのことはご存じでしたか？」

「いや」

「ご両親のことは？」

「いや。ベビーカーの横を通って……」

いまあらためてふり返るに、じゃまくさい物体が記憶にあった。前方を塞がれてうんざりしつつ、いったいどこのどいつが酔狂にも細菌だらけの人込みにわが子を連れだして、このベビーカーのように巨大な物体を押しているのかと心のなかで問いかけたことを思いだした。

「ミスター・ハドソン」コンプトンが言った。「いまなにを言いかけたのでしょう？」

「いや、それは……」なにを言いかけてたんだ？「そう、最初の銃声が聞こえる少し前に、よけなきゃならなかった。ベビーカーを」そのとき軽くぶつかった女が子どもの母親だろうと思った。

ふたりの刑事は続きを待つような目つきでこちらを見ていた。「で、そう、おれは身を低くすると、ふり返って出口を見た。距離を目測したんだろう。そこまで走るとしたら、どの程度身をさらすことになるかとか、そんなことを。だが、実際にそう考えたかどうかは覚えてない、ただ……わかるだろ。一瞬のできごとだった。

それはともかく、男がベビーカーにぶつかるのを見た。ベビーカーは倒れにくいようにできてるはずだと思った。ところが、がつんとぶつかったんで、車体が傾いて二輪状態になった。ベビーカーは勢いづいて、ぶつかって人を倒しそうだった」刑事ふたりを交互に見る。「ここでも本能が働いて、とっさに飛びだしたんだと思う」

「あなたはベビーカーを止めようとしていっしょに倒れ、そのとき被弾された。監視カメラにも痛みに顔をゆがめるのが、はっきりと映っています」

コールダーはコンプトンの鋭い視線を受け止めながら、その情報を処理しようとした。

「衝撃は覚えてるが、それきり記憶が途絶えてる」

「あなたが止めようと努力されたにもかかわらず、あなたが撃たれたちょうどそのとき、ベビーカーが横倒しになった。あなたはその上に倒れ込み、コンクリートで頭を打った」

「それで脳震盪の説明がつく」

コンプトンは相方に目を向けた。見返すパーキンスは飄々(ひょうひょう)としているが、両者のあいだでなにかが行き交ったにちがいなかった。コンプトンが居住まいを正して、メモ帳をポケットにしまったからだ。

彼女は言った。「許可された時間は五分だけですので、今日はこれで失礼しますが、明日また立ち寄らせてもらいます。今回のあなたのように頭部を強打すると、記憶力が影響を受けて一時的に健忘になることがあります。まだ思いだせていないことがあるかもしれません。ベビーカーの件にしても、わたしに言われるまで思いだせなかったわけですからね。なにか思いついたら、すぐに電話してください」

彼女はベッドサイドのテーブルに名刺を置いた。「犯人の動機の特定には、情報が欠かせません」

「動機が重要なのか？」

コンプトンは答えた。「共謀者がいて、その人物がまだそのへんにいるとしたら」その言葉が届くのを待って、先を続けた。「どうぞおやすみください、ミスター・ハドソン」

ふたりが背を向けると、コールダーは小声であいさつを告げ、そのあと尋ねた。「ベビーカーに乗ってた子は？」

刑事ふたりが引き返してきた。コンプトンが言った。「チャーリー・ポートマン、二歳の男の子です」

「あれがひっくり返ったとき、ケガをしなかったか？　だいじょうぶなのか？」

病室に入ってきてはじめて、コンプトンが権威者の仮面を脱ぎ、人間らしい顔で彼を見た。コンプトンはちらりとパーキンスを見てから、コールダーに言った。「いいえ。あの子も撃たれました」

コールダーの心臓が締めつけられた。すがるような思いで刑事を見たが、彼女はこうつけ加えた。「即死でした」

# 4

「グレンダ、わたしには無理、乗り越えられない」エルは膝に抱えていたウサギのぬいぐるみに顔をうずめると、チャーリーのにおいのするふかふかの生地に涙をこぼした。

グレンダはエルの背中に手を置き、円を描くようにさすって慰めた。「あなたがそう思うのもわかる。でも、乗り越えなきゃ。ちっちゃな一歩を重ねて」

エルはなおも泣きつづけ、友人が車のエンジンを切ったのにも気づかなかった。助手席にまわってきた友人はドアを開けると、手を差し伸べてエルを車から降ろした。

エルは車のかたわらに立ち、自宅玄関のドアを見た。家に足を踏み入れるのが怖くてたまらない。家に入ったら最後、昨日の午後家を出てからのできごとが現実として襲いかかってくるにちがいなく、それに持ちこたえられる自信がなかった。

「ちっちゃな一歩よ」グレンダがささやく。「さあ」

グレンダの支えがなければ歩くことすらおぼつかなかったはずだ。彼女の手を借りていっしょにポーチまでたどり着くと、渡した覚えのない鍵をなぜかグレンダが持っていて、彼女はそれでドアを開けると、エルをそっとなかへ押しやった。

玄関のテーブルにはフェアに出かけたときのまま、チャーリーの消防車が置かれていた。

持って出るには大きすぎてバッグに入らない、このおもちゃを永遠に手放すわけじゃないのよ、と言い聞かせたのだ。二歳児にとってはまさにそんな感覚だったのだろう。帰ってきたらここにあるからね、とエルは息子に言った。

約束したとおり、おもちゃはあった。でも、チャーリーは帰らなかった。

エルはすすり泣いた。膝に力が入らない。グレンダが腕を取ってリビングの、クッションのきいた幅広の椅子まで導いてくれる。エルはぬいぐるみのように椅子に崩れ落ちた。

椅子に腰かけると、部屋の向こうにあるソファの下に、チャーリーのスニーカーの片方が転がっているのが見えた。この数日見あたらなかった靴だ。あらゆる場所を探したつもりだったのに、ソファの下は見落としていたらしい。

あとで回収しなければ。だがとりあえずいまはこうして座り、新たな涙に濡れる目で小さなからっぽの靴を見ているのが精いっぱいだった。

グレンダがエルの前にしゃがんだ。「なにか欲しいものはない？」

「ある。目を覚まして、これが無残な夢だったと思える朝」

「あたしにできることはない、エル？」

「時間を巻き戻すこと？」

「どんなにそうしてあげたいか。でも、あたしにはできない」

「だったら、なにもない。それに、もうじゅうぶんしてもらった。疲れてるでしょうから、帰って」

「そんなこと言わないで」

「いてくれなくていいの」

「あたしはここにいるし、しばらくいさせてもらう」

グレンダは立ちあがってソファに向かうと、腰をおろしてカウボーイブーツを脱いだ。つぎがフリンジのついたジャケットで、それがすむと首に巻いていたビーズのネックレスを外しだした。

グレンダはフェア会場に来たときのままの服装だった。エルのほうはこの十二時間のうちのいつか――エルには思いだせないけれど――に、こちらもやはり思いだせない誰かから、血に染まった衣類と靴の代わりに手術着とサンダルを渡されていた。血はおしゃべりしていた老紳士と、チャーリーのものだった。

健康だった息子の小さな体は丈夫でむちむちとしていた。よくからかいながら、ふざけてお腹をつついたものだ。それなのに抱きしめたその体はやけに小柄で、いたいけで、はかなかった。息をして、なにか言って、脈を打って、と祈りを悲鳴にして放った。愛しい息子の体が、あんなに活発でエネルギーに満ちていた体が、いまはぐったりとして動かないなんて。命を失ってしまったなんて。

エルはふたたび激しい涙の発作に襲われた。

グレンダはビーズのネックレスをコーヒーテーブルに置いて、エルのもとへ引き返した。

「スクランブルエッグでも作っておくから、シャワーを浴びてきて。それを食べたら、さっき断った鎮静剤を飲んで、ベッドに入ってね」

　グレンダはエルを椅子から立たせた。グレンダが世話焼きモードに突入したら、ぐずぐずしないで従うにかぎる。エルは口答えも抵抗もせずに、言われるがままリビングを出て、廊下を進んだ。

「それ、手を貸そうか？」グレンダがエルの右肘のアイシングを指さした。

「面ファスナーだから、だいじょうぶよ」

「そう。だったら服を脱いで。お湯を張ってくるわ」

　エルは寝室の中央に残された。なにもかも見慣れたものばかりなのに、どれも同じではありえない。アイシングを外してベッドの端に置き、淡々と手術着を脱ぎだした。

　バスルームからグレンダが戻ったとき、エルはショーツ一枚になっていた。ブラジャーのほうは血だらけでもはや使えなかったのだ。「準備できてるから」友人が言った。「好きなだけゆっくりして。あたしはキッチンにいるね」彼女は寝室を出て、ドアを閉めた。

　熱いシャワーがもたらす回復を切望する反面、息子の最後の名残を洗い流したくないという思いがあった。においも、頬に残るべたついた手の跡も、首筋に残る乾いたよだれの跡も。

　それでも浴びるしかないのはわかっているので、シャワーブースに入って、降りそそぐ湯の真下に立った。うつむいたままたっぷり一分湯に打たれ、目を開いた。足元で渦を巻いて排水溝に流れていく水がわが子の血でピンク色に染まっている。

　その色が消えるのを待って、石鹸（せっけん）で体を洗いはじめた。

グレンダは自分が作った朝食をいくらかエルに食べさせると、薬を飲ませて、腕のアイシングを付けなおし、ベッドに寝かせた。鎮静剤の効果はてきめんで、エルはたちまち眠りに落ちた。目覚めた直後の何秒かはなにも思いださずにいられたが、そのあと記憶が押しよせてきた。

寝室の窓から入る日の傾きからして、午後の遅い時間なのだろう。薬のせいで少しぼんやりしながら服を着替えて、寝室を出た。

リビングに行くと、グレンダが革装の大きな予定表を膝に広げ、携帯で話をしていた。翌日二時の約束を確認している。

「ありがとう。明日うかがいます」彼女は電話を切り、携帯と予定表を脇に置いた。「代わりに葬儀社との打ち合わせの日時を決めておいたからね」

「ありがたいけど、いつ返してもらえるかわからない……あの子の体を。五、六日かかるかもと言われたの」

「返してもらえたときには、準備ができてるわ」

エルは椅子に腰かけ、背にもたれて、天井を眺めた。今後すべきことをあれこれ思い浮かべ、そうした雑事のわずらわしさや、とても進んでやる気になれないことを思った。

グレンダはたっぷり時間を置いてから、遠慮がちに話を再開した。「あなたのご両親は今夜八時半にいらっしゃる予定よ。車を手配したわ。おふたりを空港からお連れしたら車はここで待機させて、そのあとおふたりをホテルに送ってもらう手筈よ。ホテルの部屋も予約しておいたから」

　エルは遺体安置所で、両親に今回の件を知らせるようグレンダに頼んだ。たったひとりの孫の死を伝えるにしては他人行儀で無神経なやり方だが、あのときはチャーリーがあまりに青ざめて寒そうだったので、とてもひとりで置いていけなかった。

　グレンダによると、ミシガンに住む両親はＣＮＮの報道で銃乱射事件については知っていたが、当然ながらチャーリーとエルが被害に遭ったとは夢にも思っていなかったとのことだった。

　グレンダが電話をかけたのは真夜中だったけれど、なるべく早い便を予約してメッセージで旅程を送る、とふたりはグレンダに告げた。

　いまグレンダは言っている。「もちろん、ここに泊まってもらってもいいんだけど」

「わたしから誘うべきなのよね」

「ふたりに泊まってもらいたい？」

　エルは弱々しい笑みを浮かべた。「それはないけど」

「だったら誘わなくていいのよ、エル」グレンダは身を乗りだして、熱弁した。「はっきり言って、あなたは自分以外の面倒を見なくていいの。冷静でなくていいし、嘆くのに体裁を気にする必要もない。とにかく、気が進まないことはしないで」

「だとしても、生きることまではやめられないのよね？」

「そんなこと言わないで」グレンダが声を落とした。「本気じゃないわよね？　あなたの大切なチャーリーに負の遺産を負わせることになるのよ」

　エルが答えずにいると、グレンダはひとつ深呼吸をして、事務的な話題に戻った。「ローラにも知らせておいたわ」

　ローラ・マスグレーブはエルの文芸エージェントだ。

「最初はショックで固まってたんだけど、そのうち取り乱しはじめて。すぐにでもあなたと話をしたがってた。いまは寝てるけど、あとであなたから連絡があると思うと言っておいた。飛行機で来て、葬儀に参列するつもりみたい。こまかいことが決まったら、彼女に知らせなきゃね」

「彼女にはそのうち電話するわ。知らせなきゃいけない人がたくさんいる」

「その心配は無用」グレンダが言った。「あなたの携帯の連絡先を調べて、親しい友人と知人のリストを作ったの。あなたが早々に知らせたいと思いそうな人たちのよ。それをうちのスタッフに送ったから、いまごろあなたの代わりに彼らが電話してる」

「ジェフには？」エルは尋ねた。

「あなたがどう思うかわからなかったから、リストからは抜いておいた」

「元夫だもの、いずれ噂で知るわよね」

「そうなったら、あなたが気まずい会話をしなくてすむんじゃないかと思ったんだけど」

　エルは手を差しだして感謝を伝えた。「わたしがぶっ倒れているあいだも忙しくしてくれてたのね。少しは休んだ？」

「仮眠したわ」

「いろいろ手配してくれてありがとう」

「お礼ならまだ早いわよ」

　エルの声が弱まった。「え？」

「あのフェア会場は市外にあるから、捜査は郡の保安官事務所の担当なんだけど、刑事があなたに話を聞きたがってるの。でもこちらから出向かなくていいように、ここへ来るって。あなたが目を覚まさなかったら、起こしてたところよ。そろそろ約束の時間なの」

「容疑者は自殺したのよ」エルは言った。「なにを捜査するの？」

「会えばわかるんじゃない？」

　折しも電話が鳴りだし、グレンダが言った。「あなたの携帯だけど、出ようか？」

「お願い」

　グレンダはコーヒーテーブルにならべて置いてあるふたつの携帯のうち、エルの携帯に出た。名前を告げて、相手の声に耳を傾け、言った。「彼女なら対応できないけど。とくにマスコミには。それに、どうやってこの番号を知ったの？」

　ふたたび耳を傾けてから、マイクを手でおおった。「ショーナ・キャロウェイよ、チャンネル7の。彼女、コールダー・ハドソンと個人的に親しいとあなたに伝えろって」

「誰？」

「心当たりのない名前なの?」

エルは首を振った。

「あたしも」グレンダは電話口に戻った。相手の女性がいまだ高圧的な早口で話しているのがエルにも聞こえた。「あなたが誰と親しかろうと関係ないんだけど。ミズ・ポートマンにはコメントを出す用意はないから。もう電話してこないで」グレンダは電話を切って、いらだたしげに息をついた。「はっきり言って、いけ好かない強引女」

「ニュースがこの事件一色になるんじゃないの？」

「もうなってるのよ、エル」グレンダはテレビを示した。「観たければ……」

「ううん」

「あたしも。だからテレビをつけてなかったの」

玄関の呼び鈴が鳴った。小声で悪態をつきながら、グレンダは言った。「ここはグランド・セントラル・ステーションじゃないんだけど」表側の窓に近づき、外をのぞいた。「男と女がひとりずつ。約束してた刑事だと思って、まちがいなさそう。時間どおりよ」彼女はエルをふり返った。「対応できる？　なんなら、ドアの前に立ちはだかるけど」

「先延ばししたところで、事態が好転するわけじゃないから」

「なんにしろ警官と話すのは苦痛よ。ほら、うちのお客さんには著名人も多くて、ちょくちょく問題に巻き込まれるの。警察は絶対に必要な公的サービスを提供してくれるけど、こっちの都合で動いてくれるわけじゃない。そこを忘れないようにね」

エルは下を向き、すり切れたジーンズと平凡そのもののTシャツを見た。「わたし、人前に出ても恥ずかしくない？」

「そんなの気にする人がいると思う？」

エルは空疎な笑い声をあげた。「入ってもらって」

グレンダはエルを残してホワイエに移動し、玄関のドアを開けた。小声で名乗りあっている。グレンダが言った。「あたしはエルの友人のグレンダ・フォスターだけど、こんなこと、ほんとにいまじゃなきゃいけないわけ？」

さらに小声のやりとりをはさんで、足音とともにふたりの刑事が入ってきた。あとについてリビングに戻ったグレンダは、ふたりのことをパーキンス刑事とコンプトン刑事だと紹介した。「こちらがエル・ポートマン」彼女はふたりをそろいの肘掛け椅子に導いた。

コンプトンはエルが座っている安楽椅子に自分の椅子を近づけると、頭を傾けてエルの腕のサポーターを指し示した。「おケガの具合はいかがですか？」

「たいしたことはありません。肘から落ちて強く打ったせいで、一時的に痺れました。強打ではあっても、肘の出っ張った骨を打っただけですから、じきによくなります」

これらはすべて、腕のレントゲン写真を撮ったあとにERの研修医から聞かされたことだ。肘関節の脱臼はしておらず、折れた骨もない。腕はアイシングされて、三角巾で吊られた。炎症を抑えるために処方用量のイブプロフェンを服用させられて、解放された。遺体安置所にいるチャーリーと再会するために。

いまエルの意識は、静かに話すコンプトンに引き戻された。「保安官事務所の全スタッフを代表して、心からお悔やみを申しあげます、ミズ・ポートマン」

「恐れ入ります」

「パーキンス刑事もわたしもぶしつけな訪問であることは承知しております。それでも必要があってのことですので、お許しください」

「なぜ必要なのでしょう？　まだERにいたときに、犯人がその場でみずからの命を絶ったと聞きました」

「いま彼の動機を探っているところでして」

「でしたら、できるだけの協力はします」エルは言った。「わたしも理由を知りたいので。なぜうちの子はあんな死に方をしなければならなかったんでしょう？　なぜ？」声が割れた。エルは両手で顔をおおって泣きだした。

すぐさまグレンダがティッシュの箱を持って横に来た。「水を持ってこようか？　ほかのなにかにする？」

エルは箱からティッシュを引き抜いて、目元を拭いた。「なにもいらない、ありがと」

「お気の毒です、ミズ・ポートマン。あなたは大切なものを亡くされました。お慰めの言葉もありません」

エルはコンプトンの目を見て、お礼の代わりにうなずいた。「おっしゃるとおりです。どんな言葉も慰めにはならないので、なにを言っていただいたところで無駄です。わたしが欲しいもの、必要としているもの、いえ、要求したいのは、陳腐な慰めではなく説明です。事件の担当者として、あなた方には犯人の動機を探りだしてもらわなければなりません」

# 5

コンプトンは平静を保っていた。暴力犯罪の被害者から似たような要求を突きつけられたことがあるにちがいなかった。「うちの職員は昼夜をわかたず働き、州警察とも連携を取っています。なぜこの人物がそんなことをしたのか、あなたにお答えするために。息子さんを取り戻すことはできませんが、ミズ・ポートマン、わたしたちの可能な範囲で答えを差しあげられたらと思っています」

コンプトンはブレザーのポケットに手を入れた。「被疑者です」エルに写真を手渡した。顔写真だった。敵意と傲慢さを体現したような若い男がこちらを見返している。その顔には侮蔑の笑みがあった。「名前は?」

「まだ十六なので未公表です。親なり保護者なりもいまのところ見つかっていません。思春期から問題行動を起こし、非行歴があります」彼女はエルに十代の被疑者の犯罪歴を手短に伝えた。

グレンダは小声で冒瀆的な言葉を吐いた。「で、このチンピラがそのへんをうろついてたってこと?」

「取り締まるほどの根拠がありませんでしたからね」パーキンスが言った。「指紋も以前逮捕された事件との関連でしか出てきませんでした」

「それは安心だこと」グレンダは彼をにらみつけた。「うんと気分がよくなった」

男性刑事はこの皮肉にも動じるようすがなかった。

コンプトンが続けた。「彼は一年以上前、ヒューストンの保護観察官の監視をのがれました。制度の抜け穴を利用したわけです」

「できの悪い制度ね」グレンダが横槍を入れた。

「そしてフェア会場で雇われるだけの悪賢さを備えていた。ただ、応募フォームの情報はろくにチェックされていなかったんです。実名でしたが、身分証明に使っていたニューメキシコの免許証は偽造でした。ダラスの郵便番号が入力されていましたが、住所は実在しなかったので、それが理由で昨日の午後を含めた最近の行動が把握できずにいます。

いまは事件前、どこで誰に会ったかを捜査中です。携帯にはそうした行動の痕跡はありませんでしたが、どこかにコンピュータがしまってあるかもしれませんしね。わかっていないだけで、ほかに関与している人間がいるかもしれないので、いまそれらを全般的に捜査しています」

「共犯者ということですか？」エルは尋ねた。

「そうですね、共犯者といっても現状ではかなりの幅がありますが。被疑者がなにかしらの意図を持つ過激なグループから依頼を受けたり、強要されたり、脅されたりしていた可能性もあります。強制されて大義に殉じたのかもしれない。逆に完全な単独犯で、人からあざ笑われたり、はずかしめを受けたり、恋愛で相手から拒絶されたりといった理由が――」

「精神的な問題ね」

コンプトンはグレンダの独断的なコメントにカチンときたらしく、不快そうな顔で彼女を見てから、エルに目を戻した。「その可能性もあります。近親者や知人が見つからないことには、どんな状況にあったのかわかりませんが」

「いまどの段階ですか？」エルは尋ねた。

「残念ながら、まだほとんど進んでいません。彼の携帯に残されていた連絡先はわずかでしたし、すでに話を聞いた人はこの数カ月彼とは会ってても話してもいないと言っています」

「で、それを真に受けてるわけ？」

コンプトンはいま一度、不快そうな顔でグレンダを見た。「もちろんそんなことはありません。裏を取っていますが、それには時間がかかる。少人数とはいえ、複数の州に散らばっていて、被疑者が各地を渡り歩いていたのではないかと思われる節があるからです」そこで口ごもり、ためらいつつ言い足した。「ほかにも不利な条件があります」

「早く教えてもらいたいもんね」グレンダが小声で茶々を入れた。

「さっき言ったとおり、被疑者は悪賢かった。フェア会場のどこに監視カメラが設置されているか知っていたらしく、その証拠に持ち場だったゲームブースの近辺以外のカメラを避けていました。

彼がテントを出入りするのを客たちが見ていました。マリファナを吸いにいったんでしょう、死体から検出されましたから。最初の発砲の三分前にこっそり周囲をうかがってから、テントに忍び込む姿が目撃されています。死体はそのテントで発見されました。けれど人込みで銃器を発砲する姿を目撃した人はいまのところ見つかっていません」

ここまでの話を聞いて、エルはいきり立った。「だとしたら、手がかりになるようなことはまだなにも、まったく見つかってないってことじゃないですか」

コンプトンが言った。「動機の確定には手間も時間もかかるかもしれませんが、粘り強くあたります、ミズ・ポートマン。まずは、被疑者が世間に幻滅した一匹狼なのか、大義に身を投じた信奉者なのかを突き止めねばなりません。仲間がいて、彼を群衆にまぎれ込ませるのを手伝っていたのか否か？　いたとしたら、いっさい正体がわかっていないだけに、ひじょうにやっかいなことになります。

また、彼が標的を決めることなく手当たり次第に撃ったかどうかも、見きわめる必要があります。それとも、彼あるいは彼らには特定の標的がいて、それ以外の、たとえばあなたの息子さんのような被害者は巻き添えを食ったのか？　そこを明らかにするためには、たとえ通りすがり程度でも、彼と最近、接触のあった人たちから話を聞かねばなりません」

「まったく見覚えがありません」エルは最後にもう一度、わが子の命を奪った男の顔を見てから、刑事に写真を返した。

コンプトンはブレザーのポケットに写真を戻すと、最初の発砲までに覚えていることを話してくれるようエルに頼んだ。「できるだけ詳細に思いだしていただけますか。重要かどうかはこちらで判断しますので」

「あの……メリーゴーランドのところでグレンダにさよならを言って、歩き——」

「ちょっと待ってください」コンプトンがグレンダを見た。「あなたも会場に？」

グレンダは、エルたちと現地で落ちあう約束をしたこと、そのあと自分は会場に残る予定だったことを伝えた。「あたしはふたりと別れて、ビアガーデンに向かってた」

「銃声を聞きましたか？」

「いいえ。仲間と合流するとすぐパビリオンに人がやってきて、乱射事件があったって大声でわめきだしたのよ。警官が押しよせて、みんなその場に足留めされたわ。何時間も。しかもほとんどなにも教えられずに」

「その時点では警官もろくな情報を持っていなかったのでしょう」

「かもね」グレンダはパーキンスの発言に応じた。「そのくせ、ニュース報道は検閲されてなかったから、みんな携帯で観てたんだけど、流れてくる映像のせいでよけいに不安になった。エルとあたしみたいに離れ離れになってる家族もいて、愛する人が被害に遭ってないかどうかわからなかったのよ……その不安はわかると思うけど。

それにあたしの場合は悪いことにエルが電話に出なかった。無事なら出るはずなのに。あたしと同じように、親子でどこかに足留めされてて、携帯電話が手元にないだけだと願うしかなかった。でも、ようやくかかってきた彼女の電話はＥＲからだった」

　話すうちに、気持ちが昂ってきたのか、声が割れる。「エルは正気じゃなかった。なのに、誰も彼女のそばにいなかった。ビアガーデンの閉鎖が解除されるとすぐに、あたしは病院に駆けつけた。彼女の手当が終わるのを待って、ふたりで遺体安置所に行ったわ。通常は遺された人に遺体を見せないと言われたけど、状況が状況だったから……」グレンダは黙り込み、沈んだ顔でエルを見た。

「息子の顔を見せてもらった」

「そのままそこにいるわけにはいかなかったんだけど、エルはチャーリーをひとりにして立ち去りたくなかったの。だからふたりでそこに残って、今朝早くにあたしの運転で帰宅したわけ」

　四人は重苦しい雰囲気に包まれた。パーキンスが口にこぶしをあてて咳払いをした。コンプトンは螺旋綴じのメモ帳になにかを書きつけてから、グレンダと別れてからの行動をたどるようにエルに求めた。

「チャーリーがぐずりだして、早く家に連れて帰りたかったんだけど、ゲートが関門になって人が溜まっていたわ。隣にいた男性と短いやりとりをしました。銃声を聞いて、彼のほうをふり向いたら」エルは手を喉にあてた。「その人は……あの……」

「彼は最初の銃弾で亡くなりました」コンプトンが言った。

　あの穏やかな男性が殺された。エルの胸に鋭い痛みが走った。「あの方のお名前は？」

「ハワード・ローリンズ。お知り合いではなかったんですか？」

「ええ。でも気さくでやさしそうな方だった」エルは悲しみとともにつけ加えた。「すてきなキャラクターになったでしょうに」

刑事ふたりは困惑顔で目を見交わした。「すてきなキャラクターとは？」尋ねたのはパーキンスだった。

「エルは子ども向けの絵本作家なのよ」グレンダが説明した。

エルがすかさず補足した。「といっても、出版されたのは一作だけで、いま二作めを準備中です。あの男性……」顔の前で円を描くように手を動かす。「やさしい顔をしてらして。顎ひげのないサンタクロースみたいな」顔を伏せる。声がかすれた。「わたしの目の前で亡くなった」

しばらく話せずにいると、コンプトンが小休止を入れるかどうか尋ねた。

「いいえ」エルは顔を上げ、仰向いて鼻をすすった。「ただ……できたら……手短に？　あとどれくらい訊きたいことがあるんでしょう？」

コンプトンはエルに向かって穏やかながら有無を言わせぬ口調で、消し去りたい記憶を話すよううながした。

「チャーリーの泣き声が聞こえたのに、あの子のところへ行けないでいたら、ベビーカーが傾いて。通りかかった男性がぶつかったから。その人は立ち止まらず、走って遠ざかった。すぐに背後からビジネスマンらしい服装の男性が飛びだして、倒れかけのベビーカーをつかもうとしてくれた。でも勢いがついていたから、彼まで倒れて。そのときは、彼が撃たれたのがわからなかった」エルはこめかみを揉んだ。「わたしの右腕はまるで感覚がなくて役立たずだったけど、それでも無我夢中でどうにかベビーカーまで這いました」

「銃声はやんでいた？」パーキンスが尋ねた。

「いいえ。遠くから聞こえるように感じました。ううん、実際はそんなこと考えてもいなかったのがほんと。息子のそばに行くことしか頭になかった。ベビーカーに倒れ込んだ男性は大きくて背が高かったから、チャーリーがぜんぜん見えなくて。あの子の名前を呼びながら、あの子のもとへ行こうと必死で。チャーリーは……もう泣いていなかった」

いろいろな思いが詰め込まれた長い沈黙の末に、エルは抑揚のない低い声でふたたび話しだした。「気がついたら助けに駆けつけた人たちに囲まれていて、銃声はやんでいました。五、六人の男性たちがベビーカーにおおいかぶさっていた男性を抱えあげて、地面に横たえました」ふつっと話をやめて、コンプトンに尋ねた。「あの人、亡くなったんですか？」

「いいえ。ご存命ですよ」

「よかった」心底そう思っているのに、弱々しい声しか出ない。心はすでに人生でいちばん恐ろしい瞬間に飛んでいた。「腕に凝ったタトゥーの入った男の人に手伝ってもらって、ベビーカーからチャーリーをおろしました。救命士が——若い男性と女性のふたり組が——やってきました。すぐだったような気がしたけど、ちがうかも。時間が一時停止したか、でなければ早送りされているかのようだったから。

救命士は息子につききりでした。病院へ搬送する救急車のなかでも、ずっと処置を続けてくれて。希望がないのを知っていながら、手当を続けていたんです。息子を蘇生させられないことにふたりが苦しんでいるのがわかりました」

エルは耐えきれずに泣きだし、嗚咽に全身を震わせた。

グレンダが気をまわして刑事たちを追いだしにかかり、刑事のほうも譲歩しようとしているのがわかる。ふたりは立ちあがった。

「いえ、ごめんなさい」エルは声を詰まらせ、ふたりを順番に見た。「お仕事なのはわかっています。どうぞ仕事をしてください。わたしもなぜ犯人があんなことをしたか知りたい。なぜあんなことができたのか。わたしも協力します。いずれは。でも、いまはこれ以上話せません」

「無理もありません」コンプトンが言った。「また連絡しますが、とりあえず必要なことはうかがえました。おかげでミスター・ハドソンの証言を裏付けることができました」

エルはグレンダに視線を投げた。友人もわずか三十分のうちに同じ名前を二度聞かされたことに驚いているようだった。最初に聞いたのはショーナ・キャロウェイからだった。

「ミスター・ハドソン？」エルはコンプトンに問いかけた。

「コールダー・ハドソン、あなたの息子さんのベビーカーを止めようとして撃たれた方です」

エルはハッと息を吐いて、言った。「ああ、わたしったら。その方の名前を尋ねようともしなかったなんて、どうかしてる。ご存命とおっしゃいましたが、いまの具合は？　ケガはよくなるんですか?」

「よくなるそうです。撃たれたのは左腕で、弾は貫通していました」コンプトンが目を向けると、パーキンスがかすかにうなずきを返した。コンプトンはエルに目を戻し、同情の面持ちで言った。「その銃弾がチャーリーの命を奪ったのですが」

# 6

「コールダー、脊髄反射しないで、まずはわたしの話を聞いてくれる？」声は静かながら、ショーナの体は溜め込まれたエネルギーで震えている。待てと命じられた子犬のようだ。

彼女がやってきて十分。うち八分はあれこれとコールダーの世話を焼いていた。枕を整えたり、曲がるストローのついた蓋付きのカップを差しだしたり。コールダーのほうも素直にそのカップから冷たい水を飲んだ。彼女は腕がつらくないかとか、頭痛は軽くなったかとか、視覚はちゃんと戻ったかとか尋ねた。

この二日間でショーナがみまいに来るのはこれで三度め、コールダーは彼女に会うのがだんだん億劫（おっくう）になっていた。彼女が来ると、やけに慌ただしいからだ。

これまでショーナのことを知らなかった視聴者も、フェア会場での銃乱射事件をきっかけにその存在を知るようになった。彼女が現場から行った実況中継は、悲劇的な事件とほぼ同時進行だったので、ローカル局での露出が格段に増えたばかりか、キー局への進出も果たした。

彼女は求められるまま、有名人好きの看護師や用務係にサインをした。彼らとの撮影に応じ、向こうから頼まれる前に申し出ることも少なくなかった。インスタグラムとツイッターの彼女のアカウントなど、使われすぎてさぞかしくたびれているだろう。

ショーナのこの栄誉をうらやんでいるわけではない。彼女がみずから獲得したものだ。ただ、新たな名声の輝きに浴するなら、自分の病室ではないどこか別の場所でそうしてもらいたい。少なくとも今回は、みまいに来ているあいだドアを閉ざし、ふたりの姿を写真におさめたがる連中を招き入れずにいる。そんなことは地獄が千年は凍るほどありえない。

こんな状況なりにコールダーが居心地よく過ごせているのがやっと伝わると、ショーナはこの部屋にひとつきりの椅子をベッド脇に引っ張ってきて、浅く腰かけた。そしてついに、彼女が病室に入ってきたときから、これが理由で緊張していたのではないかとコールダーが疑っていたお願いを持ちだした。

コールダーは枕の上で横を向いて、ショーナを見た。「は？」

彼女の胸が深呼吸でふくらんだ。「撮影班を連れてきててね、下でわたしから指示があるのを待ってるの。病院の許可は取ったし、あなたから正式に話を聞いたコンプトン刑事からもゴーサインをもらってる」顎の下で手を握りあわせ、お願い、とかわいくほほ笑んだ。「わたしにあなたのインタビューをさせて」

ただ彼女を見つめたまま何秒か過ぎた。コールダーは尋ねた。「撮影するのか？　テレビ放映用に？」

「ええ、どちらもイエスと言って」

「そうか、絶対にノーだ」

「話を聞いてくれると言ったじゃない」

「いいや、言ってない。それにこれは脊髄反射じゃないぞ。地球最後の日まで熟慮しても、答えはノーだ」

「コールダー、銃乱射事件のニュースといえば、あなたの名前が出るのよ。あなたのおかげで死なずにすんだとみんなが言ってるの。あなたは注目の的で、わたしはリポーターであり偶然にもあなたの恋人だった」両腕を横に大きく開く。「こんなに恵まれたシナリオは夢でも望めないわ」

吐き気がする。シンディに袋を持ってきてもらうべきか?「撮影班に指示を出してくれ」

「ほんとに?」

「ほんとだ。機材をまとめて、さっさと失せろと伝えろ。おれはやらない」

「コールダー――」

「人が亡くなったんだぞ、ショーナ! よしてくれ!」鼻梁をつまんで、ぎゅっと目を閉じた。彼女がいなくなってくれることを願っていたが、手をおろしたあとも彼女はそこにいて、さっきよりもしゅんとしている……いくらかは。

「それはわたしにだってわかってる」彼女は小声で言った。「彼らはいまのところ名前だけの存在よ。ただの数字なの。わたしはその名前の背後にある物語を伝えたい。彼らがどんな人だったか知らしめたい。彼らには血肉が通ってた。彼らに血肉を通わせたいの」

「実際、彼らには血肉が通ってた。血を流したんだ」

「ね？　真実は不快なものよ。あなたは視聴者にそれを伝えなきゃ」

コールダーは不機嫌になった。彼女に伝わらないことが信じられない。「おれはどんなカメラを向けられようと、クソみたいなマイクに向かってなにか言うつもりはないと言ってるんだ。頼むから、その話は引っ込めてくれないか？」

ショーナは椅子の背にもたれ、首にかかった金色のチェーンを黙っていじっていた。やがて、静かにしゃべりだした。「小さな坊やの遺体が戻されたわ。葬儀は明後日ですって」

コールダーは視線をそらした。

「悲劇だわ」

「ああ」

「あなたはその子を助けようと精いっぱいがんばって、そのせいで命まで落としかけた」

「ああ」

「その子の運命だったのよ、コールダー。寿命だったの」ショーナは彼に受け入れてもらいたいと、切なる思いを込めているように言った。「まさしくね……」

「きみの言いたいことはわかる。自分でも千回はそう言い聞かせた。だとしても……」奥歯を噛みしめ、ひと呼吸した。「その件は話したくない、いいか？」

「あなたは鬱状態なのよ。心理士が言ってたの、そうなるかもしれないって」

コールダーは彼女に目を戻した。「心理士とは？」

「この病院のよ」

「ドクター・シンクレアと話したのか、許可——」

「彼女に招かれたの」ショーナがさえぎった。「生存者の家族を招いて、えっと、わたしたちの場合だと〝大切な相手〟ってことになるけど、ミーティングを開くからって。もちろん、個々人とのセッションを詳しく語るようなことはしなかったわよ。トラウマになりうるできごとを経験したサバイバーがどんな段階をたどるかを一般的に述べただけ。どうなりうるか、彼らを愛する人たちにわかるように。鬱状態。悪夢。気分のむら。そういったことを」

「教科書的な内容だな」

「そのとおり。心理講座入門。だから神経質になることなんて、なにもない。あなたは彼女と二度のセッションを行ったのよね。どんな印象だった？」

おれのでまかせを見透かされてる気がした、とコールダーは心のなかで答えた。

そんな不穏な思いがあったのでカップに手を伸ばし、時間稼ぎのために飲みたくもない水を少し飲んだ。沈黙を埋めるために氷を揺らし、もうひと口飲んでから、ベッドをまたぐように設置されているトレイにカップを戻した。

時間稼ぎの手が尽きると、コールダーは言った。「二度とも、ほぼ彼女が話をしてた。おれのことを知りたいと言って。わかるだろう、家族関係とか、趣味とか、受けた教育とか、信仰してる宗教とか」

コールダーは無関心を装って肩をすくめた。「そのうえで、きみがミーティングで聞かされたようなことを聞かされた。こうなることが予測されるから自分を責めるな、余裕を忘れず、時間をかけろと。おれなりの言葉に言い換えたが、内容的にはそういうことだった」

ショーナはほっとしたらしく、背筋を伸ばした。軽い笑い声すら漏らした。「ミーティング会場からの帰り道に、〝この人はコールダー・ハドソンを知らない〟って思ってたのよ。あなたなら一瞬で立ちなおるのにね」

やさしくほほ笑み、手を伸ばしてコールダーの手を握った。「じつはわたしもおかしいの。ときどきいやな想像に圧倒されて、泣きたくなったりして。あなたを失いかけたと思うと、震えが走るし」

「おれだってそうさ」彼女の手を握り返してから、手を放した。「がっかりさせたのはわかってるが、インタビューを断ったことは謝らない。よくないことだと感じるんだ。生存者のなかには平気で受けられる人もいるだろうが、おれはそうはいかない」

「すでにひとり、母親といっしょにフェアに来てた若い女性のインタビューを撮ったのよ。最初の発砲のあと、逃げだした人の波に呑まれてはぐれたらしいんだけど、結局、母親は無事だった。警察ではその娘が銃撃による最後の被害者だと見てるみたい。そのあと犯人は自分を撃った。彼女はテントの近くにいて、ふくらはぎを撃たれたの。不運な人よ」

「不運？　生きていられたんだから、幸運だろ」

「そりゃそうよ」彼女はわずかないらだちを滲ませて言った。「わたしが言いたいのは――ま、いいわ。もし興味があるなら、彼女のインタビューは六時のニュースで放映予定だから」天井のすぐ下に設置されている壁掛けのテレビを手振りで示した。「この部屋に来てから、テレビをつけたことあるの？」

「観る気になれない」

「わたしがリポーターでも？」

「おれは現場を見たんだぞ、ショーナ。事件に関する断片情報などテレビで観るまでもない。頭のなかに鮮明な映像が残ってる」その件で彼女と言い争いたくなかったので、追いかけるように質問した。「やつについてテレビではなんと言ってる？　発砲した男のことを」

「ほとんどなにも。警察からはその場しのぎの回答しかもらってない。〝現在捜査中なのでノーコメント〟とか。捜査機関の各部署に情報源がいるんだけど、どこもかしこも静まり返ってるわ。近親者が見つかるまでは、被疑者の名前すら公表しないつもりよ」

パーキンスとコンプトンに会ったときも同様の話を聞かされていたので、それ以上は尋ねなかった。

ショーナは別の話題の糸口でも探すように、室内を見まわした。「あの花は誰から？」

豪華な花束だった。においの強い花は用務係に頼んで取り除いてもらってある。頭痛がひどくなって、胸がむかむかしたからだ。

「ＪＺＩのＣＥＯだ。彼の会社を出て一時間もしないうちに惨事に遭ったことに対して、ショックと心配を伝えるボイスメールが二件入ってた」

「折り返しの電話はしたの？」

「花を送ってもらったお礼のメッセージを送った」

「誰かと話をした、コールダー？　ご両親とは？」

「二度話をして、一日じゅうメッセージのやりとりをしてる。親父は申し訳なさそうにしてる。本人がガンの治療中だっていうのに、それは来ない理由にはならないと思ってるらしい。おふくろのほうはノイローゼ気味だ。精神的にまいってるから、親父と同じぐらい、おふくろのことが心配だよ。おれはだいじょうぶ、母さんは父さんのそばにいてくれと何度も言ったんだが」

コールダーの両親はカリフォルニア州ラ・ホーヤに住んでいる。父が手に入れた理想的な隠居生活は、無残にも白血病と診断されたことで中断された。治癒可能なタイプではあるものの、半年近くにわたって毎日、点滴を受けなければならない。そんな両親に対して国を半分横断してまで自分のそばについていてもらいたいとは思わない。移動すれば疲弊するし、こちらへ来たところで、気を揉む以外になにができるというのか。それならカリフォルニアにいても同じことだ。

「わたしからも電話しましょうか？」ショーナが尋ねた。「あなたはだいじょうぶだと伝えるとか？」

「いや。うちのおふくろのことだから、本当は状態が悪いのをきみが隠してるんじゃないかと疑うのがおちだ」

「あなたの言うとおりかも」ショーナが弱々しくほほ笑んだ。「携帯のボイスメールが容量いっぱいになってるんじゃない？　わたしからいくつか電話しておく？」

「いや、いい。おれから連絡する」

彼女が不審げな顔になった。たしかに、コールダーは当面、電話を返すつもりがなかった。もっとも親しい友人たちでも、乱射事件に関してあけすけな話を聞きたがるだろうし、こちらはそんな気分になれない。

ショーナが言った。「野球チームの仲間と話したら、気が晴れるかも」

羽振りのいい専門職が集まったごたまぜのリーグでプレーをしているが、打ったり捕ったりするより、しゃべったりビールを飲んだりといった活動が主だった。「騒々しいやつらだからな」彼は言った。「気分がよくなって、いくらか力が戻ったら、連絡してみるよ」

彼の気のない返事にがっかりした顔をしつつも、ショーナは口には出さなかった。「いつ退院できるか、聞いた？」

「うまくしたら明日。じゃなきゃ、明後日」

「早めに教えてね。迎えに来るから。あなたの大切なジャガーはガレージにしまってあるわ。あなたのために手配しといたのよ」

フェア会場の埃っぽい駐車場から愛車を回収することなど、すっかり失念していた。

いまショーナが話しているのは、ハウスキーパーが彼の好物を自宅キッチンに買いためたということ、そしてデンタルクリーニングの予約と仕立屋との約束をキャンセルしたということだった。彼女の話が終わると、コールダーは言った。「なにからなにまで助かるよ」

「水くさいこと言わないで」ショーナは指で彼の髪を梳いた。「帰ってきてくれたらそれでいいの。早くよくなって」

「そうだな」

ショーナはかがんで彼に軽くキスすると、腕時計を見た。「もう行くわ。葬儀を取りしきる牧師から話を聞くことになってるの。あの子に神さまの加護がありますように。ほんとにね。それ以外に言いようがある？」

彼女の口からこぼれだす言葉をうわの空で聞いていたコールダーだったが、この発言を聞くや警戒態勢に入った。「あの小さな男の子の葬儀か？」

ショーナは特大のバッグを持ちあげると、部屋を横切って流し台のあるカウンターまで移動した。「内輪の葬儀になると発表があってね。マスコミは教会から閉めだされるってこと。年齢が年齢だから、この男の子の話にはほかのどの被害者より訴求力がある」彼女は流しの上の鏡を使うため、はでやかな花束を横にずらして、髪を整えだした。

コールダーは咳払いをした。「両親にはほかにも子どもがいるのか？」

「〝両親〟じゃないのよ。母親だけのひとり親家庭で、誰だか知らないけど父親は――」ショーナはリップグロスを塗った。「――そもそもいないの。チャーリーが――チャールズの短縮形じゃなくて、最初からチャーリーなんだけどね――彼女のたったひとりの子どもだった」

ショーナはリップグロスに蓋をすると、布ポーチに入れてファスナーを閉め、ポーチを放り込んだバッグの幅広のストラップを肩にかけた。コールダーをふり返る。「母親と二度、話をしようとしたんだけど――」

「彼女の名前は？」

「ポートマン。エル・ポートマンよ」艶やかな唇が不満げにゆがむ。「彼女の代わりに電話に出るいやな女がいてね。いまのところ、彼女とは話もできてないの。あなたの名前を出してもだめだったのよ」

コールダーはベッドから跳ね起きそうになった。「おれの名前を出した？」

「わたしたちのつながりを知ればひょっとして――」

「二度とするな」

ショーナは口を開いた。彼のにべもない命令にいまにも言い返しそうだったが、考えなおしたらしく、何秒かすると、冷静かつ穏やかな声で言った。「あなたが拒否すると思わなかったから」

「だが、きみは許可を取らなかったろう？　そしてこの件に関しては断固、拒否する」

「電話に出た女には、わたしのことをあなたと親しい人間だと伝えたけど、それだけよ。それで機嫌をなおしてもらえるかどうかわからないけど、あなたの名前に御利益はなかったわ。電話を切られちゃった」

「彼女を責められるか？」

こんどもショーナはなにかを言いかけたが、そこでまたもや腕時計を見た。「長居しすぎちゃった。あなたを疲れさせたわね。あとでまた寄るから、少し休んで」

そして彼女は意気揚々と去った。興味津々で待つ大衆に向けて、コールダーが救えなかった二歳児のために執り行われる内輪の葬儀を報ずるために。

# 7

エルは保安官事務所の分所の前にあるメーターつきの駐車スペースに車を入れた。指定された時刻は三時。分所の正面に掲げられた旗は、フェア会場で起きた乱射事件の被害者を悼んで半旗の位置ではためいている。

あれから今日で一週間になる。この七日のあいだ、新聞では事件のことが大きく取りあげられ、ＳＮＳではハッシュタグがつけられた。ニュースネットワークではいまだ追いかけ報道が行われている。

しかし事件に直接かかわりのなかった人たちには、過去のひとコマとなった。日々の暮らしに戻った何百万というそうした人たちとはちがって、エル・ポートマンの住む世界では太陽が燃えつきたに等しい大惨事だった。

指定された時刻よりも早く着いたので、しばらくエンジンをかけたままこの一週間をふり返った。

グレンダは今朝から仕事に復帰したが、それもエルが強く言ってやっとだった。エルが問い詰めると、フォスター不動産で緊急を要する案件が溜まっていることを認めたのだ。

「でも、あなたをひとりで保安官事務所に行かせるなんて。なんの話かしらね。コンプトンからなにか聞いてる？」

「ううん。今朝の電話では、〝この困難なとき〟に申し訳ないと前置きしたうえで、午後パーキンスと彼女に会ってもらえないかと頼まれたんだけど」

「頼まれた、ね。で、選択の余地はあったわけ？」

「そうは思えなかったけど」

「弁護士に同行してもらったほうがいいかもよ、エル。なんなら手配するけど」

「いえ、いいわ。そういうことじゃないと思うから」

いまだ不信感を滲ませつつ、グレンダは言った。「気が変わったら連絡して、すぐに対処する。それと、あとで家に行くからね。六時ぐらいかな？　みんなが持ちよってくれたキャセロールには飽きたから、適当になにか見つくろってく。どんなものなら食べられそう？」

エルは話を切りだすのに、こんな端緒を待っていた。友人の腕に手を置いた。「ありがとう、でも、今夜は泊まってくれなくていい」

グレンダは目をすがめて、ダイヤモンド商なみの疑い深さでエルを見つめた。「泊まらなくていいのか、泊まってほしくないのか、どっち？」

「わかってもらいたいんだけど、あの事件からずっと、わたしは人に囲まれてきた。善意に満ちた、愛情深くて、親切な人たちによ。その人たちのやさしさにはとても感謝している。でも、わたしにはひとりになる時間がなかった」

「チャーリーとふたりきりになる時間ね」グレンダはそっと言った。「わかった」彼女の腕に置かれたエルの手に手を重ねた。「必要なときは言って、駆けつけるから」

　グレンダはかけがえのない友人だが、自宅でひとりチャーリーの遺品に埋もれて、息子の魂に包まれたくてたまらなかった。孤独のうちに追想に耽り、人目をはばかって抑制することなく泣き、ひっそりと死を悲しみたかった。

　礼拝堂では、最前列に両親とグレンダにはさまれて座り、かろうじて威厳を失うことなく息子の葬儀に耐えた。美しい式だった。

　だが、どんなに音楽が耳に心地よかろうと、牧師の説教が希望に満ちていようと、小さな棺にたくさんの花がおさめられようと、幼い息子がその内側に閉じ込められて、もう二度とその笑顔や涙、におい、よくわからないおしゃべり、はじけるような笑い声、その体がもたらす重みとぬくもりをわが身に感じることはできない。

　グレンダは埋葬のあとのお別れ会の手配をすべて行ってくれた。家は同情で満ちあふれ、エルは閉所恐怖になりそうになりながら、どうにか切り抜けた。

　元夫のジェフとその妻レスリーとの、ぎこちない会話にも耐えた。レスリーは丈の短いタイトなブラックドレスを着ていたので、ふくらんだ腹部がいやでも目立った。

　ふたりを葬儀に呼ぶのは気が進まなかったが、ジェフから電話で参列してもいいかと打診があったけれどどうするかとグレンダに問われると、「もちろん」と答えていた。彼が再婚しようと、父親になろうとしていようと、参列を拒むほどのこだわりはないし、拒めばエルが意地を張っているようにとられただろう。

レスリーとともに近づいてきて、お悔やみを述べる彼は、居心地が悪そうだった。グラスからちびちびとスコッチを飲む彼のかたわらで、殊勝な顔つきをしたレスリーが言った。「胸が張り裂けそうな悲しみよね」子どもを宿した腹を手で撫でる。「この子を失うなんて、あたしには想像もできない」

エルが口を開く前に、ジェフがワインを持ってこようかと申しでた。エルが断ると、彼はおずおずとエルをハグし、エルはふたりに来てくれたお礼を言った。レスリーが、あたしのよ、と言わんばかりにジェフの腕にしがみつきながら、ピンヒールでよたよたと遠ざかっていく。グレンダはあきれ顔でエルを見て、口に指を突っ込んで吐くまねをした。

参列者が帰りだすと、見送りをグレンダに任せて、エルはエージェントのローラに別れのあいさつをした。ローラは言った。「自分を甘やかして、悲しみの処理を急がないでね。本の心配はしなくていいから」

「正直に言うと、本のことは頭から抜け落ちていたわ」

「出版社も状況を理解して、全面的にサポートしてくれてる。この先もあなたのようすを知りたいから、ちょくちょく電話をさせてもらうわね」

両親は翌朝発(た)った。もう何日か残ると言ってくれたが、エルは留守宅で待つ二匹の猫のもとに戻るように言った。大きな声では言えないが、手を振ってふたりを見送ったときは、ほっとした。なにも要求されていなくても、ふたりを満足させるにはエネルギーが必要で、いまはその持ちあわせがなかった。

それに、チャーリーを産むと決めた自分の決断をふたりは認めてくれていなかったという思いが根底にあった。

計画をふたりに話したとき、母親は眉をひそめた。「ほんとにそうしたいの、エル？　こんな状況で？」

質問は小声で発せられた。世間体が悪いから、できれば口にしたくないとでも言わんばかりに。

いまエルは声に出して言った。「世界じゅうのなにより、あの子がいないことがつらいわ、お母さん」同じだけの力を込めて車のエンジンを切り、外に出て力いっぱいドアを閉めた。

分所のなかに入り、セキュリティチェックを受けた。コンプトンからは三階にいると聞かされていた。エレベーターを降りた先は機能一辺倒の魅力のないロビーで、女性の保安官助手がデスクにいた。

「ご用件は？」

「エル・ポートマンです。コンプトン刑事とパーキンス刑事に呼ばれて来ました」

「ふたりはいまほかの方と面談中ですが、あなたがいらしたことを伝えます。この廊下を進んで」彼女は指さした。「突きあたりを右に曲がってください。三〇六号室ですので、廊下の椅子におかけになってお待ちください。じきふたりから声がかかります」

「ありがとう」

背を向けたエルに、その女性が言った。「お悔やみ申しあげます、ミズ・ポートマン」

　エルはお礼の代わりに力ない笑みを返し、長い廊下を歩きだした。突きあたりを右に折れたが、そこで目に見えない壁に阻まれたかのように、ぴたりと足を止めた。

　そこにいる男性が誰だかすぐにわかった。彼は廊下のなかばにある椅子に腰かけていた。脚を大きく開き、頭を垂れて、床を見つめていた。

　右手を左肘に添えて、腕を吊った大きな三角巾を支えている。白いシャツの上に濃色のヘリンボーンのブレザー、下は黒いジーンズだ。腕の入っていない左袖が肩から垂れさがっていた。

　エルの心臓が不規則に打ちだした。手のひらが汗ばみ、耳の奥で虫の羽音のような音がする。彼を目にしたことで、こんな奇妙な身体反応が起きているのはなぜ？　まったく予期していなかったという以外に理由がわからなかった。

　ふたりの運命が交差したのは偶然かつ一刹那であり、ふたたび交わることがあるとは予期していなかった。少なくとも、たとえそんな機会があるとしても、彼になにを言うか事前に考えて用意できるものと思っていた。

　向こうはこちらに気づいていない。いったん引きさがって、言うべきことを用意しようかと思ったけれど、約束の時間には遅れたくない。それに、準備したところで楽になるとも思えなかった。エルはひとつ深呼吸すると、そのまま廊下を進んだ。

　エルが近づくと、彼は目を上げて小さく会釈し、すぐに靴のあいだの床に視線を落とした。靴というよりブーツだ。オーストリッチの黒いカウボーイブーツ。

できるだけひっそりと彼の向かい、反対側の壁ぎわにあった椅子のひとつに腰かけた。そこまで没頭する彼の考えごととはなんなのか、おのずと興味が湧いた。

まっすぐ顔を向けた先に彼の頭頂があった。中央が台風の目のように渦を巻き、そこから小麦色の髪が広がっている。まつげは濃く、形のいい眉毛は強く寄せられているせいで、眉間に縦皺(たてじわ)ができている。顎はがっちりとして贅肉(ぜいにく)がなく、それが歯を食いしばっているかのように、こわばったりゆるんだりしていた。

エルの視線に気づいたにちがいない。彼はそのままの姿勢でふいに頭を起こし、エルを直視した。

見とがめられたエルは、なにかを言う必要に駆られた。「ミスター・ハドソン?」しわがれ声になった。

# 8

近づいてくる人の足音に気づいて、そちらに視線を向けた。それが女性であることのみを脳が感知する。彼はふたたび反芻という名の光の差さない底なしの淵に飛び込んだ。この一週間、ずっとこの淵に浸かっていた。

女が向かいに座ったことにもろくに気づいていなかったが、やがて突き刺さるような視線を感じた。重さはないが、顔に息が吹きかけられているような感覚がある。

顔を上げると視線がぶつかり、めったにない彼女の瞳の色にたちまち目を奪われた。

そのとき彼女が彼の名を口にしたのだ。

雷に打たれて椅子から落ちそうになるほどの確信とともに、彼女が誰なのか気づいた。なんてことだ。今朝目覚めたときは、まるで予想していなかった。心の準備ができていない！

だが、これは現実であり、そこからのがれる道はなかった。

銃殺隊の前に引きだされたかのように、観念して立ちあがった。「コールダー・ハドソンです」

「エル・ポートマンです」

「じゃないかと思いました」

彼女が興味深そうにこちらを見ているので、コールダーは視線をそらした。長い廊下の一方を見たあと、反対側を見た。助けはどこにも見当たらなかった。

彼女に視線を戻すと、ためらいつつ、切りだした。「正確にはちがう。いま言ったことです。そうじゃないかと思ったんじゃなくて、わかったんだ。なにか……」勢いよく息を吐き、否定するように手を振る仕草をして、髪に指を差し入れた。「どうしてわかったかわからない。とにかくわかった」

彼女は腰かけたまま身じろぎをすると、刑事たちが忽然と現れるのを期待するように三〇六号室のドアを見た。そうだ、刑事たちはどうした？　ふたりに会うのは気が進まないが、いまのこの状態よりはましというもの。まさに拷問。彼女がまたもやこちらを見ていた。

「あなたはわたしの外見を知らなかった」彼女が言った。「わたしを見たとは言えないから」コールダーの困惑に気がついたらしく、彼女はつけ加えた。「わたしのこと、フェア会場で会ったからわかったわけじゃないんですよね」

「ああ、そうだ。フェア会場で会ったからじゃない。きみにぶつかったのは覚えてるが、そう、きみのことはちゃんと見ていなかった」

認めるのは最低の気分だったが、彼女の目を見ていたら嘘をつけない。七日前まではたくみに嘘をつく能力の高さこそを誇っていたというのに。

「当然だわ、わたしたち親子に気がつく理由などなかったもの」彼女は言った。「ベビーカーがなかったら、わたしたちの存在にも気づかなかったでしょうね」

言葉がなかった。これもまた、彼を不利な立場にする事実への言及だった。

「わたしたちはあなたの行く手をさえぎっていたし、あなたはそれでなくてもいらだっていたわ」

「傍目にわかるほど？」

彼女の唇がゆるんで、ほほ笑みめいた表情になった。「ええ、わたしには。わたしがあなたの存在に気づいたのは、フェア会場には似合わない服装だったから。あなたはいらいらして、会場の人込みにうんざりしていた」

「そのとおりだ。それにしても、ほんの数秒でどうしてそこまでわかった？」

「観察力には自信があるの。記憶力にも」

「うらやましい資質だ」

「二重の呪いでもある」

コールダーはその点に触れなかった。一歩まちがえばウサギの穴に落ちかねないので、なぜその資質が呪いになりうるのかとは尋ねなかった。察しはつく。そしてありがたいことに彼女のほうも詳しくは言わなかった。そんなことをされたら、耐えられなかっただろう。

ふたりは気詰まりな沈黙に陥った。エベレストのように途方もなく大きな不文律をはさんで口をつぐむ他人同士のようだ。それがふたりを結びつけてもいる。

一瞬目が合っただけで気まずい。コールダーはさっきの姿勢に戻り、またもや大理石風の床の観察にいそしんだ。噴きでた汗が肋骨をジグザグに流れ落ちる。皮膚がぴんと張りつめて、内側にむずむずとした感覚がある。

　視界の隅で、彼女が閉ざされたままのオフィスのドアにいま一度、不安げな視線を投げるのをとらえた。彼女は腕時計を見て、小声で言った。「約束は三時だったのに」

「コンプトンとパーキンスか？」彼女がうなずくと、コールダーは言った。「おれは二時四十五分に来いと言われた」

「いま三時十分よ。まだ会えていないの？」

　コールダーは首を振った。

「どうして呼ばれたかご存じ？」

「いや。きみは？」

「いいえ」彼女は膝を見おろし、歯で下唇を何度か噛んだ。と、ふいに顔を上げた。「あなたは亡くなったんだと思っていました」

　いつもなら当意即妙な返事ができるのに、頭が真っ白になった。なにを言ったらいいかわからない。

「あのとき、突然どこからか知らない人たちが現れたんです。救助のために。それで……その人たちはベビーカーの上からあなたを持ちあげて、地面に横たえた」

「そのへんはいっさい記憶にないんだ」

「まったく動かなかったわ」

「倒れたときに、意識を失ったんだ」

「それにあなたは血だらけだった」

「腕の血管が傷ついてた。手術してもらった」

「そうだったんですね」彼女の首は細くて青白い。それが唾を飲み込もうと動いている。

「あなたの血だか、チャーリーの血だか、わたしには区別がつかなかった」

この場を離れなければならない。なにはともあれこの場を。早くしないと、毛穴という毛穴から噴きだしている汗が服にまで染み込んでしまう。そして酸欠になり、目から涙がこぼれてしまう。

コールダーはこんども首をねじって、助けはないかと探した。

「病院にはどれくらいいたんですか？」

コールダーは意識を彼女に戻した。「五日間」

「いま腕の具合は？」

彼はおうかがいを立てるように腕を見おろしてから、答えた。「回復するさ。いずれ。理学療法を受ければ」

「後遺症の心配はないんですか？」

彼はうなずいて、声を押しだすように言った。「ああ。それはなさそうだ」きみはそうはいかない。

コールダーは彼女の潤んだ目を見て、しばし視線を合わせると、そわそわと腿をさすっていた右手を見おろした。「きみには正直に言うしかないね、ミズ・ポートマン。おれは完全にお手上げ状態で、きみになんと言ったらいいか、わからないでいる。無神経、あるいは不誠実かもしれない。いや、きみが体験したことをまるで理解できていないクズのたわごとにしか聞こえないかもしれない。なにを言ったところで、的外れでしかないんだろうが」

「なにも言う必要はないんです。わたしには──」

「いや、ある。言わなきゃいけない。きみの幼い息子さんのことをどんなに気の毒に思っているか伝えるべきなんだ。おれがどんなに……どんなに願おうと……」頭を左右に振って、その仕草でおのれのやりきれなさが伝わることを祈った。

彼女は言った。「あなたはチャーリーの生存を願った。元気で大きくなり、長生きして、しあわせな人生を送ることを。そしてあなたは時計の針を巻き戻し、あの日フェア会場に行かないことを願った。踏切でつかまり、到着が遅れることを。わたしたちに発砲した若い男がこの世に産み落とされないことを願った」

コールダーは切れ切れに息を吸い込んだ。「うまく表現できてる。というか、完璧だ。だが、願うだけじゃどうにもならない。そうだろう?」

ええ。

彼女の唇がそう動いたが、声はしなかった。彼女が顔を伏せて、膝のハンドバッグから取りだしたティッシュペーパーで目と鼻を押さえたからだ。とっさに彼女の手に触れたくなった。子どもが亡くなったと聞かされたときからずっと感じている、はらわたをむしばむような悲しみと後悔を伝えたかった。

だが、それは不適切なふるまいだ。仮に最高に正しい作法だったとしても、彼女がよろこんで受け入れてくれるとは思えなかった。だからそのまま動かず、彼女がおちつくのを待った。

最後に鼻をくすんと鳴らして、彼女が顔を上げた。「あなたはどうして飛びだして、ベビーカーを追いかけたんですか？」

コールダーはつい両肩をまわしてから、そういう反射的な動きをすると腕に激痛が走るのを思いだした。顔をしかめたのに気づいたらしく、彼女がすかさず痛みがあるのかと尋ねた。

「いつもじゃない」

「痛み止めは飲んでないの？」

「寝る前は飲んでる。というか、寝ようとする前は」

彼女はわかると言うように笑顔になり、うなずいた。「なんと答えるつもりだったの？」

「おれがベビーカーを追った理由か？　正直言って、わからない。医者からも看護師からも心理士からも、十回は尋ねられたが――」

「アリソン・シンクレアのこと？」

「きみもドクター・シンクレアに会ったのか？」

「あの夜、彼女は遺体安置所に来て、しばらくついていてくれたわ。つぎの日もまた電話をくれたけど、そのときはまだこちらが話せる状態じゃなかった。でも親切な人だから、チャーリーの葬儀のあと訪ねてきて、少し話したの。彼女が主宰しているグループセラピーのことを話してくれた」

「そうか」

「チャーリーの葬儀と重なったから、第一回は行けなかったけど。どんなようすだった?」

「行ってない。そういうのはおれには合わない」

「そうなの? ドクター・シンクレアはそのことについてなんて?」

こんども彼は考えなしに肩をすくめ、こんども激痛に襲われた。「彼女はセラピストだからね、当然参加を勧める」

「出席するのは義務だとばっかり」

「いや」

「彼女に誘われても、行く気になれなかった?」

「ああ」

「そう」

小声の〝そう〟を最後にこのセラピーに関するやりとりは終わったが、続く沈黙にはスチールウールのようなざらついた感触があった。

口ごもりつつ彼女が言った。「あなたが言いかけていたことをさえぎってしまったわ」

「なんの話だ?」

「なぜベビーカーを追ったのか、みんなから尋ねられるって。医者からも看護師からも誰彼からも」

「ああ、そうだ。両親まで。ふたりはおれを褒めたが、親だからな、すぐに態度を変えて、二度とあぶないことをするなと言った。恋人も同意見だ」

「ショーナ・キャロウェイね」

　コールダーは驚きとともに尋ねた。「なぜそれを？」

「彼女からインタビューの依頼があって。断ったけど。彼女は電話してくるたびにあなたの名前を出したわ」

「そのたびにって、何度だ？」

「四度じゃないかしら」

　コールダーは憤慨した。エル・ポートマンの置かれた状況を考えたら、怒らずにいられない。「おれは彼女の電話にはまるで無関係だ。いっさい。実際……」ショーナのことをエルと話したくないので、言葉を切った。その件に関しては山のように言いたいことがあるにもかかわらず。「こんなときにそんな電話の相手までさせられて、気の毒に」

「実際は電話には友人が出てくれてたの。彼女がわたしの代わりに断ってくれたわ」

　ショーナが〝いやな女〟と評したその友人がマスコミの盾となってくれてよかった、とコールダーは思った。

　エル・ポートマン本人は〝いやな女〟にはほど遠いが、内気なタイプでもなかった。銃を乱射した若い男のことをこの世に産み落とされなければよかったと言ったときの彼女は、本気だった。

とはいえ好戦的なタイプでもない。言うなれば、学校じゅうの男子生徒があわよくばと思いながら手を出すには完璧すぎる生徒会長のようなものだ。手を出そうとすること自体をためらうというか。酩酊するために聖餐式のワインを飲むようなものだ。

真っ白な肌に対して、髪は好対照をなす濃い色だった。それを後ろでまとめているのがわかったのは、彼女が横を向いて長いポニーテールが見えたときだ。彼の手首ほどの太さがある髪の束が背中で波打っていた。

同じように波打った短い髪が顔まわりを縁取り、顔立ちの優美さを際立たせていた。近ごろ泣きすぎているせいなのだろう、離れぎみの瞳は曇っているものの、瞳の色は——

「どうしてベビーカーに飛びついたのか尋ねられて、あなたはどう答えたの？」

彼女の瞳の色を表す言葉を探すのはやめて、質問に集中した。「意識してしたことじゃないと答えた。危険性だなんだは考えてなかった。体が動いた、ただそれだけのことだと」

「あなたはわたしの息子を助けようとしてくれたんです、ミスター・ハドソン」彼女が小声で言った。「わたしはその勇敢な行為を〝それだけのこと〟とは思いません」

## 9

三〇六号室のドアが突然開いて、パーキンスが出てきた。どうも、とふたりに中途半端なあいさつをすると、背後に手をまわし、松葉杖の女性のためにドアを押さえた。廊下に出てきた女性は、おずおずとふたりに会釈した。

続いてコンプトンが現れて、ふたりを見た。「お待たせしました。おふたりのあいだの自己紹介はおすみですね。エル・ポートマン、コールダー・ハドソン、こちらはドーン・ホイットトリー」

コールダーは立ちあがった。見覚えのある女性だった。「インタビューを観せてもらった」

自分がカメラにおさまるのを拒否したことを負い目に感じていたコールダーは、放映された夜にショーナのインタビューを観た。彼女がエル・ポートマンにしつこく依頼を重ね、そのたびに彼の名前を出しているのを知る前のことだ。

ホイットトリーと紹介された女は不器用に松葉杖を操ってコールダーに近づいてくると、臆したようにほほ笑んだ。「テレビに出たのははじめてだったから、すごく緊張しちゃいました。でも、ミス・キャロウェイがおちつかせてくれたんですよ。とってもやさしくて、思いやり深い人。あなたと暮らしてるけど、結婚はまだなんですってね」

ショーナが自分たちの私生活を仕事に利用したことがひどく癪に障ったものの、この女性に落ち度はない。コールダーは彼女に笑いかけた。「緊張してるとは、誰も思わなかっただろうね。とてもうまく対処してた」

「たくさん泣いちゃったわ」

「それでも言いたいことは伝わった」

エル・ポートマンが進みでた。「ごめんなさい、インタビューを観ていなくて」

「いいんです」

「とても印象的だったとうかがっています。脚の具合はいかがですか?」

「松葉杖のコツがつかめなくて苦労してますけど、贅沢は言えません」彼女の顔に浮かんだ悔やむような表情を見て、エル・ポートマンを前にしてサバイバーズ・ギルトを感じているのだろうとコールダーは思った。「息子さんのこと、本当にお気の毒でした」

「ありがとう」

「グループセラピーでお会いできるかしら」彼女は疑問形で言った。

エルはそうですねと応じた。

ホイットリーはコールダーに期待の目を向けた。彼は形だけのあいまいな笑みを浮かべ、返答を避けた。

「えっと、下で旦那と母さんが待ってるの。ふたりいないとあたしを車に乗せられなくて」

コンプトンが言った。「来てくださってありがとうございました、ミセス・ホイットリー。

ていった。

「彼女を見送ったら、すぐに戻る」と、パーキンスはぎこちなく廊下を進む女性に付き添っていった。

　コンプトンがコールダーとエルを見た。「十五分刻みで面談のスケジュールを入れていたのですが、彼女が時間に遅れたものですから。長くお待たせして、すみません。なにかお飲みになりますか？　コーヒーとか、お水とか？」

　ふたりとも断った。コールダーは言った。「なぜおれたちをここへ？」

「わたしもその理由を知りたいわ」エルが言った。

「生存者全員と、亡くなられた方のご家族のうち少なくともおひとりとの面談のスケジュールを組みました。パーキンス刑事とわたしとで個別に話をしたかったのですが、おふたりが最後ですし、時間の都合もありますので、差し支えなければおふたりいっしょにお話しさせていただけますか」

「おれはかまわない」コールダーがエルを見ると、彼女もうなずいて同意した。

「でしたら、おかけください」コンプトンはふたりに座っていた椅子に戻るよううながし、自分はあいていた椅子の一脚に腰かけた。

　三人が席につくと、コンプトンは言った。「捜査に進展がありましたので、記者会見で公表する前にお知らせしておきたいと思いまして。会見は……」腕時計を見る。「四十分後の予定です」コールダーを見て、つけ加えた。「ミズ・キャロウェイもまちがいなく取材されるでしょう」

まちがいないとコールダーも思ったが、口にはしなかった。

彼は尋ねた。「進展とは？　容疑者の近親者が見つかったのか？」

「いいえ。ですが今回の記者会見の目的は、彼の身元と写真を公開して、彼を知っている人たちから情報をつのることです」刑事はふたりを交互に見て、先を続けた。「ただし、犯人としてではなく被害者として」

「え？」エルが声をあげた。「自殺したんですよね」

コンプトンが首を振る。

「硝煙反応を調べるのに一週間かかったんですか？」エルが尋ねた。

「テレビ番組のようにはいかないんですよ、ミズ・ポートマン」コンプトンは半笑いで言った。「硝煙反応は参考にはなっても、決定打にはなりません。銃が発砲されると火薬が飛び散り、どこにでも誰にでも付着しうるんです」コールダーを見る。「お父さまと射撃場に行かれていたあなたなら、ご存じですね」

「知ってたが、病院であんたたちから自殺だと聞かされて、そのまま信じた」

「どうしてそんなまちがいを？」エルは重ねて尋ねた。

コンプトンが言った。「そうですね、まず、乱射事件の場合、自殺はよく用いられる逃亡手段だからです。ふたつめの理由は、銃創が頭部にあったこと。ぱっと見、自殺で通る傷でした。ですがいまは殺人犯が彼に近づいて、こめかみに銃口を押しつけたとみています」

「でも、それも憶測ですよね」エルが言う。「正しいという確証があるんですか？」

「自殺を示すもうひとつの指標として、多くのケースでわたしたちがつねに探しているのは、死体硬直と呼ばれる現象です」

「それはなんだ？」コールダーは尋ねた。

コンプトンが人さし指を曲げる。「自殺の場合、脳が最後に受け取る信号は引き金を引いたことです。死は即時的に訪れ、人さし指は曲がったままになる。彼の人さし指はどちらもそうなっていませんでした」

コールダーがエルを見ると、彼女もこちらを見返した。彼はコンプトンに視線を戻した。

「それだけか？」

「いいえ。長くかかったのはつぎの点が理由です。監察医が他殺と判断した決定的要因は物理的なものでした。過去の逮捕記録によると、被疑者は左利きです。ところが弾道からして、犯人は左利きではありえない。監察医は優秀な同僚や弾道学の専門家に意見を求め、みな同じ結論にいたった。自殺に見えるよう仕組まれたのだと。しかも、きわめてすみやかに。とはいえ、初動対応の目をごまかし、その後の混乱に乗じて逃げる時間を確保するのが精いっぱいだったわけですが」

「その男じゃないなら、誰なんですか？」問いただすエルの声が割れた。「誰がわたしの息子を殺したの？」

コンプトンは顔をゆがめた。「こんなことをお伝えするのは心苦しいのですが、本当の銃撃犯はいまだ捕まっておらず、現時点では身元の特定もできていません」

刑事の発言にエルは絶句した。コールダー・ハドソンを見ると、彼も同じように言葉を失っているようだった。

コンプトンが張りつめた沈黙を破った。記者会見がはじまる前に帰ったほうがいいと勧めたのだ。「リポーターに追いまわされるのがおいやなら。たぶんそうだと思いますが」

パーキンスが廊下の向こうからやってきて、彼女の発言を聞きつけた。「早くも押しかけてきて、場所取りをしてる。裏口に案内しよう」

「助かります」エルは言った。

コールダーは無愛想にうなずいた。怒りでいっぱいで、隠すこともできないようだ。

エルはコンプトンと握手をしながら、新たな情報の提供に対してお礼を述べた。「わたしが聞きたい話ではありませんでしたが」

「わたしにとっても、あなたにお伝えしたい話ではありませんでした」

「犯人扱いしていた若い男性の疑惑が晴れたとして、この先はどう進めるつもりですか?」

エルは尋ねた。「ところで、彼の名前は?」

「リヴァイ・ジェンキンス。捜査の進め方ですが、いま一度、すべての監視カメラの映像を見なおします。そしてあなた方を含む目撃者から得られた証言を検討して、世間に――」

「口からでまかせはたいがいにしてくれ」コールダーは言った。「一から出なおし、実態はそういうことだろう？」

彼はエルの思いをずばりと代弁してくれたが、その口調はエルが言ったであろうものよりうんと辛辣だった。

見あげたことに、コンプトンは率直に応じた。「そうです。わたしたちもあなたに負けず劣らず、そのことに失望しています、ミスター・ハドソン」

パーキンスがガス抜き役よろしく、コンプトンに声をかけた。「おふたりを送ってくるから、下で会おう」

コンプトンはうなずき、コールダーとエルを見た。「今後もなにか進展があったら連絡します」それだけ言うとオフィスに引きさがって、ドアを閉めた。

パーキンスは無言でエルとコールダーについてくるよう伝えた。ふたりが後ろを歩きだすと、彼は迷路のような三階の廊下を抜けて、建物裏手にある職員専用エレベーターまで導いた。キーパッドに暗証番号を入力してボタンを押す。

乗り込んで地上階へ向かった。コールダーは終始無言だったが、エルには彼から放たれる怒りが熱波のように感じられた。失意、焦燥、絶望、怒り。沸きたつ感情のせめぎあいに苦しんでいるのだろう。

エル自身、そうした感情だけではおさまりきらない思いがあった。永遠ではないにしても、それなりに長い時間、事件は終わったと思わされてきたのだ。大打撃だった。

エレベーターを降りると、パーキンスが出口を指さした。その隣にトイレがある。「ここで失礼させてもらいます」エルは言いながら、女性用のトイレを手で指し示した。「ここからはもう帰れますので」

コールダーと視線が交わったが、彼がなにも言わなかったので、エルも黙って背を向けてトイレに進んだ。個室に入って鍵をかけると、もう自分を保っていられなかった。

この一週間のあいだに何度となくくり返してきた大爆発ではなかったが、悲しみと怒りに体が痛むほどの激しさで泣きじゃくった。

しかし自分の車が建物の表側に停めてあることも、記者会見の前に逃げだすにはあまり時間がないこともわかっていたので、なんとか自分を抑えつけた。

洗面台でペーパータオルを濡らして絞った。赤らんだ顔を拭き、痛む目に押しあてる。見た目はたいして変わらないが、鎮静させるのには役立った。

トイレを出ると、重いドアを肩で押して外の歩道に出た。歩道をはさんで左手が駐車場、右手が緑におおわれた芝地になっている。

歩道の先の通りで、コールダー・ハドソンが携帯電話を見おろしながら縁石沿いを行ったり来たりしていた。からっぽの左袖が体の脇で揺れている。

パーキンスの姿はなかった。

エルは駐車場に向かった。そこを突っ切れば建物の表側に出られて、車を停めてある駐車スペースまで近い。ところが何歩か行くと気が変わり、衝動的にコースを変えた。

コールダーは近づいてくるエルを見ると、電話をしまってサングラスを外した。彼はすぐさま、エルが泣いていたことに気づいた。眉間の皺が深くなる。「だいじょうぶか？」

「あなたはどうなの？」

「だめだ。腹が立ってしかたがない」

「わたしはトイレでひと泣きして、楽になった。といってもいくらかましになっただけだけれど」

　彼は感情の昂りのまま、サングラスを腿に打ちつけていた。「おれは無性に腹が立ってる。誰に対して怒ってるのかよくわからないが」

「わたしもそんな感じよ。じりじりしているのに、その気持ちの持って行き場がない」お手上げの仕草をした。「待つしかないんでしょうね」

「だろうな。待つのは得意じゃないが」

　秋の日射しが彼の目鼻立ちを際立たせた。室内の蛍光灯では感じなかったことだ。明るい色の髪。瞳は薄い金褐色だが、どことなく緑がかっている。頬に散った薄いそばかす。それが全体として都会的な顔立ちに不思議と親しみやすさを添えている。

　そんなことに気を取られるなんてどうかしている。エルは急いで背後を見た。「わたしの車は表側に停めてあるの。あなたのは？」

　彼は三角巾を指さした。「医者の許可があるまで運転はできない。来るときはＵｂｅｒタクシーを使った。いま電話したところだ。こちらに向かってる」

「お住まいは遠いの？」

「市街地を出たところにある高層住宅だ。きみは？」

「フォートワースよ」

「フォートワース？」

エルは軽く笑った。「まるで開拓地扱いね」

彼がにやりとした。「ちがうのか？」

「ダラス市街地に近い高層住宅に住んでる人がそう思うのはわからなくはないわ」

「ばかにしたわけじゃない」

「べつにいいのよ。わたしは気に入って住んでるんだから。完璧な家庭を――」

チャーリーと、と言いそうになって、口をつぐんだ。コールダーも察したようで、先をうながそうとはしなかった。エルはお腹の前で腕を交差させ、自分の安いフラットシューズと彼の超高級なブーツのあいだのコンクリートに言葉を向けた。「リヴァイ・ジェンキンスに対して悪く思ったり言ったりしたのを思いだすと、気分が悪くて」

「わかる、おれもだ。犯人がその場で自殺したと聞いたとき、おれは手術の直後で、悲惨な状態だった。これでやつが社会に迷惑をかけることはないと、よろこんだのを覚えてる」

エルは目を上げて彼を見た。「善良な市民ではなかったんでしょうけど、また未解決の死がひとつ増えたってことね」

「そのことが頭から離れない」彼はサングラスを持ったまま右手の親指と人さし指で目元を押さえたあと、手をおろして言った。「犯人がこのまま逃げおおすかもしれないと思うと、耐えがたい」

「わたしはチャーリーのために報復を望んでる」

「報復は当然だ。きみにはそれを望む権利がある」留保をつけずに断言した彼は、決意に満ちた迷いのない表情をしていた。

彼の背後で動くものがあった。エルは言った。「あなたのＵｂｅｒ？」

彼は近づいてくる背後の車をちらりと見た。「ああ」顔を戻す。「きみはだいじょうぶか？」

「車まですぐだから、まだ見つからずに帰れるわ」

「いや、おれが言いたいのは……」彼は口を固く結ぶと、サングラスで腿を小刻みに叩きながら、エルの目を見ていた。「総じてどうかってことだ。乗り越えられるのか？」

エルは目をしばたたいた。一瞬彼の目を避けて視線を下げ、すぐに戻した。「そのうちきっと」

エルは彼に悲しげな笑みを向けたが、笑みは返ってこなかった。お互いを見つめながら立ちつくしていた。この局面でこれ以上なにが言えるかわからなかった。

Ｕｂｅｒの運転手が車の窓を下げた。「ハドソンさん？」

「そうだ」答えつつ、彼はエルから目を離さず、彼女にだけ聞こえるように言った。「さっききみの言った願いごとのリストがあったろ？　そのリストに、この腕で銃弾を止められたらよかったのにというのを追加する」

エルの喉が締めつけられる。また泣きだしてしまいそうだった。「これきり会えないといけないので、言っておきます。あなたが助けようとしてくれたことにこれからも感謝しつづけます」

手を差しだした。彼はその手を見て、エルの顔を見て、ふたたび手を見て、その手を握った。握手する。エルは早々に手を引いた。「さようなら、ミスター・ハドソン」

賞賛を受けるのは……

〝現時点ではいまだ正体不明の銃撃犯がリヴァイ・ジェンキンスの知り合いだったのか、共謀者だったのかは、わかっていません。あるいはジェンキンスは初動捜査の目をくらませるスケープゴートにすぎず、その間にこの忌むべき犯罪者が逃げおおせた可能性もあります〟

と、のたまっているのは、保安官事務所の犯罪捜査課を率いる堅苦しい人物。

今日の午後の記者会見を再生するのは、これで三度めになる。近ごろではめったに見られない良質なコメディだ。恥をさらしている男の顔ほどおもしろいものはない。

「やあ、天才くん、あれはあんたたち警察が機会犯罪と呼ぶやつだったのさ」

その機会があったから、のがさずつかんだ。辛抱強くその機会をうかがっていなかったとは言わない。待っただけのことはあった。完璧だった。人によっては不運な場所、不運な時間になった。そう、リヴァイなんとかにとっても。だが、仮にこれぞという人物をスケープゴートとしてあらかじめ決めておいたとしても、これほどうまくはいかなかっただろう。

犯罪捜査課のトップは続ける。〝今後もリヴァイ・ジェンキンスの近親者または知人探しは続きます。この写真の人物に見覚えのある方は、こちらまでお知らせください〟

リヴァイの顔写真が映しだされる。かつてないほど不潔で無価値なマリファナ常用者の顔が。

〝犯人は迅速かつ抜け目なく動き、リヴァイ・ジェンキンスを自殺に見せかけて最後の被害者にしたのです〟

「なんだか不必要に畏敬の念を感じさせる口調だね。さっき顔写真を見せたところなのにさ。やつは社会のお荷物だった。それをいまさら聖人扱い？　笑わせんなよ、あんなやつの不在を惜しむ人なんているわけないって。これまでだってそうだったんだから」

飽きてきたので、質疑応答の部分を早送りした。トップの回答にはまるで中身がない。見えすいた逃げ口上のいくつかには、演壇の背後にならぶきまじめな部下たちまでが苦々しげな表情をしているようだった。

「こちらの手がかりなんか、全然つかめてないくせに。視聴者にそれがばれるのが怖いんだな、こっちにはもうばればれさ」

ショーナ・キャロウェイの箇所に差しかかると早送りを止めた。乱射事件を扱う前から彼女のファンだった。彼女はジェンキンスの手にあった銃器に関して質問をした。

〝乱射事件に使われた銃器だと確認されたんですか？〟

〝はい。すべての銃弾がこの銃から発砲されていました。九ミリ口径のセミオートマチック拳銃です〟

〝所有者の特定は？〟

「ショーナ、そんなくだらない質問をして、恥ずかしくないのかよ」

犯罪捜査課のトップは答えた。〝まだです。ほかの犯罪との関連も見つかっていません。ですが、いまあらゆる手がかりをひとつずつ追っているところです〟

「どういう手がかりだか具体的に言ってみなよ。手がかりなんかひとつもないのにさ。これ以上恥をかく前に黙れって」

〝ささいな証拠が重要な手がかりにつながることもあります〟トップの男は言った。

「ささいな証拠？　せいぜいがんばるがいいさ。納税者の金を無駄に使って」

〝とはいえ、もっとも信頼が置けるのは目撃者です〟トップの男は決意に満ちた目を視聴者に向けた。その中にいる目撃者を探すみたいに。〝おそらくはそれと気づかずになにかを見ていた誰かしらが、犯人の身元特定につながる手がかりになりえます。ご覧の画面には電話番号が表示されています。情報をお持ちの方は、どんなささいなことでもお電話ください。通報のひとつずつを慎重に取り扱います。通報者の身元が表に出ることはありません〟

さーーて、お待ちかね、最後のシメ。Ｊ・エドガー・フーバーのものまね。

〝われわれはこの言語道断な罪を犯した人物を探しだし――〟

「がんばれ、Ｊ・エドガー」

〝――被害者とその家族のために正義を実現させます〟

停止、巻き戻し、再生。続けてボタンを押した。この最後のひとことを聞けるなら、この茶番劇も通しで見る価値があるというもの。皮肉もいいところだ。

# 10

コールダーはコンドミニアムの三十二階にある自宅に入ると、造りつけのバーカウンターに直行した。室内はどこもかしこも鏡のようにつるつるで、やはりつるつるなカウンタートップは触れるとひんやりしていた。その上にしつらえられたガラス戸棚には、見えない裏側にLED照明がライン状に取りつけられており、やわらかな光を発している。すべてが最高級品だった。

バーボンも例外ではなく、コールダーはそれをクリスタルグラスにそそいだ。いっきにあおり、二杯めをつぐ。「知ったことか」痛み止めを飲んでいるあいだはアルコールをやめろと警告した薬剤師の顔を思い浮かべつつ、二杯めのグラスを掲げた。

もっとも、酒の助けを借りずとも、処方薬はじゅうぶんに効いているが。

リビングにグラスを運んでソファに座り、テレビのリモコンを手に取った。ショーナがいじらないかぎりはスポーツチャンネルになっていることが多い。

案の定、メジャーリーグの試合が映しだされた。三回、得点なし。

九回表、コールダーが生のままのウィスキーの四杯めを飲んでいると、ドアロックがかちゃりと音を立て、ショーナが入ってきた。彼女が無造作に壁のスイッチを押すと、うちじゅうの照明がつく。淡い明かりにもかかわらず、コールダーは眉をひそめた。

彼に気づいて、ショーナが言った。「どうして暗がりで座ってるの？」

「気づいてなかった」

日が沈んだことに気づいていなかったのだ。広々としたリビングの壁は二面が床から天井までガラス張りで、いまはすっかり暗くなった空を背景にして輝くダラスの摩天楼が一望できるというのに。

ショーナは大きなバッグをコンソールテーブルに置いて、ヒールを脱いだ。「心配してたのよ。何度も電話したんだから」

「電源を切ってた」

「寝てたの？」

「いいや」

「今日なにか食べた？」

「いいや」

「コールダー――」

「腹は減ってない」

ショーナは近づいてきてコールダーがだらしなく腰かけているソファの反対側の端に腰をおろすと、彼がアクリル製のコーヒーテーブルにブーツをはいた足を乗せているのに気づいた。ルール違反だが、片手ではブーツが脱げず、脱ぎ器のある寝室までわざわざ行くのはかったるかった。ショーナはここでそれを指摘するほど愚かではない。

代わりにテレビをちらと見て、彼女は尋ねた。「接戦なの？」

「ろくに観てない」

「記者会見は観てくれた？」

「いや」

「ボイスメールを残しておいたでしょ。観てくれなきゃ。重大発表があって――」

「発表の中身は知ってる。コンプトンとパーキンスのほうがきみより早かった。彼らから直接聞いたんだ」

「ふたりがここへ来たの？」

「こちらが出向いた」

「いつ？」

「今日の午後。正確には二時四十五分。ただし、十五分以上待った」

このころにはショーナも、彼がコーヒーテーブルに足を乗せているだけではないことに気づいていた。いつ脱いだのかわからないブレザーが、裏返しのまま椅子の背にかかっていた。シャツの裾も出ているし、ボタンもいくつか外れている。

ふだんなら考えられない乱雑さを目の当たりにして、彼女は言った。「手伝いもなしにどうやって着替えたの？　ステラが来てたの？」パートタイムのハウスキーパーのことだ。

「いや。自分でなんとかした」

「自分で運転したなんて言わないでよ」

「Ｕｂｅｒを使ったさ。行きも帰りも。文句ないだろ？」

「刑事たちとどこで会ったの？」

「記者会見が開かれたのと同じ分所だ」

ショーナが目を丸くした。「二時四十五分にあそこにいて、記者会見があるのを知ってたの？　だったら、なぜいるって知らせてくれなかったのよ？　そのへんで時間を潰しててくれたら――」

「それでまたテレビに出ろときみからせっつかれるのか？　よしてくれ」

彼女の我慢も限界だった。「いったいなんなのよ？　なんでそう突っかかるの？」身を乗りだして、鼻をひくつかせた。「飲んでるのね？」

「おれは最善を尽くしてる」手を伸ばして、彼女の目の届かない場所にあった背の高いグラスを持ちあげた。右手ですぐにつかめるよう、床に置いておいたのだ。

「ほんとなら、コールダー」彼女はいらだたしげにため息をつき、ソファを離れてバーカウンターに移動した。騒々しい音を立てながらカウンター下の冷蔵庫からウォッカのボトルとアイスキューブを出し、グラスに入れた。楔形に切ったライムを加えてごくごく飲み、ソファに戻った。だが、座らなかった。彼の前に立った。「飲んじゃいけないはずよ」

「それを言うなら、あんなカウンティフェア、行かないはずだった」

彼女が一歩下がって、苦々しげに笑った。「ほら、来た、待ってたのよ。わたしがあなたを熱心に誘ったから、あなたが撃たれたのはわたしのせいってわけね」

コールダーは腹の上にグラスを置いて、右手で支えた。「いや」後悔の滲む小声で言った。「きみのせいじゃない。悪いのは事件を起こしたクソ野郎だ。いまはそいつが死んだという満足感を奪われて、しかもそいつの正体すらわかってない」

彼女は近くに座って、コールダーの腿に手を置いた。「その発表には会見場の全員が絶句してたわ。あなたを含む直接被害を受けた人みんなにとって、これがどんなに衝撃的なニュースか、わたしには想像することしかできない」

「だから刑事はおれたちを個別に呼んだんだ。話を聞いたときの反応を案じたのさ」

「あなたはどう反応したの？」

「人を殴りたくなったが、誰を殴っていいかわからなかった。それでよかったんだろう。もう一本の腕までケガするわけにはいかない」

「その見識に乾杯」彼女はコールダーのグラスに自分のグラスをあてたが、彼はその作られた陽気さには乗らなかった。

「きみがインタビューした女性がいた」

「ドーン・ホイットリーのこと？」

「分所の廊下で会った」

「どんなだった？」

「おしゃべりだった」

「彼女、なにを言ってた？」

「きみとおれがいっしょに暮らしてるけどまだ結婚してないと」

「あら？　事実でしょ？」

「それを彼女に話す必要があるのか？　インタビューの内容とどんな関係があるんだ？」険悪な目つきで彼女を見た。「おれの名前を出すなと言わなかったか？」

彼女は腿から手をどけて、挑むように顎を突きだした。「あなたがそのルールを出してきたときには、もう彼女のインタビューは収録されてたの」

彼女に詰めより、いいかげんなことを言うな、そのあともずっとエル・ポートマンに接触を試みているのを知っているぞ、と言ってやりたかった。だが、ショーナとの口論にエルを持ち込みたくない。「二度としないでくれ」

「言いたいことはわかった」

「最初に話したときに通じたと思ってた」

ショーナはそれを無視して話題を変えた。「シアトルのみなさんには話した？」

「まだだ。彼らには明日電話する」

「彼らもあなたの身になにが起きたか知ったらショックを受けるでしょうね。スケジュールどおりにあなたが来なかった理由がわかって」

「だろうな」

「リハビリが終わるまで延期してもらえそう？」

「たぶん。してもらえなければ、それまでだ。仕事などどうでもいい」

彼女はグラスを乱暴にコーヒーテーブルに置いて、立ちあがった。「どうでもいいはずないでしょ。以前の人生を形成していたものすべてを取り戻さないと。でもなによりまずは、酔いを醒まさなきゃね」

「そこまで深酒してない」

「酔ってるわ。なにか食べるものを用意してくる、無理にでも食べてもらわないと」

「言っただろう、腹は減ってない」コールダーは声を張った。

「そう、わたしはすいてる」ショーナも声を張った。

「好きにしたらいい」キッチンを手で指し示した。

「そうするわ。あなたはここで荒波に溺れて、好きなだけもがいていればいいわ」彼女はショルダーバッグとハイヒールを手に持ち、足音も荒く部屋を出ていった。

言い争ったことに対する動揺もなければ、仲直りをしたいとも思わなかった。おれがくそったれになったからといって、それがなんだ？　インタビュー依頼の道具として自分の名前を使うなとはっきり伝えておいたのに、彼女はそれにそむいた。ホイットリーとかいう女はカメラの前で話すのに抵抗がないのだろうが、ほかの人たちは自分やエル・ポートマンと同じようにおのれの苦悶を見世物にしたいとは思っていない。

絶望のどん底を味わっていないショーナにはそれが理解できない。以前の人生を形成していたものすべてを取り戻せだと？　たかが七日間でそんなことができるか！

彼女にそうどなればよかった。あるいは自分の気持ちを謙虚かつ切々と打ち明けて、理解を求めるべきだったのかもしれない。だが、どちらもしたくなかった。なにを言ったところで彼女には理解できないと思ったからだ。

三振で試合は終わった。手探りでリモコンを探し、テレビを消すと、ソファの固い背もたれに頭をもたせかけて、目をつぶった。

思ったより酔いが深いらしく、虹のことを考えはじめていた。色相を分ける線はあってないようなものだ。緑は青に融け込み、その青はもう一方の淡い紫色の帯と混じりあっている。ひとつの色が薄れて隣接する色と融けあうとき、なんと多くの色が見られることか。ある瞬間にどの色が強く出るかは光のかげんによる。

光と彼女の頭の角度。うっすらとかかった涙の膜。いまにもこぼれ落ちそうだった。黒い、黒い、下まつげに。

さっき思いつかなかった彼女の瞳の色を表す言葉がいまになって頭に浮かぶ。「オパールのようだ」コールダーはつぶやいた。

# 11

二カ月後

「今日最初に話してくださる方は？」ドクター・アリソン・シンクレアは二十数人の参加者を見まわした。

グループセラピーのミーティング会場になっているのは、彼女がほか四人の心理士とともに診療所を共有している医療ビルの地下だった。どの心理士も優秀だが、エルの見るところ、ドクター・シンクレアの穏やかな佇（たたず）まいはこのグループを率いるのに最適だった。

週に一度の集まりだった。ミーティングのあいだ、彼女は参加者ひとりずつにさりげなく働きかけてあの運命の日になにを感じたか、そしてどうやってその余波に対処しているのか――あるいは対処できていないのか――を話させている。

今日は彼女の誘い水にすぐに応じる人はいなかった。そわそわと足を動かす参加者たち。誰かの身じろぎで椅子のフレームがきしむ音。乾いた咳がふたつ。

たっぷり一分は経過したころ、誰かが藪（やぶ）から棒にしゃべりだした。「おれは猛烈に腹が立ってる」

エルは前回参加したミーティングで聞いて知っていた。その中年男性当人は無傷で乱射事件を切り抜けたものの、妻のほうは致命的な重傷を負っていまも入院中なのだ。再発をくり返す感染症と合併症のせいだった。

唐突な第一声で一同の注目を集めた彼は、さらに続けた。「警察はいったいなにをしてるんだ？　もう二カ月だぞ。六十日もたってるってのに、容疑者すら見つかってない」

同様の不満をいだいているほかの人たちから小さな声が漏れた。なかには、やはりリヴァイ・ジェンキンスが犯人だったんだと言いだす人もいて、それに乗る形でほかからも進まない乱射事件の捜査に対する不満と怒りが噴きだした。

口火を切った男性が言った。「女房はまだ危険な状態から抜けだせていない」体格のいいがっしりとした大の大人が、肉厚のこぶしで赤らんだ頬の涙をぬぐう。「女房を失うかもしれないんだ。それなのに、彼女をそんな目に遭わせたやつは自由に飛びまわってる」

隣席の若い女性が彼の肩に腕をまわし、ぎゅっと抱いて、ささやく。「父さん」そしてティッシュの箱を手渡した。

ドクター・シンクレアは少し待ってから、言った。「今日ここにいらっしゃる何人かが愛する人を失われました。容疑者が逮捕されていないばかりか、まだ特定もできていないことをどう感じておられますか？」

みんなの目が悲しみに暮れる夫婦に向けられた。いまふたりは身を寄せあっている。女性のほうが夫の胸にもたれて泣きだした。大学一年生だった娘を殺されたのだ。

新婚三カ月の妻が隣で倒れた若い男性は、うつむいたまま動かず、物音ひとつ立てない。

エルは定期的にミーティングに参加してきたが、まだなにかを話したことはなかった。最後まで取り乱さずに話ができる気がしなかったからだ。

「エル？」ドクター・シンクレアから声をかけられた。「話したいことはありませんか？」

グレンダからは気持ちを押し込めないでと言われている。「表に出さなきゃ、ミーティングに行く意味がないでしょ？　あなたには悲痛な話があるの。それを口に出すのよ。あなたがカタルシスを得ることだけが目的じゃない。誰か参加者の助けになるかもしれないの。そういうミーティングの狙いはそこにあるんでしょ？　分かちあい、支えあうことに？」

頭のなかに響く友人の言葉を聞きながら、エルは震える声で話しはじめた。「わたしは息子を失いました。チャーリーといって、まだ二歳でした。最愛の存在でした」

話しはじめると、言葉があふれだした。フェア会場に出かけることにした経緯、グレンダと別れたあと、ゲート前で混雑につかまったこと。

ハワード・ローリンズのことを話すまでは目も乾いていた。事件後、彼が奥さんに先立たれて独り身だったことを知ったが、前回のミーティングで彼の娘ふたりと知りあうことができた。ふたりは今日も来ていて、エルが彼のやさしさや朗らかさを語るとさめざめと泣きだした。

絶命時の詳しいようすは省き、順を追って話した。コンプトンとパーキンスに何度も話してきた内容と大差はない。なるべく感情的にならないよう、事実にもとづいた話をした。

「チャーリーがぐずって、ベビーカーから出たがりました。わたしはあの子の肩に手をかけて、ベビーカーに押し戻した」一瞬、言葉を切る。「出ちゃだめ、人がたくさんいるから、と言いました。ここで降りたら、迷子になるわよと」

理解を求めて周囲を見まわした。「ほら、ベビーカーって大きいから。チャーリーを抱えながらでは人込みのなかを押せなくて」手で口をおおう。「あのとき抱きあげていれば……」言葉が続かない。大きく唾を飲み込んで、深呼吸をした。「でも、そうしなかった。ベビーカーにベルトで留めてしまった」

そこで話を中断すると、部屋のなかに水を打ったような静けさが広がった。エル以外の人は呼吸すらしていないようだ。浅くなったエルの息が静けさのなかで耳障りに響いていた。

「そのとき、最初の発砲音が聞こえました」

事態に気づいた瞬間のこと、ハワード・ローリンズが崩れ落ちてきて自分も地面に倒れたこと、チャーリーを乗せたベビーカーが手の届かない場所に遠ざかっていくのをなにもできずにただ見ていたことを話した。

「逃げていた男性が激しくぶつかったせいで、ベビーカーが大きく傾きました。別の男性が――コールダー・ハドソンという方ですが――後ろから来て、ベビーカーをつかもうとしました。彼が撃たれたのはそのときです」いったん口をつぐみ、ポケットからティッシュペーパーを取りだして、目頭を押さえた。

「彼はベビーカーの上におおいかぶさり、ベビーカーもろとも倒れました。チャーリーはなかにいましたが、彼を貫通した銃弾が息子にあたりました。せめて即死であったと信じたい」

　ふたたび重い沈黙が広がり、ドクター・シンクレアが言った。「ここにおられる方たちはみなさん、あなたがつらい思いを抱えていまの話をしてくれたことをわかっていますよ、エル」

　エルはうなずいた。

「なにかつけ加えたいことはありませんか、ミスター・ハドソン？」

　エルははっとして顔を上げた。ドクター・シンクレアを見てから、視線をめぐらせた。彼は部屋に入ってすぐの、薄暗い梁(はり)の下にいた。部屋じゅうの目がそそがれているのを意識して、臆しているようだった。

　彼とエルの目が合った。まるで彼女だけに話しかけるように、コールダーは言った。「じゃまをしたくない」

「ごいっしょできてうれしいわ」ドクター・シンクレアは空いている椅子を指さした。

　彼は見るからにしぶしぶといったようすで円形にならべられた椅子の後ろを指定された席まで歩き、腰をおろして、両隣にうなずきかけた。そのひとりがさっき話をした大柄な男性だった。彼はコールダーと握手をした。

「ミズ・ポートマンのお話に対して、なにかおっしゃりたいことは？」ドクター・シンクレアが尋ねた。

　コールダーはそっけなく首を振った。

ドクターはエルを見た。「どうぞ続けて」

さっきまではおのずと言葉が紡がれていくようだったのに、いまは頭のなかが混乱して考えることができない。「今日はもうこれで」

「ありがとう」ドクターは別の人を指名した。さらに数人が話をし、そのなかにはドーン・ホイットリーもいた。彼女は松葉杖を使わなくてよくなったのを理由に、夫から〝営みの再開〟を求められていると話した。「こっちはまだその準備ができてなくて」彼女はほかにも同じ問題を抱えている人はいないか尋ねたが、いたとしても、そうだと表明する人はいなかった。ドクター・シンクレアはそれとなく話題を変えた。

エルは個々の話に耳を傾けつつも、円の真向かいの席にいるコールダーを意識せずにいられなかった。黒のTシャツ――ドライクリーニングが必要な高級品――に黒い革のジャケットを着た彼は、ほかの誰よりもしゃれていた。なによりそれが彼を目立たせる理由になっていて、本人もそれを感じ取っているようだ。

ドクター・シンクレアは彼の居心地の悪さを察していたのだろう。ミーティングを終えるなり彼に近づき、ふたりで話をするため部屋の片隅にうながした。

参加者が部屋を出はじめ、そのうちの相当数が立ち止まってエルに話しかけた。彼女をハグしたり、悔やみを述べたり、励ましの言葉をかけたりした。陳腐に聞こえるけれど、心からのものであることをいまのエルは知っていた。

気がつくと、エルはひとりになっていた。ほかの人たちは集まっておしゃべりし、ドクター・シンクレアは娘を亡くした夫婦と個別に話をしている。コールダーはスナックコーナーで、保温機能のあるディスペンサーから使い捨てのカップにコーヒーをそそいでいた。

エルはそちらに歩いた。「こんにちは」

彼がふり返ってこちらを見た。「やあ」

「気が変わったのね」

「突然そんな気分になってね。急だったから遅刻してしまった」

「正直に言うと、あなたが来るとは思わなかった」

「正直に言うと、おれも来るとは思わなかったよ」

「そうね、ようこそ」

「ありがとう」彼は乾杯の仕草でカップを掲げてから、コーヒーを飲んだ。「いつも来てるのかい?」

「ええ。耐えられると思えたときから。でも、話をしたのは今日がはじめてなの。最初に参加したときは、終わると同時に逃げだしたわ」

彼がゆがんだ笑みを浮かべた。「ドクター・シンクレアから話しかけられてなかったら、おれも逃げだしてたかもしれない」

「彼女はあなたの参加を心の底からよろこんでいるはずよ」

「そう言ってた」彼はもうひと口コーヒーを飲み、テーブルを見おろした。「クッキーでもどう?」

エルはパサパサのチョコレートチップクッキーの皿をちらと見た。「あまりそそられない。コーヒーのお味は？」

彼が顔をしかめる。「捨てたいぐらいだが、行儀の悪いことはしたくない」言いつつもカップをテーブルに置き、ジーンズの後ろポケットに両手を突っ込んだ。

「そういえば」エルは言った。「いま気がついた。三角巾がいらなくなったのね」

「二週間前からだ。解放されたときはうれしかったよ」

「腕の回復具合はいかが？」

「おれにしたらまだまだだが、医者たちは狙ったとおりの回復ぶりだと言ってる」そう口にするや、腹立たしげにうめいた。「いや、すまない」口と顎をぬぐう。

「気にしないで」エルは平気だと伝えたくて、彼の腕に触れようと本能的に手を伸ばした。だが、触れる前に引っ込めた。「わたしにも同じことが起きてる」

「ほんとか？」

「ええ。気がつくと銃につながる比喩を口にしてるの」

「おれだけじゃないとわかって、安心したよ」彼はいま一度テーブルを見おろし、背後の出口に視線を投げた。

エルは彼が帰りたがっているのだと思った。「あの、あなた――」

「おれは――」

ふたりは同時に口を開き、そして同時に口を閉じた。コールダーは手振りで彼女に先を譲った。「あなたに会えてよかったと言おうとしたの。この場所で。三角巾ももうないし」

「きみはどうなんだ？」彼は尋ねた。「どうしてる？」

「だいじょうぶ。そこそこやってる」

「なるほど、そこそこか。この状況では含みのある言葉だな」

彼女は首をかしげて、彼の顔に緊張を読み取った。声を落として、尋ねた。「そういうあなたは、どうなの？」

「飲んだくれてる」

「あら」

「調子の悪い日だけだ」

「調子のいい日はどうしてるの？」

彼はまっ向からエルの目を見て、自虐的に鼻を鳴らした。「もっと飲んだくれてる」

「気の毒だわ、コールダー」エルは言うなり決まり悪くなって、悪態をつきたくなった。これまで彼のことをミスター・ハドソンとしか呼んでいなかったのに、名前で呼びかけてしまった。口がすべったことに彼も気がついているのがわかる。

だが、彼は指摘しなかった。「ところで、おれが言いかけてたのは、コーヒーを。きみは……？」

「きたいってことだ」放置したカップを見おろす。「ちゃんとしたコーヒーを飲みにい
続きは言葉にしなかったが、肩を持ちあげ、ついでに眉も片方吊りあげた。

エルは室内を見わたした。ドクター・シンクレアはおらず、残ったわずか三人が輪になっ

て祈りをささげている。三人とも椅子にかけ、手をつないでうつむいていた。

「無理しないで」彼は言った。

「いいえ、そんなことないわ、コーヒー、いいわね」

「よかった。お先にどうぞ」彼は手振りでドアを示して、笑顔になった。

このときはじめて、エルは事件前の彼がつねに放っていたであろう洗練された魅力の一端に触れた。

おやおや、こんどはこんなことに……

ショーナ・キャロウェイはPTSDに関してドクター・アリソン・シンクレアにインタビューをしたとき、フェア会場銃乱射事件の被害者を対象とするグループセラピーを行っているという話を聞きだした。

そしてさも大ニュースのように報じた。そんなの教科書どおりのステップじゃないか。ミーティングに来ては帰っていく参加者を観察するのが趣味になっている。がっくりと陰気な顔をして会場に入り、五十分後には気力を取り戻して出ていく。

反対に希望に満ちた顔で入り、鎖で打たれたような顔で出ていく参加者もいる。

潮の干満のような感情の波に魅了された。ある日は悲痛な思いに駆られるのに、別の日には魂が再生されるのはなにが引き金でそうなるのか、不思議でならない。ひょっとしたら失った誰かやなにかを思いださせる誕生日とか記念日とかかもしれない。じゃなきゃ彼らを気遣う友だちからの電話とか。九十九%は〝元気だ〟と答えるものだけれど。

でも、それは本心じゃない。嘘っぱちもいいところ。どうしたら元気でいられるのか。この自分が大惨事を起こして、連中全員を地獄に突き落としてやったんだから。彼らの人生は二度と元には戻らない。

自分はそのことをちっとも悪いと思っていない。

誰もこの自分の苦しみを、困難を、自分がこんなことをするまで追いつめられた地獄を顧みてはくれなかったから。みんなだって自分が置かれていた状況を知れば、安易に判断を下さないかもしれない。

ところが、案の定、事情を知りもせず知ろうともしないやつらが分析して、自分のことを犯罪者だ、悪だ、病気だと言っている。最初からわかりきっていたことではあるけれど。

いま自分が被害者たちをこっそり観察していると知ったら、悪意のかたまりだ、スリルに取り憑かれているとみなす連中もいるだろう。被害者を二次被害に遭わせていると非難されるかもしれない。それでも、とうていやめられそうにない。あまりに刺激的なのだ。

とくに今日のようなことがあると。

建物からならんで出てくるふたりを見たときは驚いた。そのあと、彼女は彼の車の背後に車をつけ、二台連なって駐車場を出ていった。これには眉が吊りあがった。だってそうだろう？　なんという魅惑的な筋書き。一発の銃弾。彼の腕。彼女の息子。これが刺激的でなくてなんだろうか！

しかも、リポーターの女が吹聴してまわっているあの男との関係を考えたら、このハドソンとポートマンの組み合わせは多少後ろ暗いのでは？　自分にはそう思える。となるとふたりのあとをつけて、この先のなりゆきを見守ってやらないわけにはいかない。

# 12

ふたりで医療ビルを出ながら、エルは自分の車で追いかけると彼に伝えた。コールダーは反論はしなかったものの、ちらちらとバックミラーに目を向けつづけた。彼女の気が変わって、離れていきそうで不安だった。

人の出入りが多くて煌々(こうこう)と明るい場所には行きたくない。

そこでサザン・メソジスト大学の近くにある酒場に向かった。交通量の多い通りから、一本脇に入ったところにある、趣もなければおしゃれでもない、地元民御用達の古い店だ。

だが、なによりの利点は、ここには一度もショーナを連れてきていないことだ。

ツタにおおわれた石造りの建物で、縦仕切りのあるガラス窓がはめ込まれている。終身在職権を有した大学教授の住居のような佇まい。アーチ形の入り口の上に掲げられた小さなネオンサインだけが、ここが酒場であることを示していた。

車から降りてきたエルを見て、コールダーは彼女が及び腰になっているのに気づいた。

「ああ、ひどく古めかしい店だが、コーヒーが抜群にうまくてね」

店内は気安い薄暗さに包まれ、ビールのイーストの香りが立ち込めていた。コールダーは彼女を角のブースへと導いてから、カウンターでコーヒーをふたつ注文した。

コールダーが向かいに腰をおちつけると、彼女は言った。「くつろげるお店ね」

「表向き勉学のためと称して大学に通ってるころ、よく来てた」

「勉学の代わりになにをしてたの？」

「ビールを飲みながら女子学生としゃべってた」

「専攻は？」

「ビールを飲みながら――」

「女子学生としゃべること」

ふたりそろって笑った。きみはどこの大学に通ったのか、と彼は尋ねた。「ミシガンよ。でも、卒業と同時に友人のグレンダに背中を押されてダラスに来たの。彼女の父親がここで不動産会社をやってて。あなたも知ってるはず。フォスター不動産っていうんだけど」

「知ってるとも」

「グレンダとわたしは仕事に必要な免許を取得した。わたしはあまり熱心になれなかったんだけど、グレンダは優秀で、お父さんが引退すると会社を継いで、とてもうまくやっているわ。華やかな人よ。二度結婚して、二度離婚。どちらもお相手は彼女が家を売ったお金持ちの男性だった」

「いまは三人めを物色中？」

「つねにね」

「きみもまだ不動産会社にいるの？」

「いいえ。フォートワースに越してチャーリーが生まれたのを機にやめちゃった」

「いまはなにを？」

「子ども向けの本を書いてるわ」

予想外の答えだ。まったく予期していなかった。驚いた顔をしていたらしく、彼女が笑った。「なに？」

「作家に会うのははじめてだ。いや、いまのは撤回。以前ゴルフコースのクラブハウスでスポーツライターと会ったことがある。葉巻をぷかぷか吸う大酒飲みで、きみとはまったくちがった」

「ゴルフコースのクラブハウスに出入りするような贅沢はしたことがないわね。コンピュータに向かってキーボードをこつこつ打ったり製図板と向きあったり」

「話を練るために？」

「そのあと絵も描くのよ」

「物語の本か。絵本とか？」

「そう。そういうこと」

コールダーは興味をそそられた。「具体的にはどうやって仕事を進めるの？」

「そうね、まずは虚空を見つめて、白昼夢に耽る。これぞというなにかが――いいものになりそうだと思えるものが――浮かんできたら、書いてみる。つぎの日にそれを読んで、取っておいて手を入れるか、捨ててしまって最初からやりなおすかを決める」

「いまはどんな話を？」

「シリーズ化を願って、二作めを制作中よ。雲の群れの話なの」

「雲の」

彼女はうなずいた。「彼らは空の広いところに住んでるんだけど、嵐みたいな自然現象とか、困りものの雲のせいとかで分裂して、衝突するのよ。それで、もう一度つながっていっしょにやっていく道を探るわけ。それがみんなのためだから」

「なるほど。教訓的だな」

彼女はコールダーがその点に触れたことがうれしいらしく、にこりとした。「そう。ただし、幼い子を楽しませるためのお話よ。就学前の、まだたいして集中力の続かない子向けだから、教訓的な部分は雲たちのおふざけにそれとなくまぎれ込ませないと」

「なるほどね。とても創造的だ」

「ありがとう」彼女のやわらかな笑顔が憂いに曇った。「でも、最近は少しも創造的じゃないわ。二カ月たっても復活のきざしがなくて、リズムをつかめずにいる」

「わかりすぎるほどわかるよ、その感覚」

バーテンダーが淹れたてのコーヒーの入った湯気のたつマグカップを運んできた。「いいにおい」エルは自分のカップにミルクを入れながら尋ねた。「あなたはなにをしているの？」

「仕事か？　コンサルティングだ」思ったとおり、彼女が先を期待するような顔でこちらを見たので、コールダーは言った。「退屈な話さ。子どもの本を書くようなおもしろみはまったくない」

話題にしたいような仕事ではないと暗に述べているのを察したらしく、彼女は追及してこなかった。エルはコーヒーのマグを口に近づけ、息を吹きかけた。

彼女に挑発の意図がないのはまちがいないが、コールダーの腹部は活気づいた。彼女の唇の動きに気を取られていたせいで、いきなりマグに口をつけてしまい、舌を火傷した。

こんどは慎重に飲んでから、コンプトンとパーキンスから連絡はあるかと彼女に尋ねた。

「まったく」

「おれにもだ。こちらから電話してるんだが、いつもつかまらなくて、しかもかけなおしてもこない。要は捜査が手詰まりになってるんだろう、完全に」

「今日のミーティングでその話が出たとき、あなたはもういたの？」

「いや。どんな話？」

エルが簡潔に要約した。「あなたの隣に座ってた男性が最初に声をあげたんだけど、ほとんどの人の思いを代弁してたはずよ」

「きみの思いはどうなんだ？」

彼女は両手でマグカップを包み、考え込むようになかをのぞき込んだ。「わたしは息子を殺した人が捕まって罰を受けることを心から願っている。反面、このまま過ぎ去って、終わりになればいいと思っているわたしもいる」彼に目を戻して、先を続けた。「どうかしてると思う？」

「思わないよ。相反する思いがあるのは理解できる。おれは犯人の人生が引き裂かれるのを見たい。だが、そのためには裁判が必要で、それには法廷の手続きとか判決とか控訴なんかがついてきて、何年も引き延ばされる可能性がある。そしておれたち、事件の関係者も、ずっと振りまわされる」

「気の滅入る話よね？」

「ああ。それでも、犯人が逃げおおせることを思うよりはましだ」両腕をテーブルの端に乗せて、彼女のほうに身を乗りだした。「それに関して何度か夢を見た」

彼女がうなずいて先をうながした。

「乱射事件そのものじゃないんだが、おれには終えられないなにかがあって、行けないどこかがあって、時間切れになりそうなんだ。そんな夢を」

「失敗する夢ね。よくある夢だと思うけど」

「そうだ。おれがいちばんよく見るのは、野球のグローブを探してる夢でね。すでにアンパイアは試合開始を宣言して、おれが守備につくのをみんなが待ってるのに、グローブが見つからないんだ。

ところが、最近の夢は勝手がちがう。おれが乱射事件に関する話をくり返すことで、それに慣れてしまってるんじゃないかと思わせる夢だ。同じ話をなぞってるだけで、大きなこと、犯人の特定につながりうるような細部を見落としてるんじゃないか？」

「たとえば？」

彼は寒々しい笑みを浮かべた。「わからない。ただ、そう思うというだけで。ふだんのおれは問題を解決する側で、結び目をほどくことができる。なのにこれは解けないから、そのせいで恐ろしく鬱憤が溜まってる。ろくでなしの犯人には、法の許すかぎり最大の罰を受けさせたい。できることならおれがこの手で罰したいぐらいだ。怒りをぶちまけて。そんなことをのべつ考えてしまう」

エルは哀れみに満ちた悲しそうな顔で彼を見た。「犯人が見つかって法の許すかぎり最大の罰を受けさせたとしても、あの事件の生存者は例外なくあの日に心をとらわれつづけるのかもしれない。烙印のように、死ぬまで事件のことがそこにありつづける」

「回復室にいたとき、担当してくれた外科医が経過を診にやってきたんだが、彼からも同じことを、ほぼ同じ言葉で言われたよ。事件の記憶は日々そこに残る」マグカップの下に敷いてあった紙ナプキンをいじった。「きみのようにできるかどうか、おれにはわからない」

「わたしがなにをしたの?」

核心に近づきつつあるコールダーは、人から盗み聞きされていないかどうか確認したくなって、店内を見まわした。わずかな常連しかいないが、そこへ年配男性ふたりが笑い声とともに入ってきた。バーテンダーは名前でふたりを呼び、彼らがカウンターのスツールに腰かける前からマグにドラフトビールをくみだした。

男性ふたりのあいだには明らかな友情があった。気安い関係で、バーテンダーも常連相手に親しげだ。コールダーはふと、そんな彼らがうらやましくなった。もがいていない状態をほとんど忘れかけている。あのときのショーナは怒っていたが、言っていることは正しかった。コールダーは乱射事件の息苦しいほどの余波のなかでもがいていた。流砂のようなもので、逃げようがなく、あらがえばあらがうほど深みにはまった。

エルは彼の言葉を待って身を乗りだしている。まっすぐコールダーだけを見て、周囲のことなどまるで目に入らないかのよう、この世には彼ひとりしかいないかのようだった。だが、コールダーはこの世にひとりの人間になどなりたくなかった。彼女にいっしょにいてもらいたかった。

降って湧いたような、けれど否定しがたい欲望に動揺した。少し体を引いて、咳払いをする。「きみがなにをしたか?」彼女の質問をくり返した。「きみはグループのみんなに向かって、おれにはできない形で心を開いた」

「どのあたりで部屋に入ってきたの?」

「きみがチャーリーは最愛の存在だったと話していたときに」

「実際そうだった。あの子を手に入れるためにたくさんの困難を乗り越えたの」

コールダーはどう答えたらいいか、そもそも答えるべきかどうかわからなかった。それでも、知りたい気持ちが勝った。「ショーナはチャンネル7でチャーリーの葬儀のことを取りあげた。話の流れで、きみはシングルだと彼女から聞いた」

「離婚したの」

ショーナは男の子には父親がいないとも言っていた。「元夫は今回の事件を受けて、気遣ってくれたのか？　チャーリーの父親として――」

「チャーリーは彼の子じゃないのよ」

「そうか、すまない。わかった」

「いいえ、たぶんわかってない」コールダーは彼女の笑みにおもしろがっている余裕を感じた。「わたしは三十過ぎで、子どもが欲しかった。ジェフは、元夫だけど、先送りにしたがった。まず仕事で安定した地位を得て、大きな家や大きな車が買えるようになってからにしたいと」ひと息つく。「でも、彼がなにより欲しかったのは、通ってるフィットネスクラブで働いてたうんと若いパーソナルトレーナーだった」

コールダーが口を開くと、彼女が手で制した。「いいえ、なにも言わないで。ありふれた話よ。彼はその子を手に入れた。わたしは大急ぎで彼と離婚すると、すぐさまチャーリーを身ごもるのに必要なステップを踏んだ」

好奇心をそそられたが、尋ねるのはぶしつけすぎるので、片眉を吊りあげた。

彼女は暗示的な問いかけに笑いで応じた。「たくさんの男の人とつきあった。数百だったかも。毎夜毎夜……精子ドナーのカタログと添い寝したの」

「そういうことか」してやられた、とコールダーは思った。

「ほら、あなたが考えていたのとちがうでしょ？　チャーリーを身ごもったのは純粋に医療行為によるものだった」

「なんだよ。おもしろい話になってきたと思ったら」

彼女がほほ笑み、彼もほほ笑み返した。と、彼女が沈んだ顔でマグのなかをのぞき込んだ。

「妊娠がわかると、ドナーのことなんかどうでもよくなった。ただの好ましい特性、趣味、身体的特徴を備えた名前のない番号であって、ひとりの人間というふうには思わなかった。

それなのに事件のあとは、たびたび彼のことを考えてしまう。この世のなかのどこかに、チャーリーをさずかったことを、チャーリーの美しさ、かわいさ、賢さを一生知ることのない男性がいる。そして、そのチャーリーがフェア会場の乱射事件で殺されたことを」ひと息置いて、エルは続けた。「実際は、ドナーもそんなこと知りたくないでしょうけど」

コールダーは内心同意しつつ、言葉にはしなかった。「元夫はその女と再婚したのか？」

「葬儀に連れてきてたわ。なにが皮肉かって、彼女が妊娠して大きなお腹をしていたことよ」彼女は両腕でテーブルの上に大きな円を作った。

「いやな男だな」

彼女が笑った。「グレンダみたいなことを言うのね」

「彼女はきみの親友かい？」

「大親友ね。あの夜、彼女は大急ぎで病院に駆けつけてくれた。彼女がいなかったら、乗り切れなかったと思う」

「ミーティングのとき、きみはその手前で話をやめた。病院でなにがあった？　もしよければ話してくれないか」

「ええ」

せっつくつもりがなかったコールダーは、彼女が思案げな顔で話しはじめたとき、驚きを感じた。自分が彼女の話の続きを聞きたがっていたことには、さらに強い驚きがあった。
「わたしは軽いケガをしてて、ＥＲで処置してもらった」ケガの説明をしたあと、友人とふたりで遺体安置所に降りていったときの話になった。「帰れと言われたけど、帰れなかった。雷を伴うひどい嵐だったから、それを口実にして居残らせてもらった。グレンダとふたりで寒い廊下で朝を迎えたわ。

やがて、避けようもなく、あの子をあきらめるしかなくなった。担当者はやさしい人で、申し訳なさそうですらあった。チャーリーが葬儀社に移送されたらお知らせします、と彼女は言った。移送と」不快そうな口ぶり。「わたしの坊やのことを、荷物かなにかみたいに」

エルは両肘をテーブルにつき、指をこめかみに押しあてる。「でも、最悪だったのは、最低最悪だったのは、ベビーカーがわたしから離れていったときよ。あの子の悲鳴が聞こえるのに、行ってあげられなかった。あの子が亡くなったという事実を受け入れるしかなかった瞬間よりも、そのときのことを考えてしまう。

きっとあの子はわたしを待っていた。なぜわたしがそばにいないのか、なぜ――」
「シーッ、話さなくていい」コールダーはテーブル越しに手を伸ばして彼女の手を包み込んだ。「エル？」彼女が顔を上げて、コールダーを見た。「息子さんをベビーカーから降ろさなかったことで、自分を責めるな。当時の状況を考えたら、正しい判断だ。きみにもそれはわかってるはずだ」

「自分を責めてるんじゃないの。でも、その事実とともに生きていかなきゃならない」彼女は大きく唾を飲み込んで、やがて自制心を取り戻した。「ごめんなさい。ほんとに。みっともないまねをして。ほかの人に見られてない？」

「わからない。そんなことはどうだっていい」

彼女は自然に息をつき、それは笑い声のようにも聞こえた。空いた手の甲で濡れた頬を押さえる。もう片方はいまもコールダーの手のなかにあった。

彼女が鼻をすすって、ほつれた髪を撫でつけた。「もう！ ひとりの人間がどれだけ泣けるんだか！」

「誰も計ってやしないさ」

エルは感謝の表情で、コールダーの目を見つめつづけた。そのせいで、コールダーから手の甲を撫でられていることに彼女が気づいた瞬間がわかった。エルは息を吸い込み、ふたりの手を見おろして、そうっと手を引いた。

彼女が背筋を伸ばして、腕時計を見た。手を引く以上に撤退を印象づける動作だった。

「そろそろ行かないと」

「その前に頼みごとを聞いてもらえるか？」

「わたしにできることなら」

「チャーリーの写真を見せてもらえないか？」彼女から答えがないので、大失敗だったかと怖じ気づいた。「いや、いいんだ、悪かった──」

「いえ、そうじゃなくて。もちろん。ただ……」エルはあわてふためきながらバッグの外ポケットから携帯電話を取りだし、写真フォルダにアクセスすると、スクロールをはじめた。「一万枚ぐらいしかないいんだけど、いちばんのお気に入りはこれよ。二歳の誕生日に撮った写真なの」

コールダーはエルが差しだした携帯電話を受け取った。子どもの顔を見たら息が詰まるかもしれない。そう思っていたのに、チャーリーがカメラに向けていたのは見る者を引き込むような笑みだったので、こちらもつい笑みがこぼれた。「いつもこんなにご機嫌だったのかい？」

エルが笑った。「まさか。もちろん、機嫌の悪いときもあったわよ」

コールダーは坊やの脇の下に抱えられている物体を指さした。

「これはなに？」

「それはウサギのバン。バニーの省略形。ほんとはとっておきたかったんだけど、チャーリーはいつもその子といっしょだったから、直前になって棺に入れたわ」

ふたりは顔を見あわせ、コールダーは写真に目を戻した。「きみ譲りの髪だね」

「ええ。でも、瞳は溶けたダークチョコレート色で、わたしとはぜんぜんちがった」

涙に洗われた彼女の瞳は、テーブルで揺らめいているキャンドルの炎を映し込んでいた。

「きみのは遺伝しにくいかもな」一瞬、その瞳に心を奪われた。彼女に携帯電話を返した。

「見せてくれてありがとう」

「頼まれたとき、ちょっとあっけにとられちゃった。だいたいの人はわたしとチャーリーの話をするのが気まずくて、名前すら出したがらないから。写真を見せてくれと頼んできた人はひとりもいなかった。だから、こちらこそありがとう」

エルは携帯電話をバッグにしまった。コールダーはコーヒーのお代わりはどうかと尋ねたが、残念ながら断られた。「いまさらだが、オールドファッションドでも頼んで酔っぱらっておけばよかった」

エルは笑いながらブースから出た。コールダーはテーブルに二十ドル紙幣を置き、バーテンダーにありがとうと手を振りながらドアに向かった。カウンターのスツールに座っていたふたり組がくるっとこちらを向いて、おやすみと声をかけてきた。エルとコールダーのことをカップルだと思ったようだ。

彼女とともに車へと歩くコールダーは、彼女の腰のあたりに手を漂わせているのは、樹木の根でゆがんだ歩道に彼女がつまずくといけないからだと自分に言い訳した。

だが、そんな言い訳で誰をごまかしたいんだ？

ならんで停めてある車まで来ると、エルがジャガーにうなずきかけた。「いかしてる」

「いかしてる、か。そのフレーズ、きみが書くお話のなかでも使ってもらわないとな」

「覚えておくわ」エルは笑顔で彼を見あげた。

彼はエルの脇をすり抜けて、コンパクトなＳＵＶの運転席側まで行くと、ドアを開けた。いまも後部座席に固定されているチャイルドシートが目に留まった。おもちゃのハンドルが取りつけられていた。

彼女はすぐには乗り込まず、開いたドアの内側に立って彼と向きあった。「つぎのミーティングには参加する?」

彼は尻込みした。「どうかな。場ちがいな気がした」

「少しそうかも」

「遅刻したのがいけなかった」

「そうじゃなくて、みんなあなたに一目置いてるのよ」

「一目置く?」

「あなたのおかげで命拾いをした人がいるわ」

「みんな過大評価してる。いずれにしろ、おれは人前でそんな話はしない。ああいうミーティングでなにかを得る人がいることはわかってるが、おれ自身は——」

「言い訳しなくていいのよ。いい悪いじゃないもの」

「ありがとう」

彼女はうなずいた。「えっと……」コールダーを見る前に、背後の建物に目をやった。「いいお店だったわ。コーヒーをごちそうさま」

「どういたしまして」

「わたしが泣いたせいで、あなたに気まずい思いをさせていないといいんだけど」

「それはないよ」

エルがうっすらほほ笑んだ。「お元気で」

「きみも。運転に気をつけて」

「ええ。さよなら」車に乗り込もうと、背を向けた。

「エル?」

彼女がコールダーのほうに向きなおった。

もはや彼女を引き留める理由はなかった。コールダーがさよならを言いたくないだけだ。彼女の物語に登場する雲のごとくエルが遠ざかるのを見送りたくない。

彼女は静かな佇まいで、尋ねるようにこちらを見ていた。そして雄弁でならすコールダーのほうは、なにも声にすることができない。どのみち言葉など空疎に響く。だから正しいと感じることをした。彼女を引きよせてその体に腕をまわした。

彼女が一瞬、驚いてあらがう。そのあと彼女が緊張をゆるめて抱擁に応じたように感じた。コールダーは彼女をさらに引きよせ、崩れそうになった体勢を整えるためにふたりは足の置き場を変えた。開いた彼の足のあいだに彼女の両脚がおさまった。

ふたつの体が合わさった。体の凹凸が噛みあって浅いくぼみが埋まり、そこでおちついた。

下にある彼女の腕はコールダーの腰にまわされ、彼の両手は彼女の背中を上下に撫でている。と、片方がポニーテールの下にすべり込んでうなじを支え、もう一方は腰の上のくぼみに添えられた。そこから動かない。ぐっと体を抱きよせ、彼女の前側を自分のものに固定した。重なった箇所から熱が広がる。

コールダーは顔を近づけて彼女の脈打つこめかみに唇を押しあて、荒々しい声で言った。

「おれが死ぬまでせおうもの、おれがともに生きていかなきゃならないものは、エル、おれを殺さなかった銃弾がきみの最愛の人を殺したという事実だ」

# 13

コールダーの背後で玄関のドアが閉まるが早いか、ショーナが寝室のほうから現れた。

「やっと帰ってきた。迷子になったかと思ってたのよ」

彼女は部屋着を着ていた。上下ひとつながりのウェアだが、フィットするシルク素材なので、なかになにも着ていないのがわかる。

そしてコールダーの首に腕をまわして、キスしてきた。彼もキスを返したものの、軽く唇を触れさせただけで二度めはなく、彼女を遠ざけて、ジャケットを脱いだ。「いいにおいがするね」

「わたしかな？」ピンナップガールのようにポーズを取る。「エキゾチックな花の香り？」

「どちらかというと、イタリアのキッチンのにおいだ」

「あら、だったらステラのラザニアね。保温器のなかに入ってるの。でもいまつけてるこの新しい香水にあなたがくらっとこないようなら、ニーマン・マーカスに四百五十ドルの返金を求めなきゃ。そう保証されてたんだもの」

「その必要はないよ。いいにおいだ」

「ありがと。でも、これで男性の心をつかむなら胃袋からっていう格言の正しさが証明されたわ。食事の前に飲む？　バーボンをつぎましょうか？　それとも、直接ブルネッロにする？　デカンターに移してあるの」

「ちょっと考えさせてくれ。手を洗ってくる」彼は人さし指に引っかけたジャケットを肩にかけ、リビングに向かった。

「コールダー、いったいなんなの？」

彼は立ち止まってふり返った。ショーナの声音と険しい顔つきからして、彼が誘いに乗らないことに猛烈に腹を立てているのは明らかだ。いますぐ来てと言わんばかりの装い、部屋の随所に置かれたキャンドル、見えないように設置されたスピーカーから流れるロマンティックな調べ。

彼は言った。「きみが手をかけてくれたのはわかる。その努力には感謝する。ありがたいよ。だが、いまのおれは――」

「いまのあなたはなに？　わたしのラザニア嫌いは知ってるわよね。田舎くさいデブのもとだもの。それでもステラに頼んで作ってもらったのは、あなたの好物だからよ」

薄い生地の胸元をつまみ、引っ張って、放した。「この服だってたいして気に入ってるわけじゃないけど、あなたがクリスマスにくれたのよ、これを脱がすのを想像するだけでたまらないって言って。敏感な部分にはめちゃくちゃ高い香水までつけた。どれもこれもあなたに反応してもらうためにね。それなのにあなたは背を向けて、遠ざかろうとしてる。なんなのよ、コールダー！　いったい全体、どうしちゃったの？」

コールダーは苦々しげに息をつき、うつむいて首を振った。「死なずにすんだ以外にか？」

ショーナが仰向いて、天井を見あげた。「ええ、ええ、そうね、あなたは撃たれて、わたしは撃たれてない。わたしは自分で体験してないから、精神的にも感情的にもあなたに共感してあげられない」

皮肉がしたたるような発言だったが、とりあわなかった。「それはどうも」彼女に背を向けて、ふたたび歩きだした。

だがショーナはそうたやすく引きさがらない。さっと近づいて彼の右肘に手をかけ、自分のほうを向かせた。「あれから二カ月よ。いつになったらふつうに戻るの？」

「カウントダウンしなきゃならないのか？」

「じゃ、言い方を変える。ふつうに戻る気はあるわけ？」

コールダーはため息をついた。「疲れてるんだ、ショーナ。明日にしてくれないか？」

「いつもいつも疲れてるって」

「まだ回復の途上なんだ」

「だからわたしは我慢して、なにも言わずにきた。でも、もっと早くにちゃんと話すべきだった」

コールダーは怒りを爆発させた。手近な椅子にジャケットを投げ、両手を腰にあてた。

「ちゃんと話すだと？　具体的には？　具体的になにを話すというんだ？」

「あなたが乗り越えられないでいることについてよ。実際は乗り越えるのがいやなんじゃないかとわたしは思ってるけど。あなたは何時間も座り込んだまま無音でテレビを観てる。お友だちが手を差し伸べてくれても、相手が音を上げるまで突っぱねる。最後にわたしと出かけたのはいつ？　思いだすこともできないわ。

お酒ばっかりたくさん飲んで、ろくに食べもしない。夜だってよく眠れてるのかどうか、いいえ、そもそも寝てるかどうかすらわからない。事件の前の夜を最後に、同じベッドで寝てないものね」

「腕が――」

「はいはい、腕ね。腕が治るのに時間がかかると少なくとも十回は聞かされた。寝るとき気になるとか、夜になると痛むとか、寝心地のいい場所を探して寝返りばかり打つからわたしを起こしてしまうとか」鼻を鳴らす。「ベッドの寝心地のよさがどうのなんて、以前は気にしたこともなかったくせに」

「ははは。たしかに、それは言えてる」

「腕の痛みは格好の言い訳になってた。でも……」彼女は身を引き、ひと呼吸してから、声を落として尋ねた。「わたしたち、またセックスできるの？」

「来週にはリハビリが終わる」

「わたしはそんなこと訊いてない。でも、だったら尋ねるけど、リハビリが終わったあとも禁欲を続けるつもりなの？」

「どんなつもりもないさ。一日一歩ずつだ」

「だったら、今日だってその一日よ」手振りで強調してみせる。そしていま一度、怒りの矛をおさめて、彼の肩に手を置いた。

「あなたに元どおりになってほしいの、コールダー。あなたのおどけたユーモア、ハードなトレーニングから戻ったときの高揚感、あなたの活力が懐かしい。あなたとのセックスが恋しい」いつになく恥じらいを滲ませて、小声になる。「耐久レースを望んでるわけじゃないのよ。激しくなくたっていいの、少しずつ進めれば。そして再開できたら、わたしはあなたが腕のことだってなんだって忘れられるように最善を尽くすわ。悪いことはないはずよ。わたしに任せて」思わせぶりな笑みを浮かべて、彼の股間に手を伸ばした。

コールダーはその手首をつかんだ。「頭がまともにならないうちは、下半身もまともにならない」

「勃（た）たないの？」

「肉体的な問題じゃない。勃ちはする。ただ――」

彼女はつかまれていた手を勢いよく引いた。「ただそれを望んでないってわけね」

コールダーは深く息を吸って、ゆっくり吐いた。「おれが望んでいないのは、きみに対してすべてが元どおりになったふりをすることだ。実際はだいじょうぶじゃないのにそのふりをすることなどおれにはできない……」彼女が演出した雰囲気たっぷりのしつらえを見まわして、両腕を左右に開いた。「すてきだが、おれには楽しめない。いまはなにも楽しめないんだ」

「その気になれば楽しめるわよ。あなたが自分の人生を、わたしたちの人生を取り戻すのを神さまが応援しないわけないもの。心から楽しめばきっと手を貸してくれる。楽しんだとして、どれほどの罪悪感を覚えるか、考えてみて」

「そうだ、そうなる。やっときみにもわかってもらえたようだ」

ショーナはがっかりした顔になると、両腕を抱えて床に視線を落とした。「少なくともあなたの正直さは認める。サバイバーズ・ギルトは大きな課題よ。わたしも乱射事件後の報道で問題のひとつとして扱ってきた。病院の心理士にも話を聞いた。乗り越えたければ誰かに話をしなきゃ」

「したさ」

彼女が顔を上げて、驚きの表情でコールダーを見た。

「今日ドクター・シンクレア主宰のグループセラピーに行ってきた。話はしてないが、人の話を聞いてきた。いいか、いろんなことで格闘してるのはおれたちだけじゃない。あそこにいた人みんなが日常に戻れなくて苦労してる」

「わたしも一度あなたと参加させてもらおうかしら」

彼女の殊勝な発言に、コールダーは大笑いしそうになった。人生を奪われた人のなかにいる彼女を思い浮かべられない。それに、彼女はどれがいちばんの感動話になるかを品定めするだろう。心の内を吐露する人がいたとき、彼女が考えるのはエミー賞のことだ。

彼は言った。「ありがたい申し出だが、おれはもうあそこへは行かない」

「そうね、わたしもあなたは彼らのなかには入れないと思ってる。あの人たちとはまったくちがうもの」

「ああ。おれだけ浮いてる気がした」それは率直な答えだった。自宅に足を踏み入れてからいままでに口にしたことは、ほぼすべて逃げ口上だったが。そのことに後ろめたさを感じながら、彼女の手を取ろうとした。「今夜のきみは最高だ。いまだってその格好はセクシーだと思ってるよ、たとえきみは気に入ってなくても」

「香水はどう？」

「むずかしいな。ラザニアといい勝負だ」

ショーナが答えに気をよくして、笑顔になる。「ディナーを準備するから、あのすばらしいワインを飲みながらくつろいで待っててくれる？」

これは和平の申し出だ。断る理由はなかった。「決まりだ」


食事をしながらショーナは自分に割り振られたおいしい調査報道について話し、そのあと彼女がふたりで行きたがっているイタリア旅行の話題に移った。

「読んだかぎり、すてきな場所みたいなの。古い修道院だかワイナリーだかで。どっちにしろ、どこだかの出身で大金持ちの貴族がそれを買って、ブティックホテルに改装したんですって。あなたがシアトルの仕事を終わらせたら行けるかもと思ってたんだけど、あとどれくらいかかりそう？」

「あの仕事ならキャンセルした」

ラザニアをパスしてサラダだけを食べていた彼女は、想定外の答えを聞いてフォークを皿に置き、とまどいをあらわに彼を見た。「いつ？」

「二週間前」

「理由は？」

「経営陣がいつはじめてもらえるかとそわそわしだしたからだ。おれは理学療法が終わるまでシアトルに行けない。だから潔く、誰かほかの人を雇ったらどうかと、こちらから逃げ道を提供した。候補者まで何人か挙げて」

「コールダー――」

ショーナがなにかを言う前に彼の携帯電話が鳴った。コールダーは名前を確認して、すぐに出た。「コンプトン刑事？」

「いまよろしいですか？」

「いや、ちょっと待って」椅子を後ろに押しやって、立ちあがった。「食器はこのままにしておいてくれ。この電話が終わったらおれが片付ける」

こわばった表情のまま、ショーナはワイングラスに手を伸ばした。「それはいいから」

コールダーは退院してからずっとゲストルームを使っていた。その部屋に入ってドアを閉め、ベッドの端に腰かけると、電話を耳にあてがった。「いいぞ。なにかわかったのか？」

「被疑者を確保できたとお伝えできたらいいんですが、残念ながら、そうではありません。

明日あなたとお話しできないかと思いまして。パーキンスも同席します」

「なんについて？」

「電話で詳しいことを話すのはやめておきます。四時でいかがですか？」

「場所は以前と同じでいいのか？」

「はい」

「わかった」

電話の切りぎわ、刑事が尋ねた。「調子はいかがですか、ミスター・ハドソン？」

「悪くない」

刑事が口ごもった。コールダーの嘘に気づいていて、それを指摘しようかどうか迷っているようだった。だが、彼女は踏みとどまった。「では明日」

ゲストルームの浴室には、主寝室のような全方向対応のシャワーヘッドなどといった気の利いた仕組みはないが、それでも時間をかけてシャワーを浴びた。

そのあとベッドに直行して、明かりを消した。ショーナがドアをノックして彼の名前を呼んでも返事をせず、寝たふりを通した。

主寝室のドアが閉まる音がした。ショーナは携帯電話とノートパソコンを持ってベッドに入り、起きあがったままSNSを隅々まで巡回して最新のニュースを探しているにちがいなかった。

疲れを知らない活力は、彼女に惹(ひ)かれる理由となった最初の資質だった。もちろん、豊かにうねるブロンドが印象的な美貌がそれに続く。ふたりは共通の知人の婚約パーティで出会った。いっきに惹かれあって、燃えあがった。そして半年間の交際をへて、ふたりで暮らすというつぎのステップに移った。

自分がこの先なにに署名しようとしているのか、コールダーは正確に把握していた。ショーナは野心家で虚栄心が強く、自己中心的だった。だが、彼もその点では負けずとも劣らずだった。それがふたりがうまくいっていた理由だ。セックスだろうとサンドイッチの具選びだろうと、どんな状況でもお互いが相手になにを期待しているかわかっていた。いま彼が感じていることは――あるいは感じていないことは――彼女のせいではない。変わったのは彼女ではなくコールダーなのだ。だから彼女を責めてはいないし、腹も立てていなかった。

もはや関心がないのだ。

そのほうがたちが悪い。ショーナがいま彼から感じ取っているのは無関心だ。

今夜の彼女の非難には、どれも根拠があった。コールダーが口にした言い訳の大半は、弱いどころか真っ赤な嘘だった。

まず帰宅したときは疲れていなかった。エルと別れなければならなくて、気落ちしていただけだ。

そしてショーナにはなにも楽しめないと言ったが、エルとのひとときは楽しかった。ほとんどが心をえぐられるような、陰惨で悲しい話だったのに、彼女がいることで、乱射事件を境に縁遠くなっていた平安を感じることができた。

いや、事件が起こる前から、コールダー本人もその人生も平安には縁遠いものだった。おれは満足したことがあるのか？　あったとしても、ごくまれだ。なにかを手に入れようとつねに前のめりで、これをはじめよう、あれを終わらせようとせわしくしていた。頼りになる男、問題を解決する人、すべての答えを知る非凡な人物、なにかあれば駆けつけ、その場を仕切る者だった。

そのコールダー・ハドソンを打ちのめしたのは事件の犯人ではなく、あの経験だった。コールダーは鼻をへし折られた。ショーナにはそれが受け入れられない。彼から以前の自分に戻りたくないと聞かされるのがいやなのだ。

エルなら理解してくれる気がした。彼女なら、いつもの彼に戻れとせっついたりしないだろう。回復を急がせることなく、気持ちを寄り添わせてくれるはずだ。

その彼女も今夜からはもうちがうかもしれない。いまはもう、彼女が自分のことをどう考えているか、コールダーにはわからなかった。

まわしていた腕をほどいたとき、エルはぼう然としていた。少し不安そうで、とても混乱したようすだった。黙ってそそくさと車に乗り込み、ドアを閉めて、悪魔に追われてでもいるかのように走り去った。

彼女にキスをする理由などなかった。たとえ本物のキスではないとしても。彼女のこめかみに言葉をつぶやいたあとも、そこから唇を離さなかっただけだ。自分の真摯さを伝えたかっただけだ。唇が少し開いていたかもしれないが、それは息をするためで、ただその場から動かさなかっただけだ。それにたいした時間じゃなかったし。ほんの少し長引いたせいでキスのように受け取られたかもしれないが。少し長引いたせいで唇を彼女の唇の上まで動かしたくなったとしても。彼女がコーヒーをひと口飲んだときから、その唇に魅了されていた。あの唇が誘うように開いたら、ピンク色でふっくらとした見た目からして、やわらかいにちがいないと思った。あの唇が誘うように開いたら、彼女の口の甘美さを舌で味わえるのに。

「クソッ」コールダーは頭の下から枕を引っ張りだすと、顔にあててうめき声を殺した。ショーナに語ったことのなかにも真実がひとつ含まれていた。彼はいまも勃起できた。

# 14

ショーナは混沌(こんとん)としたニュース編集室の一区画で、自分に割り振られた時事問題について調べていた。高齢者を対象とした詐欺事件の流行についてだ。

担当に指名されたときはうれしかった。この話題なら世間の同情を誘えるし、つねに高視聴率につながるからだ。誰にでも気がかりな老人はいる。

だが、いざ調査をはじめると、これまで視聴者を惹きつけたり怒らせたりしようとしてきた一万ものリポーターたちの手垢(てあか)がついていないフックや視点探しに苦労するはめになっている。

いま読んでいる新聞記事に書かれている老夫婦は、老後の蓄えがわずか数日で三倍になると言われて、銀行預金の全額を相手の口座に振り込んでしまったという。

こうした被害者には同情よりも軽蔑の気持ちが勝つ。「どこまでばかなの？」と、口に出して言ったとき、携帯電話が鳴った。「はい？」

「おれから聞いたのは内緒だぞ」

間延びした鼻声には聞き覚えがある。銃乱射事件が起きた郡の保安官事務所のなかにいる、秘密の情報源のひとりだ。

ビリー・グリーンの顔はニキビ跡だらけで、息は救いようがないほどくさいが、スパイとして使える程度には情報が確かだ。しかもショーナにご執心なのだから、使わない手はない。

「誰かしら？」ショーナが言うと、当然ながら彼は笑った。「なにをつかんだの？」

「フェア会場での銃乱射事件で子どもが死んだ女がいただろ？　ベビーカーに乗ってた幼児が撃たれて、あんたの恋人が――」

「エル・ポートマンね。彼女がどうかした？」

「わからないんだが、なんかあるな」

銃乱射事件に関する最高のネタがまだ語られていないことにショーナはいらだちを抱えている。どんな題材でも子どもがからむとドラマチックになる。しかもこの件には、ショーナにとって利用価値がありそうな宇宙／宿命／運命／神の介入といった要素があった。

それなのに腹立たしいことにポートマンとかいう女はインタビューを受けない。腹が立つのはコールダーに対してもだ。彼には二重三重に腹が立つ。

昨夜拒絶されたことに対する怒りがまだくすぶっていた。手間暇かけて準備したのに、いっさい見返りがなかったことを思うと、叫びだしたくなる。

コールダーをうんと怒らせてケンカに持ち込むことすらできなかった。それにゲストルームのドアをノックしたとき彼が寝ていなかったのは、明らかだ。ひと晩じゅう寝返りを打つ音がしていたのだから。

それでもショーナは私生活を理由に仕事をないがしろにしたことがなかった。彼女はタブレットとペンを持つと、情報提供者の話を書きとめだした。

「いまおれらがこうしてるあいだにも、やつらは閉ざされたドアの向こうで話をしてる」

「エル・ポートマンの担当刑事、コンプトンと誰が？」

「事件の担当刑事、コンプトンとパーキンスさ」

「すばらしい」ショーナは低い声で言った。捜査がはじまってから今日まで、あのふたりは頑なに口を閉ざしている。

「あのふたりがあなたの分所にいるってことね？」

「ああ、そうだ」グリーンはひと呼吸して、情けない声を出した。「なんであの金持ちのクソ野郎と別れないんだ？　おれになくてあの野郎にあるものってなんだよ？」

「たっぷりの髪よ」

「おい、ひどいこと言うな」

「彼女は何時にそちらに着いたの？」

「ポートマンのことか？　五分前だ」

「すぐに電話してくれてありがとう。いい情報だわ。またなにかわかったら連絡して」

「承知」

「それと、その情報をもらったのはわたしひとりなのよね？」

「あんたの裏をかくようなまねはしないよ」

「ありがとう、ビリー。一杯おごらせてもらう」

「いつもそう言うけど、口ばっかりなんだよな」

「エル・ポートマンがインタビューに応じてくれたら、二杯にする」

「どっか暗くてふたりきりになれる場所にしてくれよ。スカートをはいてさ」

「じゃあね」

ショーナは電話を切り、詐欺に関するメモを取っていたタブレットをつくづく見た。ニュース番組のディレクターは、一週間の仕事に見あう番宣とプライムタイムでの放映を約束してくれていた。

だが、年金を巻きあげられた愚かな老人の話になんか、ちっとも興奮できない。

ショーナは椅子を押して立ちあがり、ショルダーバッグに手を伸ばした。


「理解できません」エルはコンプトンとパーキンスを順番に見た。「協力は惜しみません。むしろしたいと思います。でも、覚えていることはすべてお話しして、すべて記録されている。それなのにどうしてまたわたしを呼んで、再度証言を求めるのでしょう?」

昨夜コンプトンは、もう一度話を聞きたいから今日来るように、と電話してきた。「重要な用件で」とのみ言って、具体的な理由は説明してもらえなかった。そして以前と同じように、今回も任意だとは感じられなかった。

コンプトンが言った。「まず最初にお礼を申しあげます。今日が仕事のある平日だということも、あの日の詳細を語ってもらうたびにあなたに精神的疲弊を強いていることも承知しています」

実際は、この呼び出しがあろうがなかろうが、作家として行き詰まっていた。

しかし、事件をふり返ることは、ただ疲弊するだけではすまない。目の粗い紙やすりで傷口をこすられるような痛みがある。昨日グループセラピーのミーティングで自分の体験を語ったときにはカタルシスがあったものの、その一方で無数の恐ろしい記憶が呼び覚まされもした。そのあとコールダーが――

コールダー。

彼と過ごした最後の数分は動揺がひどかったために、あとに続くフォートワースにある自宅までの長い道のりの記憶が飛んでいた。ささやいた言葉からも明らかなように、彼は痛ましいほどの絶望感を抱えている。そのことが気の毒でならなかった。

それとはべつに、彼に抱擁されてくらくらした。

チャーリーが死んでから今日までのあいだには、それまでの人生すべてを合わせたよりもたくさんのハグをされた。だが、こんなふうに感じたことは一度もなかった。欲望のままに強くエルを抱きよせる彼には、切実さがあった。

ただの哀悼を伝える温かなハグなら、どうということもなかった。及び腰になったのは彼のせいというより、彼によって呼び起こされた感覚のせいだ。

いまそのときのことをふり返るだけでも、おちつかない気持ちになる。

とはいえ、神経質になっているのを刑事たちのせいだとは思わせたくない。エルは気を取りなおした。「わたしがいまから話すことは、あなた方がこれまでに聞いたことがある内容ばかりです」

コンプトンは言った。「あなたの証言は誰よりも具体的で正確です、エル」

コンプトンはこれまで一貫してエルのことをミズ・ポートマンと呼んできた。親しげな呼びかけが警告灯のように感じられた。刑事たちは自分になにかを求めている。それがなんなのかエルには想像もつかなかった。

コンプトンが言っている。「あなたから提供された情報は、監視カメラの映像と一致していました。分析担当者は映像を秒単位で小間切れにしたんですよ。もう一度話をうかがいたいのは、あなたの証言の正確性がきわめて高いからです」

うれしくもなんともない。「わかりました。まだ理由は聞かせてもらっていませんが」

「実際に気がついたのはパーキンスです」コンプトンは陰気な顔をした男を指し示した。おざなりなあいさつをしたきり、ひとことも口をきいていない。「説明は彼から」

パーキンスは勢いづくこともなく、のんびりとデスクの角までやってきて、天板に手をついてエルのほうに身を乗りだした。「証言を記録しているだろうとあなたは言われた。おっしゃるとおり、自分たちは全証言者の話を記録してる。コンプトンと自分とで何度もそれを観て、内容に耳を傾けてきた。そして十周めぐらいで、あなたたち数人の証言にほかの人にはない内容が含まれていることに気づいたんですよ」

「ちょっといいですか。あなたたち数人というのは？」

「生存者のうちの数人です」

「わかりました。で、わたしたちがなにを？」

「走ってきた男がぶつかって、ベビーカーがひっくり返りそうになったと」

エルは言った。「ベビーカーの近くには人がたくさんいました。あなた方から話を聞かれた人の多くがその男のことを証言したはずです」

「ええ、証言した人は多くおられた」

「だったら、どうしてわたしの証言に価値があるのでしょう？」

「これを観てください」コンプトンが言い、デスクの上の開いたノートパソコンをエルのほうに向けた。「動作がぎくしゃくしていますが。よく見えるように、少し近づいてください」

エルは指示に従った。コンプトンがいくつかキーを押すと、極端なスローで動画が再生された。コンプトンが言った。「この時点で犯人は四発撃っています。一発めでミスター・ハドソン・ローリンズが亡くなりました。続く三発は矢継ぎ早に発砲されましたが、ミスター・ハドソンが周囲の人を地面に引き倒したおかげもあって、二発は誰にもあたりませんでした。四発めはある男性の腿にあたりました」

「ええ、その方が倒れるのを見ました。覚えています」

「この映像はその後の数秒をとらえています」

そこには恐怖に逃げまどう人たちの姿があった。頭のなかで何度となくくり返された映像だったが、それでも観るのがつらい。

コールダーにも話したように、それは人生における最悪の瞬間だった。画面のなかのエルはわが子が手の届かないところへ遠ざかるのをなすすべもなく恐怖の面持ちで見ている。映像に音声がついていなかったのがせめてもの救いだ。悪夢とちがって、チャーリーの悲鳴を聞かずにすむ。

くだんの人物が画面に映り込んだ。「この男です」ベビーカーにぶつかる場面もとらえられていたが、ベビーカーが倒れそうになっても男は先に進んだ。速度も落とさなかった。ふり返ることもなかった。「ベビーカーをつかもうとしたのかもしれないけど」彼女はぼんやりと言った。「当然、命からがら逃げまわっていたんだから、パニックを起こしていたでしょうし」

「この男が走り去って数秒後にミスター・ハドソンが画面に入ってきて、ベビーカーのハンドルをつかみます。同時に彼は撃たれ、ベビーカーにのしかかる形でどちらも倒れました」

エルはたじろいだ。

コンプトンは映像を止めて、ノートパソコンの向きを戻すと、豊かな胸の前で腕を組んだ。

「ベビーカーにぶつかってきた男がどんな風貌だったか、話してください」

エルはとまどいをあらわに刑事ふたりを見た。「あなたたちがいま見たとおりだけど」

「ええ。ですが、あなたが見たとおりのことをうかがいたいんです。服装は?」

「カーキのパンツにネイビーブルーのウインドブレーカー、それに古びた赤い野球帽」

「靴はどうでした?」

「膝から上しか見ていないわ」

「顔はよく見ましたか？」

「いいえ、横からだけ」

「ひげは？」

「なかったと思う。いわゆる顎ひげみたいのは」

「人種的には？」

「白人です」

「身長は？」

「平均より少し高いくらい。でも、それもただの印象よ」

パーキンスが横から口を出した。「この男が一瞬、コールダー・ハドソンと映っている場面がありましてね。ハドソンは百九十センチある。そこから類推するに、こちらでは百八十センチ弱じゃないかと見てるんだが」

「だいたいそのくらいだとは思いますけど」エルは言った。「誓うことはできません。とくに長身だとも小さいとも感じませんでした」

「痩せてたか、がっちりしてたか？」

「それもどちらか極端ということはなくて」エルは両手を挙げて、降参と言わんばかりに手のひらを見せた。「わたしは役に立てないわ。せめてなにを探しているかヒントをもらえませんか？」

「続けて」コンプトンが言った。

「実際はさっと視界をよぎっただけで」エルは話の穂を継いだ。「わたしはベビーカーとそれが倒れるかもしれないことに気を取られていて」

コンプトンはそれを無視した。「男はいくつぐらいだと思いますか?」

「あの身のこなしからしたら、二十代後半から三十代前半だと答えたいところだけど、でも、もっと年配のはずです」

「どうしてそう思われるんですか?」

「ポニーテールが白かったから」口にするなり、エルはこれだと思った。刑事ふたりが意味深な目配せを交わしたからだ。「そのことが重要なんですか?」

「自分らが話を聞いた目撃者のなかで、その男のポニーテールに言及したのはあなたを入れてたった五人でしてね」パーキンスが言った。「どの証言でもさらっと触れられただけで、しかも異なる箇所で出てくるもんだから、なかなかその点に気づけなくて」

「ポニーテールだったのは確かなんですね?」コンプトンが尋ねた。

「確かです」

「さっき見てもらったとおり、彼は野球帽をかぶってました」

「襟を立ててましたが、野球帽の後ろの隙間からポニーテールが出てたんです」

コンプトンはふたたびノートパソコンをエルに向けた。「こんなふうに?」

彼女がいくつかキーを押すと、画面に写真が表示された。古びた野球帽の隙間からポニーテールがのぞいている写真だ。「ええ、ちょうどこんな感じに」エルは言った。「ポニーテールはフェイクなんですか？」

「長距離トラック用サービスエリアで売られているノベルティキャップのたぐいです。ほら、下品なスローガンが書かれてるような」パーキンスが言った。「容易に入手できる品ですよ」

「ええ、見たことがあります」エルは言った。「その手のものにはめったにだまされないんですが、この男性はすごい速度で走ってたから。それにほかにもいろんなことが起きていたので、まさか髪がフェイクだとは思いませんでした。どこで見つかったんですか？」

コンプトンが深呼吸した。「今回の犯行現場には手を焼くことばかりです。あの日フェア会場には千人単位の人がいました。なんであろうと、ごくささいなものだとしても、証拠になりうる可能性がありました。この地域全域から鑑識班が呼び集められ、再編されて、フェア会場の各区画が割りあてられました。なんせ駐車場まで含めたら、フットボールのフィールドが二十以上入る広さがありますから。

鑑識員たちは割りあてられた区画を写真におさめてから、証拠を集めるという骨の折れる作業に取りかかりました。あの日は一日、すばらしいお天気でしたが、夜になると一転、嵐になりましたからね。雨と強風のせいで現場はさらに荒れ、作業の進行が妨げられました。

こんなことをくどくどとお話ししているのは、当初野球帽が証拠として採用されなかったことへの言い訳です。帽子の内側からは人の毛髪が採取されました。ポニーテールの人工毛とは別物です。毛髪のDNAを照合したところ、リヴァイ・ジェンキンスとは一致しませんでした。犯罪者のデータベースにもあたりましたが、一致する人物は見つからなかった。それで野球帽は一覧には残されつつも、逃げ去った誰かの遺留品とされたのです」

エルは言った。「銃乱射事件の何日も前に誰かが落として、そのまま拾われなかったという線もあるわ」

「それも可能性としてはありました」コンプトンは認めた。「ですが、あなたを含む五人がこれと合致する野球帽をかぶった男性について証言をしていることに、パーキンスが気づいたんです。わたしたちは事件から数時間後の、事件当夜に撮られた犯行現場の写真をあらためて検討しました。拡大鏡を使ってその中から一枚、この野球帽の写真を見つけたんです。ジェンキンスがいたテントのすぐ近くの地面に転がっていました。

ところが、現場検証を行っていた捜査員が二日後にこの帽子を回収したのはそこではなかった。写真が撮られた場所から離れた別の場所でした」

「帽子が移動したということ？」エルは尋ねた。

「強風のせいだろう」パーキンスが言った。「とはいえ、あれだけ犯行現場が広くて大勢の人がいたんで、貴重な証拠になにが起きてもおかしくないわけだ」陰気に言い足す。「実際、そういうことがよくあるんだ」

エルはふたりに均等に目を配った。「そうですか。ここまではわかりました。でも、結局どういうことなんですか？」

コンプトンが言った。「そうですね、犯人がジェンキンスに出くわしたとします。薬漬けのジェンキンスは、なにが起きているか気づいてさえいなかった可能性があります。拳銃を頭に押しつけられても抵抗しなかったのは確かですね。その人物は急いで自殺を偽装してテントから出ると、出口に殺到する狂乱状態の人たちにまぎれ込んだ。野球帽はその途中で落ちたのかもしれないし、踏みつけになるようにわざと落としたのかもしれない」

「その人物についてはなんの手がかりもないのね」エルが言った。

「そうです。ですが、被疑者を見つけることができれば、この帽子と内側に付着していた毛髪が有罪を示す証拠となるかもしれない。致命傷を負ったハワード・ローリンズとあなたの息子さんがいたあたりでその人物を見かけたとあなたを含む五人が証言できれば、有罪判決につながる可能性も出てきます。それがわたしたちの最終目標です」

エルは唇を湿らせた。「だとしたら、これが突破口になると？」

「ひと筋の光にすぎないとはいえ、出発点にはなります。捜査員たちが帽子のでどころと持ち主を調べていますが、一角獣を狩るようなものだと思ってください。なかなか成果の出ない地味な重労働ですし、可能なかぎり秘密裏に進めなければなりません」

「なぜですか？」

こんども刑事たちは目を見交わし、パーキンスがコンプトンに小さくうなずきかけた。コンプトンはエルに視線を戻した。「いまだ犯人を捕まえられていないとマスコミからは叩かれていますが、それでも今回の手がかりは公表しません。とはいえ、こういうことはどれだけ隠そうとしてもどこからか漏れるものです。

もし今回の件が漏れたら、手がかりの貴重さが薄れます。こちらからは内容を明かしませんし、誰がそのことを証言したかも当然ながら公表しません」

「配慮してくださって、ありがとうございます」エルは言った。「できれば匿名を保ちたいので。インタビューの依頼はすべて断ってきました」

「エル」コンプトンはエルに身を寄せた。「あなたの名前を表に出さないのはプライバシーの保護という社会的配慮の意味だけではないんですよ。誰がやったにしろ、あんな事件を起こした犯人がまだ特定されずにその辺を歩きまわっています」

エルはその意味することをふいに悟った。心拍数がいっきに上がる。

コンプトンが言った。「あなたは犯人特定につながる手がかりを提供してくださった。彼についてそこまでこまかな部分を覚えているとしたら、ほかに逮捕につながるどんなことを覚えているかわからない。わたしたちがあなたの身元を秘匿するのは、あなたの安全を確保するためです」

# 15

エルが建物を出たとき、コールダーは分所の入り口まで数歩のところにいた。お互い相手に気づいて、同時に足を止めた。どちらも動かなかったが、しばらくするとコールダーは頭を傾けて、中央ドアの脇の人通りのじゃまにならない場所を指し示した。彼女のとまどいが手に取るようにわかる。昨夜別れぎわにあんなことがあったせいだ。それでも彼女は近づいてきて、コールダーに合わせて歩きだし、彼が止まると止まり、彼が彼女のほうを向くと、彼女もこちらを見た。

「やあ」コールダーは言った。

「どうも」

「ついてきてくれてありがとう。避けられるかと思った」

「なぜそんなことを?」

「実際はちがったんだから、それはもういい」

そのあとは突っ立ったまま、無言でお互いを見つめていた。そよと吹いた風がエルの髪をなびかせ、毛先が彼女の唇をかすめた。昨夜のコールダーはその唇をめぐる妄想のせいでほとんど眠れなかった。エルはなにげない手つきで乱れた毛先を頬から払った。

コールダーは彼女の唇から視線を外した。「ここへはコンプトンに呼ばれて?」

「昨日の夜、彼女から電話があったの」

「おれもだ。もう会ったのか?」

「彼女とパーキンスと、いま話を終えたところよ」

「どんな話だった?」

「誰にも話すべきじゃないんだけど、あなたも呼ばれたってことは、同じ件だと思っていいんでしょうね」

「なぜおれたちふたりなんだ?」

エルはうっすらほほ笑んだ。「それこそが話すべきじゃないと言われていることよ」

「よくない話なのか?」

「そうね、なんていうか――」

「すまない、やっぱりやめておこう」コールダーは革のジャケットのポケットに両手を突っ込んだ。「話すなと言われているのに、無理に情報を聞きだすようなことはするべきじゃなかった。おれにもすぐにわかることだし」

彼女はうなずいて、入り口をちらと見た。「引き留めないほうがいいわね」

「心配いらない。まだ何分か時間がある」彼は急いでつけ加えた。「おれこそ、きみを引き留めてるんじゃないか?」

「いいえ、急ぎの用はないから」

「絵本のほうはどう？」

「そう、それはあるのよね」

ふたりの笑い声のあとにまた沈黙が続き、コールダーは思案した。そして気が変わらないうちに、口を開いた。「実を言うと、エル、ほんとは気にしてるんだ」

「なんの話？」

「きみに避けられるかもしれないと思った理由。昨夜、別れぎわにおれが言ったことと関係がある」

「そう」彼女の目つきがやわらいだ。「あなたが止められなかった銃弾。そして、あなたが死ぬまでせおわなければならない罪悪感」

「軽いものじゃない」

「コールダー」彼女がコールダーのジャケットの袖に手を置いた。「あんなことが起きるなんて誰にもわからなかったの。ただ起きてしまったというだけ。生き延びたことで自分を責めないで、お願いだから」

「おれだって、できることなら折りあいをつけたい。だがそれがむずかしい」

「わたしはあなたを責めていない。それでも自分を許すことはできない？」

「できるよう努力する」

エルは笑顔になり、彼の腕を軽く握って放した。「時間に遅れないようにしないと。お元気で」

「きみも」

コンプトンとパーキンスとの話は三十分程度だった。建物をあとにするコールダーは、エルがまだいるかもしれないという淡い期待を抑えることができなかった。

エルはいなかった。

ショーナがいた。

最悪だ！

ショーナはコンクリート製のベンチに腰かけ、つねに持ち歩いているショルダーバッグを脇に置いていた。脚を組み、上にのせたほうの脚を振り子のようにぶらぶら揺らしている。今日は携帯電話をいじっていなかった。たったいま彼が出てきたドアを見据えているようすから、偶然でないのが伝わってきた。待ち伏せしていたのだ。

「ハロー」彼女は言った。

「やあ」

ショーナがベンチを顎で示した。「座って」

この先に待ち受けているであろう修羅場の目撃者がどのくらいいるか確認しようと、コールダーは周囲を見まわした。わずか五人ほど、いずれも声の届かない場所で自分のことに集中していた。

ベンチに腰かけた。「どうしてここへ？」

「わたしが思うに、あなたと同じ理由でだと思うけど」

「きみはなんだと思う？」

「銃乱射事件の捜査に突破口があったこと」

「ここに情報提供者がいるんだな」疑問形ではなく事実として述べた。

「たぶんわたしのほうがあなたより先に進展があったのを知ってた」

「容易に推察できただろうよ、ショーナ。昨夜コンプトン刑事が電話してきたとき、きみはおれから一メートルと離れていなかった」

「どういうことだったのか、そのとき彼女から聞いたの？」

「いいや」

「彼女はじかに伝えたがったのね？」

だからここにいるんだ、と言う代わりに彼は両手を広げた。

「昨夜、彼女と話したあと、ゲストルームに隠れたのはなぜよ？　どうして刑事たちに呼ばれたことをわたしに言ってくれなかったの？」

「こうやってきみから問いただされるのがいやだったからさ。それと、訊かれる前に言っておくが、彼らがおれを呼んだ理由については口外できないことを承知しておいてくれ」

「できないの、したくないの？」

「両方だ」

「でも、そのことをエル・ポートマンとは話した」

ベンチに腰かけてからはじめて、コールダーは首をめぐらせて彼女をまともに見た。

「少なくとも、ふたりでこそこそ顔を突きあわせて話していたのはそのことよね。もちろん、ぜんぜん別のことを話してた可能性もあるけど」

彼女は通りの向こうを指さした。「あそこに駐車してたから、あなたが来たのも見落としようがなかった。あなたを見てもびっくりしなかったわよ、コンプトンの電話があったから。それで車から降りてあなたを呼び止めようとしたら、エル・ポートマンが出てきて、あなたたちふたりは……あんなふうに……」

ショーナは言葉を切ると、顎を引いて、眉を吊りあげた。「なにか言うことは?」彼が無言を通すと、ショーナは続けた。「どんなふうだったか、あなたにはわかってるわよね。どちらもその場でぴたっと立ち止まって、ヘッドライトに照らされた鹿みたいだった。そのあとあらがいがたい衝動に後押しされて、互いに引きよせられていった」ここでふたたび小休止を入れる。「これでもまだ話すことはない?」

「昨日グループセラピーで彼女と会った。おれが初参加だったから、彼女が近づいてきて、言葉を交わした。だから今日会ったときも自然と——」

「わたしの目は節穴じゃないのよ、コールダー。それにばかでもない。わたしにはわかってるんだから、これ以上でたらめをならべたって無駄よ」

「でたらめを言うのはきみの専売特許じゃないぞ、ショーナ。きみがオースティンまで何度も行き来していたことをおれが知らない——」

「オースティンに出かけた理由は話したわよね。中絶法をめぐる議論の取材をしてたのよ」

「そしてカメラマンとやるためだ。妻子持ちのカメラマンと」彼は不満そうな声を出した。「きみは日に五、六度、おれに電話したりメッセージを送ったりしてきてたよな。仕事のときにはめったにそういうことをしないきみが、だ。だから突然の愛情表現の理由を推察するのはむずかしくなかった。電話からでたらめさがにおってきた」

「あなたの勝手な妄想よ」

「いいや、ちがう」コールダーは嘘をつくならついてみろと挑むように彼女を見た。

ショーナは怒りを盾に踏ん張ったが、彼が折れないとわかると言った。「もう何カ月も前のことだわ。なぜそのとき責めなかったの？」

「どうでもよかったからさ」

彼女は興奮で肥大した毒ヘビのようになった。「だったらなぜいまになって持ちだすわけ？　自分の罪悪感をやわらげたいから？」あざけるように鼻を鳴らす。「どんな顔して彼女が立ち去るのを見送ってたか、自分で見られたらよかったのにね。恋い焦がれてるみたいだったわよ。わたしと二カ月セックスしなかったのは、彼女が理由なの？」

「ちがう」

「それと、無音のテレビの前で毎日何時間も過ごすのはなぜ？　六桁の契約を断ったのは？時間を建設的に使わずにだらだらしてるのはどうしてなの？」

「今朝は建設的なことをしたぞ」

「あら、そう。なにをしたの？」

彼が立ちあがった。「引っ越したのさ」

「ごめんなさい、ローラ。こんな状況報告、聞きたくなかったわよね」

刑事との話を終えて帰宅したエルは、コンピュータの前に座り、なにかを生みだそうと決意を固めた。できばえが悪くとも、なにかを書いたという、自信をくれるものが必要だった。最低限のゴールとして、台詞を二行は書くと決めた。

ところが虚空を見つめて数時間たっても、物語の筋書きは浮かばず、分所でのふたつのやりとりに頭を占められていた。ひとつは建物のなかでの、もうひとつはコールダーとの外での会話だ。そこで気力を奮い立たせ、文芸エージェントに電話をかけた。どうせ進んでいないのだから、びくびくしながら問い合わせを待つより、こちらから伝えたほうがいい。

ローラは理解を示してくれた。「エル、あなたはうちで担当しているほかの作家の誰よりも高い職業倫理観の持ち主よ。そして話を作ること自体をよろこびにしてるから、ほかの誰よりいまの不毛さにいらだつのもわかる。でも、お子さんが亡くなったのよ。すぐに仕事に戻ってくれるなんて、誰も思ってやしないわ」

妊娠がわかったとき、エルは不動産業と子育てとは両立できないと自分に認めた。グレンダには休職扱いにすることを勧められた。母親業と引っ越しに加えて仕事を変えるという大きな変化を実行に移す前に、しばらく考える時間を取ることができるからだ。

だが、エルの肚は決まっていた。グレンダには黙っていたが、チャーリーを身ごもる前から生活を変える心構えはできていたのだ。

妊娠中は地盤固めを進めた。日中は家のことをして、夜は一作めの構想を練った。

ローラの勤めるエージェンシーに概要を送ったのは、出産の前日だった。返事が届いたのは、チャーリーが生後四カ月を迎えるときだった。四カ月記念日の二日前に残されたボイスメールは単刀直入だった。「ローラ・マスグレーブです。あなたのアイディアは魅力的だわ。話をしましょう」エルはすぐに電話をした。

いま、自分を慰めようとしてくれているローラに応えてエルは言った。「いらいらしてしかたないの。なにかに没頭しないとやっていられない。本の仕事を再開したらおちつくかもしれない、集中する対象ができて悲しみを遠ざけられるかもしれないと思ったんだけど」両手を頭にあてて、こめかみを揉んだ。「遅れについて、出版社はなんて？」

「心配してないわ」

「ローラ、わたしは大人よ。正直に言って」

「わかった。昨日あなたの担当編集者から電話があって、やんわりと催促された」

「前払い金を返せと言ってきてる？」

「いいえ、それはない。そんなことにはなってないから。刊行予定を立ててるのに、あなたの進捗状況を確認したかったみたい。この二冊めがいつできあがるか、デザインとかマーケティングとか販売とか、各部署が知りたがってる。だからとってもいい知らせなの。みんなが市場に送りだしたいと思ってるんだから、ベッツィのシリーズには願ってもないことよ」

「編集の彼はいつぐらいの出版を考えてるの？」

「来年の秋。年末のホリデーシーズン前がいいだろうって」

「出版には最適なタイミングね」

「まさに」ローラは言った。「彼はいくつか枠を押さえていて、あなたから原稿が入ったらそのひとつに入れるつもりでいるわ」

「名案ね。それならプレッシャーもかからない」

ローラはなだめるような声で続けた。「日付は確定しなかった。そのほうが融通がきくし、本を完成させるまでに時間をかけられる」

「通常ならそうだけど、いまのわたしの進み方だとそうも言ってられないかも」

「無理したら、かえって行き詰まるわよ」

「それは困るけど」

「ちゃんと寝てる？」

チャーリーの声が聞こえたような気がして夜中に何度も起きる、と答えた。

「ちゃんと食べてる？」

「生きていくのに困らない程度には」

「ちゃんと飲んでる？」

「水分は補給してるわ」

「お酒のことよ」

「お酒で解決する問題じゃないと思うんだけど」

「大作家は例外なく大酒飲みよ」ローラに言われてエルは笑ったが、ローラは続けた。「まじめに言ってるの。否定できない事実よ。古典作品を挙げてみて。著者は――」

「おませな雲たちの話を書いた人なんていないもの」

「そうだけど、男女にかかわらず作家はふわふわした夢想家ばっかりよ」

エルの家の呼び鈴が鳴った。「話がそれちゃってるし、玄関に配達の人が来たみたい」

「その人、かわいい？」

「二、三日したらまた電話するわね」

「自分を信じてね、エル。わたしも編集者もあなたを信じてる」

エルは電話を切った。軽口を叩いたおかげで楽になった。ほほ笑みを浮かべたまま玄関に向かい、ドアを開けた。

わたしなら目の前のこの人を〝かわいい〟とは言わない。

# 16

コールダー・ハドソンは、かわいくはない。彼は部屋に入ったとき、冗談や友好的な握手でその場にいる人の緊張をほぐしたりしない。彼が部屋に入ったとする。するとそこにいる全員が彼を見て、この人のような冷静さを身につけたいと思い、堂に入ったその態度に気後れすら覚える。

エルは気後れこそ覚えないけれど、ポーチにいる彼を見るなり、体の奥にボールがはずむような疼きが生まれたことは否定できない。「配達の人かと思った」

彼は真顔でうなずいた。「よく言われる」

エルは思わず笑いだした。彼にも冗談が言えるらしい。「お隣は町を出てるから、配達物の見守りを頼まれて……」息が切れたので、肩をすくめておしまいにした。

「いまいいかな?」

「ええ。エージェントと仕事の電話を終えたところよ」

「どんな具合だった?」

「見方によるわね。グラスに半分入っていると見るか、半分しか入っていないと見るか」

「おれにはどう見えるかな」

「出版社は二冊めの原稿をできれば早く手に入れたがっているわ。でもそれは一冊めの売れ行きが好調だから」

「まちがいなく半分入ってるほうだ。しかもおれも一部貢献してる」彼は地元書店のロゴが入った明るい色のトートバッグを掲げた。「おれのにサインしてくれるかい？」

エルはびっくりした。「わたしの本を買ってくれたの？」

「二冊ね」

「誰に？　誰のためにってことだけど」姪とか甥とか？　知らなかっただけで、息子か娘がいるの？

「一冊は自分用」彼が言った。「子どものための読書推進プログラムに二冊めを寄付すると、定価から割り引きしてくれるんだ」

「ありがとう、読書推進プログラムとわたし個人とを代表してお礼を言うわ」

「どういたしまして」言葉を切る。「サインしてもらうあいだ、なかに入れてもらえるかな？」

分所でばったり会ったそのすぐあとに思いがけず彼が現れたことに、エルはよろこんでもいたし、まごついてもいた。ただいきなりやってきたのは軽率だ。「先に電話してくれればよかったのに」

「断られそうだったから」

そう言う彼はにこりともせず、冗談めかしもしなかった。もはやそれほど冷静そうでもなければ、圧迫感もない。そして、ふだんの自分ならありえないことだが、彼が自分を訪ねあててくれたことがうれしかった。

エルは脇によけた。「リビングは左手よ」

コールダーは玄関を抜けて彼女の脇を通り、短い廊下を歩いてリビングに入った。あとに続いたエルは、彼の隣に立って、よそ者が——彼のような都会的なよそ者が——見るであろう目で部屋を見た。彼にはどう見えているのだろう?

彼はのんびりと部屋を眺め、とくに本が詰まりすぎた本棚や、フレームにおさめられたエルとチャーリーの写真、窓ぎわの片隅にある育ちすぎた植物の鉢、エルが椅子に置いたままにしたシェニール織りの膝掛けなどに興味があるようだった。

エルは部屋全体を抱えるように両腕を左右に広げた。「家庭的でしょ」

彼がほほ笑む。「きみみたいな部屋だ」

「かわいそうな部屋」エルは卑下するように笑った。「お客さんがあるとは思っていなかったから、仕事着なの」

分所から戻ったあと、午後から夜にかけてデスクで過ごすつもりで服を着替えた。エルにとっての仕事着は伸縮性のある着心地のいいレギンスと、ゆったりしたトップスの組み合わせだ。

「よく似合ってる」

意表を突く褒め言葉に抗議しかけたが、ふだん着のことで騒ぐのはやめにした。そもそも彼が予告せずに来たのだし、褒められたがっていると思われるのもいやだった。

「髪をまとめていないきみを見るのは、はじめてだ」

「頭が痛くなってきたから、ポニーテールをほどいたの」

なんだか照れくさくなったエルは、無駄な努力と知りつつ、うなじで髪をひとまとめにして肩に垂らした。

せめて口紅ぐらい塗っていればよかった。スニーカーもはき古したふだんのではなく、形の崩れていない新しいのならよかった。スウェットにはグレンダから言われたキラキラがついていればよかった。所帯じみた姿ではなく、もっと垢抜けした姿を見せたかった。

彼がこんなにすてきじゃなければよかった。

「どうぞ」エルは彼にソファを勧めた。

コールダーはこのまま座らせてもらえないかもしれないと思いはじめていたところだった。

「ありがとう」コーヒーテーブルに本の入ったバッグを置き、ソファの中央に腰をおろした。

「なにかお飲みになる？」

「いや、おれはいい、ありがとう」

布張りの椅子に移動するエルを見て、彼女のお気に入りの場所なのだろうとコールダーは思った。椅子のかたわらに小さなテーブルがあり、その上にペーパーバックとティーバッグの紐（ひも）がぶらさがるマグがあった。彼女はまず座面にあった膝掛けをクッションのきいた背もたれに移してから、腰をおろした。

私的な物であふれた居心地のいい部屋だった。そういえば、今朝自分が引っ越した先のコンドミニアムには私的な物がいっさいない。内装業者が配置した最高級ラインの家具調度と芸術的なオブジェはあっても、指紋がつくことなど気にせず日々手にするこまごまとした物がないのだ。彼の指紋が残っているのはテレビのリモコン。ウィスキーのデカンター。せいぜいそれぐらいだ。

私物を荷造りするにも二時間とかからなかった。時間の大半は衣類と靴を詰めるのに費やされた。それ以外のものは難なく片付けた。たいして量がなかったからだ。

ふたつのスーツケースに入れて車のトランクにおさめたもの以外はすべて箱に詰め、自転車二台、スキー道具、スケートボード、野球道具、その他遊び道具類ともども建物の駐車場にある倉庫にしまい、おちついたら業者を頼んでまるごと運ばせるとビルの管理人に伝えた。

管理人は探るようにコールダーを見た。「じゃあ、一時的な引っ越しじゃないんだね？」

「ああ」

「ミズ・キャロウェイはどうされるんです？」

「さあね。彼女に訊いてくれ」

管理人に二百ドルのチップを渡し、終身刑をまぬがれたような気分で車を出した。

「コンプトンとパーキンスと話をしたのね？」

エルの質問で生活感のあるリビングルームに意識を引き戻された。「ああ」

「それで？」

「すべてを理解するのに手間取った。パーキンスが興奮してくると、延々と話しつづけるのは知ってるよな」

彼女は驚いたような目でコールダーを見て、そのあとふたりして笑いだした。彼女の家に着いてから二度彼女を笑わせたという満足感でコールダーの胸がふくらんだ。彼女の若々しい外見から想像するのは鈴を転がすような笑い声だが、実際はチェロを思わせるとびきりセクシーなかすれ声だった。

髪を結んでいない彼女を何度想像したかしれない。いまその髪が彼女の肩でゆるやかに波打っている。あの髪に指を差し入れたい、そして――

「わたしがなにを考えているかわかる？」

欲望に取り憑かれて、かすれ声になった。「なに？」

「コンプトンとパーキンスの組み合わせについて」

「どう考えたんだ？」

「パーキンスはあまりしゃべらないで気配を消そうとする。彼のほうが思慮深くて分析力があるわ」

「コンプトンが話しているあいだ、彼は観察してる」

「そう。反応をつぶさに観察し、声音の変化に耳を澄ませる。コンプトンも鋭いけど、たぶんパーキンスのほうが上司ね。重要なことを明かすときは彼におうかがいを立ててる」

コールダーは刑事ふたりといたときのことを思い返した。とくに印象に残っているのが、病院でのことだ。コンプトンはチャーリー・ポートマンの死を告げるとき、許可を求めるようにパーキンスを見た。コールダーは一瞬、サイドテーブルに目をやり、フレームに入った赤ん坊のチャーリーの写真を見た。

「きっときみの言うとおりだ」彼女の意見に賛同した。「きみと同じように、おれも今回の新たな手がかりについては誰とも話しあうなと言われた。おれがその指示にそむいたら、彼らに報告するか？」

エルは首を振って、続けて、と手振りで示した。

「きみはどうしてわかった？　あいつが目立ってたのか？」

「彼がベビーカーを倒しそうになったからよ」

「おれはポニーテールの話をしたことすら覚えてなかったんだが、刑事たちがその部分の証言の録音を聞かせてくれた。おれは〝まがいもののポニーテールをつけた野球帽の男〟と言ってた」

「フェイクだと気づいてたの？」

「意識はしてなかったが、そう言ってたところをみると、認識してたんだろう」

「鍵となるほか三人の証言者は誰だか知ってる？」

「いいや。きみは？」

「知らないわ。建物の外であなたにばったり会っていなければ、あなたが五人のうちのひとりであることも知らなかった。わたしたちがこの話をするのを刑事たちはよろこばないでしょうね。メモを比べたり、お互いの記憶に影響したりするといやだから」

「たぶんな」コールダーが言った。「だとしても、それのなにが問題なんだ？　きみの発言のなにかがおれの記憶の引き金になるかもしれない。逆もまたしかり」

「じゃあ、本にサインをもらうためというのはただの口実だったのね。本当は捜査に対する見解を聞きたかった」

「そうじゃない。きみのサインをもらうのがいちばんの目的だ」

「どうやってうちの住所を知ったの？」

いきなりだったので、虚を衝かれた。コールダーはいつもの癖でとっさにはぐらかそうかと思ったが、彼女には正直に答えることにした。

「きみに何度かインタビューを申し込んだとショーナから聞いてたから、彼女の携帯にきみの連絡先が入ってるのはわかってた。携帯を見ることはできなかったが、退院した日に彼女の仕事部屋を探しまわった。メモにきみの名前と住所と電話番号が走り書きしてあった」

「彼女に尋ねればよかったのに、なぜそうしなかったの？」

「きみと接触しようとしたことで彼女を責めたからだ。その件で口論になったのに、そのあとおれがきみの連絡先を尋ねたら、彼女はその理由を知りたがる」

エルは低い声で言った。「わたしもその理由を知りたいわ」

コールダーは彼女から視線を外して、ティーバッグの紐を見た。「まだ病院にいたとき、きみに手紙かなにかを書こうかと思った。一、二週間してから、息子さんのお悔やみを伝えようと思ったんだ」

その言葉が届くのを待って、ふたたび彼女を見た。「それは分所の廊下できみと直接、会う前のことだ。あの日、おれはしくじったと思ってあの場を離れた。それでも言わなきゃいけないこと、知ってることはすべて言ったから、きみに手紙を書くのはやめにしようと思った。

だが、今日刑事から手がかりを聞かされて、きみの住所を捨てずに持っていたことに感謝した。きみを訪ね、ふたりきりで極秘の手がかりについて話し、きみの意見を聞ける」

「電話で尋ねなかったのはなぜ？」

「それも考えたが、おれとしては……なんというか……顔を見て話がしたかった」きみの顔を。

「そう」

「わかるだろう、微妙な話題だからね。話をすること自体、本来はいけないってことになってる」

「そうね」彼女が唇を湿らせた。「電話だとニュアンスが通じにくい」

「おれもそう考えた。表情がわからないし、抑揚が聞き取れない」一拍はさんで、続けた。

「昨夜にしてもそうだ」

彼女の胸が持ちあがるのがわかった。「昨夜がなに？」

「酒場の店内でした話は、少なくともおれにとっては、もし電話だったら意味がなかったと思う。その場にいることでたくさんのものを受け取った。その場にいたきみから」

ふたりの視線がからんだ。十秒ほどすると彼女が目を伏せて、直視を避けた。あたりの空気が重くなり、深呼吸しないと息が切れそうだ。コールダーは代わりに乾いた笑いを漏らした。「それに電話じゃ本にサインしてもらえないしね」

コールダーは身を乗りだして、コーヒーテーブルに置いたバッグから『ベッツィのお空』を取りだした。「ベッツィというのが主人公なんだろうね」

緊張がゆるんだらしく、彼女がほほ笑んだ。「ええ。ベッツィが人生の教訓を学ぶ雲よ」

「年齢は？」

「六歳半。本人は半の部分にこだわってる。基本的にはお行儀がよくて素直な子なんだけど、たまにばかなことをしでかして、その結果が本人だけじゃなく家族やお友だちにまで影響するのよ」

「物語が終わる前にはまちがいを認めて、償いをする」

エルの目つきが鋭くなった。「最後のページを先に読んだの？」

コールダーは笑った。「いいや。誓ってもいい、まぐれだよ」

「でも、大当たり。あなたも本を書くべきかも。仕事を交換しましょうか？」

コールダーは笑顔を保ちつつも、彼女の質問でぐさりときた。「物語の書き方なんか見当もつかない。子ども向けとなったらなおさらさ。それにきみにおれの仕事が向いてるとは思えない」侮蔑ととられかねないのに気づいて、つけ加えた。「嘘じゃない、エル、けなしたんじゃなくて褒め言葉だ」

その口調の深刻さで楽しい雰囲気が消し飛んだ。彼女が重々しく答えた。「わかったわ」

彼女は説明を求めず、コールダーの発言をありのままに受け入れてくれた。それがどんなにありがたいことか伝えたかったが、自分の仕事の話をこれ以上引き延ばしたくなかった。彼女と話したい話題ではない。なぜなら、自分自身との内なる対話でいやというほど苦しんできたからだ。銃乱射事件以降、仕事に復帰することに抵抗があった。

話題を変えたくて、コールダーは言った。「イラストもすべてきみが手がけてるんだな。すごいよ」

「編集者からはイラストレーターを探せと言われてるんだけど、譲れないの。キャラクターの特徴がいちばんよくわかってるのは、わたしよ。みんな、ここに住んでいるから」

彼女がこめかみをつつこうと払った髪が、こぼれて左胸に垂れた。大きめのスウェットを着ているので、胸の豊かさがほとんどわからない。隠されていることに心がかき乱される。一瞬、それを脱がせるという誘惑的な幻想に思考を奪われた。

彼女が言っている。「別のアーティストにわたしのキャラクターを渡してしまったら、それはその人が解釈したものになるわ。納得できると思えないの」

「次作のタイトルは?」

「『ベッツィのお空』シリーズの二作めになるんだけど、まだ話ができてないから、タイトルもまだよ」彼女はがっかりしたような悲しげな表情になって、顔を伏せた。

「ときどき閃くんだけど、ふっと浮かんだ思いつきを言葉にしようとすると、とたんにチャーリーの記憶がよみがえるの。それがまた別の記憶につながったりして、なんとか気を取りなおしたときには、閃きは消えている」

「そのうちものにするさ」

彼女が顔を上げ、弱々しい笑みをコールダーに向けた。「そうでないと困る。それはともかく、本を買ってくれてありがとう」彼の本に手を伸ばす。「ペンを持ってる？」

コールダーはジャケットの内ポケットを調べた。「いや、悪い」

「作家たるもの、つねにペンを持ち歩かなきゃね。仕事部屋にはたくさんあるのよ。すぐに戻るから」エルは立ちあがって、リビングを出ようとした。

彼も立ちあがった。「おれもついていっていいかな？」

# 17

彼女は迷っているようだった。

コールダーは言った。「きみが創造力を発揮する部屋を見たい」

「わたしもそんな場面が見たい」

そっけない返答を許可と受け取って、彼女についてリビングから廊下に出た。ドアが開いている部屋の前を通った。明かりはついていなかったが、ベビーベッドとおそろいの整理ダンス、ロッキングチェア、おもちゃ箱があるのがわかった。ベビーベッドの上の壁にブロック体で〝チャーリー〟という文字が貼りつけてある。彼女がなにも言わなかったので、コールダーも黙って通りすぎた。

廊下をはさんで向かいにある部屋に関しても無言を通した。こちらも明かりはついていないが、彼女の寝室にちがいなかった。ふとバニラのにおいに鼻をくすぐられた。たぶんにおいつきのキャンドル、じゃなければ彼女のボディーローションのにおいだろう。

ベッドは整えられている。乱れたベッドでくしゃくしゃになったシーツにくるまれた彼女が思い浮かんだ。たちまちあらがいがたいほどの反応があり、タイミング悪く欲望が襲いかかってきた。衝動に乗っ取られるわけにはいかないし、そのつもりもないが、どうにもおちつかせるのが困難だった。

廊下の突きあたりまで来ると、唯一明かりのついている部屋に彼女は入った。コンピュータが置かれたデスクと、さまざまな制作段階の絵が散らばる製図テーブルがあった。ほかに全面コルク張りの壁にピンで留めてある絵もあった。

エルはベッツィの絵本をデスクに持っていき、ペンを見つけた。「わたしのサインだけでいい？　それともあなたの名前を入れる？」

「名前を入れてもらえるかな。見てもいいかい？」コールダーは製図テーブルの上の絵を指さした。

「どうぞ。ただのスケッチよ」彼女は本のタイトルページを開くと、サインしようとデスクにかがんだ。

まいった。

コールダーはそそられる光景から急いで顔をそむけ、紙を繰って彼女が描いたキャラクターの絵を見はじめた。彼女の絵は独創的だった。雲たちはその顔で多くが伝わるように工夫されていて、歌姫はほくろと長いまつげ、雷雲にはゲジゲジ眉、ベッツィはリンゴほっぺで前歯が一本抜けていた。いずれも見るものをたちまち虜にする魅力があった。

そしてつぎに見た絵にコールダーの胸は締めつけられた。

「さあ、どうぞ」サインしおえたエルは本を差しだしていたが、彼が手にしていた絵を見ると本をデスクに置き、近づいてきて隣に立った。

ふたりして彼女が描いたチャーリーのスケッチを見おろした。鉛筆の線とたくみな陰影でしあわせな表情と乱れた巻き毛ときらきらした瞳がとらえられていた。

エルが静かに言った。「わたしは自分の窮地をエージェントにわかってもらおうとした」

「窮地というのは、具体的に?」

「いまのわたしには生き生きした太陽や情け深い月、雲たち、星たちのことを書くのがむずかしいの。彼らはいつだって簡単に問題が片付いて結局はしあわせになれるパステル色の宇宙に住んでいるのに、わたしたちが生きている現実の世界には、暗さや醜さ、暴力、そして備えようのない突然の無意味な死がはびこっている。わたしが書いている作り話が現実と乖離しすぎていて、子どもたちに嘘を売っているような気がしてしまう」

コールダーは彼女に触れないようにするためにジャケットのポケットに両手を突っ込んだ。

「子どもたちには作り話が必要だよな? いやなことが多い分、それとバランスを取るために。おれはそう思う。きみの物語は希望と元気をくれる。前向きなんだ。それは誇っていいことだよ、エル」

「以前はそうだったのよ。でも、そんな努力がいまは取るに足らないことに思えて。笑ってしまうほどに」

「おれが保証する、そんなことはない。人を元気づけるのはすごいことだ」

エルはまだ言いたいことがあるのを察したように、コールダーを見ていた。だが、彼が先を続けずにいると、彼女は深く息を吸い込んで、ゆっくりと吐いた。

「あの事件のトラウマでより内省的になったと思うことはない?」彼女は言った。「ものごとの見方が変わるのも当然よ。ミーティングのとき、参加者のひとりが、なにごとにつけ、人生のあらゆる側面について見え方が変わったと言っていたのを覚えてる? わたしにはそれがよくわかる。わたしは以前よりも概念だとか抽象的なものとかにこだわるようになった」

「たとえばどんな?」

「重みのあるもの。愛とか、忍耐とか、許しとか、感謝とか、慈愛とか。そうしたものが以前よりも重要だと思うようになったの」

「そうか、それは深いな」

彼女が軽やかに笑った。「ささやかなものもより重要になったわ」

「挙げてみて」

「うーん、そうね」エルが顎の脇を指先でとんとん叩いている。「上等なカベルネとか? ワインショップの店員に死ぬほどおいしいと言われて買ったの。味見してみたい?」

「またにしよう」コールダーは近づき、両方の手を彼女の顔に添えた。「おれが死ぬほど味見したいのはこれだ」

彼はかがんで彼女に口づけ、唇を擦りつけて舌を差し入れた。とまどいがちな彼女の舌にそそられる。少しだけ顔を離して、彼女の目を見た。「エル?」

「ごめんなさい。わたし――」

「なに？」

「長いあいだ、男性とふたりきりで過ごす機会がなくて」

「昨夜はおれとふたりきりだった」

「ふたりきりじゃなかったわ。こんなふうには」

「ああ、こんなふうではなかった。でも、近かった。そして、あれからずっとこのことを考えてた。少しだけ、エル。お願いだ」

唇をそっと近づけ、断る時間を与えつつ、そうならないことを祈った。さきほどとは角度を変えると、彼女の唇はより素直になった。舌と舌が触れあった。彼が差し入れた舌を、彼女が満足げな吐息とともに受け入れてくれる。

エルの頰に添えていた手を腰に移し、前夜と同じように引きよせた。だが今回はコールダーの体に合わせて彼女の体が彫られているかのように重なり、調整する必要すらなかった。体が完璧になじみすぎて、ふたりとも互いの吐息を口内で感じたほどだ。

彼はキスを深めつつ、片方の手をゆったりとしたスウェットの下にもぐらせた。臀部まで その手を進めると彼女の腰を抱え込んで引きつけ、太腿のあいだのくぼみを自分のもので埋めるようにした。すっぽりとおさまる。

彼女があえいで弓なりになり、唇が離れた。コールダーはふたたび口をとらえようと頭を沈ませたが、彼女は両手で彼の胸を押した。

「エル」うなるように言う。「どうした？」

「誰かを裏切るような関係はいや。されたことがあるから。同類にはなりたくない」

「ショーナのことか？　彼女は関係ない。もう終わったんだ。おれは引っ越した」

エルは唾を飲んで、そっと言った。「ほんと？　ほんとにそうしたの？」

「ああ」

「いつ？」

「最近」小声で悪態をついてから、しぶしぶ白状した。「今朝」

「今朝って、今日の朝よね？」

「早い時間に。昨夜きみとあんなことがあって――」

「彼女はもう知ってるの？」

「ああ」

「腹を立ててる？」

「怒りくるってる。だが、たぶん彼女のほうからおれを追いだしたかったのに、それができなかったからだ。銃乱射事件以降、関係は崩れてた。彼女はおれがいつまでもそこから抜けだせないのに我慢がならなかったし、おれはそのことにいらだってた。彼女はおれの心境をわかろうとしてくれなかった。まったくだ」

エルは彼の腕をほどいて、後ずさりした。「でもわたしはわかろうとした」

彼は一瞬なにを言われているかわからなかったが、思いあたるとすぐに火消しにあたった。

「いや、ちがう。きみが理解してくれることに欲情して押しかけてきたわけじゃない」

「わたしにはそうとしか思えない。もし慰めなら、あなたが求めているのが慰め役なら、よそをあたって」

瞬時に彼女は部屋を出た。コールダーはあとを追った。

「おれがここへ来たのは、きみのことが頭から離れないからだ」

エルは苦々しい笑い声で応じた。「昨日から?」

エルはぴたりと足を止めて、ふり返った。すぐ後ろに彼がいたので、ぶつかりそうになった。いまだ疑心暗鬼のまま彼の目を見つめ、後ずさるようにリビングに入って、使われていない暖炉の前に移動した。

「きみとはじめて会ったときから」

彼も部屋に入ってきたが、ばかではないので距離を保っている。「あの日、分所ではじめてきみを間近から見て、思った。〝まずい〟と。〝あの目、あの唇、まずい〟と。

だがつぎの瞬間、いや、一瞬にも満たないぐらいのあいだに、おれはきみが誰だか察した。あの男の子の母親だ。なんという運命のいたずらだろう。きみがおれとかかわり合いになりたがらないだろうことは察しがついた」

「そんなこと、思っていなかった。そんなふうに感じたことは一度もないし」

「おれはそう思った」コールダーは両手を腰にあててうつむき、床を見た。「じつはおれには問題がある」

「よくわからないんだけど。なにかに失敗したの？」

彼が顔を上げ、かろうじて聞き取れる程度の痛ましい小声で言った。「失敗したことがない。それが問題なんだ。小学三年生のとき、おれはキャンディバーを売って最高額の寄付金を集めるという目標を立てて、それを達成した。ハイスクールのときは、一年生にして校内一の野球チームを作った。ボーイスカウトでは、最高位のイーグルスカウトになった。大酒を飲んで女の子と遊んではいたが、大学は最優等で卒業した。コンサルティング会社を設立して、軌道に乗せた。なにをしても失敗したことがない」切れ切れに息を吸い込んだ。「唯一の失敗が生死を分ける場面だった。あのクソいまいましい銃弾を防げなかった」

エルは小声で言った。「自分を責めないでと言ったはずよ。あれはあなたの失敗じゃない」

「そうだろうか？」

「あなたは息子を助けようとしてくれた」

「ああ、そしてひょっとするとそのせいで命を奪ってしまったのかもしれない。無意識のうちにヒーローになりたがってたんじゃないかという思いが、頭にこびりついて離れない。おれがどういう傾向の人間だかわかるか？　責任をになって、ものごとをやり遂げ、どんなことだろうと、それを実現する。最初の銃声を耳にするや、その本能に乗っ取られた。

もしおれも、おれ自身がみんなに指示したように地面に伏せて、じっとしていれば……」切なげな顔でエルを見る。「ところがおれは飛びだして、チャーリーのベビーカーを追った。

おれが動いたせいで、銃口をこちらに引きよせてしまったのかもしれない」

エルは両手で顔をおおった。彼が抱えている罪悪感に良心は痛んだものの、エル自身、彼の自発的な行動とその結果に疑問を覚えたのは一度や二度ではなかった。

彼の勇敢さを責める気持ちは毛頭ないが、〝もし〟は抑えようもなく何度も立ち現れて、そのたびにふたりを隔てる障害になっている。この先もずっと続きそうで怖かった。

手をおろし、苦しそうな彼の目を見た。「あなたはチャーリーの死をめぐる運命的ななりゆきのせいで、わたしに深い精神的なつながりを感じているんだと思う。でも、あなたはなにかをとりちがえているのよ、コールダー。そのつながりが――」

「性的なものだと」

「そう」

「そうじゃない。とりちがえとか、そういうことじゃない」彼は手で下半身を示した。「おれは銃乱射事件の影響を受けたすべての人に対して精神的なつながりを感じてるが、彼らのことを一日じゅう考えたりしないし、彼らのことを考えても夜に右手が忙しくなるようなことはない」

エルは唇を噛み、言い方を変えた。「あなたとショーナの関係はそのせいでうまくいかなくな――」

「終わったんだ」

「今回、捜査上、新展開があったせいで、わたしたちは混乱してるわ。先に進もうにもそれさんの――」
が新たな足かせになる。わたしは憤ってるし、あなただってきっとそう。わたしたちはたく

「クソにつきあわされてる」

「そう！　それが言いたかったの。自分の世界が、これまで知っていて輝いていた暮らしが、ほんの数秒で崩壊したときにどう感じるか、そのことにかかわりのある誰かに意識が向くのは自然なことよ」

彼は黙ってそのすべてを吟味しているようだった。「その点は説得力があるな、エル。きみの立場なら、そう言いたくなるのもわかる。だが、昨日おれがグループセラピーに出かけていったたったひとつの理由は、きみがそこにいるかもしれないと思ったからだ。それ以外にわざとらしくなくきみと会う方法を考えつかなかった。

そのあとふたりで過ごして、またきみに会わずにいられなくなった。理解してもらいたいからじゃない。きみを追いかけるにはもっともらしい口実がいるが、つぎのグループセラピーを待つのはいやだった。それで本のことを思いだした。これなら完璧だ。おれは今朝コンドミニアムを出て、午後、分所に行く途中で本屋に寄った」

「じゃあ、向こうで会ったときにはもう本を買って持っていたのね？　なぜそれを言わなかったの？　そのときサインできたのに」

「だから言わなかった。きみにまた会うためのチケットを握りしめてたんだ」髪をかきあげる。「これ以上ないほどタイミングが悪いのは認める。おれだって、複雑かつ恐ろしいほど

異常な状況なのはわかってる。おれが感情をとりちがえているときみが思うのもわかる。でも、そうじゃない、誓ってちがう。

この二カ月、六十数日、おれは夜といわず昼といわずきみのことを考えた。ふたりでできることを無限に夢想したし、おれのひとり合点じゃないと思ってる」声を落としてつけ加える。「昨夜触れあったとき、おれたちのあいだには熱が生じた」

エルはあいまいながらも小さくうなずいた。

彼は頭を傾けて、背後の廊下を示した。「それにきみは、一瞬だが、おれにキスを返した」

彼女はわずかに肩を持ちあげて、これも認めた。

「そうだ。おれの妄想のなかでのきみは、おれと同じくらい夢中になってる。白昼夢のなかのきみは、おれたちが複雑な運命に縛られていようと、服を脱ぐのをためらわない」エルの表情に驚きを見たのだろう。コールダーは言い足した。「ああ、そうだ。そんなふたりを思い描いた。何度も何度も。さっききみの寝室をのぞいて、ベッドを見たときも」

彼は言葉を切ると身じろぎをして、声のトーンを変えた。「ただ、きみに一片でもおれのこの気持ちに対する疑いがあるなら、先には進まないよ、エル。おれは一方的なセックスはしないし、おれに対する同情からそんなことをされるのは耐えがたい」

彼の独白にエルの体はほてった。彼が明言した欲望はけっして一方通行ではなかった。彼のもとまで歩いて、自分のほうから中断したキスを再開したい。そこからさらに進めて、ベッドまで行きたかった。

自分自身にむち打たなければ言うべきことが言えなかった。「いまはこんな状況で、対処しなければならないことがたくさんある。そこにまた――それを――足すのは、まちがいだと思う」

コールダーはじっとこちらを見た末に、うなずいた。「元気で」と言うなり、歩いて部屋を出た。

エルは出入り口を抜けて玄関までついていった。彼はドアを開け、ふり返ることなく小径を遠ざかると、縁石に寄せて停めてある車へと向かった。

エルはドアを閉めて額を木製の扉につけ、泣きだしてしまわないようにくり返し息を呑んだ。これでよかったのよ。でも、この胸の痛みはなに？

エルはコールダーの誠実さを信じていた。わざと相手の心に深手を残そうとする人ではない。信じられないのは、セックスがすべてを癒やすというある種の男性的な心のありようだ。それがエルには怖かった。彼はそれをふたりの関係における最後のつながり、エルに償いをしてチャーリーの死に決着をつける行為とみなすかもしれない。

ここで彼と寝たとして、そのあと彼の頭から完全に追い払われたら、どうなるの？　エルはふたりに未来があると考えたり、願ったりできるほど、おめでたくなかった。そんなことがどうしたら可能なの？

エルは彼が慣れ親しんでいる世界とは遠く隔たった世界に住んでいる。ショーナ・キャロウェイのようなタイプではない。彼がエル・ポートマンのなにを見ているというのか。自分が殺したかもしれないと責任を感じている子どもの母親という以外に。

立ったまま苦悶していると、手のなかにあるドアノブがまわった。とっさに怯んで手を離し、後ずさりをした。ドアが押し開けられて、彼が入ってきた。彼はなにも言わなかった。ただ焦がれるような、見透かすような顔でエルを見ながら、ゆっくりとドアを閉めた。ふたりは静止画となった。呼吸が速まり、どちらともなく相手に身をゆだねていった。

彼はエルの名前を低くつぶやきながら髪をつかんで後ろに引き、上向いた唇にキスをした。

# 18

羞恥があった。そこへさらなる羞恥が重なった。

前者は日常的な困惑のうちに入る。

後者は、そのあと光速で逃げた男と不注意で無謀でかつてないほど激しいセックスをしたせいだ。ありがとうの言葉もなく、逃げられた。

エルはデスクに肘をつき、手のひらに額を預けて、うめいた。

「コンコン？」

突然聞こえた声は大きく、しかも予想外だったので、びくりとした拍子に製図用のスツールから転げ落ちそうになった。熱々のコーヒーがカップからこぼれてパジャマのズボンにかかった。グレンダの声だった。

グレンダが来たの？　いま？　押しよせるパニック感をどうにか堰き止めた。

「エル？　入るわよ？」

だめ、入らないで。いまはなにがなんでも絶対に人に会えない。すぐれた洞察力の持ち主である親友にはとくに。ウイルス性の胃炎だと言おうか？　いや、コロナとかエボラ熱とか？　でもそうしたらグレンダは看病したがる。いつまでもそばをうろついて、世話を焼き、医者に診せるまで梃子でも動かないだろう。するとさらに面倒なことになる。

そうした考えのすべてが緩慢な脳裏を緩慢な速度で通り抜けた挙げ句、ここは堂々と向きあおうという結論にいたった。「仕事部屋よ。入ってきて」

あわてて自分の身なりを見て、みっともないありさまなのに気づいた。ずっと髪をいじっていたコールダーのせいで、頭は鳥の巣のようになっている。まごまごとその髪をうなじでまとめ、ひねってゆるく束ねた。

Tシャツを着ていることを確認するように手で胸を撫でる。ひげでこすれて赤らんだ乳房が隠れていないと困る。コールダーの熱烈な唇に全身を愛撫された記憶がよみがえる。「ああ、もう、ああ、もう」

そして唇をぬぐった。まだ腫れているように感じる。首に跡は残っていない？　もしあったら恥ずかしいではすまない。罪悪感に駆られつつバスルームの鏡をちらりと見たときは気がつかなかったけれど、見落としているだけかもしれない。

目は泣き腫らして赤くなっているが、この点についてはグレンダからなにかを言われてもそれらしい口実がある。

「おはよう」

エルは平静を装ってスツールを回転させ、さもうれしそうに友人と向きあった。「おはよう。早いわね」

グレンダは不思議そうに小首をかしげた。「十時過ぎだけど」

「え、ほんとに？」エルは製図板を指さした。「スケッチしてたら、時間の感覚が飛んだみたい」

グレンダはエルを上から下へと眺め、当然ながら、こぼしたコーヒーの跡を指摘する。

エルは無理をして笑い声をあげた。「あなたが急に声をかけるからよ」

「ごめん。火傷しなかった？」

「ええ、だいじょうぶ」

「呼び鈴を鳴らせばよかったんだけど、玄関のドアが開いてたもんだから」

彼が開けたままにしたわけ？　だが、考えてみれば、驚くほどのことではない。

「そうだった？」無邪気そうに尋ね返した。「そうね。さっき外に出て、昨日届くことになっていたお隣の荷物をチェックしたから。でもまだ届いてなかったわ。気をつけて見ておくと約束したの。うちに入ったあと、ドアが閉まらなかったのね。最近そんなことが多くて。ちゃんと閉まる前に止まっちゃって、最後押さなきゃならないのよ」

黙って！　嘘はしゃべりすぎで足がつく。グレンダにはキツネのような抜け目のなさとブラッドハウンドのような嗅覚がある。この調子でそらごとをしゃべっていたら、いやでもばれる。「それはなに？」エルはグレンダが持ってきた小さな白い袋を指さした。

「泣いてたの？」

「少し」嘘、少しじゃない。たくさん。何時間もみっともなくワンワン泣いた。

「きっかけは？」

エルはコールダーといっしょに見たチャーリーのスケッチを手に持った。それを見せると、グレンダは手で胸を押さえた。

「やだ、すごくかわいい。これは見たことがないわ」

「数日前に描いたばかりなの。今朝これを見ていたら、涙がこぼれちゃって」

「わかる。あの子そのものだもの」

エルはうなずいてスケッチをテーブルに戻し、袋の中身を再度尋ねた。

「ベーカリーで買ってきたばかりの、チョコレートがけのドーナツを半ダース。少しはカロリー過多になってもらいたくて。もう少し体重を戻さなきゃね。まだ骨張ってる」

コールダーはそう思わなかったようだ。エルを貫きながら彼が口にした淫靡(いんび)な言葉のかずかずに、骨張っているは入っていなかった。

「エル？」グレンダがエルの腕を肘でつついた。「これ持って」紙に包まれたドーナツをひとつエルに持たせてから、袋を手渡した。

「あなたは食べないの？」

「あたしに炭水化物は不要よ。それに、仕事中のあなたをじゃましたお詫びだと思って受け取って。またスケッチをはじめてくれてうれしい」

「ちっちゃな一歩よ、覚えてる？」

「ちっちゃな一歩ね。でも、今朝のあなたは着替えもそこそこに仕事をはじめてる。健康的な兆候だし、いいスタートを切れてる印よ。スケッチを一、二枚描いたら、創造力がめぐりはじめるかも」

「そうなるよう祈ってて。昨日ローラから激励の言葉をもらったの」

「彼女が心配してるのは本のことより、あなたのことよ」

　エルは指についたチョコレートを舐めるのをやめて、ドーナツを置いた。「どうしてあなたがわたしのエージェントの心配ごとを知っているの？」

「やっちゃった」グレンダがぶつぶつ言った。「ああ、もう」彼女はデスクの椅子に腰かけて、エルのほうを向いた。「ローラと情報交換してたから」

「わたしのことで？」

「怒らないで。彼女が電話してきてね、あたしも彼女も善意しかない会話だった。ふたりともあなたのことを心配してるの」

「どうして？　喪失による悲しみってこういうものよ、グレンダ」エルは自分の顔を指さした。「すぐには戻れないものなの。あなたたちふたりが期待しているみたいには」

「誰もそんなこと期待してな――」

「わたしには時間がいるの、わかる？」もっとも信頼していた女性ふたりが自分の立ちなおり具合を話しあっていたという事実に傷ついていた。「陰で話すなんてひどい」

「噂話をしてたんじゃないの、エル。お互いにあなたへの心配を吐きだしてただけ」

「そう。あなたたちのどちらかに子どもができて、その子が射殺されたら、そのときはわたしのところへ来て、乗り越えるのがどんなに簡単か話してくれたらいいわ」言ったとたん、心の底から撤回したくなった。顔を伏せて、何度か深呼吸した。「情けないことを言ったわ。許して、グレンダ」

「許すわよ。入ってきたときから、あなたはいらだって気もそぞろだったもの」

グレンダはその理由を知らない。

長い沈黙のあと、グレンダがグループセラピーはどうかと尋ねた。「いい影響はありそう？」

「ありそうだから、続けてる」

「誰かと個別に会ったほうがいいかも」

「ドクター・シンクレアの個別のセッションも何度か受けたわ」

「それで？」

「私的な内容だから」

グレンダは額を叩いた。「そうね。尋ねちゃいけなかった。さあ」立ちあがりながら言った。「あなたが仕事に戻れるようそろそろ帰らなきゃ。ドーナツ、食べてよ、全部。お腹いっぱいにして。糖分祭り」

「グレンダ」エルは手を伸ばし、前を通って出ていこうとする友人に触れた。「待って。行かないで。謝らないと。わたしが気もそぞろだったのは、あなたにはなんの関係もないの。昨日あることがあって、そのせいで動転してたの」

「なにがあったの？」

「刑事と話をしてきた」

「内容は？」

「話しちゃいけないことになってる。動転してた主な理由はそれ」

「捜査に関係のあること？」

「ええ。話せないことだから、もう訊かないで。わたしに言えるのは、彼らとの会話でまた痛みがぶり返したってこと。そのせいで今朝はおかしいの」

「休んだっていいのよ。何日休んだって。あたしが押しかけちゃったから、そうもいかなかったけど」

「だからといって、わたしの失礼な態度は許されない。あなたとローラが噂話をしていたわけじゃないことも、心から心配してくれていることも、わかってる。ドーナツのお礼も言ってない。もう少しいて、あなたも食べて。コーヒーを淹れるから」

「ありがたいけど、遠慮しとく。三十分後に約束があるのよ。でも、ドーナツの代わりに本を一冊もらえないかな」

「本？」

「ある販売代理店の娘さんが今日で四歳なの。誕生日プレゼントに『ベッツィのお空』のサイン本をあげると約束してて」

　エルが声をあげる間もなく、グレンダはデスクに引き返し、昨晩コールダーが置いていった本を手に取った。エルはスツールから飛びおり、デスクに急いだ。「これは何度かめくってるから、新しいのを出すわ」

「いいわよ、これで」タイトルページを開いて、エルに本を差しだそうとしたとき、グレンダはすでにサインがあることに気づいた。顔を近づけて、献辞を見つめた。氷河期なみの長い時間が過ぎた。彼女はエルを見ると、瞳の中を探るようにして静かな声で尋ねた。「あなた、コールダーっていう人を何人知ってるの？」

もはやのがれられない。エルはかすれ声で答えた。「ひとりよ」

「ふーん。それで、彼のことはどの程度知ってるの？」エルが後ろめたさの滲む沈黙を続けていると、グレンダは本を閉じてデスクに戻し、あらためてエルと向きあった。態度には出さないが、明らかに疑問を持っているのがわかる。

エルは堂々と白を切った。「一昨日のグループセラピーに彼が来たの。彼が来るのははじめてで、おやつのテーブルでおしゃべりをしてたとき、彼に――」

グレンダが片方の手を挙げた。「嘘をついても意味ないんだけど、エル。第一にあなたは嘘をつくのがへたすぎる。第二に、だらしない格好をしている理由がわかったから。乱れた〝翌朝〟ならあたしも大いに経験があるのよ、見ればわかるわ。つまり、あなたを裁く立場にはないってこと」

「だったらどうして〝でもね〟が続きそうな気がするの？」

「あのね、あなたが男と寝たことにはわくわくしてる。でも、よりによってあの男？　あなたたちふたりがつるむのがいいことだと思う？」

エルは製図用のスツールに戻り、力なく腰をおろした。「思わない」

「状況は――」

「型破り」

「そんな言い方じゃ足りない。そのせいで、なんていうか……わかんないけど……見とおしが立たない？」

「ほんと」そしてエルは自己弁護を追加した。「そんなつもりはなかったの。ただ……なりゆきというか」

「ああ、そうなの、なりゆきね」グレンダはため息をついて、ふたたびデスクの椅子に腰かけた。「めちゃよかったのね」エルが見ると、グレンダは皮肉っぽくほほ笑んだ。「サイテーだったらほっとして、そう言ってるはずだもの。好奇心は満たされたけど、でも、もう二度とごめんだって。いまのあなたみたいにしょぼくれてないだろうから」

これにはエルも返答のしようがなかった。言うとしたら、どんなによかったかをことこまかに説明するしかないが、そうする気にはなれない。

グレンダが眉をひそめた。「銃乱射事件に関すること以外で、彼についてなにを知ってるの？」

「ほとんどなにも。知的で行儀がよくて話し上手。お金のかかった趣味のいい服装をしていて、住まいは高層住宅、愛車はジャガー」

「あたしがかかってる婦人科医と同じね。コールダー・ハドソンはなにをしてる人？」

「なにかのコンサルティング。仕事の話はしなかったけど」

「不思議よね。成功者にちがいないのに、Ｇｏｏｇｌｅで検索しても、ほとんどなにも出てこなかった。銃乱射事件の報道で名前が出てくるぐらいで」

エルは愕然として彼女を見た。「彼のことを調べたの？」

「最初のころにね。ヒーローとして祭りあげられたとき。あなたと同じように、彼もマスコミを避けてた。写真もなし、コメントもなし。ＳＮＳではゴーストだった。ＣＩＡの二重スパイならわかるけど、そうじゃなきゃ変よ。同棲相手を考えたらなおさらね。それで思いだしたけど、彼女とはどうなったわけ？」

「わたしも尋ねた」

「なりゆきに任せる前、それともあと？」

「その最中というか」

「ふうん。それで？」

「彼は別れたって」

グレンダの哀れむような訳知り顔に耐えられなくなったエルは顔を伏せ、額に指を押しあてた。「わかってる、わかってるの。わたしがばかでした。でも彼は……」切れ切れに息を吸う。「サインしてくれと言って本を持ってきた。話をして、さよならを言い、それで帰るはずだった。実際いったんは玄関を出たの。そのあと引き返してきて、それで……」

そこで口を閉じた。自分でもわけのわからない熱情にたちまち呑まれた理由をどうしたら人に——たとえそれが親友だとしても——伝えられるだろう？

コールダーが姿を消すように帰っていったことは、死んでも話したくない。彼はエルがまだ余韻に打ち震えながら息を整えようとしているうちにベッドを出た。それもベッドカバーに——ついさっきまでその上でふたりが交わっていたベッドカバーに——火がついたかのような勢いで。ベッドカバーをめくる間も惜しんで行為に入ったというのに。

恥辱感に窒息しそうになりながら、エルは言った。「そのことはもう話したくない。二度とありえないとだけ言っておく」

「ほんとに？」

「絶対に」

「それでいいの？」そう言ってエルを見るグレンダは、すでに答えを知っているようだった。

そのときエルの携帯電話が鳴ったおかげで、エルは返事をまぬがれた。

「誰かと話ができる状態じゃないわ」グレンダが言った。「ほっといたら」

エルは携帯電話の画面を見た。「そうもいかないみたい。コンプトン刑事からよ」

「そっか。だったら行くね。またあとで連絡する。じゃあ」グレンダは投げキスをして、部屋を出た。

エルは電話に出た。

コンプトンがいきなり言った。「エル、よく聞いて。身の回りのものをまとめて——」

「身の回りのものをまとめる？」

「必要最低限のものを。数日分でけっこうです」

「どこへ行くんですか？　なにがあったの？」

「ドーン・ホイットリーに会ったのは覚えていますか？　松葉杖の女性です」

「もちろん。彼女はグループセラピーの一員よ」

「彼女が今朝、脅迫を受けました」

「え⁉」

「彼女も野球帽の男を見たひとりで、その証言者五人が全員、特定されたんです」

「証言者の名前が出ることはないとおっしゃっていましたよね」

「そのつもりでした。ですが――」

「エル！」グレンダが息せき切ったようすで、部屋に駆け戻ってきた。「いったいどうなってるの？　保安官助手がふたり、玄関に来てる。あなたを警護するとか言ってるんだけど」

# 19

コールダーはまんじりともできなかった。だが、慣れないベッドで寝返りを打ち、ナイトスタンドの時計で時間を見ると、もはや今日という日に背を向けているわけにはいかないと腹をくくった。自分と向きあうしかない。

上掛けを蹴って起きあがり、バスルームを使ってからボクサーパンツをはくと、携帯を手にカフェイン探しに取りかかった。

いまいるコンドミニアムはこの複合都市圏でもっとも高級な賃貸住宅だ。昨日、一戸だけ残っていた部屋を借りて、ひと月分の家賃を前払いした。

謳(うた)い文句どおり、最新鋭の設備がそろっていた。おおかたコールダーには無縁のものだが、コンパクトなキッチンに行ってみるとコーヒーメーカーがあり――前の住人に幸あれ――深煎りのコーヒー豆までいくらか残っていた。

コーヒーをついだカップをリビングエリアに運び、まだ開けていないスーツケースをよけた。ダイニングテーブルに置いたノートパソコンは夜のうちに充電しておいた。メールの受信箱を開けてみたが、急ぎのメールはなかった。

新しい住居の二階にはしゃれたジムがあるし、屋上には温水プールがある。そのうちのどちらかを使って、体を動かすべきだった。だが、なぜかその気力が湧かなかったので、左腕を言い訳に無理をしないことにした。

弓なりになったエルの上で体を支えるにはなんの支障も——

やめろって！

コーヒーを片手に大きな窓の前に立った。眼下にはこの物件のオンライン広告に使われていた人造湖ではなく、渋滞した高速道路がある。窓辺に佇んで高速道路上で先を争う車両を眺めながら、つぶやいた。「ふん、なにがヒーローだ」

今朝エルはなにを思っているだろう？　コールダーに対してありとあらゆる罵声を浴びせているにちがいなかった。彼女にはそうするだけの理由がある。

おれは逃げた。

いくじなしの自分を延々と痛烈に罵った。なんの効果もないまま、卑語の持ちあわせがなくなると、コーヒーカップをサイドテーブルに置いてオットマンに腰をおろし、膝に肘をついて両手の指すべてで髪をかきあげ、頭を抱えた。

まちがいだと思う、と彼女は言った。

上等だ、と彼は思った。

コールダーは人になにかをねだる男ではなかった。とりわけ女についてはありえなかった。それに不快な女をひとり排除したばかりだ。すでにそれより十倍は複雑な関係をなぜ求めるのか。いや、求めてなどいない。ごめんこうむる。

しかし、あのときの自分は車までの距離の半分も行かないうちに立ち止まった。ほんとにこんな形で立ち去っていいのか？　二カ月前なら、それでよかった。二カ月前の自分なら、いまごろ自宅までの道のりを半分は進んでいた。もし引き返したら——あくまで仮の話として——大恥をかく恐れがある。だから、黙って立ち去れ、どんくさいカスめ。

だが、彼女はまちがいだと思うとは言ったが、いやだとは言わなかった。ふざけるな、ありえない、とは言っていない。

そんな思いを胸に回れ右をしたものの、家のなかに入れてもらえるかどうかも、入れてもらえたとしてなにを言ったらいいかも、わからなかった。

ドアに鍵はかかっていなかった。せまい玄関ホールに入ると、あとは彼女の目を見るだけでよかった。そこには彼と伍するほどの欲望があり、触れあったとたんに燃えあがった。彼女の唇。熱くて、美味で、受け入れてくれて、積極的ですらあった。その手は大胆不敵にコールダーの全身をまさぐった。

ゆったりとしたスウェットの下にはぬくもったサテンのような皮膚があった。透けるレースの小さなブラジャー。垂涎物のセクシーさだが、すでに固くなっている乳首に口をつけようとするとじゃまでしかなかった。

コールダーとしてはソファでも壁でも床でもかまわなかったが、ふたりは体を密着させたまま転げるようにして寝室に移った。

衣服はいらだちの種でしかなく、彼女は身をよじってレギンスと下着を脱いだ。コールダーは脱ぐ間を惜しんでシャツのボタンのみ外した。彼女の上にまたがったつぎの瞬間には、ベルトを外しファスナーを下げてズボンをおろしていた。

彼女は潤いつつ締まっていて、押し入ったときにはあまりの気持ちのよさに震えが走った。そして言った……なにかを。だよな？　たぶん。

奥の奥まで入れてから、腰を振った。両手をついて腕を伸ばし、背中をそらす。彼女がコールダーの臀部をひしとつかんでいる。速く激しく精力的な交わりに、息が切れ、動悸がする。やがてふたりは絶頂を迎えた。

驚くほどよかった。

肘を折り、彼女にのしかかってかぐわしい首筋に顔をうずめて、そのやわらかな皮膚を軽くついばむ。彼女が唇で彼の頬骨をこすりながらため息とともに自分の名を呼ぶのを聞き、自分の重みの下で甘やかな体が気だるげに脱力するのを感じる。それではじめて、いまの行為がこれまで慣れ親しんできた行為とはちがうこと、絶頂まで計画に沿って組み立てられた教科書どおりのセックスではないことに気づいた。

まったくちがう。原始的な所有欲のままに、行為に没頭した。彼女を自分のものにしたい、所有したい、一体になりたいという、根源的な願望があった。だから彼女とつながった。

かつてのコールダー・ハドソンは、好きでなくなったもの、必要でなくなったものを捨てる男だった。靴でも、ネクタイでも、テニスのラケットでも、車でも、女でも。そしていったん自分の人生から追いだしたら、二度とそれについて考えることはなかった。

だがエルと鼓動を重ねながら、自分が大切にしたいなにかを見つけたことを知った。本質的な意味で自分の一部であり、それなしではやっていかれないものをだ。

そのことがコールダーを心底震えあがらせた。

ただの考えちがいだと証明したくて自分は――クソ腰抜け野郎の自分は――彼女の体を置き去りにして、さよならも言わずにそのベッドと家から逃げだした。

そこでコールダーはびくりとした。携帯電話の呼び出し音で現実に引き戻されたのだ。自己処罰を休止できてありがたいぐらいだったが、そのとき画面が目に入った。コンプトン。

「かんべんしてくれ」どんな用件だか知らないが、聞く気分ではない。やがて携帯電話が静かになった。

コーヒーが冷めてしまったので、新しく淹れようとキッチンに向かった。途中でまた携帯電話が鳴りだした。「しつこいな」引き返して携帯を手に取り、不機嫌な声で出た。

「ミスター・ハドソン、昨日の午後、わたしたちとした会話を思いだせますか？」

おはようのあいさつがない。いきなりはじまった。コンプトンも彼と同じぐらいご機嫌ななめのようだ。「もちろん」

「誰にも話さないようにという当方の指示はご記憶ですか？」

「もちろん」

「わたしたちは文字どおりの意味で〝誰にも〟と言いました。ショーナ・キャロウェイもそのなかに入っていました」

「おれもそう理解してた」

彼女は豊かな乳房の奥深くから湧いてくるような声で、疑いを表明した。「旅行カバンに荷物を詰めてください。あなたを保護するため、保安官助手ふたりをお宅の外に向かわせます。遅くとも十五分以内に」

「ちょっと待ってくれ。なにがどうなってるんだ？」

「見えすいたことを」

「おれはなにも知らない」

彼女の鼻息が荒くなる。「わたしたちが秘密にしたいと思っていた五人の証言者の名前のことです」

「それが？」

「あなたの恋人が報道したんです。おかげで、早くもひとりが脅迫を受けました」

激怒する人間があちこちに……

今朝のショーナ・キャロウェイは街のお触れ役だった。

地元局とキー局のニュース番組を通じて、数百万という人がフェア会場銃乱射事件の捜査に進展があったことを知ったのだ。

進展の具体的な内容に触れなかったということは、彼女はなにも知らないということ。知っていれば言っている。決定打が欠けているにもかかわらず、彼女は息もまともにできないほど興奮していた。そして基調として、今回のことを〝重大事〟みたいに扱った。

ほかの連中にはたぶんそうなんだろう。ただ、自分はちっとも心配していない。もしこれが確固たる進展なら、いまごろ自分は手錠をはめられてオレンジ色の服を着せられている。

キャロウェイの報道の要点は、〝鍵となる五人の証人〟が昨日、捜査官と個別に会ったということだ。その先の部分は彼女のたんなる憶測でしかないのに、あたかも事実であるかのように（マスコミのやり口は知ってのとおり）語ったことには、これらの証言者から個別あるいは共同で手がかりが与えられ、それによって〝膠着(こうちゃく)状態にあった捜査にエネルギーが注入された〟んだそうだ。

びっくりしたのは彼女が実際に名前を挙げたことだ！　彼女は鍵となる五人の証言者を特

定していた。犯人逮捕に躍起になっている保安官事務所や州の捜査機関にしてみたら、たまったものじゃない。それでなくとも失敗を運命づけられたかのような困難な任務なのに、さらに重要証人五人を保護しなければならなくなった。

自分としてはコールダー・ハドソンがそのひとりだという点にそそられる。ショーナ・キャロウェイは自身と銃乱射事件のヒーローが〝個人的に親しい間柄〟にあると公表しているからだ。やつは彼女のすっぱ抜きをどう思っているのだろう？　やつは彼女のせいで危険な犯人、つまりこの自分の標的となった。

もしや……ショーナがやつとエル・ポートマンをさらし者にしたのは、ふたりがこそこそつきあっていることに気づいたからか？

自分はあのとき見たことを深読みしているのかもしれない。古風な酒場の店内でも、フェア会場で事件があった日以降に味わったことを話していただけかもしれない。彼女が息子の思い出話をするのにやつが耳を傾けたのか？　坊やを救えなかったことでやつが許しを請い、彼女が子どもの代わりに死ななかったやつを責めたりしたのかもしれない。

これはいろいろと考えさせられる問題ではないか？

彼女は実際、スポットライトを避けることで大衆から愛される存在になった。彼女が人気のある絵本作家であることは、よく知られている。ショーナ・キャロウェイは今朝、報道中にその本を見せた。ミズ・ポートマンはこの機会を利用することもできたが、しなかった。それが彼女の魅力の一部になっている、と自分は思う。彼女は人目を避け、そうすることで、フェア会場銃乱射事件で悲劇にみまわれた、みんなのヒロインになったのだ。気になるのは、彼女がコールダー・ハドソンの大切な人になったかどうか。世の中、おかしなことは起きるものだ。

だが、これほど即座におかしいと思ったことはない。

二日前にふたりが頭を寄せあって話をしていたのは少し気になる。そしてよりによってその翌日である昨日、ふたりはそれぞれ担当刑事と話をした。それで突然、二カ月間無風状態だったのに、いまになって事件に進展があった。

もちろん、ふたつのできごとは無関係かもしれない。だとしても、気にはなる。自分がここまでこぎ着けたのは、うかつだったからじゃない。情報は力であり、ふたりのあいだになにが起きたかを知っておけば、のちのち役に立たないともかぎらない。

自分がいま知っていること、この目で二日前に見たことは、ふたりが酒場の外で交わした別れぎわのハグが単純にプラトニックなものだったとは思えないことだ。

さて、ふたりの秘密の関係がロマンスがらみだろうとそうでなかろうと、安全のためには遮断したほうがいい。ばっさりと。

ショーナ・キャロウェイが証言者の名前を出したいま、保安官事務所が警護体制を強化して、こちらの介入をいっそう困難なものにするのは目に見えている。

ただし彼らには気の毒なことに、こちとら困難に立ち向かうのは大好きときている。

# 20

コールダーが寡黙な保安官助手たちに連れられてやってきた隠れ家の上階の部屋は、恐ろしいほどむさ苦しいうえに暑すぎた。

彼はこの五分間その部屋で、なぜ最初に彼らが保安官助手を派遣しようとしていた住所にもはや住んでいないかをコンプトンとパーキンスに説明していた。保安官助手たちはコールダーが転居した仮住まいに行き先を変え、約束どおり十五分以内に到着した。

コールダーの準備はすんでいた。シャワーを浴びて手早く身支度を整え、スーツケースの中身を調べて二日分として必要になりそうなものを小さいほうに詰めなおした。

保安官助手は迎えに来るなり、携帯電話とノートパソコンを預けろと言った。「理由は?」

「決まりなんです」

何度か似たようなやりとりをくり返した。〝決まり〟に対する抗議はどれも聞き入れられなかった。自分の車でついていきたいという願いも、目的地を知りたいという願いも、却下された。

着いたところは古くて大きい二階建ての家だった。ダラスから東へ百五十キロほど離れたところにある鬱蒼(うっそう)とした森の中央に、ぽつりと立つ一軒家で、彼らの管轄からは二郡離れていた。それについても説明はなかった。

そこまでの道すがら、コールダーは警察車両には見えないセダンの後部座席でうたた寝をするふりをした。口数の少ないふたり組を相手に質問をしたり逆らったりしたところで、息の無駄遣いでしかない。

抗議はコンプトンとパーキンスに会うまで取っておいた。住所が変わった経緯をふたりに手短に説明してから、彼は言った。「これでわかっただろ。ショーナと別れて、同居してた部屋を出た。今朝はテレビを観てなかったから、あんたたちから電話で聞くまで報道のことは知らなかった」

例によって、パーキンスの反応は眠たげな猫のようだった。彼はゆっくりと一度だけまばたきをした。

コンプトンはコールダーをにらみつけたまま、両者を隔てる傷だらけの金属製のデスクの上でくり返し鉛筆を回転させていた。デスクにあたるたびに尖った先が鋭い音を、消しゴムが鈍い音を立てる。

「なぜ昨日会ったときに、彼女と別れて引っ越すことを言わなかったんですか？」

「おれの私生活はあんたらに関係ないからだ」

「そんな言い草が通ると思いますか」彼女は言った。「昨日わたしたちと会ったあと、ミズ・キャロウェイと話をしたかどうかはこちらにも大いに関係があります」

「話はした。おれが建物を出たら、外で待ってたんだ」

明した。


「あなたが来てることを知ってたってことですよね」

コールダーが到着してから話が終わって出てくるまで、彼女が待ち伏せしていたのだと説明した。

「彼女はそこでなにをしてたんですか？」

「彼女は新展開のことを知ってたが、内容までは知らなかった。少なくとも本人はそう言ってた」

「どうやって新展開があったことを知ったんですか？」

「分所内に情報源がいるんだ」

これにはパーキンスもびくりと反応した。コンプトンが言った。「どの部署です？」

「知らない」

「彼女はあなたに誰だか話し――」

「いや。彼女に口を割らせたければ、舌でも切るしかない」

パーキンスがぼそりと漏らしたひとことに、コールダーは驚いた。「その手もありだな」

コンプトンはもてあそんでいた鉛筆を落とし、組んだ両手を卓面に置いた。「ミスター・ハドソン、わたしたちのあいだの話をミズ・キャロウェイにしたか、あるいはその内容をほのめかしましたか？」

「いいや」

「まったく？」

「まったく」

　コンプトンはこのときもパーキンスを見たが、パーキンスはいつものしれっとした顔でこちらを見ていた。その顔にコールダーはいらつきはじめていた。「彼女にはなにも話してない」コールダーは言葉少なに強調した。

「彼女から探りを入れられたとしても話さなかっただろうし、実際の彼女はそんなこともしなかった。なぜなら、おれがあんたたちから聞かされたことは口外できないと言ったからだ。彼女がどこで情報を入手したか知らないが、おれじゃない。さて、無実の訴えはこれきりにさせてもらう。これ以上おれを責めたいんなら、弁護士を呼ぶ」椅子の背にもたれて、腕組みをした。

　パーキンスが話を引き取った。「どちらが別れ話を切りだした？」

「おれのほうだ」

「彼女の反応は？　平和な別れだったのか？」

「握手して互いの幸福を祈ったかと言われれば、ノーだ」

「だったら、いがみあってということになる」

「そんなところだ。別れぎわに彼女から〝ひとりでやってろ、クソ野郎〟と言われた」

　気詰まりな沈黙がまたあって、コンプトンが言った。「コールダー、彼女があなたと別れた腹いせにこの話を漏らした可能性はある？」

　たんにコールダーをなだめたいだけだったのかもしれないが、コンプトンから名前で呼ばれて彼は驚いた。しかも秘密めかした小声で。

しかし、その質問内容自体は驚くにあたらなかった。コールダーの脳裏にも、自分がエルに惹かれていることへの腹いせとしてショーナが思いきった行動に出たのかもしれないという考えが浮かんでいたからだ。だが、彼女がここまで人を傷つける可能性のある意地悪なことをしでかす人間とは、自分自身に対してさえ、認めたくなかった。しかもコールダー以外の人間にまで。彼女は無関係な人たちの命をも危険にさらしたのだ。

心穏やかではいられなかったが、そのことは胸にしまって、刑事たちの質問に直接答えるのは避けた。「ショーナの報道に関してはコメントできない。観てもいないんでね。テレビでなにをしゃべってたのか、具体的に教えてくれないか?」

「わたしたちが銃乱射事件の目撃者五人と内密に会合を持ったことを。詰まるところはそれです。ただ、あなた方五人は明らかに捜査の鍵であり、分所にまた呼ばれたのには事情があるという私見をつけ加えた。しかも五人ひとりずつの名前を挙げて」

コールダーは顔をこすった。「で、そのなかのひとりが殺すという脅迫を受けたんだな?」

「ドーン・ホイットリーです。事情聴取のとき、あなたもオフィスの外で会っています」

「ショーナからインタビューを受けて、彼女に憧れてた女性だな」

「皮肉なものです」

「ショーナに反撃する予定は?」

コンプトンが苦々しげに笑った。「もし正式に非難したり、呼びだして問いただしたりすれば、憲法修正第一条の表現の自由を持ちだして大騒ぎするでしょうね。そして、情報を入手した彼女をうらやむ同業者たちまでが彼女の擁護にまわる。こうしているあいだにも犯人は内心ほくそ笑み、わたしたちの手元には守るべき五つの命が残された」

コールダーは椅子のかたわらに立ててあるスーツケースを見おろした。「警護されなきゃならない期間は？」

コンプトンが答えるより早くデスクの電話が鳴った。パーキンスが点滅するボタンを押すと、男性の声がスピーカーから流れた。「あとふたり到着しました」

パーキンスは礼を述べて電話を切り、ドアに向かった。コンプトンに声をかける。「五分もらうよ。そのあと全員にまとめて説明する。よかったらその時間を使って……」顎でコールダーを示す。

「ええ、そうする」

パーキンスが外に出てドアを閉めた。

「なんの話だ？」コールダーは尋ねた。「この時間を使ってどうするんだ？」

「あなたおひとりに話があります」

「なにについて？」

ショーナがエルと自分のことを告げ口したのかもしれないが、ふたりのあいだの個人的あれこれが捜査に影響を与えるとは思えなかった。それにショーナのような女が、別の女のせいでふられたと自分から言うとは考えにくい。

どんな話にしろ、コンプトンはなかなか切りだせずにいた。椅子から立って古めかしいウォータークーラーまで行った。「飲みますか?」

「いや、いい」

彼女はウォータークーラーの水をプラスチックのカップにくんで、デスクまで持ってきた。椅子に腰かけて水を飲み、それから尋ねた。「まだ仕事へは復帰してないんですか?」

突き刺さるような彼女の視線から目をそらさないようにした。「まだだ。理学療法が終わっていない」

「そうですか。あなたが最後に仕事をしたクライアントは、略してJZIと呼ばれる企業でしたね?」

コールダーは一拍置いて、腹立たしげな乾いた声で尋ね返した。「本当は確認など求めてないんだろう?」

「ええ」コンプトンは椅子に深く座りなおした。「最初からわたしどもに仕事のことを話してくださるべきでした。あなたが企業コンサルタントの仕事内容についてあいまいな説明に終始していたために、こちらとしてはなおさら関心を惹かれました。あなたの経歴を調べるのは、なかなかの手間でしたよ。障害に次ぐ障害で。そう、あなたのクライアントが機密保持条項に縛られているせいで」

「その理由については、理解してもらえると思うが」

「ええ、理解しています。あなたが行っている特殊コンサルティングは人から敵意や根深い恨みを買ったり、あるいは極限まで追いつめられた人から報復されたりする可能性がある」

　その指摘に不安をかき立てられつつ、コールダーは言った。「なにが言いたい？」

「敵はいますか？」

「おれの知るかぎりはいない」

「謙遜は似合いませんよ、ミスター・ハドソン。その成功ぶりからして、何百という人があなたに恨みを抱いてるんじゃありませんか？　パーキンスとわたしはそう考えています。それで、過去数年分のあなたの仕事の記録を徹底して検証する必要があると考えるにいたりました」

　コールダーは口を開いたが、彼女に先を越された。「進んで協力していただけるとは思えなかったので、ミスター・ハドソン……」彼女はブリーフケースから公文書らしき用紙を取りだして掲げた。「裁判所にあなたのノートパソコンの閲覧許可命令を出してもらいました」

　いつしか自分の呼称がミスター・ハドソンに戻ったことにコールダーは気づいていた。

# 21

午前中の放送終了からずっと、ショーナはつぎつぎにかかってくる電話をさばくのに追われていた。だからその電話も発信者を確認せずに、車のハンドルについたボタンを押して出た。

「ショーナ・キャロウェイよ」

「おれを裏切ったな」

ちんけな情報提供者のビリー・グリーンだ。「そんなことしないわよ。この先もね」

「ああ、だがあんたはこの分所を、この部署全体を大混乱におとしいれた。あんたに情報を提供したのがおれだとばれたら——」

「あなたがパニックを起こして、自分からばかなまねをしないかぎり、ばれやしないわ」

「昨日、よそから捜査員が何人かやってきた。コンプトンとパーキンスといっしょに捜査にあたるためだ」彼はこそこそと早口で言った。「全員、うちの犯罪捜査課と共同で銃乱射事件を担当する捜査班のメンバーだ。いまやここは人でごった返してる。そう、ごった返してるんだぞ。州警察官もいれば、テキサスレンジャーもいる。挙げればきりがない。法務長官のオフィスから保安官に電話が入ってて、聞いた話だと、保安官は頭に血がのぼりすぎて発作を起こしかけたとか――」

「おちついて」ショーナには彼が唾を飛ばしてしゃべりながら、広い額の脂汗をぬぐっている姿が目に浮かぶようだった。

「おちついて、とはよく言ったもんだな」彼は声を落とすと、きしむような小声で言った。「部署全体がぴりついてる。みんなが互いを疑ってんだ。なにもかもあんたのせいだぞ」

「ちがうでしょ。なにもかもわたしのスカートをめくりたがったあなたのせいよ。でしょ? あなたが昨日名前を言わなければ、いま言ったような騒動はなかったんだから」

彼は共謀を認めなかった。「こんなの、あんたにとったっていいことじゃない」

「わたしは大スクープをものにした。それがわたしの仕事なの」

「そうさ。だが、いまやふさふさ髪のミスター・ジャガーの広い肩のあいだには、射撃の的が描かれてる。その点は考えたのかよ?」

「警護してもらえるわよ、五人とも」

「勝手なことほざきやがって」

「じゃあ、実際はどうなの?」彼女はなにげなく罠をしかけ、引っかかるほうに賭けた。案の定だった。

「彼らは集められた。即行でな」

ショーナはそれをわざと軽く扱った。「ま、そうなるわよね。見出しにもならないけど」

そこから待ちに入り、彼の息遣いに耳を傾けた。彼は選択肢を検討して、再度リスクを取ってまでショーナを感心させることに意味があるかどうか考えている。

ついに彼が言った。「連中はどこかに連れてかれた。あんたのいかれた恋人も、息子を亡くしたご婦人も、あんたが病院でインタビューした女もだ」

「ほかふたりはどうなったの？」

「知るかよ」

「ちょっと」

「ほんとだ。おれが聞いたのはその三人が隠れ家に移されたことだけだ」

「場所は？」

「知らない。神に誓って」

「わたしは神を信じないの」彼女は言った。「そして、あなただってそうでしょ」

「郡外のどこかだ。おれが知ってるのはそれで全部だし、これは事実だ」

「場所を探りだせる？」

「話を聞いてなかったのかよ？　左のタマを賭けてもいいが、この建物には情報提供者を探りだそうとするスパイが配置されてる」

「びびりすぎよ、ビリー」

「いいや、そうじゃない。さるＣＥＯがコールガールにフェラチオさせるために共同出資金をいくらくすねたか、正確な額を調べるようにと頼まれたときとはわけがちがう。

そもそもうまくいってなかった今回の銃乱射事件の捜査が、あんたのせいでめちゃくちゃになったんだからな。ロビーにチャンネル７のポスターを貼って、あんたの写真の眉間にダーツの矢を刺したやつまでいる。部署のやつらは全員、あんたを絞め殺したがってる」

「全員じゃないでしょ」ショーナは戦略的に沈黙をはさんだ。「ねえ、見つかるのがそんなに怖いんなら、やめていいのよ。代わりを見つけるから。あなたの替えはたくさんいるの」

「誰だ？」

「言えないわよ、わかってるでしょ。情報源は絶対秘密。あなたにも今日それを証明したじゃない。ちがってたら、訂正して」ここでまた思わせぶりな沈黙をはさむ。「わかった？　わたしの写真にダーツを投げられずにすむように、あなたの名前を出すこともできたけど、そんなことはしなかった。さあ、電話を切ってふだんどおりにしてたら、あなたの名前が表沙汰になることはないんだから」

「あんたの男でいられるんだな？」

「ええ、わたしの男でいられる。隠れ家の場所を探りだしてくれたら、金星を進呈する」

「無理だよ、ショーナ。さすがに今日は。わかってくれ。探りを入れるだけでも、自分の喉首を掻き切るようなもんだ」

ショーナは無言を通した。

少しして、彼は言った。「簡単じゃないが、やってみるか」

「それでこそわたしの男よ」

「約束はできないが、努力はしてみる。ただし、成功したらビール二杯にノーパンでスカートだぞ」

ショーナは電話を切った。なんてうっとうしい男だろう。それにこのばかはたぶん自分からばれるようなことをする。

たいした損害はない。代わりならいると言ったのは、ハッタリではないのだから。ショーナのスカートをめくりたがっているスター好きの警官なら、いくらでも見つかる。

エルは後部座席に乗っていたせいで軽い車酔いになっていた。それに、ごく短いあいだに起きたあれこれで頭がくらくらしている。タイミングの悪いグレンダの来訪にはじまって、コンプトンからの予想外の電話があり、しまいにはキャリーケースを引いて家をあとにしている。キャリーケースの中身は、シャワーを浴びて身支度をするあいだにグレンダが詰めてくれた。

外見といい消極的な態度といい、警護としてエルについた保安官助手ふたりは似たり寄ったりだった。どちらも名前を告げバッジを見せたが、ことのなりゆきに動転していたエルには、両者を区別することができなかった。

エルから携帯電話を没収するさい、ふたりはグレンダからその専制的なやり口をこきおろされた。「あたしたちはどうやって連絡を取りあえばいいわけ?」彼女は迫った。

保安官助手の片方が言った。「連絡はできません」

フォートワースの自宅から車で二時間ほど走ると、鬱蒼とした木立のあいだを走る砂利敷きのでこぼこ道の先にやたらに大きな家屋が見えてきた。前に座る保安官助手たちは、車内の温度はちょうどいいですかと尋ね、トイレ休憩が必要なときは言ってくださいと声をかけたきり、ここまでの道中ほとんど口を開かなかった。

実用的なセダンが減速して停まると、助手席の保安官助手が言った。「着きました」車を降りて、エルのために後部座席のドアを開け、キャリーケースを持って玄関前の階段をあがった。

がっちりした男がドアを開けてウィークス保安官助手だと名乗り、より年かさで経験豊富そうな相方をシムズ保安官助手だと紹介した。制服についたバッジから、ダラス東方の郡の保安官事務所所属だとわかった。

ここまで同行してきた保安官助手のひとりはエルにあいさつをして、車に戻った。彼とその相方は車で走り去った。

シムズが必要なものはあるかと尋ねた。

「お水を」

彼はのんびりと水を取りにいき、ウィークスが言った。「まだ迎え入れる態勢ができてないんで、なかで待っててください。コンプトン刑事から、事件についてお互い話をしないようにとのことです」

案内された先は広々としたリビングで、リサイクルショップで適当に見つくろったとおぼしき家具が置かれていた。美的感覚などいっさい考慮されていない。

そこにただひとり、ドーン・ホイットリーがいた。インド更紗生地のソファに腰かけ、背をクッションにあてて不安そうに前後に体を揺すり、おどおどと目を泳がせている。エルが入っていくと、助けが来たかのような目でエルを見た。

「ミズ・ポートマン」力ない泣き声で名前を呼んだ。

ドーンはグループセラピーの常連だった。はじめて松葉杖なしで会場に現れたときは、みんなが拍手で迎えた。いまソファから立って歩く彼女はまだ少し足を引きずっていた。

彼女はエルの手をつかんだ。彼女が握っていたらしい湿ってくしゃくしゃに丸められたティッシュがエルの手に触れる。「知ってる人に会えてよかった。あたし、怖くて」

エルは彼女をソファのほうへ向かせると、いっしょにそちらに歩き、ならんで座った。

「だいじょうぶ?」

ドーンはかぶりを振った。「震えが止まらない」震える手を伸ばして、エルに見せた。

彼女がどんな形で脅迫されたか知りたかったけれど、尋ねるより早くシムズがさっき頼んだ水を持って戻ってきた。彼はエルの近くにあるサイドテーブルに積まれた古い雑誌の山をどかし、水のボトルを置いた。エルがお礼を言うと、彼は「お気になさらず」と言って、部屋を出ていった。

ウィークス保安官助手は、廊下とリビングを仕切る幅広のアーチ壁に背もたれのまっすぐな椅子を置いて、腰かけた。携帯電話を取りだし、のんびりと画面をスクロールしているが、エルは自分たちが言葉を交わさないよう、見張りとして配置されているのだと感じた。

エルは状況把握につとめることにした。装飾がほどこされた高い天井。窓はいずれも厚手のカーテンで完全におおわれていた。不ぞろいの椅子四脚がゲームテーブルを囲むように置いてある。卓上にはチェッカーボード、モノポリーゲーム、ドミノ牌(はい)の入った箱、それにカードが数組。部屋の一画にテレビがあり、画面こそ大きいが、数世代前とおぼしき古さだった。本棚には紙が黄ばんで表紙の角が丸まったペーパーバックが詰まっている。みなここで暇潰しをさせられてきたのだろう。

ドーンがエルのほうに体を傾け、声を落としてひそひそと言った。「昨日刑事さんたちに会った？」

エルはかすかにうなずいた。

「きっとあなたもあたしと同じで、あたしたちが危険な立場にあるって警告されたのよね。それなのに信じられない。ショーナ・キャロウェイがあたしたちの名前を報道するなんて」

彼女ならやりそうだとエルは思ったけれど、その意見は胸にしまっておいた。

「ああいう人を表裏があるって言うのよね。すごくよくしてくれたのに。それにどうして自分の恋人の命を危険にさらしたりできるの？」

エルはどうとでも取れるように、肩をすくめた。コールダーの話題がそれ以上出ないように、ささやき声で返した。「あの、話しちゃいけないことになってるから」

「ええ、そうよね、わかってる。でも、怖くない？」

携帯電話とにらめっこをしていたウィークス保安官助手が顔を上げて、ふたりを見た。ドーンの取り乱したささやき声を聞きつけたのだ。エルにまで累がおよんだ。「静かに」保安官助手は言った。

「ミズ・ポートマンにトイレの場所を尋ねてただけよ」ドーンが言い返した。

「廊下の先を右です。行きますか？」

「まだいいけど。いちおう場所を知っておきたかったの。脚のせいで速く動けないことがあるから」

「必要なときは言ってください」保安官助手は携帯電話に注意を戻した。

それきりドーンはおとなしくなったが、ティッシュペーパーを揉みしだくのはやめなかった。物音がするたびにびくりとした。これほど彼女が恐れ、コンプトンとパーキンスが迅速に動いたということは、脅迫の内容が真に迫っていたのだろう。

パーキンスが藪から棒にアーチをくぐって現れた。「道中なにごともなかったかな？」

ふたりはうなずいた。

「ほかの人たちは？」ドーンが尋ねた。「なにかあったの？」下唇が震えている。

「全員無事だ」パーキンスは言った。「ミスター・クーパーは昨日われわれと話をしたあと、家族が念のために移動したほうがいいと判断して、昨夜のうちに州外に出たんだよ。彼のご両親は今朝、ショーナ・キャロウェイの報道を知らされた。移動先の捜査機関にも知らせがいっていて、彼を厳重に警護することになってる」

「クーパーさんはグループセラピーの一員よ、ミズ・ポートマン」ドーンが言った。「ほら、結婚して数カ月で奥さんが死んじゃった若い人」

　エルはうなずいたが、いま聞かされるまで名前は知らなかった。彼は一度も口を開くことなく、ミーティングのときは毎回、緊張症に近い状態でずっと座っていた。彼が騒動の外に身を置いているとわかってうれしかった。

「モリー・マーティンに会ったことはあるかな？」パーキンスがふたりに尋ねた。

　ドーンは首を振り、エルは言った。「お目にかかったことはないけど、お悔やみのカードをいただいたわ。とても親切な方よ」

「年配の女性なんだが」パーキンスは言った。「昨日こちらがした話にたいそう動揺されてね。そのせいか、自宅で夜、心臓発作を起こして、地元の病院に搬送された」

「それで、だいじょうぶなんですか？」エルは尋ねた。

「容態は安定してる。彼女も警護されることになってる。あなた方のどちらもコールダー・ハドソンには会ってるね。いま二階でコンプトン刑事といるが、じきおりてくる」パーキンスは現れたときと同じように、さりげなく去った。

　ドーンがエルの腕を肘でつついて、ささやいた。「ミスター・ハドソンは今回のことで怒ってるわよ。そう思わない？」

「さあ……わたしにはわからないけど」

「いつから――」

「ドーン、もうやめて。あなたと同じでわたしにもわからないの」

だが、実際はちがった。コールダーの右肩に痣(あざ)があることを知っている。大きくてずっしりとした彼のものを受け入れながら、その痣にキスをした。肌にあたる彼の吐息は熱く湿ってい――

硬材の床を近づいてくる重い足音を聞いて、エルはアーチ壁のほうに目を向けた。大股でアーチを通り部屋に入ってきたコールダーは、すぐに彼女に気づき、その視線で文字どおりエルをソファに釘付(くぎづ)けにした。

# 22

彼の吐息、唇、手、そして突然立ち去るまでエルをベッドに押さえつけていた体の重みがよみがえって、心臓が飛び跳ねた。だが、エルは冷ややかな表情を保ったまま、無関心を装った目でちらっと彼を見て、顔をそむけた。

コールダーはほとんど保安官助手を見ずにその前を通りすぎたが、ウィークスは立ちあがって通り道をじゃましないように椅子を動かした。続いてコンプトンとパーキンスが入ってきた。

「おかけください、ミスター・ハドソン」

エルは目の隅で彼がコンプトンに指示された椅子に近づき、身を投げるように腰かけるのを見た。

「ほらね」ドーンがささやく。「やっぱり怒ってる」

ウィークス保安官助手はコンプトンとパーキンスのためにゲームテーブルから椅子を二脚引っ張ってくると、自身はアーチから入ってすぐの壁にもたれかかった。シムズはひっそりと廊下にいた。

コンプトンが口火を切った。「どなたもとまどっておられることと思います。恐怖を感じてもいらっしゃるでしょうし、おそらく唐突に家から引き離されたことに気分を害してもおられるでしょう。ですが、今朝、重要な証言者としてあなた方の名前が世間に――」

「やったのは彼の恋人よ」ドーン・ホイットリーはコールダーを見た。

コンプトンが言った。「わたしたちはミスター・ハドソンから、ミズ・キャロウェイには情報を流していないとの言質を得ました」

コールダーはドーンの発言にもコンプトンの擁護にも心を動かされていないようだった。腕を組み、投げだした脚の両足首を交差させて、オーストリッチのブーツのそり返ったつま先をじっと見ている。

コンプトンは続けた。「分所内部にミズ・キャロウェイの情報提供者がいます。いまその人物をあぶりだすべく、内部捜査が進められています。早急に特定されて処分が行われることが望まれます」

ここでひと息入れる。「まずはミズ・キャロウェイを含む外部者に対してさらなる情報漏洩がないかどうかを知ることが、第一の目標となります。当面わたしたちは二次被害対策に入ります。あなた方をこの隠れ家にお連れしたのは、身の安全を確保するためです。こちらとしてもそれが短期間で終わることを願っています」

「短期間というのはどれくらいのことだ」コールダーが野太い声で言った。「おれは〝願っている〟ぐらいで、ごまかされないぞ。実際には終わりの見えない措置ってことか？　だとしたらおれには受け入れられない。

さっき二階で聞いた話だと、証言者のうちふたりは管理された環境で警護員をつけてもらってる。なぜおれたち三人は自宅の外に警護員なりなんなりを配備してもらえないんだ？それだって窮屈だが、こんなところに隔離されるよりはずっとましだ」

「あなた方三人の安全確保はより重要度が高いからです」

「どうしてそうなる？　なんでおれたちが特別なんだ？」

「犯人にとってあなた方三人は大いなる脅威です。たとえばあなたは、ショーナ・キャロウェイと個人的な関係があるという理由で」

「それはもう終わった」彼はぶすっと言った。「説明したはずだぞ」

「聞きました。ですが、正体不明の犯人はあなた方の関係が終わったのを知らない」

ドーンが素早く息を吸った。

ウィークスが眉を吊りあげる。

コールダーは怒りを煮えたぎらせつつも、反論はしなかった。

エルはパーキンスにならってスフィンクスのように無表情を取りつくろおうとしたが、コンプトンがコールダーからエルに注意を向けなおしたので、そうもしていられなくなった。

「ベッツィの絵本の作者だと報道されて以来、世間はあなたに注目しています」

「わたしが望んだことではないわ。本が人気になることは望んでも」

「あなたの控えめさは称賛に値します、エル。ですが、問題はそういうことじゃないんです。世間に向けて声明を発表したがっているぶっ壊れた人間にとって、名前が売れつつあるあなたはうってつけの標的です」

　パーキンスが口をはさんだ。「トロフィーみたいなもんだな」

「あなたはシングルで独り暮らしです」コンプトンが言い足した。「あなたに手出しさせるわけにはいきません」

　続いてコンプトンはドーンに言った。「テレビのインタビューを受けたことで、あなたとミズ・キャロウェイのあいだにはまちがいなくつながりができました」

　ドーンはかぼそい声で言った。「そうね、彼女はとっても感じがよかったの」

「でしょうね。彼女にとっては願ったりかなったりの人材ですから。あなたはこまごまと証言し、ほとんどなにも隠さなかった。彼女はそのあなたを重要な証言者として世間にさらした」コンプトンは座ったまま体を動かし、ドーンのほうに身を乗りだした。

「わたしが正体不明の犯人なら、あの日のことでほかにもなにか覚えているかもしれないと思うでしょう。ひとつふたつ、事実が飛びだすかもしれない。パーキンスとわたしはあなたが殺人を示唆する脅迫を受け取ったのは、それが理由だと考えています」

　濡れそぼったティッシュを口に押しつけてべそをかいていたドーンは、これで本格的に泣きだした。

　エルは言った。「脅迫はどんな形で届いたんですか?」

　尋ねた相手はコンプトンだったが、ドーンが答えた。「ボイスメールで来たの」

　エルとコールダーを交互に見ながら、コンプトンが説明した。「犯人から彼女の携帯に電話があったんです。彼女は冷静さを失わず、すぐにわたしたちに知らせてくれました」

「どうやってあたしの番号を知ったのかしら？」ドーンが尋ねた。

「フェア会場での芸当を実現させるだけの知能があれば、電話番号ぐらい調べられます」コンプトンが答えた。

「すごかったの」ドーンは泣きながら言った。「男は――」

「直接聞いてもらいましょう」コンプトンが提案した。「ミセス・ホイットリーの携帯は証拠として預かりましたが、ボイスメールは録音してあります」コンプトンは自分の携帯電話を操作して、スピーカーに切り替えた。鼻にかかった声が流れだした。「最初は軽くてすんだみたいだがな、黙ってないと、頭に一発喰らわせるぞ。テントのなかにいたタトゥーの兄ちゃんみたいによ」

コンプトンは音声を切った。「携帯の位置を追跡したら、下水溝のなかから見つかりました。用事がすんだあと、そこに投げ捨てたんでしょう」

コールダーが言った。「いたずら電話でないという裏付けは？」

「〝タトゥーの兄ちゃん〟」コンプトンが言った。「リヴァイ・ジェンキンスの外見を発表するにあたって、タトゥーがあることは意図的に省いてありました。いたずら電話と区別するためです。この位置に」言いながら、彼女は自分の首の横を指さした。「顔写真にはなかったので、逮捕後入れたんでしょう。犯人は彼を殺すときにそれを目にしていた」携帯電話をポケットに戻した。

「失礼したな」コールダーが言った。

「もっともな疑問です。あなたが滞在期間をお尋ねになるのも、やはりごもっともです。その点に関しては、いま特別捜査班があなた方おひとりずつに滞在先を確保しようと鋭意作業を続けているんですが、すぐには手配できませんでした。ある程度の日常性を保てる場所が見つかることを願っています」

「予定としてはいつまでに？」コールダーが尋ねた。

「できれば明日にも」

彼はいったん口を開きながらも、考えなおしたのだろう、ふたたびむっつりと黙り込んでブーツを見つめた……陰気な目つきでエルを見ているとき以外は。

いまだ涙の乾ききらないドーンがおずおずと手を挙げ、コンプトンが発言を認めた。「元気にしてることを夫に連絡していい？　うちに来た保安官助手たちはなにも教えてくれなくて、行き先もわからなかったの。それでフランクがめちゃくちゃ怒っちゃって」

「ご本人の携帯の代わりとしてプリペイド方式の携帯を持ってきています。充電して使えるようになったら、ご主人に電話できますよ」

「母さんにも？」

「お母さまにはご主人から伝えてもらってください。どなたも、心配されているであろうご家族かご友人おひとりに電話していただけます。ですが、全員の安全を守るため、どうか電話は手短に、そしてなにより大切なのは、いまの居場所を絶対に明かさないことです」

「知りもしない場所をどうやって伝えるの？」ドーンは言った。

携帯電話がけたたましく鳴りだした。パーキンスのだ。彼は画面を見ると、椅子から立ちあがって廊下に出た。

コンプトンはその姿を見送り、ふたたび三人に顔を戻した。「今夜の寝室を割り振ります。二階に二室、下には一室しかないので、あなたはその一室を使ってください、ミスター・ハドソン。下の部屋は浴室付きです。女性ふたりは浴室を共有してもらいますが、問題ありませんね。

いまいるこの部屋は好きに使っていただいてけっこうです。ただし、外の空気が吸いたくなったときは、保安官助手に声をかけて同行してもらってください。キッチンには軽食類がストックしてあり、ディナーは運ばれてくることになっています。食事はいっしょでかまいませんが、時と場所によらず、事件については話しあわないように。フェア会場であの日、見聞きしたことに関してもです。

あなた方にはなんの非もなく、なにかをしたわけでもありませんが、犯人の身元を特定して逮捕するには、あなた方の協力が欠かせない。裁判でもあなた方の証言が有罪判決の一助になる可能性がある反面、有能な弁護士ならあなた方の記憶の正確性を陪審員に疑わせようとするでしょう。ですから、わたしたちに対して行った当初の証言を崩さず、一貫性を保たなければなりません。ほかの誰かの発言で揺らいだり、影響されたりしては困るのです。おわかりいただけましたか？」

三人はそろってうなずいた。

「よかった」

そのときパーキンスが再登場した。「キャロウェイの情報源がわかったぞ」

彼は情報源の名前は出さなかったが、保安官助手ではない事務方の職員で、〝ていのいい雑用係〟だと表現した。業務上、建物内のすべてのオフィスに出入りできたため、見聞きしたことから難なく情報を拾い集めることができたのだ。

コールダーは言った。「ショーナは情報源を手放すようなまねはしない。どうやって見つけたんだ？」

「みずから名乗りでたんだよ。彼女が約束を破ったと言ってる」

刑事ふたりは情報源の男から話を聞くため、ダラスへと引き返していった。

保安官助手の保護下にあるあいだの処置として、彼らの携帯電話のバッテリーは取り外されていた。エルとコールダーは一時的にバッテリーを返され、ドーンは代替機を渡された。電話をかけてもいいのは無事を知りたがっている近しい人ひとりだけだ、とここで再度、念を押された。手短に終わらせてください、とウィークスは言った。

エルはグレンダに電話した。「元気だってこと以外、なにも話せないの」

「どこへ連れてかれたの？」

「話せないわ、グレンダ。正直に言うと、わたしにも正確な場所はわかっていなくて。それにわたしたち、明日にはまた移動させられるかもしれない」

「わたしたちって？　彼もそこに？」

エルは思わずリビングの向こうにいるコールダーをちらりと見た。彼は携帯を使うことなくエルを見据えていた。

「エル？」

「ええ、彼もここに。でも、話してない」

「彼は恋人の汚いやり口をどう思ってる？」

「話してないから」エルはくり返した。そして続けた。「グレンダ、警護の保安官助手がもう終わりにしろと合図してるからそろそろ」

「待って、エル。よそから聞く前にあたしから伝えときたいことがあるの」グレンダはひと息ついた。「ジェフの妻の、あのフィットネスクイーンが昨夜、出産したって」

エルの唇に質問が浮かんだが、それを声に出すことはできなかった。

グレンダが小声で言った。「男の子よ」

胸を矢に射貫かれたかのような痛みがあった。神さまはなぜこうも残酷な仕打ちをなさるのか。

「エル？　だいじょうぶ？　こんな話、したくなかったんだけど――」

「ううん、だいじょうぶ。でも、もう切らないと。また電話する。じゃあね」

グレンダからまたなにか言われる前に電話を切り、めまいを感じながらも、近づいてきて手を突きだしたウィークスに携帯電話を渡した。

そのあとすぐにドーンともども二階の寝室に案内されて、そこを使うように言われた。

エルの部屋からは家の表側の景色が見おろせた。木立のあいだに延びる細い道は、彼らが運ばれてきた二車線の州道につながっている。家屋が立つ敷地の向こうには、松樹林以外になにもなかった。

ほかにすることもないので、ベッドに大の字になって天井を見つめ、悲しみの波に身を沈めた。

ジェフに子どもが誕生したこととチャーリーが死んだことのあいだになんの因果関係もないことは、理屈のうえではわかっている。だとしても、新しい命の誕生によってチャーリーの死がより死として強く意識された。その痛みが強すぎて、涙を流すこともできない。目は乾いたまま熱を帯び、苦痛をやわらげる涙のひとしずくも作りだせないでいる。

もちろん、昨夜コールダーが逃げたあと、大量の涙を使ってしまったせいなのだけれど。

「なんなのよ」エルはつぶやいた。自分から尊厳を奪った男が、いま自分から泣くという安楽まで奪っている。エルはそのことを、長くなる一方の彼を嫌悪する理由リストに書き加えた。

それにあの凝視。なんとなく彼のほうを見るたびにこちらを見ているし、彼のほうを見ていないときもその執拗（しつよう）な視線を感じた。

昨夜はさっさとエルを置き去りにしながら、いまさらなにをじろじろ見ているのだろう。

後ろめたいの？　誘惑したのに、猛スピードで逃げ帰ったことに対する自責の念？

　情け知らずで身勝手なクズ男がなにを考え、感じようと、気にしてはいけない。多少でも彼のことを考えるのは、自分をおとしめることだ。

　それでもなお、眠りに落ちながら考えるのは彼のことだった。自分のうえにあった紅潮して引きつった顔、熱を帯びた瞳、苦しげな呼吸。あのときオーガズムを迎えたエルの体の内側は、くるみ込んだ彼のものを引き入れるように締まりだした。

# 23

寝室のドアがノックされる音でエルは目覚めた。ふらふらしながら起きてドアを開けると、ウィークスがいた。「ディナーの注文を取りにきました」

「どんな選択肢があるの？」

「バーガーのトッピングならなんでも」

四十五分後、テイクアウトのバーガーを運んできたのは、びっくりするほど若い三人めの保安官助手だった。彼はドーンとコールダーとエルを見ると、少し目を丸くしてぽかんとした顔になったが、ウィークスが彼を帰した。

一同はキッチンのダイニングテーブルを囲んだ。保安官助手たちはナショナルリーグのプレイオフの話題を持ちだし、どのチームが優勝しそうか、コールダーを巻き込んでしゃべっている。

話が途切れると、コールダーはバーガーのバスケットに入っていたケチャップの容器になにげなくフライドポテトを浸けた。「いったい何人いるんだ？」

ウィークスが咀嚼(そしゃく)するのをやめて、飲み込んだ。「なにが何人なんです？」

「人員だよ」コールダーは言った。「目と耳。銃。食事を運んできたぼうずをのぞいて、おれたちの警護にあたってるのは何人だ？」

「さっきの若いのは使い走りです。いちおう保安官助手ですが、叔父が市議会議員でしてね。任務についているのはシムズとおれだけ、貧乏くじを引きました」高笑い。「悪く思わないでください」

「もちろんだ」

コールダーは笑顔になったが、エルにはその顔がうっかり者のウサギを見つけたオオカミにしか見えなかった。彼は言った。「ＳＷＡＴの格好をした屈強なやつらが森のなかをうろつきまわりながら、暗視双眼鏡で家を見張るのかと思ってた」椅子の背にもたれて伸びをし、含み笑いを漏らした。「スパイ映画の見すぎだな」

保安官助手ふたりも笑いに加わり、ウィークスが言った。「まさか、自分たちふたりだけですよ」

「にしたって、事務所のほうで監視カメラをモニターしてるんだろう？」

「気づいてましたか？」ウィークスはうれしそうだった。

「脇道の両側にある木の梢だろ」

ウィークスはシムズにウインクしてから、コールダーに言った。「目的にかなった働きを期待して、見えるように設置してるんです」

「目的にかなったとは？」

「本物のカメラと同様にってことです」シムズが言った。「あれはダミーなんで」

だ。
「ふうん」コールダーがエルを見た。自分同様、彼女も不安をいだいていると伝わったよう

それを察知して、ウィークスが言った。「いや、心配いりませんよ。みなさん安全です。
誰もこんなとこまで来やしませんって」

「なぜそう言える？」コールダーは言った。「ダミーの監視カメラにそこまでの抑止力があ
るか？」

「まずは、このうちが見つけにくいことですね」
コールダーはうなずいた。「州道まで二キロ近くあるんだろうな」

「一キロもないですよ」シムズは言い、シャツのポケットから爪楊枝を取りだした。

「そうなのか？」と、コールダー。「今朝車で来たときは、もっとあるように感じたが」

「距離を計る目印がないせいでしょう」ウィークスが言った。「松の木はどれも似たり寄っ
たりで、パークレンジャーじゃなきゃ見分けがつかない」

「この家に近づくには、あの道を通るしかないのか？」

「直接来られる唯一の手段です。ここへ押しかける人間などいませんけどね」

「どうして保安官事務所はここを手に入れることに？」

「数年前のことですが、このあたりの警察や保安官事務所がいくつか共同で出資して購入し
たんですよ。あなた方みたいな貴重な証言者や、虐待されてる女性をかくまうために。わか
りますよね」

「たしかに、身を隠すには絶好の場所だな。ぽつんと立つ一軒家で」コールダーは言った。

「あたり数キロ、なにもない」

「いちばん近いのがミラー牧場です。八キロは離れてますけどね」シムズが爪楊枝を使いながら言った。

「ここは人里離れてるうえに」と、ウィークス。「暗い歴史があるんです」眉を上下させる。

コールダーが笑った。「あてようか。売春宿だったんだろ」

「ちがいます」

「もぐり酒場で、賭場だったとか？」

「それも外れです」

「お化けが出るとか？」

ドーンが怯えたように目を見開いてウィークスを見た。

ウィークスがにやっとした。「お化け屋敷じゃありませんよ、ミセス・ホイットリー。少なくとも自分が知るかぎり。ですが、九〇年代には――」

「八〇年代だぞ」シムズが訂正する。

ウィークスは年長の保安官助手に向かって小首をかしげて尋ねた。「確かですか？」

「確かだ。うちの親父が当時保安官助手をしてたな。片付けに参加したんだ」シムズは口の端にくわえていた爪楊枝を手に持ち、それを振って強調した。「八〇年代だ」

「なんの片付けだ？」コールダーが尋ねた。

「家族間のいざこざですよ」ウィークスが言った。「白人のクズ一族が一族内でやりあったんです」

「土地をめぐってか？」

ウィークスは首を振った。「鳥猟犬が原因だったんですよ、元はといえば。それがエスカレートして、最後はうち捨てられたガソリンスタンドで銃撃戦になりました」

「どこにある？」コールダーは尋ねた。

「直線距離でここから二キロ半、あっち側です」ウィークスは親指で背後を指さした。「OK牧場の再現みたいだったんですよ。煙が晴れたときには八人が死んでて、生き残った連中はムショで死にました」

「うちの親父はこの家で女性ふたりの死体を見つけた」シムズが自慢げに言った。「お互いに殺しあったんですよ。同じ拳銃を使って」

コールダーは言った。「なるほど、たしかに暗い歴史だな」

「そんなことがあったもんだから、誰もここには寄りつきたがらない」ウィークスが説明した。「呪われた場所。恐怖は人を遠ざける」彼はエルのほうを見て、彼女のバーガーのバスケットを指さした。「その残ってるポテト、食べますか？」

全員で協力してテーブルを片付けた。このタイミングでふたたびウィークスから電話の使用の許可が出た。「三分以内にしてください。おやすみを言うだけです」

ドーンはいそいそと部屋の隅に行って、夫に電話した。

コールダーは「おれはいい」と言ったうえで、コーヒーを淹れてもいいかと尋ねた。

エルも電話の使用を断った。両親に電話することも考えたが、やっぱりやめておいた。現状を過不足なく説明するには三分では足りず、手短にまとめればふたりを安心させるどころか、かえって悩ませる。

かといってまたグレンダに電話をしてコールダーのことを詮索されたり、生まれたばかりのジェフの息子のことをこまかに聞かされたりするのも、気が進まなかった。

ドーンが携帯電話を手放すと、ふたたび全員がリビングに移動し、ウィークスは夕食時に話題になったプレイオフのひとつを観ようと、テレビをつけた。

ドーンはクロスワードパズルの本が大量にあるのを知って、手つかずになっているパズルのひとつに取り組んだ。エルは本棚にあったミステリー小説を一冊選んだ。

この隠れ家に来たばかりのころはワシのように一心不乱にエルを見つめていたコールダーは、一転して関心を示さなくなり、例外はダミーの監視カメラについてうかがうような視線をよこしたときだけだった。

見慣れた革のジャケットはもう着ておらず、あっさりした白いシャツは裾を出し、袖はまくって、やんちゃな少年っぽさを感じさせる程度に無精ひげが伸びている。そんな彼が憎らしかった。

もはや彼は不機嫌でも陰気でもなく、くつろいだようすだった。保安官助手に対してもどんどん感じがよくなり、ウィークスが試合の結果に金を賭けないかと提案すると、五ドル紙幣を出した。

こうして仲間意識が醸成されていくのを見ながら、エルは訝しんでいた。夕食の席では保安官助手をたくみに操っていたのだから、整合性が取れない。どちらの保安官助手もコールダーが興味を持っているのが家の歴史でないことに気づいていないようだった。コールダーは彼らの知識に感心したふりをしながら、その実、ふたりから情報を引きだしていた。コールダー・ハドソンは、目的のためなら不誠実に魅力を振りまける男なのだ。わかっていたことだ。

男三人がアンパイアの判定に騒々しい抗議の声をあげたのが、いい潮時だった。エルは小説を本棚に戻した。

「あたしも」ドーンが言った。「このパズル、むずかしすぎ」

コールダーとウィークスはどちらもおやすみと返事をしつつ、テレビから目を離さなかった。シムズはしぶしぶ席を立ち、ドーンとエルを先導してせま苦しい階段を上がり二階に行くと、両方の寝室をおざなりにチェックし、よくやすんでくださいと言い置いて、下に戻った。

エルはドーンにバスルームを譲った。出てきた彼女はドアを開け放ってあったエルの部屋の前で足を止めた。「あなたがいっしょでよかったわ、エル。こんなことになったのはよくないけど、めちゃくちゃまごついたと思うから、あの――」階下を手で示す。

「男性ホルモンのかたまりがいっしょでね」

若い女性は笑顔になった。「フランクってやきもちやきなの。彼が言うには、母さんもあたしが知らないとこに知らない男ふたりと行くのをいやがってたって。ふたりとももうひとり女性がいると知って、よろこんでるわ」

「わたしももうひとり女性がいてうれしいわ」エルは言った。「おやすみなさい」

「また明日」

さいわいドーンはあっさり部屋に戻って、ドアを閉めた。彼女が友だちの家に泊まっているような過ごし方をしたがるのではないかと、気を揉んでいたのだ。

エルもバスルームを使った。出てきたときもまだ、階下の明かりはすべてついていた。寝室の明かりを消してベッドに入ったあとも、テレビの音とくぐもった男たちの話し声が床板を通して聞こえてきた。試合は延長戦に入ったらしく、永遠に終わらないかのようだ。

ありがたいことに、やがてテレビの音が消えた。話し声が小さくなり、ほどなく声がしなくなった。しかし家のなかが静まり返っても、まだ眠れなかった。目を覚ましたまま、横向きになって窓のほうを見ていた。と、革のにおいが鼻をついた。コールダーのジャケットのような。エルは空気が動くのを察知した。

仰向けになったそのとき、彼がエルの腰のそばに膝をつき、マットレスに身を乗りだして彼女の口を手でおおった。「黙って聞いてくれ」

エルはその手を払いのけた。「やめて。いますぐ出ていかないと、この家じゅうに響く声で叫ぶわよ」

「エル、頼む、静かに」彼は両手でエルの顔をつかみ、自分の顔を近づけた。「昨日の今日だ、きみがおれのことをどう思っているか想像もつかない」

「あなたの想像以上に悪く思ってるわ」エルはコールダーを押しやって彼の体勢を崩そうとした。腰の横にある膝と、顔にかかっている手を遠ざけたい。「その手をどけて、ここから出てって」

「聞いてくれ、おれはまさにそのつもりなんだ。惨事が、また別の惨事が起ころうとしてる。おれはここを出る。きみにもついてきてもらう」

「命が懸かってたって行かない」

「懸かってるんだ。下の連中は善良で素朴ではあるが、きみも聞いたとおり、彼らがここへ来たのは、貧乏くじを引いたからだ。準備不足で、たるんでる。警護などおぼつかない」

「バーガーのバスケットを前にして、あの人たちから情報を引きだしていたわよね？」

「わかったか？」

「手に取るように。でも、あなたはふたりを懐柔した」

「得意なんだ」

「ええ、いやになるぐらい知ってるわ」

「エル、昨夜の――」

「やめて」

「わかった。どのみちいまは言い争ってる時間がない。さあ、立って、ここを出よう」

「あなたとはどこへも行かない」

コールダーの腕の下に両手を差し入れて押し返すと、顔から彼の手が離れた。彼は、歯の間からこらえるように息を漏らした。いまの動きで負傷していた腕が痛んだのだろうと察しつつ、彼が気を取られた瞬間をのがさずベッドの反対側に転がり、足側をめぐって、ドアに向かって走った。

ドアを開ける前に彼に追いつかれ、ドアとのあいだにはさまれた。彼は後ろから体を押しつけてきて、エルの腰に両手を置いてその場から動けなくした。彼は唇をエルの耳に寄せて荒々しい早口でささやいた。「あの根性曲がりに出し抜かれたいのか？」

銃撃犯のことを言っているのだ。「もう出し抜かれたわ。チャーリーを奪われたのよ」

「やつはそんなふうに考えてないかもしれないぞ、エル。きみのことも狙ってる可能性がある。パーキンスが言ってたじゃないか、きみはトロフィーだ。やつが手にする栄誉を考えてみろ。まずは息子、そのあと母親。たとえ捕まろうと、最後に笑うのはやつだ」

彼はエルの肩をつかんで回れ右をさせ、顔を突きあわせた。「ここにいるおれたちは絶好の標的だ。この件に関しては、おれのことを信じてもらうしかない」

「人を操るのがうまいという以外に、あなたのなにが信じられるわけ？」

「その才能があるのは認めただろ。おれはクズだ。きみが思っている以上にクズだ。昨日の夜はロケットを打ちあげるようなセックスをしておいて、そのあときみを置き去りにした。

好きなだけ罵れ。怒ってくれ。なんだって、甘んじて受け入れる。だが、まずはここからきみを連れだす、引きずってでも。さあ、おとなしく従うか面倒を起こすか、決めてくれ」

コールダーの言うことを聞くのは癪に障るが、反面、彼の説得にぐらつく自分がいた。

「むかつく」

「それでいい」彼の緊張が少しほどけた。「よかった」

「いつまでに準備したらいいの？」

「いますぐ出る」

「いま？　真夜中よ」

「行くならいまだ。急げ。着替えて」

「ドーンを置いていけない」

「彼女ならさっき下におりる音がした。だが、彼女がしゃべりだして質問攻めにされると困るんで、見られないようにしてここに来た。外に出るとき、彼女も連れていこう。さあ」

エルは彼の脇を通り抜けると、一日じゅうはいていたスラックスを手に持ち、パジャマにしているボクサーパンツの上にはいた。タンクトップの上にはセーターを着た。

コールダーは暗がりのなかベッドサイドの床を手探りして、脱ぎ捨てられていたスニーカーを見つけ、それを彼女に手渡した。エルはスニーカーをはきながら、尋ねた。「保安官助手たちはどこにいるの？　引き留められるわ」

「音を立てなければ、気づかれずに外に出られる。シムズは廊下の椅子で寝てる。最後に見たウィークスはリビングで足をテーブルに上げ、携帯をいじってたから、たぶん――」

その言葉は銃声と血が凍るような悲鳴によってさえぎられた。

たちまちふたりは凍りついた。「しまった！」コールダーはエルをクローゼットのほうに引っ張り、ドアを開けてなかに押し込んだ。

エルは飛びだした。「ドーンが」

コールダーは彼女をクローゼットに押し戻した。「いいか、絶対に出てくるな」勢いよくドアを閉めた。

「コールダー！」

彼女にかかずらってはいられない。その間にも発砲音は続き、ガラスの砕ける音がして、ドーンの悲鳴が聞こえた。

コールダーは部屋のドアを開けて暗い廊下を駆け抜け、転げ落ちそうになりながら階段の手前で立ち止まった。ふらつきつつ、フェア会場のときのように突っ込んでいきたいという衝動と闘った。

その行動がさらなる発砲を誘発すれば、全員をより危険にさらす。ここで銃弾に倒れれば誰のことも助けられず、チャーリーを助けられなかったあのときの二の舞になる。

だとしても、知ったことか、このまま手をこまねいてはいられない。

コールダーはそろそろと階段をおり、ウィークスとシムズとドーンの名を呼んだ。呼びかけに対する返事はなかったものの、耳をろうする銃声と砕け散ったガラスが降りそそぐ音にも負けじとドーンの悲鳴が響きわたった。どうやら、銃弾はキッチンテーブルの背後にならぶ三つの窓から撃ち込まれているらしい。

キッチンの明かりはすべて消えているが、青白い光があった。冷蔵庫の庫内灯だ。ドーンが開けっ放しにしたのだろう。そして彼女自身は命の危険にさらされて、その場に足留めされているにちがいなかった。撃ち手にしたら、あの明かりがなければ狙いようがない。

コールダーはどなった。「ドーン、できたら冷蔵庫の扉を閉めてくれ!」

だが明かりは消えなかった。このままキッチンに乗り込めば、たちまち標的にされる。ウィークスとシムズはどこだ? 銃器のひとつもなく、おれになにができる――

ふいにドーンの悲鳴がやんだ。スイッチを切ったかのようだ。

そのあとふたたび発砲音が連続的に響いたが、やがてそれもやんだ。唐突な静けさは、その不吉さにおいて爆発的な大音響に負けずとも劣らなかった。コールダーは撃ち手がつぎの殺人の機会をうかがいつつ再装弾している姿を思い描いた。

そのとき古材がきしむ音を背後に聞いて、さっとふり返った。エルが階段のなかばまで来ていた。カッとしながらも、勢いよく手を振って、上に戻っていろと無言で指示した。彼女の口が〝ドーン〟と動く。彼は両肩を持ちあげ、再度、身振りで戻れと伝えた。

不満げな顔ながら、彼女は階段を逆にたどりだした。その姿が階段上の暗がりにまぎれるのを待ってから、コールダーはかがんでキッチンへと向かった。

床に手足を投げだして横たわるシムズをキッチンの手前で発見した。胴体が銃弾で吹き飛ばされている。

コールダーは死んだ男の手にあった未発砲の六連発銃を迷わず奪うと、みずからの殺意に衝撃を受けつつ、割られた窓の外を満たす暗闇に向かってありったけの銃弾を放った。

# 24

コンプトンはパーキンスがポテトチップスの袋に手を突っ込み、口いっぱいに頬張るのを見ていた。「どうしたらそんなにつぎつぎ平らげて、太らずにいられるんだか」ぶつくさ言った。

「人生とは不公平なもんさ」

「まったくよ」

隠れ家から戻ったふたりは、ビリー・グリーンを厳しく責めたてた。グリーンはこれまでちょっとした情報をショーナ・キャロウェイに渡していたことを認めたものの、重要証人の名前以上の鉱脈は過去になかったと誓った。

刑事ふたりがなにより恐れていたのは、グリーンが野球帽のことや、隠れ家の場所を知っていて、そのどちらか、あるいは両方を、彼女に提供していることだった。だが、一時間にわたる追及の結果、証人の名前が彼の最後の特ダネだったという手応えが得られた。

グリーンは解雇になり、問答無用で建物から追い払われた。みんなから袋叩きにされなかっただけ運がいい。どんな形であれ保安官事務所で働いている人間はみな、どの分所にいようと、グリーンの裏切りによって自分たちがこうむった不名誉に怒り心頭だった。

保安官は〝どうせ、おれたちは世界じゅうから非難されているのだが〟と言ったとか。彼らの捜査活動全体が国を挙げての非難の対象になっているのだから、もっともな怒りの表明だった。

これまで保安官事務所は同様の権限を持つほかの捜査機関の模範だった。ところがフェア会場銃乱射事件の犯人がいまだ捕まっていないために、容赦なく批判される立場に置かれたのだ。

殺人事件担当のベテラン刑事であるコンプトンとパーキンスは、誰よりも自分たちが顕微鏡でのぞかれる対象になったことを敏感に感じ取っていた。ＣＩＤ、いやとりわけふたりが、敗北しつづけていると言っていい。

ふたりはとにかく休息を必要としていた。こんなとき被疑者でも出てくれれば、よろこんでこちらからマスコミに情報を提供しただろう。野球帽のでどころはいまだ調査中、この辛抱を要する作業には時間がかかり、時間の経過はふたりにのしかかるプレッシャーを増幅させた。

小さいながら、突破口がひとつあった。コールダー・ハドソンの〝コンサルタント〟業の内実であり、それに伴う疑惑だった。彼が実際にどんな仕事をしていて、どれほど成功しているか知ったとき、パーキンスはこう推察を述べた。「銃撃は彼がいたあたりではじまった。あの日の標的が彼で、ほかすべてが巻き添えだったって線は考えられるか？」

コンプトンはその説に同意せず、そう口にもした。「彼に腹を立ててた人間がいたとする。

だったら、自宅や通りで殺せばいいでしょう？」

パーキンスは引かなかった。「だとしても掘りさげる価値はある」

それしか手がかりがなかったので、ふたりはコールダー・ハドソンの仕事のファイルを入手することにした。

コンプトンがファイルの中身を検(あらた)める理由を伝えたとき、コールダーは記録のなかに自分に対してそこまで血に飢えた恨みをいだく個人はいないと強く否定した。

「それに、機密保持条項を忘れたか？　ファイルには数百の名前があり、その半数はおれが誰かすら知らない」

資料の膨大さ——ハドソンのクライアントは、アメリカでは二十を超える州、ヨーロッパでは三つの国にいた——に鑑みるに、見つかる可能性は低いし、そもそもふたりにはなにを探したらいいのかわかっていなかった。

応援要員として補充された何人かの保安官助手が、その日の終業時間に帰っても、自分たちは残業して当然のように感じた。隠れ家とのあいだを行き来し、ビリー・グリーンの取り調べをしたにもかかわらずだ。ふたりとも薄汚れて、疲れ果て、不機嫌で、睡眠不足だった。

パーキンスがリストの名前を指でたどりながら尋ねた。「おまえんとこの亭主はどうしてる？」

「覚えてないわね」

彼は笑う代わりに短く息を吐きだした。

「今日は二度電話したんだけど」あくび交じりにコンプトンが言った。「犬の調子がよくなくて、獣医に連れてったって。わたしのことより、犬の心配をしてる」

「帰れよ」パーキンスが言った。「おれはもう少し残る」独身を貫くパーキンスには、家で待つ人がいない。

「あと三十分」コンプトンは返した。

パーキンスがポテトチップスの袋を押してよこしたので、コンプトンはお礼も言わずにリストをたどりながらうわの空で食べはじめた。何分か気安い沈黙が続いたあと、パーキンスが言った。「ドレーパー」

コンプトンが顔を上げた。「ん？」

「ドレーパー、アーノルド・Ｍ」

「その人がなに？」

「それをいま考えてる」彼は回転椅子の背にもたれ、組んだ手を顎に打ちつけていた。

コンプトンの携帯電話が鳴った。「そのまま考えてて」彼女は塩のついた指を舐めてから、携帯電話に手を伸ばした。画面を見て、時刻を確認し、眉をひそめながら電話に出た。「ウィークス？」

「彼の電話だが、ウィークスは死んだ」

「コールダーなの？」コンプトンはパーキンスに素早く目をやり、スピーカーに切り替えた。

「もう一度言って」

「ウィークスは死んだ。シムズもだ。ドーン・ホイットリーは、どうなったかわからない。行方不明だ」

パーキンスはここまで聞くと、デスク上の電話の受話器をつかみ、番号を押しだした。

コンプトンは911に通報したかとコールダーに尋ねた。

「この電話の直前に」

「あなたは無事なの？　エルは？」

「どちらも無傷だ」

「いったいなにがあったの？」

「すべてを解明するには優秀な鑑識班が必要だろうな。ただ銃弾は外からキッチンの窓に撃ち込まれた。そこにいるドーンを見て、おれは犯人は彼女を狙っていると思った。シムズは廊下にいた。銃撃がはじまったときキッチンに向かって走ったんだろうが、入り口までしかたどり着けなかった。無数の銃創で胴体はぐしゃぐしゃだ。たぶん、ウィークスがそのあとだったんだろう。最後に見たときは生きてリビングにいた。いまは死んで廊下に転がってる。喉を撃たれて、あたりは血の海だ。キッチンまでたどり着けずに死んでるから、ライフルでやられたんだろう。しかも連射できる本格的なやつだ」

パーキンスは会話を追いながらコールダーの911通報が送られた先の保安官事務所と連絡を取りあっていた。

送話口をおおってパーキンスは言った。「警察は十分ほどで到着する。なにも触れず、頭を低くして、彼らが着いたら名乗るようにコールダーに伝えてくれ。連中は同僚ふたりをやられていきりたってる」

「全部聞こえた？」コンプトンが尋ねた。

「ああ」コールダーが答えた。「ただし、死体にはもう触れた。脈を調べたからな。血溜まりに踏み込んで、跡を残したかもしれない。ウィークスからは電話を、シムズからは拳銃を取った」

コンプトンは手で額を押さえた。「その拳銃は発砲されてたの？」

「おれが手に取ったときはされてなかった。いまはされてる」

「あなたが撃ち返したってこと？」

「六発」

「命中したの？」

「さあ」

「確認させて。ミセス・ホイットリーはどうなったの？　銃撃がはじまったときはあなたと彼女がキッチンにいたと言ったわね？」

「彼女はキッチン、おれは二階にいた」

「エルは？」

「二階だった」

コンプトンはパーキンスを見た。ここまでの話が通じているかどうか確認したかった。彼は両方の眉を吊りあげて、通じていることを伝えた。

コールダーが言っている。「最初の連射でドーンが悲鳴をあげだした」

「彼女は撃たれたの？」

「わからない。さらに銃撃があった。どんどん撃ち込まれて、窓が吹き飛んだ。よくわからないが、二分ぐらい続いたと思う。おれはエルを寝室のクローゼットに押し込んで、下に行った。明かりは開いた冷蔵庫の庫内灯だけだった。まずシムズを見つけ、つぎにウィークスを見つけた。どちらも――」

「ふたりが死んでるのは確かなの？」

「ふたりとも死んでる。ドーンの姿はなかったが、おれが階段のところから、明かりを消したいから冷蔵庫の扉を閉めてくれと言っても返事がなかった。ひたすらわめいてた。それがふいにやんだんだ。叩き切ったみたいに。勝手口から外に出たところを一発で仕留められたのかもしれない」

「勝手口？」

「おれはキッチンに行って冷蔵庫を閉めたが、その前に開きっぱなしの勝手口とそこから外に続く血の跡が見えた。床からなにから、そこらじゅうに割れたガラスが散乱してた。彼女はそれで切った傷とか、銃創とかで、出血してたのかもしれないが、確かなことはわかりようがない。おれに見えたのは勝手口から庭に向かうわずかな範囲だったし、あらためて明かりをつけるのは危険すぎた」

「犯人はまだそこにいたの？」

「それを知りたくて撃った」

「姿は見てないのね？」

「ああ」

「それなのに撃ち返した」

「怒りに燃えてたんだ。狙いすら定めなかった。なにも見えてなかった。おれはただ犯人に、おまえは九死に一生を得ただけだとわからせたかった」

コンプトンはふたたび額をこすった。「車のたぐいは？」

「その話はあとでする。とにかくそのときはまだやつがそこにいて、残ったおれたちが姿を現すのを待ってる気配があった。警護員に加えて、おれたち証言者が五人いると思っててもおかしくないんだよな？」

「そうね」

「おれはその場に留まって耳を澄ませたが、物音ひとつしなかった。ドーンが生きていることを示す音もしなかったし、犯人がそこにいたとしても、居場所が伝わってくる音もしなかった。やつがいるかどうか、いるとしてどんな武器を持っているかわからなかったんで、おれは二階に引き返した」

「エルは傷ついてないのね？」

「六十日のうちに二度めの銃撃を受けたことに傷つかないと思うなら」ひと息はさんで、続けた。「ふたりでどうにか逃げだした」

「どうやって？」

「みんなが来る前にあんたたちふたりがおれから話を聞いた小部屋があったろ？　外階段に続くドアがあったのを覚えてるか？　あそこから出た」

「ドアにも外階段にも気がつかなかった」

「そうか、おれは気づいた。理由を教えてやろうか？　あのときにはもう脱出口を探していたからだ。こんな警護じゃ話にならない。なんでおれたちを守る凄腕の強面がいないんだ？　連邦保安局は？」

「それは国の機関だからよ」

「国の機関ね」コールダーはぼそっと言った。「あの保安官助手たちは六連発のリボルバー二丁とライフル一丁しか持ってなくて、ライフルは玄関ドアの側柱に立てかけてた。外の監視カメラはただのダミーだった」

「あなたが怒りくるうのもあたりまえだわ」

「ああ、そうさ、あたりまえだ」コールダーはどなった。

「怒るのはあとにして、コールダー、あとでちゃんと聞くから。とりあえずいまは平静でいてもらうしかないの。あなたとエルはあの家から離れてるのね？」

「ああ、敷地を横切って森に入った。まず911に通報して、そのあとあんたに電話した」

「安全は確保できてそう？」

「ある程度は。車の話だったな。見てはいないが、エルを連れて敷地を走り抜けるとき、州道に向かう細い道を走る車の音が聞こえた。見えたのはテールライトだけだが、走り去ったんだと思う」

「どうやったら誰にも音を聞かれずにそこまで車で行けたの？」

「シムズは寝てた。ウィークスは携帯をいじってた。しかもイヤホンをしたまま。そしてれは……二階にいた」

コンプトンはひと呼吸した。「そう」パーキンスを見ると、彼は指を開いて片手を挙げた。

「あと五分で到着よ」彼女はコールダーに伝えた。「あなたたちが森にいるから探すように伝えるわ。家からどちらの方角？」

「外階段のある側だ。方角はわからないが」

「初動の一団が現着するまではその場にしゃがんでて。でも彼らが着いて、両手を挙げて出るように指示されたら、そのとおりにするのよ。シムズから取りあげた拳銃を渡し、その場で最上位の捜査官に身柄を預けるの。その人が責任もってあなたたちを守るから」

「いままで守ってくれたようにってことか？」

「パーキンスとわたしが行くまでのことよ」

「あんたとパーキンスってことは、ショーナのポケットにおしゃべり野郎が入ってることに気づかなかったふたりってことだな？　あんたらの目と鼻の先にいたんだぞ」

「そうね、一本取られた。わたしたちは見きわめが甘くて、へたを打った。でも、あなたとエルはいまや二件の犯罪の重要証人よ。しかも、ひじょうに血なまぐさい犯罪の。貴重な存在なの。だからわたしたちはあなたたちを守る」彼が反論してこないので、コンプトンは尋ねた。「コールダー、聞いてる？」

「ああ」

「わたしの言うことに耳を傾けるつもりはあるの？」こんども返事はなかった。

そのときパーキンスから肘でつつかれた。一枚の用紙が目の前に差しだされる。見ると、丸で囲んだ名前の隣に〝尋ねろ〟と書いてあった。

コンプトンはそのとおりにした。「コールダー、アーノルド・ドレーパーって誰なの？」

# 25

コールダーはすぐに電話を切った。アーノルド・ドレーパー。頭のなかで何度かその名をくり返したが、まったくピンとこなかった。

その名前のことでなにが出てくるかわからないが、整理するにはよく考える時間が必要で、いまはそんな余裕がなかった。救援隊が到着して、ふたたび〝保護下〟に置かれる前に、エルを連れてできるだけこの場から遠ざかっておきたい。

コールダーがコンプトンと電話をしているあいだ、エルは彼に身を寄せていた。震えていたのは寒さのせいであり、ついさっきこうむったトラウマのせいでもあった。歯をがちがち鳴らしながら、けれどひとことも発していなかった。

ところが、コールダーがウィークスの携帯電話を右腕で思い切り森の遠くへ放り投げると、彼女が正気に戻った。「どうしてそんなことするの？　電話は必要よ」

「おれときみの携帯がある」

「あなたが持ってるの？」

「説明はあとだ」

ジャケットのサイドポケットからふたりの携帯電話を取りだし、回収したときについていたガラス片を振り落とすと、両方のモバイルデータ通信をオフにして電源を切り、あらためてポケットに戻した。

「さあ。これを持って」コールダーがシムズから奪った大きなリボルバーを渡そうとすると、彼女はたじろいだ。「さあ、エル。これを持って、すぐに取りだせるようにしておくんだ」

「どうして？　犯人は立ち去ったとコンプトンに言ってたじゃない」

「おれの見込みちがいかもしれない。装弾されて安全装置がセットされてるから、撃たなきゃならなくなったら、忘れず安全装置を解除しろよ。わかったな？」彼はやって見せてから、もう一度、彼女に渡そうとした。

　エルが首を振った。「あなたが持ってて」

「おれにはウィークスのがある」

「あなた、コンプトンにそのことを言わなかったわ」

「そう、彼女には言わなかった。ウィークスのガンベルトから銃弾を奪ったことも」発砲した分の銃弾の再装塡は、すでにすませてある。「さあ、こいつを持って」

　それでも彼女が言うことを聞かないので、コールダーは悪態をつきながら彼女のジャケットのサイドポケットに拳銃を押し込んだ。

　言い争いは貴重な時間の無駄でしかない。そのあいだもずっと９１１通報に対する最初の一団の到着を伝えるサイレンの音に耳を澄ませていた。「よし、行こう」

「行く？　ここに残ると言ってたじゃない」

「いや、言ってない。ここを離れるぞ。銃撃がはじまる前に予定したとおりに」

「でも、それはここが犯罪現場になる前のことよ。いま逃げだしたら罪に問われるわ」

「それを言ったら重要証人の保護を約束しておきながら、お粗末な結果に終わったことのほうが罪だろ」コールダーは遠くにサイレンの音を聞いた。「行こう」手をつかんでもなお抵抗する彼女に、コールダーはふたたび悪態をついた。「エル、おれにきみを守らせてくれ」

「そんなこと、頼んだ覚えはないわ」

「選択の余地はないんだ。きみはおれに腹を立ててる。いや、そんな生やさしいもんじゃないだろう。だとしてもおれといっしょに来るしかない。いますぐだ。わかったか？」

貴重な時間を何秒か費やして考えたエルは、コールダーに手を引っ張られるまま後ろをついてきた。コールダーはコンプトンに伝えたのとは逆の、北方向に向かって走りだした。

「保安官助手の車を使わないの？」

「キーを探してる時間がない。それに、車で遠ざかってもたかが知れてる。ハイウェイまでの道で捜査官たちに会うのが関の山だ。あるいは、おれたちが車に乗ると見越した犯人につかまるか。どちらにしろ、森を徒歩で進んだほうが助かる見込みがある」

コールダーにも、そうたやすく言えるのは自分だからだという自覚はあった。自分よりもずっと歩幅のせまいエルは、その分歩数が増える。それでも彼女は遅れずについてきた。苦労しながら。というのも、ふたりは松の木立のあいだを縫うように進んでいるのだが、まっすぐな幹がまるで柵のように密に生えているからだ。しかも下草におおわれていて、木の枝が転がる森のなかの地面は、足元が不安定で危険だった。

明るい日中でも苦労するだろうに、いまは真っ暗ときている。そのうえ天はまだふたりをいじめ足りないのか、霧雨まで降ってきた。

エルは息を切らしながら言った。「ドーンを置き去りにした気分だわ。彼女はどうなったの？」

「わからない」

「死んだと思ってるんでしょう？」

「おれたちと同じように敷地を駆け抜けて、森に隠れたかもしれない。ケガをして意識を失ってる可能性もある。おれが呼んだとき、答えれば犯人に位置がばれると思って、返事ができなかったのかもしれない。可能性は無限にある」

背後のエルが急に立ち止まったので、握っていた手が離れた。コールダーがあわててふり向くと、彼女はその場に立ちつくしていた。体をこわばらせ、両手を握りしめている。「ドーンは死んだんでしょう？　ほんとはそう思ってるのよ」

コールダーは両手を伸ばして、彼女の両肩をしかとつかんだ。「そうだ。その可能性が高いと思ってる」腰を落として、彼女と目の高さを合わせた。「きみが、おれたちが、同じ目に遭わないことを願ってる。だからあの場から逃げたし、先に進まなきゃならない」

「そうよ、わたしは進みつづける。誓ったの、自分にもチャーリーにも。あの子に正義をもたらすためなら、たとえ途中で息絶えようとも、力のかぎり最善を尽くすと」彼女はこぶしでコールダーの胸を叩きはじめた。「どうして犯人は捕まらないのよ？」

　誰もつけてきていないことを祈った。彼女の叫び声が木の幹という幹に跳ね返り、隠れ家まで届きそうだ。それでも、怒りを爆発させた彼女を責める気持ちにはなれなかった。

「犯人は捕まる。その前にきみを死なせたくない」彼女を引きよせて抱きしめたものの、すぐに放して、ふたたび手を握った。「先を急ごう」

　ドーン・ホイットリーの身になにが起きたのかわからないまま立ち去るのがいやなのは、コールダーとて同じだった。しかし、犯人が逃げたという保証はない。自分たちをおびき寄せるために、そう見せかけているだけかもしれないのだ。

　そして、犯人につけられているにしろいないにしろ、はっきりしていることがある。安全な場所を確保すると約束した刑事たちはその約束を破っておきながら、それに懲りずにまた誓約しようとしたことだ。信じられるわけがない。

　コンプトンとパーキンス、ウィークスとシムズが、そして表には出てきていない捜査員たちが本気で努力しているのだとしてもその全員が犯人にしてやられた。出し抜かれた。フェア会場銃乱射事件の犯人に銃でねじ伏せられたのだ。

　ショーナの報道はイブのリンゴとなり、犯人はその誘いに即座かつ激烈に反応した。隠れ家への攻撃の無鉄砲さが、やつの強固な決意を示している。決意で言ったらコールダーも負けてはいない。結果がどうあれ、エルとともに逃げ、どこか安全な場所で態勢を立てなおすのだ。少なくとも、これまでよりは安全な場所で。

それにしても、まずはこの薄気味の悪い森を出なければならない。正しい方角に進んでいるのかすら確信がもてないが、携帯電話の電源を入れて確かめるのは危険だった。それに、いま感じている不安をエルに気取られたくなかった。彼女の息遣いは荒くなる一方だ。

コールダーのほうはまだ余力があるとはいえ、一歩進むごとにコンプトンから投げかけられた名前を脳裏で反芻していた。彼女がその名前に意味を見いだしたのはまちがいないが、それがなんなのかまるで見当がつかない。回転するルーレット盤上の球のようなもので、いつまでたってもポケットにおさまらなかった。

そしてその謎からも逃げているという、なんとも不穏な直観があった。

寒冷前線が降水をもたらし、さらなる気温の低下を招いていた。霧雨はいつしか本降りとなり、足元と視界の悪さが障害物をより避けにくくしている。

そんな障害物のひとつにエルがつまずいた。転ぶ前にバランスを取り戻したが、コールダーが立ち止まってふり返ると、彼女は肩で息をしていた。「あとどれぐらい？」

「もうたいしたことない。あと二、三キロだ。だいじょうぶか？」

彼女は決然とうなずき、ふたたびコールダーの背後を歩きだした。「行き先は決まっているの？」

「ウィークスが話してたうち捨てられたガソリンスタンドだ」

「もうないかもしれない」

「ガソリンスタンドそのものはなくてもいい。店が面していた道路がある。道路が見つかったら、きみの友だちに拾ってもらえるか？」

「グレンダのこと？　ええ」

「彼女は信用できる人物か？　誰にも話さないと？」

「彼女なら絶対安心よ」

「まちがいないんだな？」

「まちがいない」

「わかった、彼女に電話しよう」

「どうやって電話を取り戻したの？」

「キッチンで冷蔵庫の扉を閉める前に、保安官助手たちがカウンターに置いたままにしてあったのに気づいて、二階に上がる前に回収した」

「あなたはなにひとつ見のがさないのね。木の梢に設置された監視カメラといい、外階段に続くドアといい、わたしたちの携帯電話といい。なんにでも気づく」

「きみの臍ピアスにも」

エルに聞こえているかどうかはわからず、いずれにせよ、彼女からの返答はなかった。

ほどなくふたりは森を出て、細い排水溝を渡ると、その先は道路だった。コールダーが思っていたとおりの場所に道はあった。呼吸だけ整えると、ジャケットのポケットから自分の携帯電話を取りだした。電源を入れて起動するのを待つうちに、コンプトンに連絡するのにウィークスの電話を使った理由をエルから尋ねられた。

「おれが自分の携帯を持ってるのが、とりあえずばれずにすむ」

携帯電話が使えるようになると、電波状況が良好であることを祈った。アンテナ三本。現在地を表すためGPSにアクセスし、スクリーンショットを撮ると、携帯をエルに手渡した。

「これは郡道で、地図によると、この近くに統合学校がある。当面そこに身を寄せよう。グレンダにスクリーンショットを送ってから電話をして、電話が終わったらまた携帯の電源を切ると伝えてくれ。移動しなきゃならないときは、電話するか、メッセージを送ることも。コンプトンがきみの行方を探して、彼女に問いあわせてると思うか？」

「でしょうね。コンプトンはグレンダと面識があるし、彼女がわたしにとっては家族よりも近しい間柄だと知っているから」

「わかった。グレンダには尾行に注意しろと言ってくれ。スピード違反で停められない程度に急いでくれとも。伝えなきゃならないことが多いのはわかってるが、手短に頼むよ、エル」少し考えて、つけ加えた。「スピーカーフォンで」

家族よりも近しいこの友人にエルは全幅の信頼を置いているが、コールダーにとっては家族ではないし、信頼のおける人物かどうかは自分で判断したかった。

グレンダが電話に出るまでに呼び出し音が五回。その声は、枕に顔をうずめているようにくぐもっていた。だが、エルの声を聞くなり彼女は目を覚まして、矢継ぎ早に質問を放った。

エルがあとで全部話すからと約束し、いまは話すのをやめて聞いてくれと頼むと、グレンダはその願いを聞き入れた。エルは最後にテキストメッセージで居場所を送ったと伝えて話をしめくくった。「全部頭に入った？」

「ええ。でも、エル、逃げたら面倒なことにならない？」

「あの場所にいたら、命があぶなかった」

「それならわかる。で、彼は？　あなたたちふたりとも――」

「元気よ」エルは急いで答えつつ、視線を上げてコールダーを見た。「生きていることに感謝してる」

「彼も聞いてるのね？」

「ジャケットかコートを持ってきてくれる？　出る直前に着たんだけど、もうびしょ濡れなの。それと財布と携帯がいまの持ち物のすべてよ」

「もちろん。ほかには？」

「ウィスキーを」コールダーが言った。

彼は携帯電話を奪って通話を切ったが、すぐには電源を落とさなかった。路肩を学校方面に向かって歩きながら、連絡先を確認した。ドレーパーという名の人物はひとりも登録されていなかった。

ポケットに携帯電話を戻して、エルに話しかけた。「VPNを使えば、連中には追跡できない。少なくともおれはそう理解してる。刑事たちは携帯の通話記録を手に入れることができるが、それには令状がいるから、すぐというわけにはいかないはずだ。使う頻度が少ないほどいい」

　やがて幼稚園から高校までを網羅する統合学校のキャンパスが見つかったが、斜面のいただきに建てられていて、コールダーにしてみると道から遠すぎた。「ここにいよう」エルを連れてスクールバスのバス停に移動した。

　三方が開けたバス停は、背後がアクリルガラスでおおわれていた。それと金属製の屋根が雨を防いでくれる。ふたりは重たい腰をベンチにおろした。

「車が通ったらどうする？」エルは尋ねた。

「これだけ静かだと、近づいてくれば音でわかるから、あの木立に逃げ込む」

　静けさを妨げているのは、屋根に雨粒があたる音と、居心地の悪さを解消しようと固いベンチでふたりが姿勢を変える音だけだった。コールダーがジャケットを脱ぎにかかると、革がきしんだ音を立てた。「さあ、エル、これを着て」

　エルはコールダーを見ずに、前方を見つづけるほうを選んだ。「裏地が濡れるわよ。わたしならだいじょうぶだから」

　彼女は濡れそぼって寒そうだったが、コールダーは無理強いはしなかった。少しして、彼は言った。「最初にウィークスが電話を使ってもいいと言ったとき、きみは電話をかけてた。相手はご両親か？」返事がない。「なんというか、おれには関係のないことだが」

　いらだたしげなため息とともに彼女が答えた。「グレンダよ」

「そうか。そのとき昨夜、おれたちになにがあったか話したのか？　彼女が不機嫌そうに

〝で、彼は？〟と言った彼というのは、おれなんだろう？」エルがこちらを向いて口を開いたが、話しだす前に制した。「ごまかそうと思うなよ。おれはきみを見てたんだ、エル」

「穴が開くほど無遠慮な目つきでわたしを見つめてたわよね」

「おかげで、彼女の言葉にきみが動揺したのがわかった。表情をつぶさに観察してたんだ」

「どうして？」

「第一にきみの顔を見ていたかったから」

エルは天を仰いだ。

「第二に、その前に表情をうかがっていたのは、きみが長く激しいオーガズムに呑み込まれているときだったからだ」

彼女は鋭い目でにらみつけた。「プライドが満たされてよかったこと」

「ジャングルの王になったような気分だった」こんどはエルも天を仰がなかった。深刻な声音だったからかもしれない。しばらくその余韻を漂わせてから、コールダーは言った。「いったときは、心臓が爆発するかと思った」

うつむいた彼女の顎に手を伸ばし、顔を上げさせて自分のほうを向かせた。「だとしても、まだ足りなかった」

彼女は無表情のまま彼の視線を受け止め、顎を上げて指をのがれた。「だからそのあと長居をしたのね。あなたをなかなか追いだせなくて、最後はドアから蹴りだしたのよね。え、ちょっと待って。あなた、大急ぎで飛びだして、ドアもちゃんと閉めなかったんじゃなかった?」

こんどは彼女のほうがコールダーの顔の前に手を出して彼の発言を制した。「わかってる、あなたがクズなのは。油で煮てやりたい。ええ、それがいいかも。でも、いつまでもあなたを責めてもしかたない。わたしはまちがいだと思うと言った。それなのに、わたしたちはそれをして、生物学的に――」

「劇的な変化があった」

「いっときの慰めよ。それも終わった。過去のこと。これ以上話すまでもないわ」

「いや、そうはいかない」

「わたしはそれでいいの。いまもこの先も永遠に」

ここまで腹を立てている相手にはなにを言っても無駄だ。コールダーは経験上それを知っていた。なにか言ったところで、かえって態度を硬化させるだけだ。いったん距離を取り、つぎの機会を待ったほうがいい。

もちろん、エルはただの〝相手〟ではないが、この状況だと、ふたりが必要としている率直なやりとりなど不可能だった。

とはいえ、ある一点だけは放置できなかった。「隠れ家での電話のとき、グレンダになにを言われて動揺したんだ?」

「あなたのことだと思っているんなら、おあいにくさま」

「だったらなんだ?」

彼女がそっぽを向いたので、教えてもらえないと思った。だが彼女はこちらに向きなおった。「ジェフと奥さんのあいだに赤ん坊が生まれたそうよ。男の子が」

コールダーは背後のアクリルガラスにもたれかかって、ガラスを揺らした。小声ながら強い口調でつぎつぎと悪態をついた。

それがやむと、エルが言った。「べつにいいの」

「いいことあるか。いいわけないだろ。おいで」片足をベンチに乗せて膝を開き、ジャケットの前をはだけた。

エルが首を振る。「いい」

「さあ、エル。おれを嫌うのはわかるが、グレンダの到着にはまだ時間がかかる。震えてるじゃないか」

彼女はなおもためらっていたが、ベンチの上で少しだけ彼に近づいた。コールダーは手を伸ばして、彼女をジャケットの内側に引き入れた。「頭をつけて」

「髪が濡れてるから、あなたのシャツまで濡れるわ」

彼女の頭を抱えて胸に押しつけた。やがて彼女は両脚をベンチに上げ、彼の胸に頬をつけて、ゆったりともたれかかってきた。彼女の心境をおもんぱかって気安げな態度は控えつつも、できるだけしっかりと抱え込んだ。

それでもいい気分になった。彼女の肘が股間のあたりに来て、胸に触れた乳房――ブラジャーなし――がやわらかく、例外は乳首だけだった。全然やわらかくない。

こんないやらしいことを考えていたら地獄行きだ、と思った。だが、今夜死んでもおかしくない状況だし、どうせ地獄に行くのだとしたら、いやらしいことを考えてはいけない理由がどこにあるだろう?

しばらくすると、エルが静かに言った。「彼女がドーナツ持参で不意を衝いたの」

「ん?」

「グレンダのこと。今朝前触れもなく彼女がうちに寄ってね。わたしは昨夜のことを話してない。彼女が残されていたサイン入りの『ベッツィのお空』を見つけて、それでピンときたのよ」

コールダーはもう少し彼女を抱きよせてうつむき、彼女の頭頂にささやきかけた。「サイン本はあとで受け取るよ」

# 26

グレンダの到着まで、ふたりはそれから二時間ほど待った。

その間にバス停を離れて近くの木立に隠れること二度。一度は厳めしい見た目の州警察のSUVが通りすぎた。接近するのがわかる非常灯をつけていてくれたおかげで、鬱蒼とした木立にもぐり込む時間があった。

もう一度はヘリコプターの音を聞いた。木立に隠れてうかがっていると、サーチライトが梢を横切ったが、はらはらするほど近づくことはなかった。保安官助手ふたりを殺した犯人を探しているのか、自分たちを探しているのかわからなかった。コールダーが思うにたぶんどちらでもあるのだろう。

ふたりとも不安を抱え、疲労困憊していた。寒くて濡れているので体がこわばり、ありえないほど悲惨な状態でいると、グレンダの高級ＳＵＶが速度を落として学校に近づいてきた。

コールダーはバス停を出て、手で合図した。

エルがあわただしくふたりを引きあわせるなか、グレンダはエルがキルト地のジャケットを着るのを手伝い、それがすむとコールダーを無遠慮に眺めまわして、「どうも」と、ジャックダニエルのボトルを差しだした。「万人向けのにしといたから」〝万人〟に低俗の意味を込めているのが口調からわかった。

　彼は挑むような態度で封を切り、ぐびっとひと口飲んで、後部座席に乗り込んだ。エルは助手席に座り、シートを前に寄せて彼のために足元のスペースを空けた。車がダラスへ走りだすと、グレンダは詳しいことを聞きたがった。

　試練に満ちた話を聞き終えたグレンダは、首を振った。「信じられない。こんどはなに？これからどうするの？　あたしにできることは？　父に連絡しようか？　父ならあなたたちを守れるわよ。屈強な男を雇ってあなたたちに手出しをさせないわ。あなたたちを安全な南国に飛ばすこともできるし、なんなら弁護士団を抱えて、今回のお粗末な事件を引き起こした愚か者たちを訴えることだって可能よ」

「とりあえずはすべて保留にして」エルはいらいらしつつも、冗談めかした。「その人たちを罰するより、息子を殺した人物に裁きを受けさせたいの」

「そりゃそうね」

「ただどうしたらいいか、わからなくて」

　グレンダはバックミラー越しにコールダーの目をとらえた。「あなたはどうなの、ミスター・ハドソン？　どうしたらいいと思ってるわけ？」

「おれをコールダーと呼んでくれたらいいと思ってる。エルとおれには、隠れ家で起きたことを整理する時間が必要だ。おれたちはアドレナリンの放出のままに飛びだして、逃げだす以外のことはろくに考えてなかった。だが、いまは……犯人はどうやっておれたちの居場所を知ったんだ？」

「ふたつの保安官事務所のどちらかから情報が漏れたんでしょうね」エルが言った。「ショーナの情報源とか？」

コールダーはそれには懐疑的だった。「ショーナに情報を提供するのと、犯人と共謀するのとじゃ、大ちがいだ。誰かが言っていた〝ていのいい雑用係〟の仕業とは思えない」

「だったら元の質問に戻るけれど」エルが言った。「誰がわたしたちを売ったの？　どうやってわたしたちを見つけたの？」

「いまはわからないなんらかの方法で」コールダーは思案顔で言った。「誰も考えつかないような方法だ」

「だとしたら、ますます怖いわ」エルが言った。

「そのとおり、おれもそう思う」コールダーは親指と人さし指で目頭を押した。「だが、いまは疲れすぎて頭が働かない。まず片付けるべき仕事はいくらか睡眠をとることだ」

エルはふり返って彼を見た。「わたしたちの家はどちらも見張られているわ。あなたの家もよ、グレンダ」

「そう思ったから」グレンダはコンソール越しに手を伸ばして、エルの膝に触れた。「僭越ながらあたしが考えさせてもらった。遠方からこのエリアの物件を買いにくるお客さんのためにつねに使えるようにしてある家があるの。そこの鍵を持ってきた。セレブとか有名スポーツ選手とか、人目につくホテルを避けたい人たち用よ。あらゆる設備がそろってるし、あなたたちが閉じ込められてたいわゆる隠れ家なんかより、ずっと秘密が守れる」

　グレンダが言葉を切った。「眠るところの心配なら、家の両翼にそれぞれゲストルームがある。それに、あなたたちはもうやっちゃった仲なんでしょ」


　ダラスに入り、グレンダがふたりを連れていったのは、一軒一軒が広々とした敷地を有する立派な住宅街の、広々とした敷地に立つ立派な邸宅だった。グレンダはリモコンを使ってガレージを開けると、ふたりを連れて家事室を抜け、調理人の憧れのようなキッチンに入った。

「うちのパントリーと冷蔵庫から食べ物を持ってきたわよ。ありきたりなものばかりだけど。あなたたちがシャワーを浴びてるあいだに、全部しまっとく。必要なものはバスルームにそろってるからね」

　彼女は持参したダッフルバッグをエルに渡した。「着替えがいくらか入ってる。ヘアブラシとリップグロスとチークにマスカラも持ってきた。彼女にはそれだけでじゅうぶん、そう思わない？」コールダーに向かって尋ねた。「いやになっちゃう」

　引きつづき彼に向かって言う。「悪いけど、あなたの着替えはなし。でもランドリーで洗って乾かしたらいい。そのあいだは体裁が保てるように、ゲストルームのクローゼットにかけてあるスパ用のローブを着てて」廊下の先を指さした。「あなたはこっちの部屋を使ったら？　あたしはエルをもう一方に連れてく」

コールダーは割り振られた部屋に向かった。グレンダの言葉どおり、あらゆる設備がそろっていた。スパ用のローブを見つけ、それを持って家事室に行くと、着ているものを脱いで洗濯機に突っ込み、短時間で洗濯できるモードを選んだ。ジャケットはハンガーにかけ、ブーツともども朝までに乾くことを祈った。

豪勢なシャワーで体を洗い終わるころには、脱水がはじまっていた。それが終わるのを待って、衣類を乾燥機に移した。

ジャックダニエルの瓶を片手にキッチンに向かうと、グレンダがトートバッグから食品をせっせと出していた。裸足（はだし）で毛深い臑（すね）を露出させているローブ姿のコールダーを見て、彼女はげらげら笑った。

コールダーは言った。「迷子になった。ペディキュア用の椅子に案内してくれ」

彼女は笑いが止まらないまま言った。「あなたに必要なのはグラスよ」棚からグラスをひとつ取って、持ってきてくれた。

「どうも」

「氷？　水？　コーク？」

「あんなことがあったあとだから、生のままがいい」ボトルを傾けてグラスについだ。

グレンダは飲んでいた白ワインのグラスを持って無言で乾杯の仕草をすると、ふたたび食品をしまう作業に戻った。「チキンサラダが好きだといいけど。うちの家政婦の特製レシピよ」言いながら、プラスチックの密封容器を冷蔵庫に入れた。「昨日作ったばかりなの。それに……」別の密封容器を取りだす。「ブラウニーを焼いてくれたんだけど、これがもう罪深いほどおいしくて。ふだんなら誰にもあげないんだから、感謝してよ」

コールダーはカウンターに背を預けて足首を重ね、彼女を眺めながらちびちびウィスキーを飲んだ。

「考えたんだけど」彼女はリンゴとオレンジをワイヤーバスケットに盛りながら言った。「あなたの服は明日、誰かに頼んで買ってきてもらったらどうかしら。会社の人間は使わない、たぶんコンプトンが見張らせてるから。あたしの美容師がいいかも。彼女はあたしに借りがあるの」

彼女は顔だけコールダーのほうに向けて、秘密を打ち明けた。「飲酒運転の罰金を払ってあげたのよ。彼女のためっていうより、あたしの髪のため。彼女が刑務所に入ったら、あたしの髪の根元はどうなるの？　それはともかく、あなたの服のサイズを書いて」付箋とペンを差しだした。「シャツとパンツと下着の」彼の足元を見る。「靴もいる？」

「スニーカーを頼む。ひと晩じゃブーツが乾かないかもしれない」コールダーはサイズを書き記すと、付箋を彼女の手が届くようにカウンターに置いた。「プリペイド携帯を手に入れてもらえるか？　いくつかあると助かる」

「いい考えね！　でも、それには美容師は使わない。この家の電子機器をまとめて見てくれてる男性がいるから、彼に頼む。疑われないように、お店をハシゴしてもらわなきゃ。購入は現金にして」と、彼女は腰でパントリーのドアを閉めた。

「そうだ！　ひょっとして、現金がいるかも？　うっかりしてた。ふたりともクレジットカードやATMは使えないものね。最初に捜査の手がまわるのはそこだから。明日現金を持ってくるわ」

そのころには最後のトートバッグがからになっていた。「さあ、できた。これであなたたちへの支給品の配布が終わった」コールダーに笑いかけて、ワイングラスを持ちあげた。

「グレンダ、エルになにを隠してる？」

彼女はワインを喉に詰まらせそうになった。何度かまばたきをくり返して、しらばっくれた。「え？」

コールダーは手だけを動かしてグラスのウィスキーを回転させた。「エルになにを隠してるんだ？」

「なんの話？」

彼女から目を離すことなくウィスキーをあおり、からのグラスをカウンターに置いた。

「きみはがんばりすぎてる」

「がんばりすぎ？」

「彼女のいい友人でいようと必死だ。おれにまで愛想を振りまいてるが、見せかけなのはわかってる。きみはなにかを隠してる」

グレンダは訝しげな目つきでワイングラスを置き、両手を腰にあてた。「なにさまのつもり？　あたしのこと、ろくに知りもしないくせに。エルのことだってそう。それに知りあった状況を考えたら、彼女とセックスするなんて、はっきり言って異様よ。それともなに？銃弾を止められなかった埋めあわせになるぐらい、自分のものに自信があるとでも？」

コールダーは顎を引いて、小声でぼそりと言った。「論点ずらし」典型的な自己中心主義者。ショーナとは関係を解消したが、それまでに学んだこともある。グレンダの居丈高で責めるような目つきにも、侮蔑にも、免疫があった。

彼女が快活に尋ねた。「ちょっと、いまなんて言ったの？」

「きみと話していて、ある人を思いだした」

「嫌いな誰かね。誰よ？」そう尋ねたものの、彼女は腰にあてていた手をおろして、もういいと言うように手を振った。「ねえ、わかる？　ううん、いい。これ以上あなたと話をしなきゃいけない理由がある？　あなたは自分がなにをしゃべってるかわかってないし、あたしもそう。ともかく、あなたの言うことは的外れよ」

絶対の自信を持って、コールダーは応じた。「いや、的を射てる」

「あたしのこと、いつから知ってるわけ？　それなのに無神経――」

「無神経かどうかの問題じゃない。経験だ」

「どんな？」

「ご機嫌取りを見抜く経験」彼は声を落とした。「きみは自分が彼女の味方であることを示そうと必死だ。彼女に知られたり、疑われたりしたくないことはなんだ？」

彼女はなおも傲慢な態度を維持していたものの、しばらくすると崩れてきた。それを感じ取って、コールダーはとどめを刺した。「不誠実だったのは、彼女の夫だけじゃなかったんだな」

彼女はふうっと息を吐きだして天井を仰ぎ、あらためて彼を見た。唇を結ぶようにして口をつぐんでいたが、やがて口を開いた。「エルが一週間ここを離れて、両親のところへ出かけたことがあったの。あたしは二度めの離婚の直後だった。ジェフが慰めにきて、それで……」小さく肩をすくめる。

案の定だ。エルのことを思うと、この女を殴ってやりたい。だがエルのことを思って、コールダーは言った。「彼女には言うなよ」

開いた出入り口からエルが尋ねた。「わたしになにを？」

# 27

キッチンに入ってきたエルは、コールダーとグレンダのあいだの空気が帯電してパチパチと音を立てているように感じた。ふたりの髪が逆立っていないのが不思議なくらいだ。

ところがコールダーは笑顔で言った。「おれが今夜どんなにびびったか、きみに言わないでくれと頼んでたんだ」

「傍目には勇敢そのものだったけど」エルは言った。「強引だったし」

「きみを連れてあの森を抜けなきゃならなかったからな」

「たしかにそれは至難の業だったわね」グレンダが言った。「それにそうとう疲れたはずよ。だからあたしはもう消えて、あなたたちを寝かしてあげなきゃね。ガレージに車があるから、使って」

コールダーは車の持ち主を尋ねた。

「基本的には父なんだけど、ある有限会社の持ち物になってて、その会社が別の有限会社の一部を所有してて、そんなふうに幾重にもなってるから、誰も探さないわ。キーはなかに入ってる」

コールダーが言った。「おれの部屋にノートパソコンがあったんだが、パスワードがわからない」

「この表にすべて書いてあるわ」グレンダはキッチンの抽斗を開け、ラミネート加工されたシートを取りだした。「どちらの部屋のナイトスタンドにも同じものが一枚ずつ入れてあって、警報装置の解除コードや、各種コンピュータとかスマートＴＶとかＷｉ－Ｆｉとかのパスワードが全部載ってる。さっき言った男性、この家の電子機器を見てくれてる人のことだけど。彼の番号もここにあるから、なにかあったら電話して訊いて。昼夜を問わず対応してくれるわ」

「そいつは信用できるのか？」

グレンダは鼻を鳴らした。「この家にはクズ中のクズの連中を泊めてきたのよ。彼の口の固さは金庫なみなの。彼の仕事は秘密を守れるかどうかにかかってる。ほかには？」

エルは言った。「両親に電話しなきゃならないんだけど、固定電話は安全？」

「こちらも会社名義よ。唯一問題があるとしたら、あなたのご両親が営業電話だと思って出てくれないかもしれないことかな」

コールダーは言った。「コンプトンとパーキンスはエルがなんとかしてきみに助けを求めると思ってるだろうから、すでにきみの家は監視されてると思ったほうがいい」

「その点もぬかりなし。ええっと、ある知人男性が人から尋ねられたら今夜はあたしといっしょだったと証言してくれることになってるの」

「万事手抜かりなしね。わたしが驚いてないのはなぜかしら？」エルは近づいて、グレンダを抱きよせた。「今回もわたしを助けに駆けつけてくれて、ありがとう。いくら感謝しても感謝したりないわ」

「まったくだ」コールダーが言った。「恩に着る」グレンダに手を差しだした。

ふたりは握手しながら、互いを品定めしていた。エルには、その握手によってかろうじて

ふたりのあいだに休戦協定が結ばれたように見えた。

グレンダはエルを見ると、最後にもう一度ハグした。「あたしの居場所は知ってるわね。

なにか必要なときは電話して」

グレンダがそう言い置いて立ち去ると、エルは突如大聖堂のように見えてきた慣れないキ

ッチンにコールダーとふたり取り残された。バスローブ一枚のコールダーと。

ふと浮かんできた許されない思いを脇に押しやった。「すてきな装いだこと」

彼が頬をゆるめた。「よく言うな」小首をかしげて彼女を眺めまわした。グレンダから借

りた地味なフランネルのパジャマを着ている。「そのなかにきみの体はあるのか？」

「グレンダのほうが……わたしより大きいから。いい意味で」

「それは意見の分かれるところだ」

それとない褒め言葉にエルの下腹部が軽く反応した。「彼女にはものごとを差配する能力

があると思わない？」

「彼女は部隊を率いてるにちがいない」

「こんなふうに」エルは左右に腕を広げた。「あの森を走っていたときは、今夜がこんなふ

うに終わるなんて思いもよらなかった」

「おれもだ。これよりうんと悪い終わり方もありえた。あらためてサバイバーズ・ギルトを感じるよ」

「わたしも。ドーンとわたしが二階にあがったあと、あなたはウィークスとシムズといたのよね。ふたりは家族の話をした？」

「どちらもしなかったし、おれも尋ねなかった。だが、ふたりが今回の任務を友人との外泊ぐらいにとらえているのがわかった」

「ふたりのことはろくに考えもしなかった。それがいまシャワーを浴びてて、あることに気づいたの。ふたりはわたしのために殺されたんだわ」

「きみのためじゃない。おれたちの誰かのためでもない。責めるとしたらふたりの上司だ。あのふたりには今回の任務は荷が重すぎた。最悪のシナリオになったとき、それに対処できるだけの資質も準備もなかった。つまり上の連中があの状況でふたりを使うべきじゃなかったってことだ。それが今回の大惨事につながった」

　彼女はうなずくと、ひとつため息をついてから、カウンターに置いてあるウィスキーのボトルを指さした。「少しもらえる？」

「すまない。うっかりしてた」コールダーが食器棚に移動した。タオル地のローブの下に、鍛えられたお尻がある。昨夜、エルは彼から下半身を打ちつけられながら、あの硬いお尻をつかみ、より深くまで迎え入れようと腰を持ちあげて弓なりになった。

彼がふり向いてグラスとともに戻ってくると、エルは腰の高さで結ばれたローブの紐から下を見ないようにした。彼はエルのグラスにウィスキーをつぎ、ついでに自分のグラスにお代わりを入れた。ふたりは目を見あわせ、グラスをかつんと合わせて、口をつけた。

困ったことにエルの肉体は、ローブの下にあるコールダーの特性のすべてを強烈に意識して反応した。その皮膚、体の形、におい、荒削りな男らしさ。すでに体験してはいるけれど、探求して味わうまでの時間はなかった。

彼に拒絶された痛みに、ウィスキーが染みる感覚が重なる。喉を焼きながら下っていくが、数時間におよぶ大混乱のあとだけに、酒が気持ちを鎮めてくれることを願った。自分は命からがら逃げ延びた。保安官助手たちは、そしておそらくはドーンも、そうはいかなかった。

話そうとして、酒のせいで声がしゃがれていることに気づいた。いや、思いがあふれそうになっているからかもしれない。「コールダー、ありがとう」

「どういたしまして。ただ、このウィスキーはおれのじゃないが」

「いいえ」エルは小さく笑った。「そうじゃなくて――」

ブザーが鳴る音がした。「乾燥機だ。話の続きはあとにしよう。ましな格好になって、すぐに戻る」彼はグラスを置き、エルを残して立ち去った。

彼がいないあいだにキッチンのなかを見てまわった。なにもかも見たのに、なにひとつ印象に残らなかった。乱射事件のあとと同じように、今夜起きたことのすべてが現実感を失っていた。まるで奇異な夢か、他人の人生に起きたひとコマのようだ。まちがっても自分のではない。命からがら逃げ延びながら、その一方でお尋ね者になった女、エル・ポートマン。いったいそれは誰なの？

絵本作家にして、チャーリーの母親だった人になにが起きたの？　以前は、悪い日といったら困ったことが起きた日のことで、災難とは無縁だった。こぼれるのはジュースであって、血ではなかった。

チャーリーが最後に乗っていたメリーゴーランドのように、思いが延々とめぐった。思考が滲み、千々に乱れ飛んで、つかまえられない。カラフルなポニーにまたがる息子を写真に撮るのが困難だったように。目の前を通りすぎて、視界から消え、手の届かないところへ行ってしまう。

コールダーがジーンズと白いシャツ、ただし足元は裸足という格好で戻ってきた。「ブーツはしばらくかかりそうだ」

「だめになってない？」

彼は肩をすくめた。「ブーツの手入れをしてくれる男を知ってる。そいつに頼めばやわらかくしてくれるさ」ふたりのグラスを手に取り、ひとつをエルに差しだした。「飲んじゃおう」ふたりしてグラスを傾けた。彼が言った。「乾燥機のせいで、きみの話をさえぎった」

「ええ、お礼を言ったのはウィスキーのことじゃない。あの場所からわたしを連れだしてくれたことに対してよ」

彼の顔つきがやわらぐ。「エル――」

　エルは手を挙げて、彼を制した。「ふたりは二階であなたになにを話したの？」

「うん？」

「隠れ家の二階で。コンプトンとパーキンスはあなたとだけ個別に話をした。なんの話だったの？」

　彼は一瞬視線をそらして、ふたたび戻した。「ショーナだ。彼女との関係が終わっていて、おれが彼女の情報源じゃないと納得してもらうのに、時間がかかった」

「そういうこと」彼が微妙に視線をそらしているのは隠しごとがあるせいだと直観したけれど、深追いはしなかった。「忘れるといけないから伝えておくけど」エルは言った。「あなたから無理やり持たされた拳銃は、わたしの寝室のナイトスタンドに入れてあるから」

「それでいい。すぐ使える場所に置いておいてくれ」

「コンプトンとパーキンスは二丁とも返せと言うでしょうね」

「ああ。明日になったらな。まずは今夜を乗りきらないと」床に視線を落として、うなじを撫でる。「異常だな。死んだ男からおれが奪った拳銃の話をしてる。このおれがそんなことをするとは、思いもしなかった。ほんの少しも。ここまでのなにもかも、フェア会場の回転式ゲートを抜けたあとに起きたことのすべてが、おれにはまるで予想外のできごとだ。それに――どうした？」エルが笑ったので、彼が尋ねた。

「さっき、わたしも同じことを考えていたの。いまわたしが生きているこの人生は誰の人生なのかって。わたしのじゃないことは確か」

彼は顔をゆがめてほほ笑んだ。「おれにもさっぱりわからない。おれはものごとを、人生を、未来を把握してる気になってた……なのに、一瞬前には考えられなかったなにかにしてやられた」

どちらもしばらく考え込んだ。やがてエルが、明日はどうなると思うかと尋ねた。

「保安官助手ふたりが殉職した」コールダーが話しはじめた。「となれば、世間一般も、捜査関係者たちのコミュニティも怒りを誘発される。犯人が誰であろうと、そいつはいちばんの社会の敵となる」

「フェア会場銃乱射事件の犯人だと思う？」

「あのときの凶器はセミオートマチック拳銃だった。保安官助手たちがやられたのは、セミオートマチックライフルだと思ってまずまちがいない。どちらも使いこなせる同一人物かもしれないし、別の人物かもしれない」

「あなたの直観としては？」

「尋ねるまでもないだろ？　今夜、攻撃してきたタイミングからして明らかだと思うが」声を落として、つけ加える。「これであきらめるとは思えないんだ、エル」

「そうね、でも、わたしだってあきらめない」エルは決然とした顔で彼を見ると、残っていたウィスキーをあおって、カウンターにグラスを戻した。「そうは言っても、いまはくたくただし、短い夜になりそう。じゃあ、明日の朝また」

背を向けて行こうとしたら、コールダーがその肘をつかんで、引き戻した。「おれと寝よう」

「だめよ、コールダー」

「眠るだけだ」

エルはいたずらな目つきで彼を見た。「あなたがどんなに人をたぶらかすのがうまいか、痛い思いをして学んだのよ。わたしはあなたが思いたがっているほど、純情でも従順でも、だまされやすくもない。グレンダとジェフが寝たことだって、じつは知っていたわ」

コールダーは唖然（あぜん）とした顔になった。エルはほほ笑んだ。「それも、実家から戻って一時間としないうちに」

「どうしてわかった？」

「あなたが言っていたとおりよ。ふたりともわたしのご機嫌取りに必死だった。過度な償いがまぎれもない証拠になった」

「裏切られたあとも、彼女と友だちでいつづけたのか？」

「深いところで結婚生活がもう終わりなのがわかってたから。ジェフへの愛情は冷めてたし、彼もわたしを愛していなかった。でも、グレンダはわたしを愛してくれていた。いまもそうよ、わかるの。わたしにばれてたとわかったら死ぬほど苦しむだろうから、彼女には内緒にしてね」

コールダーが彼女のあらゆる面を見たと思っていたそのとき、エル・ポートマンはそれ以外のすべてを合わせたよりも魅惑的かつ好奇心をそそる一面をあらわにした。彼女の若々しい外見と洗練された物腰は人をはっとさせる。そしてこれまでにコールダーが出会った誰よりも奥行きのある、強い女性でもあった。

加えて、その意志は鉄のごとし。それが今夜は悩みの種になっている。

コールダーは後悔とともに割りあてられた部屋にひとりで向かった。あらゆるパスワードが載っている表を見て、警報装置をセットした。部屋の固定電話で両親に電話をかけ、ふたりを起こした。非常識な時間なので驚かせてしまった。まっ先に自分が無事だということを伝えた。その日のできごとを話したあとは、だいぶ薄めて伝えたのになおなだめなければならなかったが、やがてふたりもおちつき、だいじょうぶだという息子の言葉を受け入れた。

「いっしょに逃げた若い女性はどうしたの？」母親が尋ねた。

エルが登場してくれることを願いながら、コールダーはドアを見た。開け放ってあるが、人影はない。「おれと同じで、びびりあがってるが、とくにケガはないよ。あそこから脱出できて、ふたりともほんとに幸運だった。逃亡者ってことにはなるけれど、それはそれとして」

父親の治療の経過を尋ね、効果が出ていると聞かされた。事実であってもらいたいと心の底から思いながら、またなにかあったら連絡すると約束した。「それと、頼むから、ニュースで見聞きしたことはいっさい信じないように。おれから直接聞いたこと以外は、眉に唾して聞いてくれ」

じゃあまたと言って電話を切ると、部屋のノートパソコンでアーノルド・ドレーパーなる人物を検索したくなった。とはいえ、コールダー個人の連絡先にドレーパーの登録がない以上、その人物となんらかの関係があったとは考えにくい。ふだんのコールダーは、さして重要でない人物、たとえばお気に入りのレストランの給仕長などでも登録しているからだ。

それに、疲れ果てている。ベッドに入ってかたわらの明かりを消したものの、目をつぶると、エルへの欲望に取り憑かれ、ほてった体の置き所がなくなった。シーツのみを残して上掛けをはね、片方の脚を突きだしながらも手はシーツの下、股間へ向かった。

そんな格好をしていたら、エルが寝室に飛び込んできた。「コールダー、起きてる？　テレビをつけて」

起きてるかだと？　硬く脈打ち、体じゅうの全細胞が鳴り響くラッパのようだ。これ以上ないほど起きていて、彼女が折よく登場したことをよろこんでいる。だが、テレビをつけろだと？

すぐに反応できずにいると、彼女はナイトスタンドに駆けよって明かりをつけ、テレビのリモコンを手に取った。「ドーンが生きていたの」

「よかった、ありがたい」

「それだけじゃないわ」エルはよい知らせには不似合いな顔で彼を見た。「隠れ家が襲撃されたことを知らせるために管轄の警官が彼女の自宅に行ってみると、夫が死んでいたって」

# 28

　コールダーはぼう然と彼女を見つめた。「死んでた？　なにがあった？」

「あなたの読みどおり、ドーンは勝手口から外に出ていた。真っ暗ななかパニックを起こして駆けだし、物干し用の金属ポールに激突して気を失ったの。悲鳴が急にやんだのはそういうことだったみたい。駆けつけた捜査官が彼女を見つけて意識を取り戻させた。めまいがあってパニックを起こしていたから、近くの病院に運んだそうよ」

　エルはベッドの端に腰かけ、反対の壁のキャビネットに備えつけられているテレビをつけた。ニュースチャンネルが隠れ家とダラス郊外にあるホイットリーの自宅の両方を中継でつないでいた。どちらの家の敷地も立ち入り禁止になり、規制テープの内側では人々がせわしなく動きまわっていた。

　エルは言った。「自分の部屋でテレビを観ていたの。これはさっき観た映像だわ」ぶるっと身を震わせた。「観ていたら、銃乱射事件のあとに起きたあれこれを思いだしてしまう」

「もう観るな。内容だけ教えてくれ」コールダーは手を伸ばしてエルからリモコンを受け取り、音量を下げた。彼女の二の腕をさすると、肌が粟立っていた。

「検視官からウィークスとシムズの死因は複数の銃創によるものだと発表があったの。ドーンの夫の遺体が見つかったあと、彼女の母親は娘をダラスに戻すよう求めた。それで彼女は検査と経過観察のためこちらの病院に入院したって」

「彼女の具合は？　だいじょうぶなのか？」

「たぶん。身体的にはね。でも、自宅のリビングで夫の遺体が見つかったことでショックを受けている」

「死因は？」

エルはため息をついた。「リヴァイ・ジェンキンスと同じように撃たれていたそうよ。自殺に見せかけてあったけれど、その可能性はいっさい排除して、殺人として捜査されているみたい」

コールダーは無精ひげの生えた顎をこすった。「なんてことだ」

「コンプトンは隠れ家のほうの現場で取材を受けていた。リポーターに――」

「ショーナじゃないことを願う」

「ちがうわ」

「そりゃ驚いた。続けてくれ」

「リポーターはコンプトンにわたしたちのことを重ねて尋ねた。無事かどうか、そしてどこにいるのか。コンプトンはあなたと電話で話をして、あなたとわたしが無事に逃げたと確認できたと手短に答えた。要約だけど」

「それで終わりか？」

「いいえ。彼女は浮かない顔でわたしたちの居場所がわからなくなっていることを認め、保安官事務所まで電話で情報の提供を求めた。わたしたちの身の安全が心配だと言っていたわ」

「いまさらなにを言ってるんだか」

「ほんとよ。いまの彼女の立場にはなりたくないわね。リポーターは自然な流れとして、隠れ家の襲撃ならびにフランク・ホイットリーの殺害と銃乱射事件を結びつけているかどうかを尋ねた。コンプトンは答えを避けようとしたけれど、結局は、五人の重要証人の名前を知った乱射事件の犯人がドーン・ホイットリーの自宅を探しあてたのだろうという推察を述べることになった。隠れ家の場所を知っていたフランク・ホイットリーは、脅されてそれを明かした。それで犯人はわたしたちの居場所を知ったのね、きっと」

「ホイットリーはどうやって隠れ家のありかを知ったんだ？」尋ねるなり、コールダーは顔をしかめた。「そうか、ドーンが夫に電話で話したんだな」

エルは悲しげにほほ笑んだ。「彼女ならやりそうよね、コールダー。あそこまでの道を記憶してたんでしょう。彼女、言ってたでしょ。秘密の場所に移されるため保安官助手と家を出るとき、夫がめちゃくちゃ怒ってたって。もしほんとに彼女がしゃべったんなら、一生自分のことが許せないでしょうね。夫を安心させたくて言ったことが、まさか彼の命を奪うことになるなんて。ウィークスとシムズの命まで」

「夫が隠れ家の場所を知ってたかどうかは関係ないぞ、エル。彼が話そうと話すまいと、犯人が自宅に現れた時点で、ホイットリーは死んだも同然だった。顔を見た相手をそのまま放置するわけがない」

コールダーはテレビに一瞥を投げた。制服姿の男がインタビューを受けている。「あれは誰だ？　なにが起きてる？」

「ホイットリーの自宅がある自治体の警察署の刑事よ。彼らに管轄権があって、捜査を指揮することになっているの。保安官事務所と協力してね」

「あの現場からコンプトンとパーキンスの捜査の手がかりになるなにかが出てくるかもしれないな。今回も凶器が残されてたのか？」

「ええ、フェア会場で使われたのと同種の」

「うんざりするほど大胆なやつだ」コールダーは言った。「度胸があって優秀ときてる」顎がこわばる。「だが、そこまで優秀とは思えない。いずれへまをする。いや、すでにしてると思っていい。あとは有罪の証拠となる失敗を誰かが見つけだせばいいんだ」

「なにかがわかるかもしれないから、わたしは部屋のテレビをつけっぱなしにしておくわね」彼女がベッドから立ちあがろうとしたので、コールダーはその手をつかんだ。

「きみはここで寝るんだ」

「その話はもうすんだはずよ」エルが彼の手を振りほどこうとしても、コールダーはそうはさせなかった。

「状況が変わった。向こうは臨機応変だ。しかも容赦ない。度胸があって、ますます自信をつけてる。危険な賭けも辞さない」

コールダーは横向きになり、ベッドに入る前にナイトスタンドに置いた装塡済みの拳銃がまだそこにあるのを確認した。エルをふり返る。「明かりを消して。きみにはおれの目の届くところで寝てもらう」


エルが譲らなかったので、ベッドに入った直後のふたりのあいだには少なくとも六十センチの距離があった。けれどそれから数時間のうちに、ふたりの脚はからみあっていた。エルの両手はふたりの体のあいだにはさまれ、頭は彼の顎の下におさまって、目を覚ますと顔にかかる彼の吐息を温かく感じるほど近くにある。彼の手はグレンダから借りたパジャマの上着の下にもぐり込んで、背骨に添えられていた。

誰にも言ったことはないが、ジェフとの結婚生活はどこをどう切り取っても懐かしみようがなかったものの、男性の存在を間近に感じたいと思ったことはあった。いまの生活に欠けているのは、自分の女性性と対極にあってそれを補ってくれる圧倒的な男性の存在感だ。いまさらながら、ベッドを分かちあう親しさを自分が恋しがっていたことに気づく……男性と。

コールダーとこうして横になっていることのすべてがあまりに心地いいので、そこから抜けるのがいやになった。急いで離れようとはせずに、頭だけを動かし彼の顎の下から出して、首をそらして彼の顔を見あげた。彼は目を覚まして、こちらを見ていた。

彼はエルの背筋をのんびりと撫でるのをやめて、パジャマの上着から手を出すと、人さし指を立てて彼女の唇にあてた。

彼は前口上を抜きにして、言った。「きみを置いて逃げたのはいやだったからじゃないんだ、エル。あまりに好きすぎたからなんだ」

エルは彼の指をどけた。「それがあなたの用意してた、〝悪いのはきみじゃない、ぼくだ〟という言い訳？」

「言い訳は用意してた。ただ、おれが望んだような形で説明できる気がしない」彼はいったん黙り、乱れた髪を指の関節でさらに掻きまわした。「詩人じゃないんでね。抽象的な言葉や概念を使って考えるのは苦手だ。おれの仕事は資産と負債にかかわることで、空想的な部分は欠落してる。おれの脳が取り扱うのは、事実と数字と実務だ。だから言葉を飾ろうとするのはやめる。ぶしつけになっても許してもらえるだろうか？」

「むしろそのほうがいいわ」

「よかった」しばらくためらったのちに、彼はあらためて話しだした。「酒場の外で温かなハグを交わしたあと、おれは自分に言い聞かせた。きみとセックスするとしたらお試しにはならない、たんなる好奇心でもショーナへのあてつけでもないし、乱射事件の影響からの逃げでもないし、掻けばおさまる疼きでもないと。そうだ……きみを求める気持ちはそれらすべてを凌駕(りょうが)してた。おれはそう自分に言い聞かせた」

「あなたはわたしにもそんなことを言ってたわ」

「ああ、そうだ」コールダーはため息をつき、陰気に首を振った。「だが、きみを抱いたときに気づいた。おれがご丁寧に積みあげた合理的な説明はどれも実際は自己欺瞞、自己否定にすぎなかったと」

「なにをごまかしていたの？」

「その行為の持つ意味の大きさを。ベッドの上でおれたちのあいだに起きたのは、実際、お試しなんかじゃなかった。おれは去りたくなかった。きみの体から、家から、きみから。そして、それに気づいたとき、心底びびりあがった。だから逃げだした」

「足に翼が生えたかのように」

「そうだ」彼女の髪をひと房持ちあげて、指のあいだにすべらせた。「さっき、きみがいないときにグレンダから言われた。おれがきみとセックスしたがるのは、いまの状況を考えたら異様だと。心理学的に見たら、そうなのかもしれない」

「わたしにもそう見えるわ、コールダー」

「誓ってもいい。フェア会場の事件が起きてなくて、ほかのときにほかの場所で出会ったとしても、つまり異様さもなにもない環境だったとしても、おれはやっぱりきみに惚れ込んでた。きみを求めてた。その点は信じてもらいたい、エル」

「そう簡単には信じられない。わたしとセックスするために嘘をついたといま認めたばかりなのよ」

「いわゆる嘘とはちがう」

「だったらなんなの？　嘘じゃないならなんだと？」

「ことを自分の有利に運ぶための正当化」

「操ったってことね」

「まいったな。おれを許してくれるつもりはないのか？」

「ええ」

コールダーは額に前腕を乗せ、それからおろした。「おれに言えるのは、昨夜で放送終了にはならないということだ。昨夜の行為には意味があった。なにか大きな意味が。そしてさらにきみが欲しくなった」

「なぜなの、コールダー？　わたしがあなたになにを提供できるというの？」

「きみだ。きみはきみを提供できる」

エルが乾いた笑い声をあげた。「わたしと、長いまつげの雲と、いつか白色矮星になってしまうことを恐れているミスター・太陽を？　どうしたらそんなものが事実と数字と実務からなるあなたの生活に入り込めるの？」

コールダーは顔を下げて、彼女の顔に近づけた。「おれたちはぴったりだ、エル。隙間もないほどしっくりくる」

彼のその言葉と口調ではからずも下腹部の奥深くが疼いたが、エルは頭を引いて彼から遠ざかった。「また操ろうとしてる」

「すまない。だが、嘘じゃない。それを否定したら、きみこそ嘘つきだ」

彼に敏感に反応する自分に失望しながら、エルは言った。「空想的な物語を書いてはいても、現実的にはなれるのよ。わたしたちがカップルになるべき運命だとは思わない」

コールダーはヘッドボードに頭をもたせかけて、しばし考えた。「もしそうだったら？」

「なにが？」

「おれたちがカップルになるべき運命だったとしたら？　もし別の場所、別の時に出会っていたら。ピンときて、ガツンときて、火花が散ったら。それでお互いに夢中だったとしたら。どちらも相手から目や手を離せず、めくるめくぶっ飛んだセックスに加えて、相手を人として気に入ってるとしたら。なにもかもが順調だったとしたら。

そんなとき青天の霹靂で悲劇にみまわれたとする。一方あるいは両方に近しい誰かが亡くなり、カップルとしての人生が一瞬にしてひっくり返ったとする。きみはおれたちの関係をふいにすることで、その喪失をさらに深めるだろうか？」

「まさか」答える自分の声を聞き、エルは前言を撤回した。「だけど、それとこれとは話がちがう」

「いや、ちがわない。ただ、おれたちが悲劇の前でなく、あとに出会っただけだ。あの銃弾はつねにそこへ飛び込んでくるだろう、エル。その事実を変えることはできない。おれたちにできるのは、そのことに残りの人生をどれくらい左右させるか決めることだけだ。おれはきみが欲しい。昨夜のきみを見ればわかるが、きみもおれを求めてる」

彼はエルの頬の下のほう、恐ろしく敏感な口角に近い部分を撫でた。「悲劇的な状況がおれたちを引きあわせた。きみはたったひとつのその事実を盾にして、おれを遠ざけるのか？」

「用意された発言に聞こえるんだけど」

「そうだ」コールダーは無念そうにほほ笑んだ。「これがおれの最終弁論になるはずだったんだ、エル。突きつめるとそういうことになる」

説得力のある意見なのはわかったが、彼の手の上で転がされているようで癪に障った。

「考えさせて」

「そうしてくれ」

「考えないとならないことが山のようにある」

「わかってる。おれも二カ月考えた。きみはまだ二日めだ」

「だから時間がいる」

「わかった」

「せかされたくない」

「そっとしておく」

「わたしとあなたのライフスタイルを比べると――」

「おれたちふたりのライフスタイルを作ればいい」

「怖いの」

「なにが?」

「また心が砕け散ることが」

「気持ちはわかるが、怖がる必要はないよ」

「タイミング的にもありえないほど最悪だわ」

「ああ、そうだな」

「もし——」

「エル」彼は静かな声でさえぎった。「ただでひとつ助言させてくれ。相手が全肯定してくるときは、交渉を控えたほうがいい」エルの顎に手を添えて、ふたりの唇を近づけた。「さもないと、相手にきみの弱点を見抜かれることになりかねない」

そして彼はキスした。なめらかな舌で口のなかを探られて、エルは自分を見失ったことがわかった。逆説的だけれど、彼に惑わされていることに歓喜していた。

陶酔をもたらすキスが、息をつく間もなくまたつぎのキスへとつながった。彼はエルの腰に手をまわして引きよせ、太腿のあいだに膝を割り込ませた。エルは彼の胸から下に手をすべらせ、魅惑的な毛の流れに手を這わせた。

ふと、エルはびっくりして手を引いた。「あなた、下着は?」

「床だろ」彼はエルの唇をふたたび求めながら、小声で言った。

「ずっと下着をつけていなかったの?」

「地獄の苦しみだった」上掛けの下に手を伸ばしてエルの手をつかみ、彼のものを握らせた。

「いままで」

彼は手を重ねたまま動かすと、あとは自分の手を引いてエルにゆだねた。「見たい」とエルがささやくと、彼は上掛けを蹴りやった。

なんてみごとな体つきなの。筋肉はひとつひとつが大きく引き締まっていて、無駄のない体躯にハリのある肌、体毛は非の打ち所がなく、質感を変え、繻子のように艶やかな細いラインとなり、下腹部の中央を走って局部へと向かっている。それでなくても目を惹くその場所に。

熱く猛って飢えている。張りつめた先端に雫が玉を作っている。エルはそれを親指の腹ですくいあげ、口に運んで吸いあげた。

見守るコールダーの目が興奮で陰を帯びる。彼は腹に力を込めるようにして言った。「書く本の種類をまちがえてるんじゃないか」

エルがこれ見よがしに口から親指を引き抜くと、彼がその口を熱いキスで封じた。そのあと息を切らせながら、「おれも見たい」と、パジャマのボタンを外しはじめた。エルには大きすぎるパジャマはするりと脱げ、彼女の足元で山を作った。

乳房に視線を固定したまま、彼はパジャマのズボンに手をかけた。ゴムがゆるんでいるのですんなり腰から下へと落ちた。彼がそれを払いのけると、ふたりは流れに乗りだした。

急ぐことなく、彼の手がゆっくりそうっと膝から上へ、腿の付け根まで移動した。恥丘の上で温かな手のひらを休める。

ただそれだけ。そこから手を上にやり、端に小さな穴のある臍をめぐってゆっくりと円を描いた。彼の目が口にされることのない問いをたたえてエルの目を見た。

「女の子同士で週末にニューオーリンズに行ったら、気が大きくなっちゃって。そのときはいいアイディアのような気がしたの」

「いいアイディアだったのさ」コールダーがいたずらっぽくほほ笑む。「抜群のアイディアだよ。おれは好きだね。なにをはめてたの？」

「ダイヤモンドのピアス。ううん、ジルコニア」

「まだ持ってる？」

「妊娠したときに、取らなきゃいけなくなって」

「そうか」

彼は舌先で小さな穴に触れて、ふたたび探索に戻った。手は乳房へと向かい、包んで持ちあげると、顔を近づけて口をつけた。深く吸い入れて、強く引っ張った。軽く、激しく、舌を使ってたくみに乳首を愛撫する。

エルはもっとばかりに背をそらした。彼の手はもう一方の乳房を持ちあげて同じように愛撫を加え、その一方で反対の手を体の中央に這わせて股間へと進めた。そこでふたたび手のひらを休め、軽く押しつけて彼女の体に熱を移した。

彼が指先をそろえて割れ目に近づけると、エルはため息をついて脚を開いた。彼が乳房から顔を上げ、エルの顔を見ながら指をすべり込ませてくる。彼はひと差しひと差し顔を見て反応を見きわめ、最大限の快楽を引きだそうとしているようだった。

ときに指先は入り口に留まって、かすかに動くのみで、エルは期待に息を切らせることになった。またときにはすっかり引き抜かれ、彼女がせがむような鼻声を漏らすのを待って、ふたたび差し入れられた。

甘い興奮に絡め取られたエルは、彼の手のひらに腰を打ちつけはじめた。彼は視線をエルの顔に戻すと、欲望に駆られた顔で彼女を見た。内側からの愛撫を続けながら、親指でエルがもっとも触れられたがっている部分とその周辺をくり返しなぞる。

「ここにキスする」彼は官能が重くしたたるような声でささやいた。親指を押しつけ、円を描くと、抑えきれないオーガズムのはじまりにエルの体が跳ねあがった。「ただし、もっと時間をかけられるときに。いまじゃない」

彼は手を離して腿のあいだに割って入り、低い声でエルの名を呼びながら狙いすましたようになかに押し入った。そうして彼は根元まで完全に入るまで進みつづけた。急な締めつけに、彼が鋭く声をあげる。

「頼むからじっとしててくれ、エル、動かれるともたない。きみをいかせるまではいきたくないし、いかせる前に言っておきたいことがある」

彼は前腕で体を支えて、エルの顔の両側に手を添えた。顔にかかる彼の吐息は熱く、その目は欲望に膜が張ったようだ。乳房にも、内側奥深くにも、彼の鼓動を感じた。

「おれはきみが欲しい。その点を疑わないでもらいたい。このことと多少は関係があると思う」頭を傾けて、左腕の傷を示した。「だとしても、それが問題になるか？　このことがおれたちを引きあわせた。顔を上げてきみを見た瞬間、その瞳を見たとき、きみこそその人だとわかった。生まれたときから決まっていた運命のように。すぐにきみだとわかったんだ。

きみといなければならないと。こんなふうに」

言いたいことを際立たせるように、腰を動かす。エルがそれに見あった動きで応じると、彼がうめいた。「だめだ、動かないでくれと言っただろ」

どちらにとっても手遅れになる前に、コールダーは体を起こして腰を動かしはじめた。

# 29

グレンダはなにかが鳴り響く音で目を覚ました。とっさに自分の携帯電話に手を伸ばしたものの、鳴っているのは呼び鈴だと気づいた。携帯電話で確認すると、時刻は午前六時少し前だった。

すぐにエルのことを思った。ベッドを出てローブに袖を通しながら玄関に急ぎ、ドアに埋め込まれたガラスパネルから外を見た。

こちらを見ているのはコンプトンとパーキンスだ。パーキンスは無表情のまま、まばたきひとつしていない。コンプトンのほうはくたびれて見えた。いつもはボリューム感のある髪がぺしゃんこで、泥だらけになった実用的な靴には枯れ葉がついていた。

コンプトンは言った。「入れてください、ミズ・フォスター。お話があります」

「エルと昨日の夜の大失態の件なら、もう知ってる。数時間前にニュースで観たけど、あなたたちの無能さにはきりがないわね。いまはエルの無事を祈るのみよ。もし無事でも、あなたたちと、あなたたちが彼女の警護に投入したテキサス東部の田舎者とはつきあいたくないんじゃないかしら。ただ、ふたりの職員が亡くなったことは本当にお気の毒。若い女性の旦那さんも。同じ人物の仕業だと考えてるの?」

「結論を出すには、まだ捜査がはじまったばかりですので」

　情報を引きだそうとしても徒労に終わるだろう。コンプトンは答えをはぐらかすし、パーキンスはレンガの壁のようにそっけない。だが、そのふたりがグレンダの自宅前にいる理由はひとつしかなかった。

　力を込めてロープのベルトの結び目を締めた。「エルを探してここまで来たんなら、時間の無駄だったわね」

　ついにパーキンスがしゃべりだした。「昨夜、外出されましたね」

　ガラスパネルをはさんでグレンダは彼をにらみつけた。「つぎからつぎへと悲劇が起きてるっていうのに、うちを監視するよりましな仕事はないわけ？」

　動じないこと、彫像のごとし。彼は言った。「外出するところは確認できなかったが、お戻りは午前二時三十四分でした」

「感心したわ、刑事さん。当のあたしも何時に戻ったか知らなかったのに」

「どちらにいらしたんですか、ミズ・フォスター？」

「あなたたちには関係ないでしょ」言ってから、酢より蜂蜜、つまり塩対応より愛想よくしておくのが得策かもしれないと思いなおした。「でも、知りたいんなら、教えてあげる。夜遅く友人を訪ねたのよ。エルとは別の友人。男のね」意味ありげに眉を吊りあげた。

「隠れ家で大惨事があったことは、帰宅してテレビをつけるまで知らなかった。すぐにエルに電話をして、それから一時間以上ずっとかけてたんだけど、彼女は出ないし折り返しもなかった。まだ見つかりたくないのね、きっと。無理ないと思わない？」

　ポーチに立つふたりは微動だにしない。コンプトンがくり返した。「入れてください」

「で、泥だらけの靴で無駄にわが家のなかを歩きまわらせるの？　冗談じゃない。あたしの唇を見て。エ・ル・は・い・な・い」

「それが事実なら――」

「事実よ」

「――彼女はなおさら危険な状態にあるかもしれない」コンプトンは言った。「彼女はコールダー・ハドソンといっしょですか？」

　グレンダは一瞬息を詰まらせつつ、知らんぷりを続けた。「テレビのインタビューであなたがそう言ってたわよね。聞きたいのはこっちよ。そうなの？　ふたりで逃げたの？　それともあなたの憶測？」

「彼についてどの程度ご存じですか、ミズ・フォスター？」

「口の軽い恋人がいるってこと。ショーナ・キャロウェイがいなければ、エルの命が危険にさらされることもなかった」

　コンプトンはパーキンスと視線を交えてから、あらためてグレンダを見た。「わたしたちもあなたと同じようにエルの身を案じています。ミスター・ホイットリーが死んだこと、どうやら殺人らしいことを考えあわせると、なおさらです」

　グレンダはそのことを考えた。「彼とエルの共通点はフェア会場銃乱射事件よ」

「ふたつの事件に関連があるかどうかいまのところ不明ですが、間接的にしろ、つながりはありそうです」グレンダがその言葉を受け取るのを待って、刑事は続けた。「もう一度尋ねますよ。ご友人はコールダー・ハドソンといっしょですか？」

グレンダはふたりを交互に見た。「今回の件のすべてが彼がらみなの？」どちらも返事をせず、いまいましいことに受け身に徹していた。

グレンダは肚を決めた。警報装置を解除し、ロックを外して、ドアを開ける。「コーヒーを淹れるわ」

横向きで背中からエルを抱いていたコールダーは、彼女を起こさないように、そして彼女を起こしたい誘惑に駆られないように、そっと体を離した。どう考えてもいまのエルには睡眠が必要だ。

激しいセックスに比べたら、森のなかの移動など準備体操のようなものだった。ひとしきり熱烈な時を過ごしては、ゆったりと互いの体を探りながら休むという、そのくり返しだった。キスは際限がなかった。

愛の行為のくり返しはふたりの肉体が中断を求めるまで続いた。重たいまぶたとだるい四肢がついに言うことを聞かなくなった。ふたりは眠りに落ちた。

けれどいま、深い眠りのなかにある彼女を見ていると、それだけで欲望が頭をもたげた。彼女の肉体がもたらしてくれる大いなる快感を想像して、ふたたび肉体が目を覚ます。いかにも健やかそうな彼女のなかに、かくも官能的な恋人が隠されていたとは、望外のよろこびだった。

彼女はその肉体のどこだろうと、彼の指先、唇、舌が触れると敏感に反応した。コールダーは貪欲だった。彼女は積極的でもったいぶらず、彼が彼女の股間に鼻先を擦りつけたあと、時間をかけられるときにもっとも繊細な部分にキスするという約束を実行に移したときですら、自分を押し殺すことなく反応した。彼はたっぷりと時間をかけた。

ショーナはベッドのなかで情熱的な女であることを自慢にしていた。だがそれは人知れずくすぶるエルの情熱の足元にもおよばなかった。ふっくらとした下唇は、キスしたり、吸ったり、噛んだりすると、さらにほころんだ。不思議な色の瞳は前戯をするうちにたちまちなまめかしくなった。いまのコールダーは彼女の笑い声がセクシーなだけでないのを知っている。チェロの弦のような揺らぎがあって、瓶詰めにしたくなる。それができれば彼女がしてくれたように、物欲しげなペニスに自分自身でその震えを感じさせてやれる。

くぐもった自己否定のうめきとともに立ちあがり、バスルームに入った。なるべく静かにシャワーを浴びて服を着ると、靴下をはいた足で寝室を出てキッチンへ向かった。

据えつけの高級家具の一部として、部屋の片隅（ヌック）にデスクがあった。そこにノートパソコンが置いてあったので、グレンダから渡された表のパスワードを使って起動した。コーヒーを淹れると、デスクについて、アーノルド・ドレーパーに関して調べはじめた。

コンプトンから聞かされた名前は彼女がコールダーの仕事のファイルから探しだしたもの

とあたりをつけて、クラウド上のファイルにアクセスした。検索してドレーパーを見つけた。ドレーパー、アーノルド・M（ミルトン）の名は四年前に仕事をしたクライアントのファイルにあった。

コールダーにとっては数百人のなかのひとりにすぎなかった。その名前も男のことも覚えていなくて当然だった。面識もないはずだ。知りあいたいと思ったこともない。

だが、アーノルド・ドレーパーはおれを知っているのか？

刑事たちが大勢のなかからドレーパーに白羽の矢を立てたとしたら、それしか考えられないだろう？　あるいは、執念深い敵の存在をにおわせることでおれを疑心暗鬼にさせたくて、適当にその名前を選んだのか？　おれが犯罪現場となった隠れ家から逃げて、彼らの権威に楯突いたから？

考えつくとほぼ同時にその可能性を捨てた。心理戦をしかけるのは刑事たちの職業倫理に反するだろうし、フェア会場銃乱射事件の犯人を捕まえようと血眼になっているふたりの人柄からして、考えにくい。死者の出た昨晩の事件のあとでは、なおさらだろう。

彼らにとって犯人逮捕は厳粛な任務だ。コールダーの動機はより私的だが、決意の固さではひけをとらない。このアーノルド・ドレーパーとやらが手がかりになると刑事ふたりが考えたのであれば、自分でその手がかりを追いたい。ドレーパーがコールダーに復讐を企てているのではないかという、刑事たちの憶測をくつがえすためだけにも。

なんとしてもふたりがまちがっていることを証明したかった。銃の乱射が自分に対する復讐だという考えは、耐えがたい。

　この件をエルに黙っていることには、一抹の罪悪感があった。なにか意味のあることがわかったら、すぐにでも彼女にドレーパーのことを話すつもりだ。だが、調べてみてなにも出てこなければ、彼女をいたずらに心配させることになんの意味があるだろう。

　ドレーパーの名前を見つけたファイルのなかには、彼に関する書類があるはずだ。コールダーはいくつかキーを押して、彼のプロフィールにアクセスした。

　ドレーパーは四年前、アイオワ州デモインに住んでいた。婚姻歴の欄には既婚とあった。宗教なし。最終学歴はコミュニティカレッジに二年間、学位の記載はなし。生年月日からして、現在六十八歳。

　六十八歳？　多少体に自信があったとしても、世間なみの六十八歳が大きくて重心の低いチャーリーのベビーカーをひっくり返しそうになるほどの速度で走れるだろうか？　その年ごろでもマラソンをしたり、山登りをしたりする人はいるが、そこまで体力がある人は多くない。

　白髪のポニーテールはその年齢に合致するとはいえ、髪はフェイクだった。野球帽の男の髪は赤毛でも漆黒でもおかしくなく、まったく髪がないということも考えられた。

「ちくしょう」コールダーは焦燥感を覚えながら椅子の背にもたれ、モニターを凝視して考えた。

　コンプトンとパーキンスはこのドレーパーのなにかに関心を惹かれて、その名前を挙げた。

しかも話のついでではなく、危機のさなかに。じゃあ、そのなにかとはいったいなんだ？

コールダーはその契約に関してまとめたファイル全体にあたった。ページごとに目を通し、自分で記したメモや、送受信したメールを斜め読みした。ドレーパーとのあいだにはいっさい直接的なかかわりがなかった。

「コンプトンとパーキンスが煙に巻いてるだけだったりしてな」つぶやいた。

自分のファイルを閉じ、オンラインの消息情報検索システムにアクセスした。市と州と年齢層で検索対象範囲をせばめる。現時点でデモインにはアーノルド・ミルトン・ドレーパーという在住者はいない。検索対象をアイオワ州全体に広げても結果は同じだった。

しかし、ドレーパーがかつて住んだことがあるほかの州へのリンクがあった。

心臓の鼓動が速くなった。そのままにしておけ。触れるんじゃない。

だが、そうはいかない。放置はできない。彼はリンクをクリックした。

テキサス。

# 30

きわめてもどかしいことに、ドレーパーに関するつぎの段階の情報にアクセスするには、サービス料を支払わなければならなかった。コールダーは悪態をつきつつオンラインでの決済オプションのひとつを示すアイコンをクリックし、フォームが現れると、ユーザー名とパスワードを入力した。

だめだ。認証されていないデバイスを使っているため、一時的なパスコードがメッセージで送られた。こんなときに！　携帯電話の電源を入れなければならない。クレジットカードを使うという手もあるが、グレンダがいみじくも昨夜指摘したとおり、コンプトンとパーキンスが最初に探すとしたらクレジットカードの使用歴だろう。

刑事たちから教わった名前の人物を調べていることを彼らには知られたくなかった。知られれば、アーノルド・ドレーパーは正当な懸念材料だとみなされるだろう。

ただ、正直なことを言えば、コールダーは実際に懸念していた。コンプトンとパーキンスはすでになにか恐ろしいことに通じていて、あるいは、コールダーとフェア会場銃乱射事件とのつながりを掘り起こしているのかもしれなかった。

それを思うと吐き気がするが、関係があることを示す証拠が飛びだしてくるとしたら、せめて心構えのためにも、この先に待ち受けていることを知っておく必要がある。

ジャケットを乾かしている家事室に行き、ポケットから携帯電話を取りだした。キッチンに戻りデスクのあるヌックに近づいたとき、けたたましい音が響きわたった。コールダーはその場に立ちつくした。


控えめに言っても、不愉快な目覚めだった。

エルはがばっとベッドに起きあがった。ナイトスタンドにあった子機の、やけに大きな着信音がうるさかった。鼓膜が破れそうだったので、急いで電話に出た。「はい？」

「あなたが出てくれてよかった」グレンダだった。「だいじょうぶ？」

「元気よ。元気そうな声じゃないとしたら、あなたに起こされたせい。なにがあったの？息を切らしてるみたいだけど」

「いま寝室なの？」

「あの……」

「あの男はそこにいるの？」

「彼には名前があるのよ、グレンダ。コールダーっていう」ベッドの空いた場所を見た。「返事はノー、ここにはいない」

エルのいやみに気づかなかったのか無視したのか、グレンダは言った。「いまあの男はどこ？」

「キッチンじゃないかしら。コーヒーのにおいがするから。いったいどうしたの？」

「進展があって」

友人が明らかに不安そうなので、悪い知らせに身構えた。「わたしたちの居場所がばれたの？」

「そうじゃなくて。いや、そうとも言える」

「グレンダ、なんなの？　そんな言い方されたら、怖くなるでしょ」

「おちついて聞いて。あたしたちがそちらに着いたら説明するから」

「あたしたちって？」

「コンプトンとパーキンス」

アニメ番組の主人公であるビーバス＆バットヘッドだと聞かされたとしても、ここまでのショックは受けなかっただろう。そして、ここまでまごつくこともなかった。「どうしてあの人たちといっしょなの？　なにがあったの？」

「いまそっちに向かってる。十分後には到着予定。それまで彼に気づかれないようにするのよ。わかった？」

「コールダーに？」

「いいから、気づかれないようにして、わかった？」

「わかった」グレンダが電話を切るなり、エルは言った。「わからないんだけど」

上掛けをはねて、ベッドから這いだした。コールダーがベッドサイドに投げ捨てたときから見ていないパジャマは探さずに、彼が着ていたローブに袖を通して、部屋から飛びだした。キッチンに入ると同時に、ふたつの音に気づいた。フックから外れたままの電話のビープ音と、車のエンジン音だった。

コールダーが黙って出ていったことを確認したエルは、急いでシャワーを浴びて身支度をした。グレンダと刑事ふたりが到着したときに体裁を整えておきたい。そしてセックスのにおいを消しておきたかった。

いまエルがキッチンのバースツールに腰かけていると、玄関のドアが解錠されて、入ってくる人の足音がした。「ここよ」エルは声をあげた。三人は急いでキッチンまで来て、室内を見まわした。目当ての人物がいないとわかると、エルに視線が集まった。

「彼ならいないわ」エルは言った。「出ていったの」

コンプトンが小声で悪態をついた。つねに無表情なパーキンスが、心底いらだっているように見えた。最初に声をあげたのはグレンダだった。「出てった?」

コールダーがいなくなったことに対する三人の驚愕も、エルが内心、経験しているショックに比べたら、なにほどでもなかった。砲弾を浴びせかけられたようで、屈辱的な心の痛みがあった。

できるだけ平然とした表情と声の調子を心がけた。「グレンダの電話を切ってすぐにキッチンに来たのよ。そしたらこうなってて」カウンターに転がる電話の子機を指さした。「それと、ガレージからエンジンのかかる音がしたの。行ったら、もう出ていったあとだった」

「車を盗んだのね！」グレンダが叫んだ。

「コールダーは車を盗んだりしないわ。使わせてもらってるだけ。あなたが使ってと言ったのよ」

「違法行為に使えとは言ってないんだけど」グレンダは辛辣に尋ねた。「なんで彼の肩を持つのよ？」

「なぜそう急いで決めつけようとするの？」

「いいかげんにして。彼が電話を盗み聞きして、あたしたちが来る途中だと知ったとしか思えないでしょ？　それで逃げたのよ。明々白々じゃない」

「それほど明々白々じゃないと思うがね」パーキンスだった。彼はエルに話しかけた。「今朝の失踪よりも、深刻なのは昨夜のほうだ。彼は証拠をいじったり盗んだりした挙げ句、ふたりの人間が殺された現場を離れた。あなたもですよ、エル。保安官助手に支給されたリボルバーが二丁ともなくなってるんだが、持ち去ったのかな？」

　エルは黙ってうなずいた。

「いまどこにある？」

「それぞれの寝室に一丁ずつ。コールダーが手元に置いておけとうるさかったので」

「装塡してあるのか？」

　コールダーがふたたび自分を置き去りにしたという事実に伴う状況の深刻さに気づきつつ、

エルはもう一度、うなずいた。

パーキンスはグレンダに尋ねた。「車のメーカー、型式、ナンバーはわかりますか?」

グレンダは抽斗から表を取りだして、彼に渡した。「いちばん下に書いてある番号に電話して。彼がすべて把握してる」

パーキンスはコンプトンに言った。「これから広域指名手配をかける」部屋の隅に移動して、電話をかけた。

エルは足元の地面が揺らいで、いつ底なしの穴に落ちてもおかしくないように感じた。コンプトンに尋ねた。「わたしを逮捕するんですか?」

「ご協力いただけますか?」

「わたしにできることなら」

「今朝ミスター・ハドソンに会いましたか?」

エルは口ごもった。ふたりが眠ったのは明け方だから、厳密に言えば今朝、彼に──彼のすべてに──は会っているのだが、首を横に振った。「グレンダの電話で起きたんです。たぶんコールルダーは同時にキッチンの子機で電話に出て、彼女の言ったことを盗み聞きし、そのあと急いで出たんでしょう。ノートパソコン持参で」

エルは半分コーヒーが残っているカップが置かれたヌックのデスクを指さした。「あなた方が来る前に、家事室を見てきたわ。ジャケットがなくなっていて、ブーツもなかった」最後はかぼそい声になった。

「最後に彼を見たのはいつでしたか？」コンプトンが尋ねた。

こんどもエルは答えをずらした。「昨夜、グレンダが帰ったあと——」

「後悔してる。こんなことなら、帰らなきゃよかった。なんとなくいやな予感が——」

コンプトンは手を挙げてグレンダを制した。「エル、続けて」

「各自の部屋に引きあげました。でも興奮して、眠れなくて。じつは少し怖かったから」

「ハドソンが？」

エルはびっくりしてコンプトンを見た。「根拠もなく恐ろしい質問をするのね。どうしてそんなことを尋ねるの？　今朝のコールダーの行動を説明することはできないけれど、昨夜の彼は自分の命を懸けてわたしを守り、ドーンを守れなかったと苦しんでいたのよ。

わたしが恐れていたのは彼じゃない。あなた方が特定すらできずにいる犯人がいまだ自由の身でいること」エルは手で大きく払うような仕草をした。「そしてわたしたちを殺す気でいること。わたしは撃ち殺された男性ふたりと同じ屋根の下にいた。怖くて当然でしょう？　多少は」

コンプトンは無念そうな顔をしつつも、謝らなかった。「続けてください」

エルはどこまで話したか、思い返さなければならなかった。「眠れなかったのでテレビをつけて、ニュース報道をすべて観たの。そのあとコールダーの部屋に行って、彼を起こし、ミスター・ホイットリーのことを話した。ふたりとも信じられなかった。ドーンはどうしてますか？」

「よくありません。こちらの病院に移されたのはご存じですね」刑事の言葉にエルはうなずいた。「パーキンスとわたしは隠れ家からダラスに戻るとその足で彼女に会いにいきました。そのときにはもう警察付きの牧師からご主人のことを聞いておられた。彼女は打ちのめされ、まともに話せないような状態でしたが、隠れ家でなにがあったかを訊かないわけにはいきませんからね」

「それで？」

「コールダーが電話で語ったことをおおむね裏付ける話でした。ただ、彼女はウィークスが殺されたことを知らなかった。シムズが撃ち殺される場面は目撃していて、それで、逃げなければと思ったそうです」

「犯人とか、車とか、彼女は見ていたの？」

「いいえ。外は真っ暗だったので。彼女はやみくもに走っていて、ポールに気づかなかった。それでぶつかって意識を失ったようです。脳震盪を起こし、足裏に切り傷ができた。深刻な症状ではありませんが」

エルは尋ねた。「彼女はフランクに居場所を話したんですか？」

コンプトンが表情を曇らせた。「こちらが尋ねる前に彼女のほうが泣き崩れて、打ち明けてくれましたよ。死者が出たことで、ご自身を責めてます」

「もし自宅にいたら、旦那さんともども彼女も殺されていたわ」

「わたしたちもその点を強調したんですが……」コンプトンがため息をついた。「少なくともあと一日は入院措置になります。彼女には母親がついてるし、病室のドアの外には警護もつけました。

ミスター・クーパーとミセス・マーティンの警護員も倍増しました。いまのところ追加の脅迫は届いていません。あなたやコールダーが受け取っていなければですが」

エルは首を振ったが、コンプトンから疑るように目をのぞき込まれた。「電話は電源を切っていたの」

「ええ、気づいていましたよ」刑事は言った。「コールダーはなぜ保安官助手から拳銃を奪ったんでしょう？」

「血まみれになったふたりの遺体を見たんです。彼はドーンも同じ運命をたどったと思っていた。犯人がわたしたちをあきらめたのか、追ってきているのかも、わからなかった。そこからコールダーが拳銃を奪った理由を推察してみたらどう？」

コンプトンは皮肉に気づいた。「わたしたちに対する信頼を失っているんですね。わかります。ですが、わたしたちはあなた方五人がいまだ危険にさらされていることを強く意識しています。わたしたちに仕事をさせて、エル。今回は無事に切り抜けられたけれど、自分たちで対処しようとするのは無謀だわ」

「あのときはそうは思えなかった」

「二度と同じことはしないでください」

「わかりました」

「彼は？」

パーキンスが戻ってきたので、答えずにすんだ。「広域指名手配になった。そう遠くまでは行ってないはずだ。彼が先んじたのはわずか十分ほどだからな」

かたわらのグレンダは、見るからに我慢しながら長い会話を聞いていたが、ここで口をはさんだ。「いつになったらエルに話すつもり？」

「わたしになにを？」エルが訊いた。

「ミスター・ハドソンは――」

グレンダがコンプトンをさえぎった。「フェア会場銃乱射事件はコールダー・ハドソンのせいだったのよ。あの日の死傷者全員、昨夜の保安官助手ふたり、ホイットリーの旦那さん、そしてかわいいチャーリー……」彼女の声がひび割れた。「みーんな彼のせいだった」

# 31

コールダーは追われることには不慣れだが、どんなに不器用な逃亡者でも、司法の手からのがれるには、まずは逃走しないことにははじまらないのを知っていた。

グレンダは刑事たちとともに十分で家に着くとエルに言っていた。到着した彼らはコールダーがいないのを知り、エルに尋ね、すぐにでも大規模な捜索に乗りだし、半径八十キロ圏内の全警官にいまコールダーが運転中のSUVを探させるだろう。所有者がわかりにくくなっていようが、見つかるのは時間の問題だ。それまでに車から離れておかなければならないので、一秒たりともおろそかにはできない。

そうなると当然、徒歩で移動しなければならない。そのあとどうする？　わかるか、そんなこと。エルにうまいと言われたように、人を操ってきた経験はあるが、今回はいきあたりばったりで行動していた。

コールダーは高速道路から、バイパス沿いで広大な敷地を占めているガソリンスタンドを観察した。百ほどの給油ポンプに加えて、順番待ちの必要もないほど多数のトイレ、広々としたショッピングエリア、酒屋、それに多数の飲食店を備えている。あらゆる種類の車やトラックが時間に関係なく常時、出入りする場所だ。うまくすれば、あの車の流れにまぎれ込めるかもしれない。

コールダーの車は高速道路の出口を抜け、込みあった駐車場のなかを進んだ。歩行者に道を譲り、駐車スペースを争う運転手をかわしつつ、大型のキャンピングカーと後部タイヤが二重になったピックアップトラックのあいだに空きを見つけた。誰にとっても好ましくない場所だが、車が丸見えになるのを避けたいというコールダーの目的にはかなっていた。

さっさと仕事に取りかかった。革のジャケットのポケットに入っていたものを全部ジーンズのポケットに移してから、ジャケットをたたんで助手席の下に押し込んだ。値の張るジャケットだ。着ていれば人目を惹き、記憶にも残りやすい。皺だらけの白いシャツのほうが目立たない。車のキーフォブはフロアマットの下に押し入れた。

拝借したノートパソコンを小脇に抱え、バイパス道路を隣の複合商業施設まで歩いた。そこにはさっきより小規模なガソリンスタンドと、レストラン数軒、それにチェーンのホテルがひとつあった。コールダーはホテルに向かった。

ホテルに入るときはここにいて当然の宿泊客のようにふるまい、チェックインデスクにいた若い女性はコンピュータのモニターを見たまま目も上げなかった。

ロビーの先は複数階分の吹き抜け空間だった。この時間はバーもカフェも閉まっており、管理人がひとり床を磨いているだけで、あとは誰もいない。

広々とした空間の一部は宿泊客が仮オフィスとして使える部屋になっている。コールダーは窓辺の席を選んだ。そこからだと表側の駐車場が見える。

携帯電話とノートパソコンを起動した。立ちあがるのを待ちながら、人心地ついた。キッチンであのいまいましい電話の着信音のために心臓発作を起こしそうになってからずっと、極度の不安状態が続いていた。子機をつかんだのと同時に着信音がやんだが、エルが電話に出たのかどうか知りたくて、通話のスイッチを入れた。

大あわてで息せき切ったグレンダの声を聞いたときは、てっきり、そこに隠れているのがばれたからすぐに逃げろ、と伝える電話だと思った。急いで脱出の準備をするため、寝室に走ってエルをせきたてなくては。

ところがグレンダは、あの男はそこにいるの、とエルに尋ねた。コールダーが会話に加わるつもりで用意していた言葉は、唇で消えた。電話は自分に関するものであり、逮捕がさし迫っているという話ではなかった。

カッとしつつも沈黙したまま、グレンダがエルに警告らしき言辞を発するのを聞いていた。グレンダはコンプトンとパーキンスを引き連れて、エルを救出にこようとしていた。

決断を下すのに与えられた時間はほんの一瞬、困難な決断だった。

ここに留まれば囲い込まれ、そうなれば、エルのことも自分のことも助けられない。

だからといって、突然抜けだせば深刻な事態を招く。刑事たちは、コールダーが隠れ家の犯罪現場から立ち去った罪で逮捕されるのをまぬがれようとしているとみなし、エルは――

ああ、エルは――自分のことをまたもや彼女を置き去りにした世界一のクソ野郎だと思うだろう。あんな夜と情熱を分けあったあとだけになおさらだ。

だが、嘆いていてもはじまらない、行くしかなかった。しかも説明する時間もなく、すぐに出るしかなかった。さもないとアーノルド・ドレーパーをめぐる探偵活動を続けられず、その名前があの刑事ふたりにとってどんな意味を持つのかを突きとめられないのだから。

彼らが、いやとりわけエルが、コールダーの立ち去る目的を理解して、最終的には許してくれることを祈るしかなかった。

家事室へと引き返しながら、そうしたもろもろが脳裏をかすめた。ジャケットとブーツを持ってキッチンに戻り、手早くブーツをはいて、ノートパソコンから電源コードを抜き、子機をカウンターに置いた……その直前に、コールダーに気づかれないようにと注意するグレンダに対して、エルが「わかった」と言う声が聞こえた。

そうだ。コールダーを信頼してはならない相手だと、それとなくにおわせる不実な友人の言葉に対して、エルは同意した。コールダーには説明する時間がなかった。結果、彼女には前回のくり返しに見えるだろうし、昨夜彼女が列挙したふたりの関係に対する保留事項のすべては正しかったという根拠が与えられることになる。

心を挫くそうした思いが、携帯電話の点滅によって中断された。仮パスコードが届いたのだ。ふたたびノートパソコンで消息情報検索システムにアクセスし、パスコードを入力して決済に進んだ。

そこからクリックひとつで、アーノルド・ドレーパーに関する新たな情報ページが開いた。

逮捕歴も前科もなし。酒酔い運転なし。破産宣告なし。借金歴なし。いわゆる法律を遵守する一般市民のようだ。

関係者である可能性の高い人物の一覧があった。どの名前もコールダーには見覚えがなかった。ドレーパーのダラスにおける居住地は二カ所あった。この二年は新しいほうの住所を使っている。電話番号が載っているが、やむを得ない事情があるまで自分の携帯電話は使いたくない。それに、まずは当のドレーパーに気取られることなく彼に探りを入れたかった。

だが移動するには足がいる。そしてすでに指名手配されているとして、望めることがあるとしたら、こちらのほうがまだ先んじていることだけだ。ここは車を頼むしかない。

ショーナと同居をはじめたとき、彼女の知らないクレジットカードを手に入れたくてダミー会社を設立した。めったに使わないカードだが、別個にＵｂｅｒアカウントを開設しておくだけの先見の明があった。

いまそれを使って車を呼び、やきもきしながら五分待った。車がホテルの駐車場に入ってくるのを見るや、ゆったりとした足取りでロビーを抜け、デスクに立つ無愛想な若い女性の前を通って、回転ドアから外に出た。

グレーのセダンの後部座席に乗り込み、運転手とおざなりなあいさつを交わして、目的地の住所を確認した。そして車は出発した。

さいわいにも運転手は乗客に興味がないようで、沈黙のうちに二十分の移動を終えた。ところが、車が半円状の私道に入って赤レンガ造りの建物の前で止まったとき、コールダーは運転手があとで自分を思いだす原因になるのを知りつつ、運転手に尋ねずにはいられなかった。建物はコロニアル様式で、大きな玄関ドアの両脇に縦溝のある白い円柱が立ち、その上には黒い筆記体で描かれた表札が掲げられていた。

「ちょっといいかな」コールダーは言った。「本当にここで合ってるのか？」

運転手はダッシュボードの上にあるＧＰＳの画面を指さして元気にうなずき、なまりの強い英語で答えた。「はい、そうです」

「わかったよ、どうも」コールダーは車を降りた。どう考えて、なにを期待したらいいのか、わからなかった。複雑な思いを抱えつつ、ゆるやかな階段をのぼって入り口に向かった。


コールダーに関するグレンダの衝撃的な発言を聞いたエルは、驚きのあまり絶句した。声を出してどういう意味かと尋ねられるようになる前に、コンプトンが険しい顔でグレンダに言った。「その話はこちらからしますから」そして強調した。「そのうち。さあ、エルとだけ話をしたいのですが、使える部屋はありますか？」

グレンダは三人をオーディオルームに案内して、すぐに出ていった。

それから一時間、コンプトンとパーキンスは、いまやすっかりおなじみとなった手続きを踏んでエルから話を聞いた。まずは隠れ家でなにがあったのか、そしてエルがなにを見聞きし、攻撃が終わったのは明白だったのに犯行現場を離れたのはなぜだったのかを。

「口で言うほど明白だったわけじゃないわ」

パーキンスはコールダーが持ち去った銃器について尋ね、エルはコンプトンに語ったことをくり返した。

話し終わると、パーキンスが言った。「警察よりもコールダー・ハドソンのほうがちゃんと守ってくれると思ったんだな」

「実際、守ってくれたんです。グレンダが拾いにきたときは、雨に濡れそぼって寒さに震えていたけれど、命はあったもの」

「ミズ・フォスターからも裏付ける証言を得ています」コンプトンは言った。「あなたは見たところ〝ずたぼろ〟だったけれども、それ以外はだいじょうぶだったと」

「だったら、どうしてコールダーに疑いがかけられているのか説明してください。なにを根拠にグレンダはフェア会場の事件を彼のせいにしたの？　あなた方から聞いた話がもとになってるのよね。わたしは口もきけないほど驚きました。彼のことが怖いかというさっきの質問と同じくらい、不自然だわ」

パーキンスが口を開き、小声で尋ねた。「そんなに不自然なら、なんで彼はここにいないんですかね、ミズ・ポートマン？　黙って出ていった理由は？」

喉が締めつけられる。エルはさっと椅子から立ちあがった。「トイレに行かせて。失礼」反対する隙を与えることなく急いで部屋を出ると、廊下の角を曲がったところでグレンダと出くわした。

「エル？」

エルは立ち止まることなく脇を通り抜けた。「少し時間をちょうだい」

寝室に戻ってドアを閉め、ドアに背中をつけてもたれかかった。平静を装っていたこの一時間あまり、押し込めていた感情が胸のなかで爆発した。

両手で口を押さえて、悲鳴を放った。コールダーのことでは泣くまいと決めているのに、両目からそれこそ噴きだすように涙が出て頰を伝った。

なんて男なの！　どうして？　どうしてまたわたしをこんな目に遭わせるの？　やさしさと思いやりと情熱を分かちあった一夜のあとで、どうしたらまた置き去りにできるの？

エル、自問すべきは、なぜ彼に二度もそんなことをさせたのか、ではないの？

意識下で自分に向けていたその問いが頭に浮かぶや、エルはふいに動きを止めた。そうよ、なぜなの？　自分のおめでたさを思うほどに、怒りがつのった。彼にはもちろんだが、なにより腹が立つのは自分に対してだった。

だまされやすいのは、もうおしまい。理性の声を聞いて、当初の警戒心を維持するべきだった。グレンダの声に耳を傾けるべきだった。

反面、コールダーが銃乱射事件に関与しているという話は、まったく信じていなかった。なにか大きな誤解がある。個人としての感情はべつにして、この誤解を解くためにはできるだけのことをするつもりだった。

バスルームに入って水で顔を洗うと、寝室に引き返してドアに向かった。さっきよりは自分の言動に向きあう心構えができていた。

ドアの近くまで行くと、小さくノックする音がした。「いま行くわ」グレンダかと思ってドアを開けたら、コンプトンだった。

「もう一方の部屋で、あなたがナイトスタンドに入れていた拳銃を回収しました。こちらの拳銃も回収します」

「ああ、それなら――」ふり返って、コールダーが眠っていた側のテーブルを指さそうとした。拳銃はなくなっていた。


エルとコンプトンがオーディオルームに戻ると、グレンダは水道を備えた小さなバーカウンターに新鮮な果物を盛ったボウルとブラウニーの皿をならべていた。携帯を使っていたパーキンスは、「そうか、ありがとう」と、通話を切った。「車が見つかったぞ」

パーキンスは場所を告げた。「キーフォブは車内にあったから、盗む意図はなかったんだな」彼はそれをグレンダに向かって言った。「裏地に彼のイニシャルの刺繍が入った革のジャケットが、シートの下から見つかった。やつの気配はなし。拳銃は回収したか？」

コンプトンはエルをちらりと見た。「エルが最後に見た場所になくて。寝室とバスルームは探したんだけど」首を振る。

パーキンスはズボンのポケットに手を突っ込むという反応しか示さなかった。「ほかにわかったことは？」コンプトンが尋ねた。

「いま周辺を尋ねてまわってるそうだ。彼がその駐車場に行ってからそこを出入りした人間は、たぶん百人じゃきかない」

「監視カメラはどうなってるの？」

「彼の車が入ってきて、車を置いて立ち去る姿は映ってた。バイパス沿いを北方向に歩く姿がとらえられたのを最後に、カメラの範囲を外れた。これからそちら方面の商業施設をあたるそうだ」

「ヒッチハイクしたかも」グレンダが言った。「長距離トラックにタダで乗せてもらって、いまごろオクラホマだったりして」

パーキンスはグレンダの冗談をまじめに取りあった。「ありうる」ふたたびコンプトンに話を振った。「事務所の連中はクレジットカードとＡＴＭの使用歴を調べてる。いずれ追いつめるさ」

「それまでに、彼はなにをするつもり？」グレンダが尋ねた。

もの問いたげな三組の瞳が、黙って会話を聞いていたエルに集中した。「わたしは知らないわ」

「昨日の夜の段階で、隠れ家の件に関してこれからどうするつもりなのか、彼はなにも言ってなかったんですか？」コンプトンが尋ねた。

「ええ。わたしが明日——つまり今日——どうなると思うか尋ねたら、保安官助手が殺されたことに対する波紋が広がるだろうって。彼個人がどうするつもりかは、考えていたとしても、教えてくれなかった」

「じゃましていいかな?」

四人全員が出入り口に顔を向けた。そこに立っていたのはコールダーだった。

# 32

　最初は全員あっけに取られて、口がきけなかったが、そのうちいっせいに話しだした。そんななか、エルだけが黙っていた。ついさっき泣きじゃくったあと、心に期するものがあったはずなのに、彼の姿を見たとたん、その心を満たしたのは怒りではなく安堵だった。彼はエルと合わせた視線をそらさず、パーキンスは油断なくコールダーを観察し、グレンダは車の盗難に関して侮蔑的な言辞を吐き、コンプトンは妥当な質問を雨あられと浴びせかけていた。

　彼はようやくエルから視線を外すと、グレンダを無視して、刑事ふたりに話しかけた。「アーノルド・ドレーパーは関係ない」

「なぜそれがわかるの？」コンプトンが尋ねた。

　その質問にいらだったのか、コールダーは彼女の顔に顔を突きつけた。「なぜ昨夜、その名前をおれに聞かせた？」

「ふたりの死者が出た殺人の現場からあなたが逃げようとしてたときにってこと？」

「彼女がその名前をあんたに聞かせたのは、自分がそう指示したからだ」パーキンスが横から言った。

「なぜだ？」

「あの時点ではあんたに餌を与えて、反応を見たかった」

「だろうと思った」コールダーは鼻で笑った。「つまり全部でっちあげだったんだな？」

ほか三人の声を圧する大きな声でエルが言った。「アーノルド・ドレーパーというのは誰なの？」怒りと非難を込め、険しい顔で三人を順番ににらみ、最後はコールダーで視線を止めた。「明らかに重要なことのようだけど、なぜ昨夜、わたしに話してくれなかったの？」

「昨夜の段階じゃ、まだなにもわかってなかったんだ」

エルは刑事ふたりに視線を戻した。「わたしの息子の殺害に関することなら、わたしにもいま話題になっていることを知る権利がある。ドレーパーとやらは何者なの？」

「認知症介護施設の入居者だ」コールダーの疑問の余地のないおちついた声音を聞いて、刑事たちは言葉を失った。「さっき行ってきた。彼は誰も撃ってない」

「あんたの言葉を刑事たちがそのまま聞き入れると思う？」グレンダが言った。「私立探偵にでもなったわけ？」

エルが小声でたしなめた。「グレンダ、やめて」

コールダーはグレンダに顔を向けた。「あんたはおれを嫌ってるが、そんなことは痛くも痒(かゆ)くもない。おれだってあんたを好きじゃない。だが、おれたちにはいま、エルに関係することで話さなきゃならないことが山のようにあって、それはあんたにも関心があるはずだ。だから意味のあることや役立つこと以外は黙っているか、それがいやなら席を外してくれ」

「忘れたの、ここ、あたしの家なんだけど」

「使わせてもらったことには何度もお礼を言った。昨夜のあんたは、おれたちのためにずいぶんと無理をしてくれた。あんたのいやみな冗談の背後にどんな意図があるか知らないが、そんなものは誰の役にも立たない。とりわけエルの役には」

駆け引き上手のコンプトンが口をはさんだ。「あなたには忍耐をお願いしなければなりません、ミズ・フォスター」軽食とこの部屋を使わせてくださることに感謝します」

グレンダは刑事の介入を退去勧告とみなして、怒りをあらわにした。「どうぞご自由に。ブラウニーを召しあがれ」

彼女が消えると、パーキンスは一拍置いて、言った。「広域指名手配を解除しないとな」

コールダーは言った。「彼女のSUVなら――」

「もう見つかってる」

「被害はないか？」

「そう聞いてる」

「ジャケットを置いてきた――」

「回収してあるから、いずれ返却される」

「よかった」

「拳銃をよこせ」パーキンスは手を突きだした。

コールダーはためらいつつも、シャツの裾をたくしあげて、ウエストバンドに差してあったリボルバーを抜いた。パーキンスに手渡すと、刑事はコールダーの捜索中止を伝える電話をかけるため無言でその場を離れた。

コンプトンが言った。「座って」

エルは椅子にかけた。コールダーが自分から戻ってきたことによろこんではいたが、まだ同じソファに座る気にはなれなかった。彼となにかを分けあう気分ではない。

コンプトンは話の皮切りとして、SUV駐車後の行き先を尋ねた。

「歩いて近くのホテルに入った。パソコンを使う時間が欲しかったんだ。ところで、ノートパソコンは、入ってきたときにキッチンの元あった場所に置いたからな。グレンダから盗んだと訴えられたらことだ」

パーキンスが合流してソファの肘掛けに腰をおろし、コールダーに話しかけた。「あんたのほうが四分早かった」

「なんの話だ？　誰より？」

「アーノルド・ドレーパーを調べにいかせた保安官助手たちよりだ。彼はかつてはデモイン、いまはダラスに住んでる」

「わたしたちも調べたのよ」コンプトンはコールダーに言った。

「だろうと思った」彼は言った。「あんたたちに捕まる前にドレーパーのところへ行きたかった。だから今朝、無断で飛びだした」意味深な目つきでエルを見て、そのあとパーキンスに視線を戻した。「あんたたちが送った保安官助手たちは彼に会ったのか？」

「いや。だが施設長と話をしてドレーパーの認知レベルを尋ね、その答えを聞いて、彼を被疑者から外した。そのとき、ドレーパーが二年前に施設に入ってから、訪ねてくるのは妻だけだとも聞かされた。それなのに保安官助手が出かけていってドレーパーのことを尋ねる数分前に彼の甥が同じことをしたとは、偶然にしてはできすぎだ」

　コンプトンが咳払いをした。「甥？」

　コールダーが言った。「入れてもらう口実だ。案内係が娯楽室に連れていってくれて、指さしてドレーパーを教えてくれた」

「彼になんと言ったの？　自分のことをどう名乗ったの？」

「名乗ってない。彼は奥さんとカウチに座ってた。奥さんは彼の爪を切りながら、彼がすべてを理解しているみたいにしきりに話しかけてた」

　コールダーは悲しげに首を振った。「そんなところへ押しかけても、意味がないだろ？　ふたりはおれがいたことをさいわいにも知らない。おれは電話で車を呼んでここへ戻った」

　エルは言った。「わたしにはいまだに事情がわからないんだけど。あなたたち全員がその男性に興味を持った理由は？」

「蓋を開けてみれば、そんなものなかったんだ」コールダーだった。「ふたりはおれの気持ちを攪乱するために適当に名前を選び、まんまと成功した」

「適当に選んだわけじゃない」パーキンスが反論した。「昨夜、コンプトンとふたりであたのファイルを調べて――」

「ちょっといいか」コールダーが割り込んだ。「頼みごとができる立場じゃないのはわかってるが、話を進める前に、エルと何分かふたりきりにしてもらえないか?」

エルにとっては驚きの要求だった。「どうして?」

「すべてをおれの口から説明するためだ」

「すべてって、なにの?」

彼は刑事ふたりを見た。「頼む」

コンプトンが首を振った。「悪いけど。あなたのことはかなり大目に見てきてるけど、捜査中に重要証人に証言を比較させるわけにはいかないの」

「よく言うな」と、コールダー。「いまさら遅いのはわかってるだろ。それに、おれがエルに話したいのは捜査のことじゃない。逃亡しないと約束する」

刑事たちはおなじみとなった無言の目配せで相談すると、ふたりして立ちあがった。コンプトンが念を押した。「五分よ」

コールダーは立ち去るふたりを見送り、ドアが閉まるのを待って、エルに向きなおった。

エルは彼がしゃべりだす前に言った。「あなたからなんのすべてを聞くの?」

「エル、今朝はすまなかった」

エルは肩をいからせて、端的にくり返した。「あなたからなんのすべてを聞くの? 聞こえのいい謝罪なら、聞きたくない」

「エル」静かに訴える彼の目には、後悔の念があふれていた。それでもエルが折れずにいると、彼はため息をついた。「そりゃそうだ」数秒待って、彼は続けた。「昨日、おれだけが隠れ家の二階で刑事たちと話をしてたのを覚えてるか?」頭を傾けて、ドアを指し示した。

「ショーナと別れたという話じゃなかったの?」

「そうだが、それだけじゃなかった」

「深刻な話のようね」

「きみはそう思うだろう。だからきみとそのことを話すのを避けてきた」

コールダーは立ちあがると、床を見たまま円を描いて歩いた。それから造りつけのバーカウンターに行った。グレンダが準備してくれた軽食があるが、いまのところ手つかずになっている。コールダーはボウルからオレンジをひとつ取って、手のひらではずませた。

「おれの食い扶持に関する話だ」オレンジに親指を差し入れて、皮を少し剝いた。「おれは企業専門のヒットマンだ」オレンジの皮を小さなシンクに投げて、エルを見た。「どういうものかわかるかい?」

「わたしには……ピンとこないけど」

「そうか、よく聞いてくれ」オレンジの皮をまた剝いて、それもやはり投げた。「財政困難に陥った企業がおれを雇い入れて、経営実態を分析させる。時間管理、生産性、資産と負債。そうしたもの一切合切を。おれは従業員に取り入り、そのひとりとなって、上司のこと、同僚のこと、仕事全般についてなど、彼らから忌憚のない意見を聞きだす。

数カ月そんな生活を続けて、じゅうぶんな材料がそろい、それを反映したおれの計画によって給料だけで数千ドル、ときには数百万ドル節約できる見通しが立つと、おれは手放すべき従業員を推薦する。専門家であるおれから見ると、そうした従業員は会社への貢献度が低くて経費の無駄遣いになってる。いなくても困らない存在、無用の人員だ」

コールダーは彼女が自分の話を認識しているかどうか見きわめるように、ふり返ってまっすぐにエルを見た。そしてふたたびオレンジの皮を剝きだした。「首を切られた人たちはピンク色の解雇通知を手に帰宅し、おれは高額の小切手を手に帰宅する」新たな皮の一片がシンクに投げ捨てられた。

「おれは高額の基本料金を設定し、それで一定の割合の経費削減を約束する。その割合を下回ったことは一度もないし、だいたいは予定以上の人員を解雇してより成果を挙げた。人員を余分にひとり解雇するごとに、成功報酬が支払われるんだ」

もうオレンジの皮はすべて剝けていた。彼はエルにオレンジを差しだし、彼女が首を振ると、オレンジをシンクに置いて水を出し、手を洗った。

「どうしてそういう仕事をするようになったの？」

「おれはコンサルタント業をしてた。おもに時間管理を。うまくやってたんだ。ジャガーは買えなかったが、ケーブルテレビでいちばん高いパックを契約できるぐらいには。ある日、クライアント候補と会って、全面的に売り込みをかけてた。生産性を大幅に向上させると約束してたら、話の流れで相手がふと言った。〝ついでに贅肉をそぎ落としてくれ〟と。

おれがどういうことだか尋ねると、そいつは、見込みのないやつを見きわめてくれたら、頭数に応じて報酬を払う、経費が削減できるからな、と言った。おれの意見に従うと」彼は手についた水を振り払い、眉を吊りあげてエルを見た。「おれは自分のコンサルタント業に金脈を見いだして、血のにおいを追う猟犬のようにその道を突き進んだ。以来、苛酷な人員削減に励んできた。他人の人生を破壊しながらそのことに無頓着だった自分を思うと、われながらむかむかしてくる」

エルは言った。「あなたは自分に厳しすぎるわ」

彼は無言でバーカウンターのタオルで手を拭いていた。

「あなたの分析や勧告がなかったら、会社は負のスパイラルをたどりつづけたんでしょう？」

「十中八九は」

「最終的には倒産になるのよね？」

コールダーは肩をすくめて、その可能性が高いことを示した。

「強制的に事業停止ということになれば、全従業員が失職するし、めぐりめぐって地域全体の経済活動が悪影響を受けるわ。倒産なんてことになれば、さらに失職する人が増える」

彼は手すさびにタオルをたたんで、シンクの端にかけた。「その点は何度も自分に言い聞かせた。だが、そんなのは利己的なへりくつだ」カウンターにお尻をもたせかけて、腕組みをする。

「銃乱射事件の夜、おれは過去最大の利益をあげたプロジェクトを終えて浮かれてた。なぜか？　その日かなりの数の人が生活の糧を失ったからさ。その皮肉さがわかるか？

おれはのぼせあがった気分でその会社から車で引きあげた。得意満面、愉快だった。自画自賛、完全無欠な無敵のスーパーヒーローの気分だった」鼻を鳴らす。「一時間後には、銃弾が腕を貫通してた」

エルはいま聞いたすべてをよく咀嚼してから、静かに言った。「銃乱射事件の前、自分のしていることに疑問を感じたことはある?」

「ないね。一片の良心も痛まなかった。まったくだ」

彼はカウンターから身を起こし、オットマンに腰かけた。距離を置きつつ、エルと向きあう形になった。「隠れ家の二階の部屋で、コンプトンがおれの心に種を植えた。ひょっとしたらおれの……被害者が……おれをやるためだったのかもしれないと」

「だからあのときふさぎ込んでいたのね」

「それも理由のひとつだ。もうひとつは、きみがおれを見てくれなかったこと」手を振る。

「また別の話だが」

コールダーはしゃべりながら考えを整理していた。「今朝、パーキンスに指摘された名前を調べて、アーノルド・ドレーパーが解雇されたわずか数カ月後にアイオワからダラスに引っ越したのがわかったときは、みぞおちがむかついた。ひょっとするとコンプトンの説はあながち的外れじゃないのかもしれない。ドレーパーはおれの本拠地がここにあるのを知って、引っ越してきたのかもしれない。そして、好機をうかがって、襲いかかるつもりだったのかもしれない。その点を確認する必要があった。あの日の本来の標的はおれだったというふたりの仮説を否定するために」

「そうだったのね」

「ドレーパーは気の毒な状態だった、エル。胸が痛んだ。心から同情した。だが、彼にはフェア会場の乱射事件も、昨夜の襲撃事件も起こせないとわかったときの安堵たるや、表現しようがないほどだった。もしおれのせいで起きたことなら、おれがしたなにかが原因できみがチャーリーを失ったのなら、おれは死ぬまで自分を許せない。なお悪いことに、何万倍も悪いことに、おれにはきみに許してもらえないことがわかってた」

　ふたりは長いあいだ見つめあい、それを中断したのはコンプトンだった。

「時間よ」

# 33

　コールダーにしてみたら、そこで会話を切りあげるしかなかった。エルの表情からは、気持ちをうかがうことも、思いをくみ取ることもできなかった。心残りではあるけれど、いまはどうすることもできない。

　刑事たちが席につくと、コールダーはパーキンスに言った。「適当にドレーパーを選んだわけじゃないと言ってたが、どういうことか説明してくれ」

　パーキンスは相方にその役目を譲った。説明にそこそこ時間がかかるということだ。コンプトンが話しだした。「昨夜、あなたのファイルに目を通して、あなたの勧めで解雇された人たちのリストを見ていたの」

「数年分のリストだ。どこから手をつけたらいいか、よくわかったな。それとも適当に木を揺すってみて、ようすを見たのか？」

「そんなところよ。出たとこ勝負というか。でも、あなたが隠れ家での事件を伝える電話をしてくる直前、アーノルド・ドレーパーという名前がパーキンスの注意を惹いた」

「理由は？」コールダーは尋ねた。

「最初は思いだせなかった」パーキンスが答えた。「しかもそのあとすべてをうっちゃって、隠れ家に急がなきゃならなくなった。だからあとになって、ダラスへと帰る途中でその名前をどこで見たかを思いだしたんだ。マックスウェル・サプライだ」

「なにを売っている会社？」エルが尋ねた。

「鋼管を製造してる」コールダーが答えた。「代々続く家族経営の会社だ。数年前、会社に不満を持つ従業員たちが組合結成の動きを見せた。仲間をつのり、製造工程に混乱が生じはじめた。そのせいで配送に遅れが出て、顧客の不興を買った。事態は悪くなる一方だった。

おれはどちらかに肩入れしていたわけじゃない。ただおれを呼び入れたのは会社のオーナーである兄弟ふたりだった。従業員の動きを鎮めて、煽動者(せんどうしゃ)との仲を取り持ち、ある程度の交渉に応じるために。それがうまくいかなければ、組合の賛同者や、そちらに傾いている人間を排除することになってた」

「どうなったの？」尋ねたのはコンプトンだった。

「おれはあざけりや冷笑の的になった。ホテルの部屋の玄関マットにネズミの死骸が置かれたこともある。車にはキーで傷をつけられた。直接暴力を振るわれたことはないが、そのときの経験がもとで契約書には機密保持条項を入れるようになったし、仕事中は偽名を使うことにした。誰もおれがそこにいる理由を知らず、みんな、おれもクビになった従業員のひとりとしてつぎに移っていくと思ってる」

　こうした話をエルがどう聞くか、表情から推し量りたかったが、彼女はパーキンスを見ていた。パーキンスはノートパソコンを開き、いくつかキーを押すと、コールダーにパソコンを渡した。「これがあんたのファイルに入ってた」

画面にはデモインの地方紙の一面に掲載された写真が表示されていた。背景は鋳造場。その前に男女混合の大人数のグループが写っていた。手にしているプラカードでどちらの支持者かわかる。

ふたつの派のあいだの地面に三人の男が横たわり、キャプションには、緊迫したにらみ合いの最中に投げられた瓶で負傷した三人とあった。そのうちひとりの名前が挙がっている。

「アーノルド・ドレーパー」コールダーは写真を見たまま言った。「この写真は覚えてる。だが、名前を覚えてなかった」

「あんたのファイルのなかにあったこの写真に目が行った」パーキンスが言った。「自分は無意識のうちにその名前を記憶してたんだろう。解雇者のリストをたどっていたら、その名が目に飛び込んできた」

「彼がどちらの側だったかすらおれは知らない」

「組合側だ。結局、否決された」

「おれの影響が主たる原因だ」コールダーはノートパソコンをパーキンスに戻し、両手で顔を撫でおろした。「それで、この先どうなる？　おれの通った跡には、アルツハイマーを発症していないアーノルド・ドレーパーが何千人といる。そして彼らが解雇されるたびにおれは利益を得てきた。リストすべてに目を通して、ひとりずつ全員をあたるのか？」

「待って」エルは言った。「こんなのばかげている。ただの仮説なのよ。最初に撃たれたのはハワード・ローリンズだった。彼が標的だったのかもしれない。彼の過去は調べたの？　あるいは、犯人はわたしを狙っていて、それがコールダーにあたったのかも。わたしを狙ったのはベッツィの絵本のせいで、四歳になる犯人の子どもが泣いたから、とか。群衆に向かって発砲する人の目的はひとつしかない。死と破滅をもたらすこと。ようは犯人が卑劣なだけで、動機なんてあってないようなものなのよ」

コールダーは踏み込んだ発言をしてくれた彼女にキスしたくなった。

コンプトンが言った。「被疑者から外すためだけだとしても、手がかりとして追いかける価値があった。でも、結局また行き止まり。いまうちの保安官助手に、写真に写っている負傷したほかの男性二名について調べさせてます。工場のオーナーのひとり、つまり彼がさっき言った兄弟の片方に話を聞いたところ、すぐにふたりの身元がわかりました。ドレーパー同様、どちらも解雇になり、すでに亡くなっていた。ひとりはオピオイドの過剰摂取、もうひとりはガンだった」

続く静けさのなかで彼らはその情報を消化した。コールダーが言った。「昨夜の襲撃事件の捜査からは、なにも出てきてないのか？」

「いまのところは。犯罪現場はふたつよ、お忘れなく」コンプトンは言った。「かかわっている捜査機関は三つ。うちがふたつ。仲間をふたり失ったもうひとつの保安官事務所は、それこそ死にものぐるいになってる。

ホイットリーの殺害事件を管轄する地区の警察署は小規模なうえに、このたぐいの捜査を担える経験のある人員が足りていないの。連携してなんとか結束を固めようにも、不確定な要素が多すぎる。そして、いずれにしても――」

「あんたたちとこの件を話しあうわけにはいかない」パーキンスの無愛想な発言によって、相方の発言は堰き止められた。「あんたがまた探偵ごっこをしないという保証もないしね」

コンプトンが補足した。「コールダー、そんなことをしたら、あなたとエルを取り巻く環境はさらに危険になる。犯人は捕まっておらず、あなた方は彼を死刑にできるかもしれない重要な証人なの。この先は目立つ行動を避けて、わたしたちに任せて。エルにはもうこのお説教を聞いてもらったけど」

コンプトンは立ちあがった。「ミズ・フォスターの好意に甘えるのがいやでなければ、あなた方はここに留まることができるわ。通りには私服の警護員を配備します。家が袋小路にあるのもさいわいだし」

「期限を決めずにここにいるということ？」エルが尋ねた。

「それがいやなら、別の隠れ家を用意するまでです」

エルから視線を向けられたコールダーは、無表情を保った。彼女に自分と同じ屋根の下にいることを強制することはできないが、彼女が自分から引き離されて、警戒心に問題のある連中の監視下に置かれると思うと、耐えがたかった。おれから離れるなと言わないでいるためには、舌を噛んでいなければならない。以上。

だが、自分で思うほど無表情ではなかったらしい。コンプトンに向きなおったエルは、そわそわしていた。「いつまでもグレンダの好意に甘えたくないの」

「その点はわたしとパーキンスで彼女と話をつけてあります。押しつけてはいません。彼女のほうから、この家は使ってないことが多いと言ってくれましたし、経費はこちらで補償することになっています」

「でも、ここでは仕事ができないし、わたしには締切があって、自分のコンピュータがないわ。描かなきゃならないイラストがあるの。編集者ができあがりを待ってる」

「あなたのコンピュータはご自宅から運びましょう。それ以外にも必要なものがあればなんなりと。リストを作ってわたしに送ってください」

「自宅の製図板で作業するのとは勝手がちがうわ。服はどうしたらいいの？」

「ミズ・フォスターならあなたの買い物係として適任です」コンプトンは言った。「彼女用の買い物リストも作って」

　断固とした方針を前にしているのがわかって、エルは力なく椅子にもたれた。

「一時間以内に私服の警護員を配置します」コンプトンは言った。「ここから動かないで。なにか進展があったらお知らせします」

　コンプトンを先頭に、刑事ふたりは部屋を出た。彼らがグレンダに状況を説明しているのがコールダーにも聞こえた。その声を頭から追いだし、エルに近づいた。彼女は虚空を見つめていた。

「気に入らないのはわかる」彼は言った。「ふたりを呼び戻して、別の方法を準備しろと要求することもできる。じゃなきゃグレンダに頼んで、ここにいてもらうか。おれはソファで寝る。いっそおれがここを出て、ほかの場所を――」

「コールダー」彼女はコールダーのひとり語りに考えごとをじゃまされたのか、眉をひそめていた。やがて顔を上げて、彼を見た。「この悪魔は二度にわたってわたしたちの命を奪おうとした。そのせいでわたしたちはここに閉じ込められ、犯人から身を隠し、つぎになにをしかけてくるのかと戦々恐々としている」

彼女は唇を湿らせている。考えをまとめながら話しているようだ。「わたしたちには公権力も正義の女神も道義もついているのに、圧倒的な優位に立っているのは犯人のほう」

コールダーは彼女の前でかがんだ。「続けて」

彼女がこぶしを自分の胸に押しあてた。「やつが悦に入ってるのがわかる。やつの傲慢さを感じる。なぜやつを非難しないの？　公然と臆病者呼ばわりしたらどうなる？」

「いいね。〝どこが特別なんだ、このクズ〟とか、〝頭のおかしなやつなら掃いて捨てるほどいるぞ〟とか」

彼女が弱々しくほほ笑んだ。「そんなところ」

「乗った。どうやって呼びかける？」

ふたたび彼女が唇を湿らせた。「ショーナのインタビューを利用させてもらうのよ」

## 34

「はい？」

「エル・ポートマンよ」

テレビ局のニュース番組宛てに入った電話は、ショーナのデスクの内線にまわされた。ショーナはかけてきた相手を知って、受話器を取り落としそうになった。興奮で心臓が跳ね、それと同時に、コールダーをめぐる憤りではらわたが煮えくり返りそうになった。

だとしても、この女にそれを知られていい気にさせるぐらいなら、地獄送りにされるほうがましだ。平静を装って言った。「どういったご用件かしら？」

エルはおもしろがっているような口ぶりになった。「あら、逆じゃありませんか？　くり返し依頼いただいていたインタビューを受けることにしたんですけど」

ショーナは息も絶え絶えになった。隠れ家における保安官事務所の大失態のあと、ふたたび事件に脚光が集まり、いまや世間の関心は最高潮に達していた。フェア会場銃乱射事件の犯人がまた攻撃に出たのだ！　華々しく！

それなのにショーナは身動きが取れない。重要な証言者の身元を明かしたのは大スクープだったが、その結果として三人が死亡したという事実からはのがれようがなかった。ニュース担当のディレクターはショーナを呼びつけ、越権行為を厳しくとがめた。

取り扱いに注意の必要なニュース速報は、ディレクターならびに局のお抱え弁護士の許可を得ないかぎり放映してはならない、と。ショーナへの罰として、一夜のうちに発生したふたつの事件を報ずるため現地に送られたのはほかのリポーターだった。

今日は早朝から電話をかけっぱなしだ。片っ端から知り合いに連絡しては、話を組み立てる材料となる小さな情報をあの手この手で聞きだそうとしている。

ところが、ビリー・グリーンの件があだとなった。彼が前日、保安官事務所から突然放りだされたせいで、テキサス北部にあるありとあらゆる捜査機関に箝口令が敷かれているようだった。

誰も口を開いてくれない。ただのひとりもだ。

公的な立場にある人たちは電話を返してくれなかった。以前なら、昨夜のような煽動的なできごとに対してコメントを求めようと連絡を取れば、よろこんで応じてくれたのに。

ショーナはそうしたよそよそしさを深刻に受け止めていなかった。一時的なことだ。支持者に呼びかけるためにテレビに出たいとき、彼ないしは彼女が最初に電話をかけるリポーターはショーナ・キャロウェイなのだから。

ドーン・ホイットリーが自分に憧れているのを知っていたので、病院の電話を介して彼女に接触しようとした。だが、電話に出たのはドーンの母親だった。ショーナは名乗るなり、罵詈雑言を浴びせかけられたうえで、電話を切られた。

コールダーとエルがそろって徒歩で逃げだしたという噂は耳に入っていたが、それを裏付けてくれる人はいなかった。どうしたら銃を持った相手から逃げられるのか？　ふたりはいまどこに？　そうした疑問が頭から離れずにいるさなか、エル・ポートマンが電話をかけてきて、求めてやまなかったインタビューの依頼に応じてくれるという。

とはいえ、骨を投げ与えられた野良犬よろしく、その話に飛びつくわけにはいかない。ショーナは言った。「あなたもよくご存じの理由で、今日は報じることが多いのよ。まずはわたしのスケジュールをチェックしないと。わたしの時間が空いていたとしても、クルーを集めて――」

「あなただけにして、クルーはなしで。ひとりで来て、あなたの携帯でインタビューを収録してもらうわ」

なにを言ってるの？　ショーナは頬の内側を嚙み、策をいくつかめぐらした。まず虚栄心に訴えてみた。「カメラを遠慮する気持ちは立派だけど、あなたは作家、これから有名になる人よ。事件以来、あなたの本は棚から飛ぶように売れてる。幼いチャーリーを失うという悲劇のあと、あなたがどんな旅路をたどっているのか、みんなが知りたがってるわ。

放映するとなると、携帯電話での収録は理想的とは言えない。あなたの最初のインタビュー、言ってみれば最初の登場なんだから、ちゃんとした環境を整えましょうよ。スタジオできちんと収録すれば、最高のあなたを見せられるわ」

「ライトとか、カメラアングルとか、メイク係とか？」

「そう」

「結構よ」

「ミズ・ポートマン、失礼ながら、これはわたしの専門領域なの、あなたのじゃなくて」

「でも、これはわたしのインタビューよ。わたしの条件を呑むの、呑まないの？」

「あなたの出した条件だと、いいものは――」

「じゃ」

「待って！」

ああ、むかつく！　この絵本作家に条件を押しつけられるなんて、信じられない。白雪姫のように従順でしとやかそうな外見とは裏腹に、肝が据わっている。彼女のこの御しにくい面とつきあっていかなければならないとしたら、コールダーもいい気味だ。

ショーナがなおもむかむかしながら、相手を威圧する方法を考えていると、エルが大胆にも言い放った。「わたしも今日は忙しいんだけど、ミズ・キャロウェイ」

ショーナはプライドを抑えて言った。「条件を教えて」


エルは電話を切ると、グレンダの固定電話の子機を投げて、コールダーを見た。「彼女の声、聞こえた？　銃乱射事件で本の売上げが伸びてラッキーだったと、言わんばかりだった。わたしの旅路？　あの甘ったるい言い草の一部としてチャーリーの名前が出たときは、叫びだしそうだった」

「すべてはパワープレーだ。うずうずしてるのに、それをきみに悟られたくないのさ」

エルは髪を後ろに払った。「でもこれでインタビューは放映されるわ。彼女は条件に同意した」

「言葉どおりに受け取らないほうがいいぞ」

「約束を破ろうとしたら、立ち去るまでよ」

「立ち去るって、どこから？　場所はメッセージで送ると言ってたが。当然、ここはありえない」

「ええ。それも考えてあるのよ。グレンダのお父さんがレイハバード湖の湖畔に巨大なボートハウスを持っててね。なかには設備がそろってて。ジュークボックスや大きなバーカウンターがあって、パーティ会場として使われてるわ。それ以外のときは厳重に鍵をかけて、背の高い金網に囲まれているから、誰も近寄らないでしょうね」

エルはコールダーの心配そうな顔に気づいた。「どうしたの？　場所が気に入らない？」

「場所だけじゃない。すべてがだ、エル」

「わたしがアイディアを打ち明けたときは、〝いいね〟と言ってたじゃない」

「時間をかけて考えたら、気が変わった」

「どうして？」

「第一に、コンプトンとパーキンスが腹を立てる」

「彼らに楯突いて二度も出し抜いた人がそれを言う？」

「だからこそ、ふたりは腹を立てる」

「でも許可を求めたら、ふたりは相談して、熟考して、プラスとマイナスを秤（はかり）に掛け、保安官におうかがいを立て、挙げ句、返事はノーよ。ふたりにはあとから許しを請うわ」彼の不安がやわらいでいないのがわかった。「ほかにもまだなにかあるの？」

「おれも同行する」

「だめよ。あなたがいると焦点がずれるもの。わたしたちの三角関係についてインタビューされるわけじゃないんだから」

「そうはならない。主題に集中すればいいんだ」

「わたしたち三人が近くにいたら、いやでも敵意が滲むわ。そういうのは伝わるものよ。それに、わたしがひとりで挑んだほうがインパクトがある。犯人に呼びかけるのなら、あなたよりわたしがやったほうが効果的だし」

「どういうことだ？」

「あなたみたいな男性は攻撃的なメッセージを発するのが当然と思われている。わたしはあなたより二十センチ背が低くて、体重は三十五キロ軽い。雲の物語を書いている家庭的な人物よ。こんなわたしなら、泣いて震えながら訴えると人は思う。ショーナだってそう。わたしは彼女と犯人の両方の裏をかきたい」エルはしばらく待って、尋ねた。「わたしの言うとおりでしょう？　認めたら？」

　コールダーは認めなかったが、折れもしなかった。「きみが感情的に崩れたほうがいい見世物になる。彼女はきみを泣かそうとするぞ」

「心してかかるわ」

「きみには無理だ。彼女の手練手管には底がない」

「たとえば？」

「たとえばきみの揚げ足を取ったり、言うつもりのなかったことまで言わせたり、なにかを認めさせたり、否定させたり。あっけに取られるような質問を投げかけてきみを煙に巻き、絶望的な状況に追い込む。おれは彼女がメディア対応の訓練を受けた人たちをそんなふうに手玉に取るのを千回は見てきた。気がついたときには、打ち負かされてる」

「つまり、彼女のほうがわたしより賢いって言いたいのね」

「ちがう、エル。おれが言いたいのは、そんなことじゃない。彼女のほうが狡猾だってことだ。いいか、彼女が思いやり深くつぶやいたり、情感のこもった目で見たりしたら、そのときはきみの急所を狙ってると思え、見あやまるな。つねにより大きな話を求める女だ」

「これより大きな話って、なにがあるの？」

「昨夜、犯行現場から逃亡した罪できみが逮捕されること」

エルはしばし考えて、きっぱりと首を振った。「コンプトンとパーキンスは罪に問わないと言ってたわ」

「だが彼らの管轄じゃない。ふたりにできるのは、よその保安官事務所に対しておれたちを罪に問う必要はないと助言するくらいだろう。ショーナのことだから、きみを罠にかけようとするかもしれない。きみが逮捕される場面をカメラにおさめられるようにお膳立てをするとかな。それも彼女のカメラにだ。彼女にとって、自分がニュースの一要素となることは最大のよろこびだ。おれたちの名前を放送したのもそうだった」

「あそこまであからさまなことは、さすがの彼女ももうしないと思うけど。少なくとも、しばらくはね。彼女にも守るべき評判がある」

コールダーはうかがうようにエルを見て、小声で言った。「しかも元恋人は、彼女がインタビュー中の女性を愛してる」

予想外の発言に足をすくわれた。だが、エルは鬱積した怒りで武装した。「こんなときによく言えるわね」

コールダーが近づいてきた。「言えるとも。きみもおれも、いつ人生を一変させるような恐ろしいことが起きるかわからないことを知ってる。こんなふうに」ぱちんと指を鳴らす。「おれたちのどちらかにそんなことが起きる前に、きみに伝えておきたかった」

彼はエルの顔を両手で包み込んだ。「おれは長いあいだ、心を失った生活を送ってきた、エル。きみがそれを見つけて、おれに返してくれた」エルの唇にしっかりと唇を押しつけ、彼女を少し離して目の奥をのぞいた。「本当にそうしたいんだな?」

愛しているという宣言と、それを裏付けるキスに動揺しているのを悟られまいとしながら、エルは言った。「そうしたい。チャーリーのためよ」

# 35

グレンダは予定されているインタビューに対して意見した。「どうかしてる！　ショーナ・キャロウウェイは血に飢えたサメみたいなもんよ。どうしてそんな人に応じるの？」

「彼女のためじゃない」エルは言った。「チャーリーとわたしとコールダーのため、そしてすべての被害者とその家族のため」

やがてグレンダも彼女が呼ぶところの〝愚かしい高潔さ〟に屈して、父親の持ち物である高級ボートハウスまでエルを車で送ることに同意した。

コールダーはそんな彼女に、道すがら仮住まいのコンドミニアムで降ろしてもらえないかと頼んだ。「着替えがいるんだ」グレンダはプリペイド式の携帯電話と彼の着替えを手に入れるために買い物遠征を計画していたが、状況的に先延ばしになっていた。

「コンプトンとパーキンスが建物を見張らせてるかも」

「ここに引きこもってると思ってるさ。帰りにまた同じ場所で拾ってくれればいい。それまでにばれたら、謝るよ」彼は言って、エルに笑いかけた。

三人は急いで外出の準備をした。コールダーのノートパソコンはまだ返却されていないので、グレンダの許可をもらって、バッテリーともどもゲストハウスのパソコンを持ってでた。

確実とは言えないけれど、私服の警護員はまだ配置されていないようだった。袋小路に不審な車はみあたらなかったが、そこから出るまでは息が苦しかった。

コールダーの新しいコンドミニアムはグレンダのゲストハウスからたいして離れていなかった。十分とかからずに、グレンダはエントランス前にSUVをつけた。彼は後部座席から降りて、エルが助手席の窓を開けるのを待った。

運転席のグレンダが好奇心むきだしでこちらを見ているのはわかっていた。自分はどう思われてもいいが、エルを困惑させるようなことは言いたくない。「携帯の電源を入れて、すぐに出られるようにしておくよ」

「それだと居場所を追跡されるわよ」

「かまうもんか。電源は入れたままにしておく。困ったことになったら、迷わず電話してくれ。約束だ」

「約束する」

「携帯は持ってるな?」

エルはグレンダから借りたバッグのサイドポケットを叩いた。

「よし。電源を切っておけよ。終わったらすぐにおれに電話するか、メッセージを送ってくれ。きみからの連絡を待ってる」コールダーはいったん黙ってから、言った。「おれが言ったことのすべてを忘れないでくれ」

「ええ。ショーナの罠にはかからないわ」

「おれが言ったことのすべてだ、エル」

エルは一瞬目を伏せ、ふたたび彼を見ると、小さくうなずいた。

「お願いだから、バイバイして」グレンダが言った。「そのとんでもないインタビューの時間は決まってるんでしょ。遅れたくなかったら早くしないと」

コールダーは最後にもう一度、エルに意味深な目を向けてから、後ろに下がった。遠ざかる車を不安とともに見送った。

コンドミニアムの建物に入り、ロビーを横切ってエレベーターに向かった。まだひと晩しか過ごしていないので、自分の部屋が何階だったか、記憶を探らなければならなかった。

居場所が定まっていないのは奇妙な感覚だ。だが、場所を移動させられることに、以前なら感じたであろう苦痛は覚えない。誰にとっても暮らしとははかないもの。悲劇的な惨事に襲われるまで、そのことに気がつかないだけだ。

コールダーは自分の部屋に入った。昨日の朝、大急ぎで出たせいで、室内は雑然としていた。隠れ家に持参した小さいほうのスーツケースはたぶんまだ向こうにあるだろうが、ショーナとの住まいから出てきたときに服や靴を詰めてきた大きいほうのスーツケースは、リビングの床に広げたままで、周囲に服が散らばっていた。コールダーは部屋のなかを歩きまわって、いま持参したい服を拾い集め、残りはそのまま放置した。

スーツケースの詰めなおしが終わると、ダイニングテーブルでノートパソコンを起動し、クラウド経由で自分のパソコンにアクセスした。

まずはメールをチェックした。ビジネス関係は無視し、昨夜の悲惨なできごとを受けてコールダーの身を案ずる友人たちからの悲痛なメールには、一括メールで返信した。自分が無事なこと、この苦難が早く終わって犯人が逮捕されるのを切望していることを手短に記した。

そのあと、マックスウェル・サプライの仕事に関するファイルを開き、クリックをくり返して新聞に掲載された写真を表示した。コンプトンとパーキンスはアーノルド・ドレーパーと三件の銃撃事件に関係があるという説を放棄した。エルはそれをばかげた仮説だと一笑に付した。

しかし彼らがしりぞけたにもかかわらず、コールダーはその説を投げ捨てる気になれなかった。

忘れて前に進むのを妨げるこの気持ちは、やっかいで面倒なものだった。自分でも説明がつかないが、自分にはいっさい非がないと、心底納得したがっているのは確かだ。自分に責任があるかもしれないという疑いの種を植えつけたコンプトンとパーキンスが恨めしい。まるでその種が根を張って、育ちはじめているようだ。

新聞の写真をにらみつけて手がかりを探した。ここに秘密があるのなら、打ち明けてもらいたい。何分かするといらいらしてきたので、ファイルを閉じて立ちあがり、水を飲もうとキッチンに向かった。

腕時計を見ると、エルと別れて四十五分たっていた。ショーナは現れただろうか？　インタビューの収録ははじまったのか？　まずはくだけた世間話でもしているのか？

いや、そんな場面は想像がつかない。グレンダとショーナが言い合いになり、エルがレフェリー役をつとめている可能性が高い。

皮肉にも、グレンダとショーナはそっくりだった。昨夜グレンダと話してみて、ふたりに共通する性格上の特徴があるのを知った。姉妹でも通るほど。双子とさえ言えるかもしれない。

「どんなクズにも兄弟はいる」

なにも考えずに、ふと口をついて出た。たぶん映画かなにかの台詞で、人をくすりとさせるのが狙いだろう。それとも、どこかで読んだのか？　そのひとことがびっくり箱かなにかのように、突然ぽんと頭に浮かんだ。なぜだ？

動きを止めて考えがまとまるのを待った。水のグラスを置き、ノートパソコンに駆け戻ると、アーノルド・Ｍ・ドレーパーの消息情報を表示した。親戚の可能性のある人たちのリストのなかに、ドレーパーという名字の男性が片手の指の数ほどいた。

さらに、コールダーの目を磁石のように引きよせたのは、ドレーパー家の電話番号だった。心のなかで討議して、やめるという結論が出る前に携帯に番号を打ち込んだ。

四度めの呼び出し音でやわらかな女性の声が応対に出た。「もしもし？」

「ミセス・ドレーパーですか？」

「はい」

コールダーの心臓が跳ねた。咳払いをする。「こんにちは。コールダー・ハドソンといいます。ぼくは――」

「あなたのことは知ってますよ」

「え？」

「もちろん」

「最近のニュースでご覧になったんですか？　フェア会場銃乱射事件の？」

「いいえ、ミスター・ハドソン。マックスウェル・サプライにさかのぼります」

「そうでしたか」コールダーは額を撫でた。話をしながら夫の爪を切るやさしげな女性を思い浮かべた。夫が彼女のことも、話の内容もわかっているかのように話しかけていた。

「ミセス・ドレーパー、ご主人がいまどんな状態にあるかは存じあげています。あの、それは、今朝、施設にうかがったからで」

「あなただったの？　スタッフからアーニーの甥を名乗る男性がおみまいに来たのに、ぷいっと帰ってしまったと聞きましたよ」

「気が変わったので。おじゃまするのは心苦しかった」

「あら、一日じゅう頭を悩ませていたのよ。アーニーには甥がいないものだから。彼はひとりっ子なの」

「兄弟姉妹はいない？」

「ええ」

「義理の兄弟姉妹も？」

「ミセス・ドレーパー、お子さんはおられますか？」

「いません」

「それが残念なことに、いないのよ」

コールダーは安堵のあまり声を漏らして息を吐くと、胸が軽くなるのを感じた。「ああ、そうですか……それなら……」

「どうして施設にいらしたの？」

「あの……」当初の理由を述べても彼女をわずらわせるだけだ。いまのコールダーにはどこから見ても正当な理由がある。より正当な理由が。「あなたのご主人が失職するにあたって、ぼくが果たした役割をお詫びするためです。いまあなたから電話を切られても、当然だと思います。ですが、直接お詫びを申しあげたかった。よかったらコーヒーをごちそうさせていただけませんか？」

「いいえ、けっこうよ」一拍置いて、彼女は続けた。「でもわたしがあなたに淹れるのであればいいわ」

# 36

本来はインタビューなのに、まるで対決だった。ショーナにはかえって好都合な展開のはずだったのに、はじまって早三十分、いまだエル・ポートマンの殻を割れずにいる。ショーナが望んでいたのは相手の自制心の決壊。ここまではエルの平静さが際立っていた。

むしろショーナのほうが崩壊寸前だった。耐えがたい環境なのだ。携帯電話を固定するつもりで持参した小さな三脚の据わりが悪かったため、グレンダ・フォスターにそれを持って収録中の映像をモニターしてもらうはめになった。

ショーナがこの不動産業者について今日までに知っていたのは、その評判だけだった。狡猾で独断的なビジネスウーマンであり、本人がその気になったときだけ魅力的になれる人物、ダラスの熾烈（しれつ）な住宅市場に打ってでる販売の魔術師だと。

いまは正真正銘のいやな女だとわかっている。彼女は、やれこれがよくない、あれが問題だと横槍を入れて、何度もインタビューを中断した。影が気になるとか、声がくぐもって聞き取りにくいとか。だいたいはショーナに非を押しつけてくるので、必要もないのにわざとじゃまをしているのではないかと疑いたくもなる。

エル・ポートマンはそのあいだも一貫して冷静だった。ショーナは開始前に彼女にポケットティッシュを手渡した。「これが手元にあると助かることが多いのよ」

ティッシュは手つかずのまま、エルの膝の上にある。彼女の声は一度も揺らがず、目が潤むこともなかった。息子の命が失われようとしているのに気づいたときの、胸が締めつけられるような情景を描写するときも、その瞳は乾いたままだった。

身も世もなく泣き崩れる姿を期待していたショーナは、いささか言葉に詰まった。「それで……そのあとのことですけれど、その先の話の持っていき方を見失って一瞬ぼう然となり、息子さんの命を奪った銃弾はコールダー・ハドソンの腕を貫通したもので、彼には障害も残らないとわかったときは、複雑な思いがあったでしょうね」

エルは泰然とショーナの顔を見た。「それはあなたの意見で、質問ではありませんね。そのことがわかったときわたしがどう思ったかをお尋ねなら、これが答えです。勇敢にもチャーリーを救ってくれようとしたミスター・ハドソンが負傷されたことを残念に思いました」

「もちろん、ミスター・ハドソンの腕の負傷と息子さんの死を同列に扱うおつもりはないんですよね」

「息子の死と同列に扱えるものなどありません」

エルの返答により、ショーナはそんなことを指摘した自分がばかに見えるのがわかった。そこで隠れ家の襲撃事件に話を移した。「銃弾が最初に撃ち込まれたとき、あなたはどちらにいらしたんですか？」誰とどこにいたのか、察しはついているとエルに伝えるため、ショーナは片眉を吊りあげた。

エルは動じなかった。「それはお話しできません。現在、保安官助手ふたりの殺害について捜査中ですので、その妨害になりかねないことは明かせないのです」

「彼らは一階、あなたは二階にいらした？」

「くり返します。いま捜査中です。その質問にはお答えできません」

「ご自身の命の危険を感じましたか？」

「わたしたち全員の命の危険を感じました」

　むかつく、満点の答えだ。低い声で力強く述べられたその答えは、目を惹く淡青緑色の瞳の真摯さと相まって、いかにも愛他的に響いた。ショーナはその艶やかな黒髪を根っこから引き抜いてやりたくなった。

「そうした攻撃からあなた方を守るはずだった側の手ぬるさを声高に非難される方もおられますが、その点についてなにかご意見はありますか？」

　まばたきひとつせずにエルは答えた。「ありますとも。あなたの無謀な報道がなければ、わたしたちに保護が必要となることもありませんでした」

　ショーナはカッとした。「報道するのがわたしの仕事ですので」

「責任を持って報道するのがあなたの仕事では。わたしたちの名前を公表しなくても、新たな手がかりについて伝えることはできました。あなたが名前を出したせいで、急遽、わたしたちを保護する必要が生じたのです」

　ショーナの顔が怒りにほてった。罠にかけるつもりが、逆にかけられてしまった。でも、実害はない。その部分を編集でカットするまでだ。

「刑事のコンプトンとパーキンスはここまでフェア会場銃乱射事件の捜査を率いてきて、その努力に見あう成果をほとんど挙げていません。昨夜、三人が命を落とすことになったのは彼らの愚かさのせいだと思われますか？」

「わたしが責めるのは、引き金を引いた人物だけです」

「隠れ家を襲撃した人物が、フェア会場銃乱射事件の犯人だとすると、きわめて不遜な男ですね」

エルは言葉を慎重に選んでいるようだった。「ええ、不遜ですね、大胆ではなく」

ついに来た。ショーナは身を乗りだすと、ここいちばんの真剣な顔になった。「説明していただけますか？」

「不遜さに必要なのは常道を逸したエゴだけです。肥大しているにしろ、踏みつけられているにしろ、そのエゴが個人の行動を支配します」

「その常道を逸したエゴがいまだ正体不明の被疑者を突き動かしているとお考えですか？」

「そうですね、わたしに判断する資格はありませんが、セミオートマチック拳銃を身を守るすべのない群衆に向かって発砲することに勇敢さがかかわっているとは思えません。無関係です。その背後にあるのは、勇敢さではなく邪悪さです。

二歳の子を殺すのに勇気はいらない」エルはショーナから顔をそむけ、携帯電話のカメラをまっ向から見た。「臆病者のすることです」

自分が袖に押しやられたのを感じつつ、ショーナはカメラに向かって硬い声で言った。「よくおっしゃいました、ミズ・ポートマン。そのとおりです。今日はお話しいただきました、ありがとうございました」続いてエルに言った。「これで終わりにしましょう。イントロと締めはわたしがスタジオで収録するわ」立ちあがり、自分の携帯電話をグレンダ——隠しきれずに笑みを漏らしている——から受け取り、撮影を終えた。

「放映はいつ?」エルが尋ねた。

「五時のニュースよ」

「いま三時過ぎだけど」グレンダが言った。

「だから急がなきゃならないの。早く編集作業をしないと」

いまになって、独占インタビューのプロモーションを録画したことを後悔した。午後の番組中にくり返し放映されているはずだ。うっかり自分で自分を追いつめてしまった。こうなった以上、素人に出し抜かれたインタビューを放映するしかない。

硬い笑みを浮かべて、エルに言った。「外まで送らせてもらえる? あなたと個人的に話したいことがあるの」

「もちろん」

グレンダが言った。「あたしが閉めるわ」

ショーナとエルが歩調を合わせて幅の広いドアへと歩きだすと、ふたりの足音が広大な空間に反響した。「あなた、わたしを利用したわね?」ショーナが言った。「犯人にメッセージを送るために」

「わたしたちはお互いに相手を利用したのよ。あなたは欲しかったインタビューをものにした。わたしは息子を殺した悪党に呼びかけた。犯人がインタビューを観てくれることだけを願っている」

「そして最後の部分は暗に挑んでた」外に出ると、ショーナは立ち止まってエルのほうを向いた。「なぜ犯人を挑発するようなまねをしたの？　あなたの命を狙えと言っているようなものだったわよ」

「オフレコ？」

「ええ」

「信じていいのかしら？」

「そんなこと尋ねるなんて、侮辱的よね」

エルはあざけりの表情でショーナを見ていた。「信じられるようなことを、あなたはなにひとつしてないじゃない」

「いいから、オフレコよ」

「わかった」それでもしばしためらってから、エルは言った。「あなたみたいな洗練された人には、ばかばかしく聞こえるかもしれないけど」

「かもしれないけど、言ってみて」

「わたしの本に登場する雲たちは、わたしよりも賢いわ」

「たしかにばかばかしいわね。その雲たちを生みだしたのはあなただもの」

「彼らはわたしの意識の外にいて、準備ができると、わたしになにかを見せてくれる。つぎのひとことみたいな小さなもののときもあるし、人生の教訓といった重要なことのときもある。わたしよりも先に彼らのほうが知っているの」

「ばかばかしくはないわね。やばいって感じ」

エルは声をあげて笑った。「そうね。そんな感じかも」

「具体的に教えて」

「最初の本では、雲の仲間のなかにいじめっ子がいる。ほかの幼い雲たちと同じように、ベッツィもこの雲を怖がっている。でも物語の終わりには、勇気をかき集めて、そのいじめっ子に立ち向かう」

「もう怖がっていないの?」

「いえ、怖がっているわ。とってもね。ただ、彼女はもう恐怖の影のなかで暮らしたくないと思ってる」

「そう。彼女は攻勢に転じたわけか」ショーナはエルを品定めするように視線を上下させた。

「今回のアイディアはコールダーと考えたの?　ベッドのなかで?」

エルはモナリザのほほ笑みを返した。「インタビューしてくれて、ありがとう」ショーナに背を向けて、待っている友だちのもとへ向かった。

グレンダの運転でボートハウスから遠ざかりながら、エルは約束どおりコールダーに電話をかけた。彼はすぐに出た。「やあ、すんだか？」

「良くも悪くも。その音からして、車に乗っているみたいだけど」

「どっちだ？　良いのか、悪いのか？」

「わたしのメッセージは伝えられたし、ショーナにはそのために彼女を利用したと言われた。わたしがインタビューのなかで、無責任な報道をしたことで彼女を責めたの。友だちにはなれないし、仲良くもできないけど、お互いに相手を痛めつけはしなかった。あなた、やっぱり車に乗ってるわね」

「ジャガーにね」

「え？」びっくりしてグレンダに視線を投げると、彼女の口が〝かっこつけしい〟と動いた。

「これからあなたを拾いにいこうとしてるのに」

「それはもういい。出発したから」

「自分の車で？」

「ガレージのなかで寂しがってたんだ」

「公道でもっとも目を惹く存在だと思うんだけど」

「テレビに出るのも身を隠してるとは言えないぞ、エル」

「どこへ行くの？」

コールダーはアーノルド・ドレーパーの妻と話したこと、そしてわかったことを伝えた。

「兄弟姉妹はいない。子どももなし。ほっとしたよ、エル。どんなに安堵したか、口では言い表せないほどだ」

「あなたがほっとできて、わたしもほっとした。彼女はどんな感じだった？」

「よくわからないが、コーヒーを飲みに誘ってもらった。諸手(もろて)を挙げて大歓迎というわけでもないが、敵意むきだしでもなかった」

「ふーん」

「なにが言いたい？」

「べつに、ただ、ふーんと思っただけ」

　彼はエルの声音から、本人にも説明のつかない不安を抱えているのを聞き取ったにちがいなかった。コールダーは言った。「今朝、施設でミスター・ドレーパーと彼女がいっしょにいるのを見た。だいじょうぶだ。どちらも脅威にはならない」

「わかったわ。何時に戻ってくるの？」

「五時までには戻るよ。きみのインタビューが観たい。ただラッシュアワーにかぶるから、遅れるようだったら、録画しておいてくれ」

「もちろん。ねえ、コンプトンとは話した？　この間に着信履歴が二件残ってたんだけど」

「おれのほうはこの十五分で三件だ。どれも無視した。おれたちが外に出たのがばれたんだろう。となると、コンプトンは爆発するぞ。火山みたいに」

「この電話を切ったらすぐに彼女にかけるわ。わたしはインタビューのために抜けだしたのを告白して悔い改めるけど、彼女はあなたがなにをするつもりか、知りたがるでしょうね」

「用事があって出かけたと言ってくれ。ただし、中身は言うなよ。ミセス・ドレーパーとふたりきりでじかに会って、良心の曇りを晴らしたいんだ」

「わたしからは言わない」

「助かるよ。じゃ、あとで」

「コールダー」エルは電話が切れる前に彼を引き留めた。なぜか、彼とのつながりを切るのがいやだった。「お願いだから、用心してね」

ベッドの中でのような低く深みのある声で、彼は言った。「わかってる。おれにはあとでどうしてもやりたいことがあるからね」

エルは通話を切り、携帯電話を頬につけてぼんやりと窓から外を見たまま、彼の胸郭で反響していた官能的な響きをよみがえらせていた。彼が動くたびに、体の内にもたらされたあらゆる感覚を。

「彼が好きなんでしょ？」

エルは首をめぐらせて、グレンダを見た。

「あたしが言いたいのは……わかるわよね、どういう意味だか」

「ええ」エルはそっと答えた。「どんなにやめておこうとしても、そういう意味で彼が好きなの」

グレンダは賢者のごとくうなずいて、前方の道路に目を戻した。「あたしはむかしから褒めるべきは褒めることにしてる」

「彼に賞賛すべき部分を見つけたの？」

「まあね。ローブを着た姿が超絶かっこよかった」

エルの軽やかな笑い声をさえぎるように、携帯電話が鳴った。「コンプトンだわ」グレンダに言って、電話に出た。

「いまどこですか？」刑事は爆発寸前とまでは言わないが、それに近いところまで来ていた。「コールダーは？　それにショーナ・キャロウェイにインタビューさせるというのは、どういうことです？」

「それをどこで聞いたんですか？」

「チャンネル7がコマーシャルのたびに予告してます」

「インタビューは誰も知らない場所で収録したの。クルーはいなくて、彼女だけ。危険な要素はまったくなかった」

「疫病のように彼女のことを避けてたのに、彼女から無理強いされたとか？」

「いいえ」エルはインタビューを受けたいきさつと、収録時の会話の大筋を伝えた。「表に出ることにしたの」

「わたしたちに相談もなく」

「許可してもらえないと思ったから」

「ええそう、許可しなかったでしょうね。とくにゲストハウスを抜けだす部分は。インタビユーについての判断は観るまで控えるとして、今回の件にはコールダーも噛んでるんですか？」

「いいえ、そのほうがいいと思ったので」

彼女はせせら笑った。「まちがいないわね。それで、彼はどこに？」

「よくわからなくて」嘘じゃなかった。

「エル、わたし相手にふざけたこと言わないで。彼はミズ・フォスターの秘密のゲストハウスにも新しいコンドミニアムにもいなくて、駐車場のスペースはもぬけの殻。確認済みなんですよ」

「用事があって出かけるけど、五時にはグレンダの家に戻って、インタビューを観ると言ってたわ」

「それでパーキンスとわたしはインタビュー番組でショッキングな話を聞かされると覚悟してないといけないのかしら？」

「いいえ。捜査の妨げになるようなことは言っていないわ。フェア会場の事件についても、隠れ家の事件についても、フランク・ホイットリーの殺害についても。そういえば、ドーンのその後についてなにかわかったことは？」

「身体的にはよくなってるようですが、それ以外はひどいまま。いまだ経過観察中だとか。グループセラピーのドクターが担当してくれてます」

「ドクター・シンクレアが？　よかった」

「インタビューの話に戻すけど、キャロウェイから切り崩されたりしなかっ――」

「向こうはその気だったわ」

「エルのほうが上手だったってわけ」

「誰?」コンプトンが尋ねた。

「グレンダよ。仕事のある日なのに時間を削ってわたしを連れだしてくれてて」

グレンダはそれはいいから、と手を振った。

コンプトンが尋ねた。「あなた方はいまどこに?」

「ゲストハウスに戻る途中よ」

「そしてコールダーは、バットモービルと同じくらい慎み深い愛車で飛びまわってる」コンプトンが小声で悪態をついた。「あなたたちふたりは不必要なリスクを冒してるんですよ、エル。そして自分たちだけでなく、パーキンスとわたしまで危険にさらしてる。もしあなたたちになにかがあって、フランク・ホイットリーやウィークスやシムズのようなことになったら、わたしとパーキンスは仲間たちから吊るしあげを喰らうことになる。

あなたたちが監視されるのがいやな以上に、わたしたちだって監視なんかしたくない。でも、遊びじゃないんです。かくれんぼをしてるわけじゃないんだから。懸かっているのは生死なの」

「わかってるわ。わたしも、コールダーも」

「そうかしら。あなたのそのふるまい、犯人の標的になってることなんか、おかまいなし。

昨日、数時間のうちに三人を殺した男で、誰だか見当もついてないというのに。わかっていることと言ったら、大胆不敵で恐ろしく頭が切れることだけ。パーキンスやわたしみたいに知識のあるベテランには——『少女探偵ナンシー』もどきのふたり組じゃなくてね——大胆不敵さと賢さの組み合わせの恐ろしさがわかってる。とくに大胆不敵さの。ここまでのところ、彼はわたしたちを右往左往させて、そのことで勢いづいてる。この調子でどこまでやれるか、そして逃げきれるか、探ってみたくなるのが人情でしょうね」

エルはため息をついた。「なにもかも、あなたの言うとおりだわ」

「よかった。ゲストハウスに戻って、そこにいてください。わたしが電話してもコールダーは出ないでしょうけど、あなたからの電話なら出るだろうから、彼にもゲストハウスに戻るように言って。パーキンスとわたしも、五時には行くので、確実にそうしてくださいね。あなたたちに尋ねる必要のあることが持ちあがったので」

「どんなこと？」

「矛盾です」

「なんの？」

「電話では話せない。あなたの親友も聞き耳を立ててるし。では五時に。あなたもコールダーもその場にいるのが身のためですよ」

彼女はエルより先に電話を切った。

「あらま」グレンダが言った。「彼女、おかんむりね。オフィスにほんのちょっと寄りたかったんだけど、あなたをまっすぐ連れ帰ったほうがよさそう」

「待って……」エルは別の案を考えて、決断を下した。「あなたはオフィスに寄って」

「あなたはどうするの？」

「コンプトンとパーキンスがよろこびそうにないこと」

## 37

「いらっしゃい、ミスター・ハドソン。どうぞ入って」

「お招きいただき、ありがとうございます、ミセス・ドレーパー」

「お客さまは大歓迎よ。ドロシーと呼んで」彼女は右手を差しだし、コールダーはそれを握った。「コーヒーはもう準備してありますよ」

　彼女はコールダーをリビングに導いた。「おかけになって。すぐに戻ります」

　彼女が開け放したままの戸口の奥に消えると、コールダーはめったに使われないらしい部屋にひとり残された。標準的なアメリカのリビングにありそうな調度をすべて備えているが、袖から演者が出てくるのを待っている舞台装置のようだった。

　陶器同士があたる軽い音で、彼女が戻ってきたのがわかった。トレイを運んできたドロシーに、コールダーは近づいた。「お手伝いしましょうか?」

「ありがとう、だいじょうぶよ」彼女はコーヒーテーブルにトレイを置き、コールダーに手振りでソファを勧めた。「クリームとお砂糖は?」

「いえ、ブラックで」

　ドロシーは礼儀にかなった心地よい作法の持ち主だった。かわいらしい女性で、若いころは美人だったと思われる。だが、過去の闘争が色濃くあらわれていた。目尻には長い緊張の跡が残され、コールダーに笑顔を向けつつも、血の気のない唇の両側には悲しみによる深い皺が刻まれていた。

カップにコーヒーをつぐと、ソーサーに載せて彼に渡し、自分のカップにもついで、小さなピッチャーからミルクをそそいだ。ひと口飲んで、彼女は言った。「あなたから連絡があって、驚いたんですよ。フェア会場の事件のときのケガはもうすっかり？」

「腕に若干こわばりが残っていますが、あとはほぼ元どおりです」コールダーは一拍はさんで、言った。「乱射事件がらみでぼくの名前を見たとき、すぐに気づかれましたか？　それとも、以前どこでその名を聞いたのか、記憶を探る必要があった？」

「すぐにわかりましたよ。マックスウェル・サプライで働いていた人ならたいがい、あなたの名前を忘れられずにいるでしょう」

コールダーは顔をゆがめた。「ぼくの職業人生において、あの仕事は転換点になった」

「あら、そうなの？」

「あのときぼくは無垢(むく)さを失った。あんなに一触即発の状況は後にも先にもあのときだけです。マックスウェルを境に、仕事のときは偽名を使うようになりました」

「報復を恐れて？」

「恐れるというのとは、少しちがいます。自分をさらし者にしたくなかった」

彼女はカップとソーサーをテーブルに戻した。「わたしからの報復なら恐れなくていいのよ。わたしはあの工場がいやだったの。ただでさえ危険な仕事だったのに、しょっちゅう機械が故障して、事故が起きてたわ。アーニーも火傷したのよ。ここに」彼女は前腕に触れた。「皮膚を移植してもらったんだけど、オーナーに紹介された外科医の腕が悪くて、いまもアーニーの腕には醜い火傷跡が残ってるんです。

彼が組合の結成を強く望んだ理由のひとつは、それだった。でもわたしは組合にも乗り気じゃなかったのよ。やり方に極端なところがあったから。反目をあおって、不和を拡大させたり。だからアーニーがクビになったときはお祝いしたい気分だったの」

「ご本人はどう感じておられたんですか？」

「最初は怒ってたけど、そのうちに自然と家計が心配になってきて、一からやりなおせばいいのよとわたしが言うと、気を取りなおしてくれたわ。それでデモインの家を売って、こちらに越してきたの。

すぐに配管工事の会社に雇われて、働いていたんだけど……」彼女はふと目を泳がせた。「そのうち職場から帰宅できなくなったり、うちの住所が思いだせなくなったりして」

「お気の毒に」

「ありがとう」彼女はコーヒーを飲みながら、カップの縁越しにコールダーを見た。「ちがってたらごめんなさいね。でも、今日施設までアーニーに会いにきてくださったのは、謝罪だけが理由じゃないような気がするんだけど」

「はい、それだけではありません」コールダーはコーヒーカップを置くと、フェア会場での事件には標的がいたとする仮説があることを打ち明けた。「刑事は過去の仕事からして、ぼくが標的であってもおかしくないと考えました。犯人の動機は復讐で、ほかの死傷者はたんに悪い時に悪い場所にいただけだったということになります」

　彼女は手で胸を押さえた。「あなたにとっては恐ろしい話ね」

「はい」

「報復をたくらむ何者かがアーニーかもしれないと考えたのね？」

「ご主人のことは覚えてなくて、言い争いがあったとか意地悪されたとか、そんな記憶もありません。刑事たちから名前を聞いたんです。写真があって——」

「新聞の写真ね」

「はい。ぼく自身の心の平穏のために、アーノルド・ドレーパーの消息を確かめずにいられなくなりました。同時に、ぼくの知らないところで、刑事たちも容疑者候補のひとりとしてご主人のことを調べてました」

「保安官助手ふたりが施設に来て、アーニーのことを尋ねていったそうよ」

「ぼくがあのとき急いで立ち去らなければ、出くわしていたと思います」コールダーはブーツのあいだにのぞく模様入りのラグを見おろした。「おふたりの姿を拝見して、ご主人が事件にかかわれないことがわかったので、黙って失礼することにしました。

　そのあと、ご主人の仇（かたき）を討とうとする兄弟がいる可能性に思いあたって、それであなたに電話したんです。それがなければ、出しゃばることはなかったでしょう。会ってくださってよかった。あなたのおかげで、心がうんと軽くなりました。どれだけ感謝しても感謝しきれません」

「いっときのこととはいえ、罪の意識にさいなまれて、お気の毒だったわね」

「気持ちのいいものではありませんでした」コールダーは腕時計を見て、立ちあがった。「コーヒーをごちそうさまでした。せわしなくて申し訳ありませんが、刑事たちの指示で五時に彼らと会わなければなりません。そろそろ道が込む時間帯ですので」

「これで、銃撃はアーニーによる復讐だという説を追い散らせるわね」

「あと、写真に写っていたほかの男性ふたりは亡くなったと聞きましたが、事実ですか？」

彼女はうなずいた。「おひとりは給与課だったから、アーニーも個人的には知らなかったわ。胃ガンで亡くなったと聞いてます。もうおひとりは、アーニーといっしょに鋳造場で働いていた方で、マックスウェルを去ったあと、オートバイの事故で背中に重傷を負い、鎮痛剤が手放せなくなったとか」

「オピオイドの過剰摂取で亡くなったと聞きました」

「自殺と判定されたそうですよ。その心の傷もあって、遺された奥さんはとにかくデモインを出たがっていたの。アーニーとわたしがここでうまくやっているのを知っていたから、生活費とか、住宅市場とか、そんなことについて教えてほしいと電話をかけてきたわ。それで、この家を探してくれた不動産業者を紹介したのよ。彼女から連絡があったのはそれが最後ね。実際に引っ越したかどうかも知りません」

ふたりは表のドアに向かっていた。コールダーは話半分に聞きながら、五時までにグレンダのゲストハウスに戻るべく、最短のルートを考えていた。

しかしドロシー・ドレーパーの発言が理解できてくると、うなじの毛が逆立った。ついさっき感じた安堵と平安が蒸気となって消えていく。その代わりに有害なガスのようにひたひたと戻ってくるのは、この数日彼をさいなんできた疑念だった。

「彼らの名前は?」コールダーはドロシーに尋ねた。「自殺された方と奥さんの?」

「あら、スミッソンよ。ジムとマージョリー」

「彼女から電話があったのはいつです?」

「ほんと、かわいそうな方たち。アーニーが施設に入る前だったから、二年前かしら」

「住宅のことを尋ねられたと言いましたね。あなたが紹介した不動産業者はどちらでしたか?」コールダーは息を詰めた。

「フォスター不動産。グレンダという方が担当者でしたよ」

グレンダは携帯電話でかけてきた相手の名前を見ると、通話ボタンをタップした。「コールダーなの?」

「グレンダ、聞いてくれ。きみに頼みたいことがある」

「あなたがあたしに頼みごと? あたしのこと――」

「頼む。重要なことかもしれない。きみのところの仕事の記録はどうなってる? 家の購入者全員の記録を残してるのか？」

「きちんと残してるわ、失礼な。定期的にメールを出すし、クリスマスカードを送る――」

「ある人の記録を知りたいんだが、見られるかな？　いま」

「じつはいまオフィスなの。なんていう名前？」

「スミッソン。マージョリー」

コールダーは車をドロシー・ドレーパーの家の前に停めたままだった。彼女に時間を作ってくれたこととコーヒーと情報のお礼を重ねて述べると、車まで駆け戻って、グレンダに電話をかけた。

いまはいらいらとハンドルを小刻みに叩いている。「どうなってる？」

「ちょっと待って。このパソコンはクリスマスの人込みみたいに速度が遅くって」

「エルをゲストハウスに連れて帰ったのか？」

「ううん。本人が戻らないって言うもんだから。あ、あった！　マージョリー・スミッソン。二〇二一年に家を売ってるわね。なぜこの人が重要なの？」

「彼女について覚えてることはあるか？」

「その後、千軒は売ってるのよ。でも、あたしの記憶が確かなら、彼女はひとりで家を買った。つまり旦那とか、彼氏とかなしにってこと」

「夫を亡くしたとか？」

「でしょうね。年金と生活保護で暮らしてた。そのせいで住宅ローンの会社は待ったをかけたんだけど、あたしがそのへん工夫して、融資が認められたのよ。本人は早く決めたがってたわ。州外のどこかから引っ越してくるとかで」

「アイオワだ。ほかには？　外見はどんなだった？」

「茶色っぽい髪。体つきは丸っこかったわね。でも、人生を懸けられるほどには、彼女の外見を覚えていない。コロナ禍で、みんながマスクをしてたから」

「みんなって？　ほかに誰かいたのか？」

「あたしと彼女と彼女の娘さん」

「娘？　いくつだ？」

「ちょっと、コールダー、そんなの知らないわよ。マスクをしてたって言ってるでしょ」

「だいたいでいい」

「二十代ね。大学に通うか、結婚するかの年齢。ずいぶん背の高い子だったのを覚えてる」

コールダーは息を呑んだ。呼吸が速くなってきた。スミッソンには成人した娘がいたのだ。

「彼女の名前は記録されてるか？　娘の名前はなんて？」

「待ってて、スクロールしてるから。バースデーカードの送付先一覧に載ってるの。あった、これね」グレンダが言葉を切った。「あら」

「どうした？」

「娘の名前はドーンよ。これって――」

コールダーは激しく息を吐きだした。「なんだと」そして言った。「なんてことだ！　エルに代わってくれ」

「ここにはいないわよ。コールダー、いったいなにが――」

「エルがいないって、どういうことだ？　いっしょじゃないのか？」

「いいえ。彼女は――」

「いったいエルはどこなんだ？」

## 38

「エル？」

「ごきげんよう、ドーン」

「あなたに会えるなんて、びっくり。五時にはショーナ・キャロウェイのインタビューなんじゃないの？　テレビで予告が流れてたけど」

「事前に収録したのよ」

「ああ」

ドーンの髪は湿っていて、目はうつろだった。エルはそれを、脳震盪と、夫が殺害されたショックのせいだと思った。「ドーン、フランクのこと、言葉では言い表せないほどお気の毒だと思ってる。いきなり訪ねてきてごめんなさい。でも、その話を聞いてわたしがどんなに動転したか、じかに会って伝えたかったの」

「まだピンときてないの」

「よくわかるわ。わたしもいまだに、ふり返ったらチャーリーがそこにいるんじゃないか、声が聞こえるんじゃないか、と思うことがときどきあるの」

ドーンはぼんやりとうなずいた。「どうしてあたしがここにいるってわかったの？」

「あなたに会いたくて病院に行ったの。受付のデスクで病室を尋ねたら、係の女性が上の階に電話をかけてくれて、あなたが退院したって。彼女があなたのお母さんのご自宅を教えてくれたのよ」

「個人情報だから、教えちゃいけないのよね？」

「ええ。でも、彼女はわたしのことも、あなたとわたしが多くを共有してきたことも知っていたから、わたしがあなたに会いたがる気持ちをわかってくれて」

「あなたっていい人ね。おみまいに来てくれたこととか、いろいろ」

「あなたのことが心配で。具合はどう？」

「だいじょうぶ。入って」彼女は網戸を押し開けた。

「ほんとにいいの？」エルは尋ねた。「迷惑かけたくないし、すぐに帰らなきゃいけないんだけど」

「迷惑なんかじゃないわ」ドーンは脇によけて、手招きした。彼女についてなかに入ったエルは、ドーンの足に包帯が巻かれているのに気づいた。タオル地のスリッパでそろそろと歩いている。そういえば足裏を切ったとコンプトンが言っていた。

「うちのなか、ぐちゃぐちゃで」彼女は顔だけふり返った。「母さんはそもそも主婦の鑑（かがみ）ってタイプじゃないし、ふたりとも帰ったばかりで。あたしはいまシャワーを浴びたとこなの」

　通されたリビングは実際ひどかった。乱雑だし、ふだんから放置されている証拠に平らな面に埃が積もっていた。

ドーンは肘掛け椅子の座面から病院で渡されたらしいビニール袋を持ちあげ、エルに腰かけるよう勧めた。「病院で退院のとき渡された洗面道具とか包帯とか。服は証拠として押収されちゃった。どれもシムズの血が飛び散ってたけど」

「たいへんだったわね」

「うん」

エルはドーンが自分を受け入れてくれるかどうかわからないまま、ここへ来た。彼女を置いて隠れ家から逃げた自分とコールダーを恨んでいるかもしれない。しかし、もし実際に憤慨しているとしても、彼女はそれを感じさせなかった。というか、感情そのものをほとんど表現していない。シムズの血が服に飛び散っていた話をしたときですら。動き方も話し方もロボットのように機械的で、不気味なほどだった。

だが、銃乱射事件直後の自分がどんなふうだったか、エルにも記憶がある。ほとんどトランス状態で過ごした。悲劇的な現実に向きあおうとするより、完全に閉めだしてしまうほうが楽だったのだ。

「なにか飲む?」

エルが断ると、ドーンはエルと向かいあわせのソファに腰をおろした。

「どうだったの?」

「どうだったって……?」

「インタビューのこと」

「そのことね。うまくいったと思うけど」

「なんで彼女の求めに応じてあげたの？　あの人、あたしたちを裏切ったのよ」

「彼女のために受けたわけじゃないの。わたしが――」

ドーンがさえぎった。「もう知ってると思うけど、あたしがフランクに隠れ家の場所を話したんだよ。だから、あそこが襲われたのはあたしのせい」口がゆがむ。「そのことで、あたしに怒ってる？」

エルは答えをはぐらかした。はっきりしているのは、ドーンが精神的にも感情的にも不安定で、病院を退院していい状態ではないことだ。彼女にはそばで見守る人が必要だ。

そろそろとそちらに話を進めた。「脳震盪を起こしたのに、こんなに早く病院から出されるなんて、驚いたわ」

「出されたんじゃなくて、母さんに頼んで、無理に出してもらったの。訴えられなくてすむようにって、病院からたくさんの書類に署名させられたのよ」

「どうしてそんなに退院を急いだの？」

「みんなに見られてることに疲れちゃったから。いっときも安らげなかった。あたしが自分を傷つけるんじゃないかって、心配だったんだろうね。ほら、あたしは保安官助手のことで、そしてなによりフランクのことで、責められる立場にあるから」

エルは共感の目で彼女を見た。「すべてを自分のせいにしないで、ドーン。ほかにもたくさんの要因があって、そういう結果になったんだから」

「かもしれないけど」

見ると、ドーンは膝の上で手を組んでいた。手は複雑な結び目のように固く握りしめられて、関節が白く浮いている。「ドクター・シンクレアには会った？」エルは尋ねた。

「何度か」

「力になってくれた？」

「ええ。ていうか、なんとなくだけど」

「自分を傷つけたい気持ちがあるの？」

「あなたまでそんなこと」ドーンは腹立たしげに首を振る。「そんなこと訊かないでよ」

突然、さっきまでのロボットの代わりに、不合理な怒りと激烈さを備えた女性が現れた。エルは引きさがった。「ごめんなさい。そんなつもりじゃなかった――」

「どうやってここへ来たの？」

面喰らって、一瞬、思考が追いつかなかった。

「病院から」ドーンは語気荒く言った。「どうやってここへ来たの？　車はなかったし、ここまで歩くのは無理だし」

「あの……Ｕｂｅｒを使って」

「ミスター・ハドソンはどうしたの？」

「コールダーのこと？」

「そう、コールダー」ドーンはぐるっと目をまわした。「コールダー・ハドソンのこと、知ってるでしょ？」

「彼のなにを？」

「あいつはどこ？　連絡を取りあってるのはわかってんだから。あんなにいちゃいちゃしちゃってさ。あいつはどこ？」

この敵意むきだしの尋問がどこから生じ、どこへ向かうのかわからなかったので、エルは慎重に答えた。「コンプトンとパーキンスが別の隠れ家を彼のために用意したのよ」

エルを見るドーンの目が細くなった。「どこに？」

「わかるでしょう、わたしはそれを言える立場にないわ」もはやはっきりと居心地の悪さを自覚していた。ドーンの家を訪ねることは誰にも告げていないので、なおさらだ。エルはさりげなくこの場を逃げだす方法を探りはじめた。

「コールダーはあなたのことを案じているわ、ドーン。あなたと話をしたいはずよ。いま彼に電話してみるわね」ハンドバッグに手を伸ばすと、ドーンに止められた。

「ううん、いい」

エルは別の方法を試みた。「あなたが退院したのを知ったら、コンプトンとパーキンスはあなたを保護する準備をしたいはずよ。ひとりでここにいるのは認めてくれないわ」

「ひとりじゃない。母さんがいる」彼女が廊下をちらっと見たので、その先が寝室なのだろうとエルは思った。「いま休んでる」ドーンはソファのクッションにもたれて、エルを見据えた。「寝てるの？」

「いまなんて？」

「あんたとハドソンのこと。取りつくろわなくたっていいの。こちとら昨日生まれたわけじゃないんだから。フランクはハドソンに嫉妬してた。あいつも隠れ家にいるのかって、何度も尋ねられた。そこらじゅう警官だらけなのにね。あたしとあいつが警官の目を盗んでやるとでも思ってたみたい」

エルに向かって指を振る。「でも、あんたたちふたりは連中の目をすり抜けた。銃撃がはじまったとき、あいつは二階にあるあんたの部屋にいたんだよね？　だから、うまいこと逃げられたんだ。なんてロマンティックなの」彼女はまつげをはためかせてまばたきした。

「ドーン、わたしは――」

彼女は大笑いした。「ショーナ・キャロウェイがそれを知ったら、自分のしでかしたことの結果にびびるかもね。それとも、知ってるのかな？」目が悪意に底光りする。「知るといいのに。知って、窒息すりゃいいんだ」ソファのクッションの端まで両足を引きあげて、立てた膝を抱えた。

そのときだった。エルはドーンの白いスリッパのつま先に血の飛び散った跡が星形に残っているのに気づいた。足裏を保護する包帯から漏れた血があそこまで染みることはありえない。鮮やかな赤い色。鮮血。

必死にパニックを隠し、手の震えを抑えつけていま一度ハンドバッグに手を伸ばすと、サイドポケットから携帯電話を取りだした。「Ｕｂｅｒの運転手が電話があったらすぐ駆けつけられるように近くにいると言ってくれたの。こんなに長居するつもりはなかったんだけど。あなたを休ませないとね」

ドーンはソファから飛びだし、エルの手から携帯電話を奪うと、部屋の奥にある暖炉に向かって投げつけた。携帯電話がレンガに激突して、床に落ちた。

エルは迷うことなくドーンの腹部に肘鉄砲を喰らわせ、彼女を押して逃げた。廊下に走りでて、叫んだ。「助けて！」最初に目に入ったドアを開いた。

ところが、ベッドのヘッドボードにもたれて座る年配女性は、人を助けられる状態ではなかった。頭が右肩に傾き、両目を見開いていた。額の中央には穴。彼女の背後の壁には、おぞましいモザイク模様ができていた。

エルは両手で口をおおった。

背後のドーンが舌打ちをした。「フランクのことと、隠れ家のことがあってから、この女、怖じ気づいちゃってさ。あたしたちが疑われることは絶対にないからだいじょうぶだって、何度も何度も言ったんだけど。

でも、だめだった。もう運の尽きだとか言っちゃって、出頭しようって騒ぎはじめたんだ。こちらからコンプトンとパーキンスに自首したら、逮捕されるよりはましな扱いを受けられるんじゃないかって」ドーンはまた声をあげて笑った。「そんなばかな話、聞いたことある？」

# 39

ドーンがいるはずの病室の外で見張りに立っていた保安官助手は、コンプトンから手厳しい叱責を受けていた。その長いお説教を中断したのは、携帯電話の着信音だった。

コンプトンはベルトから携帯電話を手に取り、画面を見て、パーキンスに差しだした。

「ハドソンからよ。わたしたちが行くまでに家にいないと、痛い目に遭わせると伝えて。もう少ししたら行くからって」

パーキンスは携帯電話を受け取って、電話に出た。「パーキンスだ。コンプトンの電話に出てる」

「ドーンだ」

「はあ？」相方が保安官助手を叱りつける声がうるさいので、パーキンスは片耳に指を突っ込んで、コールダーの声を聞こうとした。

「よく聞け。ドーンだったんだ。母親と夫もぐるかもしれないし、ドーンの単独犯行かもしれないが、背後にいるのは彼女だ」

「背後って——」

「フェア会場銃乱射事件の」コールダーは叫んだ。「すべての。報復だったんだ。彼女の父親は新聞の写真に写っていた男のひとりだった。オピオイドの過剰摂取で死んだ男、スミッソンという名だ。ジム・スミッソン。その妻がマージョリー、娘がドーン」

パーキンスが指を何度か鳴らすと、コンプトンは保安官助手を叱るのをやめて、相方を見た。彼が顎で物置を示したので、コンプトンは彼についてせまい空間に入った。予備のブランケットとおまるがしまってある。「ハドソンはドーン・ホイットリーが銃乱射事件の背後にいると言ってるぞ」

「ええ？」コンプトンは驚きの声で応じた。

「やつはそう言ってる」

コールダーは携帯電話に叫んだ。「ドーンなんだ！　パーキンス、聞いてるのか？」

「コンプトンにも来てもらった。スピーカーに切り替えて、ふたりで聞いてる」

「いまどこだ？」

「病院だ」

「よし、よかった。エルに会ったか？　ドーンのみまいに行くというメッセージを受け取ったんだが、いまかけたら電話がつながらない。この件をすぐにでも彼女に伝えないと」

「メッセージを受け取ったのはいつ？」コンプトンが尋ねた。「エルはゲストハウスに帰る途中のはずよ」

「ドーンをみまうため、エルはグレンダに頼んで、病院で降ろしてもらったんだ。グレンダは会社で、迎えにきてくれとエルから連絡が入るのを待ってた。だが、まだ連絡がないから、たぶんエルはいまもドーンといっしょだ。彼女をドーンから引き離せ」

刑事ふたりは目を見交わした。パーキンスはそっと物置を出た。コンプトンはコールダーとの通話を続けた。「ドーンが事件の背後にいると思うのは、どうして?」

「そちらについたらすべて話す。とにかくエルを彼女から引き離してくれ。ドーンの身柄を確保すべきだ。事情聴取をするためだけにでも。参考人としてでもなんでもいい。母親もいるようなら、彼女も逮捕したほうがいい」

「もういないのよ、コールダー」

「いないって、どういうことだ? 病院からどこへ行った?」

「ドーンは退院したの」

「なんだと。いつ?」

「一時間と少し前。彼女の夫の件で矛盾する点があったから、ドーンに尋ねようと――」

「あとにしろ。エルはどこだ?」

「パーキンスが調べに行った。ドーンに関する疑いはどこから?」

「ミセス・ドレーパーだ。彼女に会いに行った。帰りがけ、彼女の口からオピオイドの過剰摂取で死んだ男の妻がダラスに引っ越したという話が出た。詳しくはあとで話す。いまじゃなくていい。それよりエルは?」

戻ってきたパーキンスがこの質問に答えた。「エルはここにいたが、出ていった」いつになく険しい口調だった。「受付で病室を尋ねたときにドーンが退院したと聞かされて、帰ったそうだ」

「帰ったって、どうやって？　どこへ行った？」コールダーは問いを重ねた。

「表玄関の警備員はＵｂｅｒだったと思うと言ってる。行き先はわからない」

コールダーの苦しげな息遣いが大きくはっきりと聞こえてくる。「彼女の行き先を誰も知らないのか？」

「わたしたちが探すから」コンプトンが言った。「あなたはゲストハウスに帰って、そこで待ってて。あちらで合流――コールダー？　コールダー！」

電話は切られていた。


ドーンはエルの携帯電話を踏み潰した。「もう壊れてるだろうけど、用心するに越したことないもんね」

エルはリビングの同じ椅子に戻っていたが、今回はダクトテープで肘掛けに腕を固定されている。抵抗はしなかった。うなじにドーンの温かな呼気だけでなく、拳銃の冷たい銃口が押しあてられているのを感じたからだ。

ドーンはなぜか慇懃（いんぎん）だった。寝室のぞっとする光景からエルを遠ざけて、リビングに戻した。椅子に座るよう身振りで指示し、サイドテーブルの抽斗からダクトテープを取りだした。

「母さんは変な場所にしまうんだよね」ドーンが言った。「母さんのおかしな癖のひとつ。前なんか、ライターの燃料缶が銀器の抽斗から出てきてさ」その愛情深い笑顔にエルは気分が悪くなった。胆汁が喉の奥に込みあげる。

歯でちぎり取った銀色のダクトテープをドーンから渡されて、右腕と肘掛けに巻きつけろと言われたとき、エルは逆らわなかった。「ずるすんなよ。ぎゅっと巻いて」

右腕が固定されると、ドーンは見るからに恐ろしげな拳銃をオットマンに置き、新たにちぎったダクトテープでエルの左腕を固定した。「できた。手と指の血行が悪くなるかもだけど。コールダー・ハドソンがいつ登場あそばすかによるね」

「彼は来ないわ。わたしの居場所を知らないもの」

「ふん、あいつは利口だもん。ちゃんと突きとめて、やってくるって。で、来たら、あたしが殺してやるの」

「お母さんを殺したように」

「フランクもだよ」

「どうやって……どうしたらそんなことができるの、ドーン？　あなたは隠れ家にいたわ」

「そりゃ、引き金を引いたのはあたしじゃないけど。でも立案はあたし」

「誰が引き金を引いたの？」

「母さん。ね、これなら、あたしのアリバイは完璧だよね。それがさ、今日になって警官たちがフランクは〝正体不明の襲撃者〟を知ってたはずだって、しつこく言ってきてさ。なぜなら〝無理に侵入〟した形跡がないし、銃は〝至近距離〟から発砲されてるし、〝防御創〟もなくて、〝死亡時刻〟が〝おかしい〟からだって」

　エルはコンプトンがコールダーと自分に確認したい〝矛盾〟があると言っていたのを思いだした。フランク・ホイットリーの殺害に関することだったの？　その可能性は高い。

「母さんはあたしの指示どおりに実行した。保安官助手があたしを連れ去ると、母さんはすぐフランクのところへ行った。フランクは取り乱してたって。母さんはそんな彼をおちつかせて、安心させた。あの人はなんにも感じなかったはずだよ。フェア会場のときと同じように、自殺に見せかける予定だったんだけど」ドーンがため息をつく。「犯罪現場のことをいろいろ尋ねられると、母さんがびびりだしちゃって。そして終わりにしたほうがいいんじゃないかって言いだした」

「誰が隠れ家を襲ったの？」

「もう、なに言ってんの、エル、母さんだよ！」エルの壊れた携帯電話を脇に蹴り、ソファに腰かける。「でね、アイオワからこっちに引っ越してきたあと……そのことは知ってる？」

　エルはかぶりを振った。

「そっか、長い話でね。退屈させちゃ悪いからいまは言わない。ともかく、あたしたちがこっちに引っ越してきたのは、コールダー・ハドソンを殺すためだった」

　エルには呑み込みにくい発言だった。「どうして？」

「あいつがあたしたちの人生をめちゃくちゃにしたから」

「どうしてそんなことに？」

　理解不能な人間が語る、長くて退屈な話でかまわなかった。彼らに――コールダーに――

自分を見つける時間を与えなければならない。彼にはドーンのおみまいに行くとだけ、メッセージで書き送った。彼は病院のことだと思っているだろう。エルは埃っぽい炉棚に置かれた時計を盗み見た。あと三分で五時になる。約束の時間までに家に戻らなかった場合——

「だから、あたしが屈辱から救ってやったの」

不穏な発言を聞いて、エルは物思いから引き戻された。「ごめんなさい。なんの話?」

「父さん。マックスウェルをクビになったっきり、仕事が見つけられなくてさ。事故のあとはとくに。ひどく背中を痛めちゃったから。歩くのもやっとの人が働けるわけないよね。うちの車は取りあげられちゃってたんで、父さんはあのまぬけなオートバイに乗ってた。医療費がかさんで家を売らなきゃならなくなって、ちんけなアパートに引っ越した。なにもかもミスター・コールダー・ハドソンが父さんをクビに追い込んだからだよ。薬漬けになったのだって、あいつのせいだ」

エルは写真の男のひとりが薬物の過剰摂取で亡くなったのを思いだした。「オピオイド?」

「そう。父さんは哀れだった。痛ましかった。ある日、父さんはあたしに死んだほうがましだと言った」ドーンは肩をすくめた。「あたしもそう思った」

「それであなたがお父さんをその屈辱から救ってあげたのね」

「たぶんほっといてもそのうち自分でそうしてたけどね。事故にしろ、わざとにしろ」彼女は身を乗りだして、テレビのリモコンをつかんだ。「さあ、ショータイムだ」

エルは時計を見た。五時一分前。あと少し、あと少し。もうそこまで来ているかもしれない。刑事たちはグレンダに電話をしてふたりの居場所を尋ね、どうしてゲストハウスにいないのかと訊く。だがグレンダにも、すぐに病院を出たことは言っていない。ドーンの家を訪ねることを反対されるのがいやだったからだ。見当外れの同情心ではあるけれど、隠れ家に残してきたことでこの若い女性に負い目を感じていた。

短い表敬訪問にして、そのあと誰にもここへ来たことを気づかれることなく病院に戻る。そこからグレンダに電話をして車で迎えにきてもらい、事後報告をして許しを請うつもりだった。

「はじける寸前のポップコーンの気分」ドーンはクッションをつかんで、抱きしめた。

ドーンが言ったとおり、コールダーは利口だ。彼なら突きとめてくれる。コンプトンとパーキンスが必要な人材を集めて——

「あんた、なんだか顔が白く見えるね」ドーンが言った。

エルはテレビを観た。ショーナが偽りの温かな歓迎のあいさつとともに、インタビューをはじめようとしていた。エルはふだんより色が白く見えた。「蛍光灯の明かりの下だったからよ」

「ふーん」

「ドーン、殺すという脅迫はどうやったの？」

彼女はくすくす笑った。「ああ、あれね。銃乱射事件の直後に思いついたんだよ。あたしが疑われる心配はなかったんだけど、万が一に備えて、母さんとあたしであたしの命を脅かす脅迫の文言を考えたんだ。あのガキのタトゥーに触れるのを忘れないようにしてさ。それがあれば、あたしが犯人である疑いがきれいに晴らせるもんね。

母さんは、いなくなった猫を——亡くなって十年以上になるらしいんだけど——探して近所をほっつきまわってるぼんやりした人をつかまえてきて、プリペイド方式の携帯を買わせた。それであたしに電話をかけてメッセージを残し、そのあと携帯を捨てた。いやになるほど練習したよ。あんたも聞いたとおり、母さんはほんと上手に声音を変えてた。

そこのブロンド女が——」ドーンはテレビに向かってうなずきかけた。「あたしたちの名前をテレビで流したとき、脅迫を持ちだすならいまだと思った。それが原因で警察はあたしたちを集めるしかなくなるから、あいつに接触できる」

「コールダーのこと?」

「あんたにもだよ。だってね、そのころには、あんたたちふたりをいっしょにしとくと、危険かもしれないと思ってた。それに、あたし……ほら、わかるよね」喉元で人さし指を横に動かしてから、テレビに目を戻した。

エルの手は血行が悪いせいでじんじんしだし、頭がぐらぐらした。それでも時間稼ぎのため、ドーンの気持ちをそらしておかなければならない。

「じゃあ、あなたのお母さんが隠れ家を襲撃したのね?」

ドーンはテレビから目を離さなかった。「そうそう。昼も夜も大忙しで、あたしがダラスの病院に運ばれてきたときには、ぐったりしてた」

エルは頭のなかにあるものを声に出して言った。「あなたが隠れ家から電話した相手はフランクじゃなかった。お母さんだった。それで指示を出して、部屋の配置とかの情報を伝えた」そのあと尋ねた。「ドーン、あなたのお母さんは、どうやったらあなたにあてずに銃を連射できたの？」

ドーンがこちらを見て、眉をひそめた。愚かなエルをとがめるように。「練習したから。こっちに引っ越すとき、父さんの銃器をごっそり持ってきた。それで、人気のない場所で練習した。母さんもあたしも名人級の腕前になったんだよ」

「フランクはあなたの計画を知っていたの？」

「まさか。フランクには人なんか撃てない。そんな度胸あるもんか。あたしが彼と結婚したのは、いざというときスケープゴートになる人が欲しかったから。でも、いい旦那だった。あたしのこと、よく面倒見てくれてさ。ときにはうっとうしいくらい、あたしにつきまとっちゃって」

「どうやって――」

「シーッ。あたしはこれが聞きたいの」彼女はテレビに集中した。エルがチャーリー亡きあとの生活を語っている。〝朝起きるという、ただそれだけのことが試練でした〟テレビのなかのエルが言っている。〝息子のいない日に向きあいたくなかった。息子なしの、悲しみに立ち往生する日々が続くのだと思いました〟

ドーンがエルを見た。「あんたの坊やを殺すつもりはなかったんだよ。あたしが狙ってたのはコールダー・ハドソンだった。十億分の一秒、撃つのが遅くて、あいつが動いたあとだった。銃弾はあんたの隣にいたじいさんにあたった。あたしはさらにあいつの方向に何発か――何発かわからなくなってたんだけど――撃った。でも、あいつが地面に伏せたせいでそれもあたらなかった。

そのころにはもうみんなあの人込みのなかに犯人がいるのに気づいてた。みんなパニックを起こして、四方八方に走ってた。あたしはしくじったと思った。チャンスをのがしたと思ったから、あたしも走った。そのとき、あんたのあのふざけたベビーカーにぶつかったんだ。ところが、それがさいわいした。誰か追ってくるかと思って背後をちらっと見たら、そんな人はいなかったけど、ハドソンがいた。あいつはヒーロー気取りでベビーカーが倒れる前につかもうとしてた。あいつが手を伸ばしたとき、あたしの撃った弾が運良くまぐれであたった。

死んだと思った。〝やってやった！　クソ野郎〟と。なのに」ドーンはため息をついた。「あたしはそこまで運が良くなかった。死んでなかったのさ。銃弾はまんまとあいつを貫通してた。だからさ、エル、あんたの息子が死んだのはあいつのせいなんだよ、あたしのせいじゃなくて」彼女は目をテレビに戻した。

いまごろはもうみんな自分を探しているはずだ、とエルは思っていた。あとどれぐらい持ちこたえればいいのだろう？　ショーナはインタビューをどの程度削ったのか？　どのぐらいの時間放映されるんだろう？　救援隊が駆けつける時間はある？　インタビューが終わって、ドーンの気を惹くものがなくなったら……。

　話を続けさせるしかない。

「あの日コールダーがフェア会場にいると、どうしてわかったの？」

「あいつをつけてたから。ずうっとだよ。といっても、ダラスにいるあいだだけどね。あいつはしょっちゅう街を出て、よその人たちの首を切る仕事をしてた。戻ってくるのを数カ月待ったこともあるぐらいだ。でも街にいるあいだは、だいたい同じスケジュールで動いてて、あたしたちはそれを追ってた」

「コールダーが夜遅く出かけることもあったはずよ。フランクは疑わなかった？　あなたの……夜遊びを？」

「彼には、母さんが発作を起こすから、ついててあげなきゃならないって言ってあった」

「どんな発作だったの？」

「あんた、ばかなの？　ほんとに発作を起こしてたわけじゃなくて、フランクにそう言ってただけ」

「彼は信じていたの？」

「信じない理由がある？」

　自分が相手にしているのが現実の世界を生きていない人物であることはわかっていた。ドーンにおしゃべりを続けさせるには、エゴに餌を与えつづけなければならない。「コールダーにばれなかったなんて、とても抜け目のないストーカーだったのね」

「ああ、そうだよ。ショーナにも気づかれたことない。当然だけど、あたしたちはあいつらの住まいを知ってた。あいつらみたいに傲慢な連中には、母さんやあたしみたいな人間なんか絶対に目に入らない」

ドーンの顔がこわばって憎しみの表情になり、エルは骨の髄までぞっとした。そんな表情をさせている物思いからドーンを引き離すため、エルは言った。「フェアのあった日、どうやって彼がそこにいるのを知ったか、話してくれるのよね」

「そうそう。えっと、あいつは半年ぐらい前からダウンタウンの超高層ビルで働いてた。あたしたちは平日は毎日、駐車場から出るあいつの車を尾行してた。やつはどうってことのない車を運転して、何者でもないふりをしてた。

ところがその日のやつは、ジャガーに乗って駐車場から出てきた。あたしたちはつけた。簡単じゃなかったよ、はっきり言って。あいつは猛スピードで飛ばすからね。そしてその日は、いつも以上にスピードを出してた。やつが走りに走るんで、こっちはあきらめてまた別の日を待つことにするところだった。

でもそのとき、あいつがフェア会場に向かっているのに気づいて、そこなら完璧なのがわかった。暗さはじゅうぶん。それにたくさんの人。あたりを走りまわる怯えた群衆にまぎれ込める。あたしは母さんに準備するよう言った」

「準備？」

「変装の。ずうっと母さんの車のトランクに入れてあった」

「あなたの野球帽ね」

「そう。ぱっと見、あたしは少年みたいだから」

「でも、リヴァイ・ジェンキンスのことはどうやって知ったの？　彼がいたテントとか、そういうことすべて？」

「知らなかった」こんどもドーンはいらだったようすでエルを見た。「べつにあたしたちは千里眼じゃないんだからさ」

「ほんとに独創的な計画だわ」エルはまやかしの驚嘆をあらわにドーンを見た。

ドーンの顔が輝いた。「でしょ」

「わたしはあなたがどうやって成功させたか、理解したいだけなの」

「そうだね、発砲しはじめたときにはわかってた――」

「銃はどこにあったの？」

「ウインドブレーカーのポケット。入れたまま撃ったんだ。帽子はわざと落としてきた」

「DNAが残るのが心配じゃなかったの？」

「いいや。あんた、話を聞いてた？　コンプトンが言ってたよね？　野球帽のDNAと照合するには容疑者が必要だって。で、あたしは容疑者にはなりえない」

ドーンはげらげら笑った。「ほら、被害者を疑う人なんていないから」

# 40

コールダーは刑事たちとの電話を切ると、走行していた車線を出て高速道路の路肩に寄り、車を停車させた。もう一度、グレンダに電話をかけた。

「なにがどうなってるの？」彼女は電話に出るなり言った。

「スミッソンという女。きみが彼女に売った家の住所は？」

「コールダー、エルはどこなの？　電話してこない――」

「わかってる」

「なんであたしに連絡がないの？　なにが起きてるか教えて」

「いいから住所を教えろ！」

腹立たしそうなため息ののち、グレンダは住所を述べた。

「恩に着る」

「待って！」

コールダーは待たなかった。電話を切っていま聞いた住所を車のナビゲーションシステムに音声入力した。タッチスクリーンに地図が表示された。「クソックソックソッ！」いま向かっているのは反対方向で、目的地への予想到着時間は二十二分だった。

急いでジャガーを車線に入れ、方向転換をするためつぎの出口に向かいながら、コンプトンに電話をかけた。「ドーンの母親の家がわかった」

高速出口下の信号が赤になる。コールダーは左右を見てわずかな隙間をとらえるや、鋭く左にハンドルを切った。アンダーパスを過ぎた先の信号も赤で、左折して本線に入ろうとする車が何台か前に溜まっていた。

「もうわかってる」コンプトンが言った。「いま病院を出て、そっちに向かってるところよ」

「そうか、急いでくれ。SWATは呼んだのか？」

「SWAT？　コールダー、まだドーンから話も聞いてないのよ。この段階じゃ――」

「なぜだめなんだ？」信号が青に変わった。前の車が走りだすのをじりじりと待った。「早く動け！」前の車に向かってどなってから、コンプトンに言った。「いいか、フェア会場銃乱射事件の犯人なんだぞ」

「まだわからないわ。わたしたちにも、あなたにも」

「そうだと直観が言ってる」ふたたび高速道路に入り、のんびり走る車数台のあいだを縫って比較的すいた車線に入ると、床までアクセルを踏み込んだ。

コンプトンが言っている。「逮捕の根拠になるような証拠はないのよ。まずは彼女と話をして、そのあと――」

「話って正気で言ってるのか？　おれに対する何者かの復讐だったという説を持ちだしたのは、あんたたちだぞ。いまその何者からしき人物がわかったんだ。まずは彼女を拘束して、話はそのあとだ」

「あなたはベビーカーにぶつかった人を見て、男性だと証言した。ドーンじゃないわ」

「可能性はある。彼女は長身だ。それに簡単に手に入る野球帽だぞ、忘れたか？　でもいまはそういうことは全部、どうでもいい。こまかい話はあとまわしだ。とにかく——」

「ドーンは被害者よ。撃たれたところで倒れて、彼女の脚から取りだされた銃弾は、あなたを含むほかの死傷者に使われた銃弾と同じ銃から発砲されたものだった」

「いいか、おれにも彼女がどうやったかはわからない。それでも、彼女がかかわってることはまちがいない。感じるんだ。そしてエルは彼女といっしょにいる。だから屈強な連中をその家に送ってくれ。連中やあんたら、それにおれも、笑い物になるかもしれない。だが、もしおれが正しかったら——」

「あなたが正しいと感じるからって、他人の家に押しかけるわけにはいかないの。この国には市民権を守る法律があるんだから」

「ああそうか、あんたがそんなものにしがみついてるあいだに、おれはエルを傷つけるやつがいたら、その権利を踏みにじる以上のことをしてやる」

「コールダー、聞いて。頼むから、おちついて。あなたは過剰に反応してる」一拍置いて、彼女はつけ加えた。「あなたの衝動的な行動によって、チャーリー・ポートマンがどうなったか思いだして」

横っ面を張られたように、コールダーの視界に怒りの赤い靄（もや）がかかる。まばたきをしてそれを払った。「くたばれ」

ふたたびコールダーが電話を切ったことに気づいて、コンプトンは彼を罵った。パーキンスに言った。「聞こえてたわよね。どう思う？」

彼が熟考したのは、わずか鼓動一拍分だった。「屈強な連中を送り込め」

コールダーは二十二分かかる道のりを十二分で走りきった。

当該の住所はかろうじて中流に分類される住宅街にあった。すべての住宅がレンガ造りだが、木製の縁取りはペンキを塗りなおす必要があり、生け垣は伸び放題、屋根のこけら板は丸まっていた。

家の番地標示を見つけ、縁石のところに立てられたへこみのある金属製の郵便受けに記された名前を見て、マージョリー・スミッソンの住居であることを確認した。私道にフォード社の小型車が停めてあった。

スミッソン家のあるブロックの端まで車で流して角を曲がり、荒れ果てた公園の前に駐車した。車を降りながら人目を気にしたが、通りすぎた家々は鎧戸（よろいど）が閉まっていた。印象としては、他人ごとには首を突っ込まないというのが、最善の処世訓である界隈（かいわい）のようだ。

コールダーは、コンプトンから非難されたほど、衝動的ではなかった。スミッソンの家のなかのようすがある程度把握できるまでは、〝押しかけ〟ない。なにかあるとしても。

無駄足に終わるかもしれない。できれば、そうであってもらいたい。だが、直観がそうはいかないと告げていた。

スミッソン宅の二軒隣は、庭に〝貸家〟の看板を出していた。看板を出してだいぶたっているようだ。その家が空き家であることに賭けて雑草だらけの表の庭を抜けると、家の側面をまわって裏庭に出た。どこか近所の犬が吠えはじめたが、無視してその隣家の裏庭を突っ切った。マージョリー・スミッソンの家の裏庭とは、金網のフェンスで隔てられている。コールダーはそれをよじ登って越えた。

そこで立ち止まり、周囲を見まわした。ずんぐりとした四角い家のなかから、コールダーのようすを見聞きしている気配がないかと、耳を澄ませる。なにもないので家の裏手にある縦長の窓ふたつのうちの片方に近づき、両手を目のまわりにあてがって、窓からなかをのぞき込んだ。

窓ガラスを隔ててわずか一メートル先に、なかから首をねじって彼のほうを見ている女がいた。けれどその女の開いた目はなにも見ていなかった。あまりに予想外で異様な光景だったので、とっさに後ずさりをして、口から息を吐いた。

すぐに気を取りなおすと、ポケットから携帯電話を取りだして、コンプトンにテキストメッセージを送った。〝マージらしき女の頭部に致命傷。北東角の寝室。突入する〟。

携帯電話が消音になっているのを確認してから、裏口に続く階段の代わりになっているぼろぼろのコンクリートブロックにそっと近づいた。外側のドアは網戸になっている。息を殺して、動かしてみた。錠はかかっていないが、開けると蝶番（ちょうつがい）がきしんだ。コールダーは待った。ここまでうまくいっている。網戸と内側の通常のドアのあいだに入り、ノブに手をかけた。回った。心臓をばくばくさせながら、ドアを押し開いた。

聞き慣れた声が耳を打って、びくりとした。ショーナの声だ。

何秒か耳を傾けると、こんどは深みのあるエルの声が聞こえてきた。それで放映中のふたりのインタビューだと察した。

散らかったキッチンに足を踏み入れた。テレビのおかげでこちらの物音がまぎれるが、ブーツではなく靴をはいていたらよかった。足音が――

ドーンの声がして、コールダーは凍りついた。

「あんた、話を聞いてた？　コンプトンが言ってたよね？　野球帽のＤＮＡと照合するには容疑者が必要だって。で、あたしは容疑者にはなりえない。ほら、被害者を疑う人なんていないから」

テレビの音声はいまも流れているが、コールダーにはもはや砂嵐と同じだった。じりじりとキッチンを横切り、出入り口を抜けて小さなダイニングに入った。ダイニングの奥に大きな開口部があり、その向こうがリビングだった。

コールダーの左手の壁にかかったフレーム入りの鏡にエルが映っていた。椅子に腰かけている。まだ生きている彼女を見つけられたことに一瞬、安堵が身内を駆け抜けるのを感じたが、よく見ると、彼女の両腕は椅子にテープで固定されていた。

彼女はコールダーに気づいていなかった。自分の存在を合図して伝えたいと思う反面、彼女にドーンの警戒心を招くような反応を起こさせたくなかった。

「どうやって逃げる計画だったの？」エルが尋ねた。

「母さんとふたりでハドソンを追って会場のなかに入ったら、右手にゲームのテントがあってさ。あたしは母さんに、大混乱になったら、ならんだテントのいちばん手前に向かって、と言った。そのあたりで落ちあおうって。

大混乱のさなかなら、あたしが拳銃とウインドブレーカーを母さんに渡したって、誰も気がつかないと思った。実際、誰も気づきゃしなかった。どいつもこいつも自分の心配ばっかりでさ。母さんの腕前は信頼してた。あたしをケガさせることになってたから。そんなにひどくなくね」

「撃たれることは、計画のうちだったってこと？」

「ああ、そうだよ。それが成功の鍵だった」

「そう」

「母さんと相談して、ケガするなら軽くてすみそうなふくらはぎにしようと決めた」

「一生、足が不自由になったかもしれないのよ、ドーン。たいへんなリスクだわ」

「計画全体がリスクだった。でも、やるだけの価値があった」

エルはなにも言わなかった。

「それはともかく」ドーンは続けた。「母さんはあたしが倒れて、たいしたケガじゃないのを確認すると、テントに走った。そこにいたのがあのヤク中だよ」げらげら笑う。「母さんがあとで言ってたんだけど、あの男、死ぬほど怖かったらしいよ。なんにも言わなくて、どんよりした気色の悪い目で見つめてきたって。母さんはそれがマリファナのせいだと気づくと、まっすぐ彼に近づいて、頭を撃った。あの男、怯みもしなかったって。警官は彼が最後の銃弾を自分のために残しておいたと思ったみたいだけど、ほんとは、かわいそうなリヴァイのために一発残ってたのはたんなる幸運だったってわけ。まるでこうなる運命だったみたいだよね？　ほら、どうせ生きてたってしょうがないやつだったんだし」

なんたることだ、とコールダーは思った。

ドーンの独白は続いた。「でね、母さんにはあいつの手に銃を持たせるだけの冷静さがあった。着てたスウェットの内側にだめになったウインドブレーカーを詰め込んでテントの裏から外に出ると、そのへんの人といっしょになって叫んだりわめいたりしながら出口に向かった。

そのあと、母さんは〝娘が見つからない〟という演技をした。錯乱したみたいに大騒ぎしてさ。わかるよね。ERに駆けつけたフランクだって、あたしたちふたりにとって事件がトラウマになると思い込んだぐらいなんだよ」

「自分を撃たせるなんて、すごい犠牲を払ったのね」

「必要悪だよ」

「どういうこと？」

「それならコールダー・ハドソンが標的だったと思われないから」

自分の名前を耳にするや、コールダーの胃は締めつけられた。

「だって、警察はあいつに恨みを持つ人がいないかどうか経歴を調べるだろうし、そうなったら、あたしたちまでたどり着いちゃうかもしれない。だから、ゆきずりの犯行に見えるようにしとかなきゃ」

エルはのろのろと応じた。「でも、ドーン、あなたはコールダーは死んだと思った、と言ってたわよね。まぐれであたったと。だったら、なぜ彼が倒れたあとも、群衆に向かって発砲を続けたの？」

「どれだけの人を傷つけたか、ハドソンが気にしてたと思う？　あたしや母さんみたいな二次的な被害者のことなんか、絶対、考えたことないよ。あたしらは巻き添えを喰らった。あいつはあたしたちのことをなんとも思ってなかった。だったら、なんであたしたちがあいつのせいで苦しむ人のことを考えなきゃいけないの？

それにね、エル」物のわからない人間を諭すような口調。「銃乱射事件として扱われるには、四人以上撃たなきゃだめなんだよ。あたしはそう見せたかった」

ドーンの冷酷さにうんざりしたらしいエルが、そっぽを向いた。そのとき、鏡に映ったコールダーに気づき、はからずもエルの体がびくりとした。コールダーは首を振って、唇に指をあてた。

エルはあわててドーンを見たが、どうやら気がついていないらしい。

コールダーは鏡に映るリビングをよく見ようと、軽く身を乗りだした。行動する前に配置を把握しておきたい。ドーンはソファに腰かけて背中をこちらに向けている。顔はエルのほうではなく、テレビのほうを向いているようだ。

インタビューのなかで、エルが言っている。〝わたしが責めるのは、引き金を引いた人物だけです〟

ドーンがはずんだ声で言う。「あんたはそれと知らずに、あたしのことを話してた」

ショーナが言った。〝隠れ家を襲撃した人物が、フェア会場銃乱射事件の犯人だとすると、きわめて不遜な男ですね〟

「犯人のこと男って言ってるのに気づいた？」ドーンがあざ笑った。「みんなそう。女にはできないと思ってるみたい」

〝ええ、不遜ですね、大胆ではなく〟コールダーはエルがそう言っているのを聞いた。

「なに？」ドーンが叫んだ。「あんた、なにが言いたかったの？」

エルは淡々と答えた。「その言葉どおりよ、ドーン」

〝説明していただけますか？〟ショーナが尋ねた。

〝不遜さに必要なのは常道を逸したエゴだけです。肥大しているにしろ、踏みつけられているにしろ、そのエゴが個人の行動を支配します〟

ドーンが立ちあがった。「あたしのこと、常道を逸したって言った？　なんなのよ？」

〝その常道を逸したエゴがいまだ正体不明の被疑者を突き動かしているとお考えですか？〟

〝そうですね、わたしに判断する資格はありませんが、セミオートマチック拳銃を身を守るすべのない群衆に向かって発砲することに勇敢さがかかわっているとは思えません。無関係です。その背後にあるのは、勇敢さではなく邪悪さです。二歳の子を殺すのに勇気はいらない。臆病者のすることです〟

「クソ女！」ドーンがどなった。腕を振りかぶって、エルの顔を拳銃で思いきり殴った。

コールダーはリビングに突進した。ソファを飛び越え、ドーンを床にうつぶせに倒して、その上にのしかかった。

だが、それでもまだ彼女は屈しなかった。

ドーンは腕をいっぱいに伸ばして、コールダーの届かないところへ拳銃を遠ざけた。そこから三発の銃弾が放たれるや、家全体が内側に向かって破裂したようになった。ドアというドアが開け放たれ、あらゆる方角からＳＷＡＴ隊員が突入してきたのだ。

コールダーはその一瞬の隙を衝いてドーンの背中を這いのぼり、伸びあがって彼女の手首をつかんだ。コールダーが手を床に押さえつけたので、彼女が銃弾を放ちつづけても、もはや幅木にしかあたらなかった。

彼女は異様な叫び声をあげながら、コールダーを振り落とそうとした。ブーツをはいた足が銃を持った彼女の手の甲を踏みつけた。「銃を放せ！　放すんだ！」

別のＳＷＡＴ隊員がコールダーを彼女から引きはがして押しやるや、ほかの隊員たちがドーンを取り囲んで銃を取りあげ制圧した。

コールダーはおぼつかない足取りで椅子に近づいた。完全装備の隊員のひとりがエルの腕からダクトテープをはがしている。エルは自由を取り戻すなり、コールダーに抱きついた。どこにも血の跡はない。それを確認しつつも、コールダーは彼女を抱きよせて撃たれていないかと尋ねた。

「いいえ。あなたは？」

「いいや」ふたりは抱きあいながらも玄関から庭に押しやられた。そこへ救急救命士が手当をしようと駆けよってきた。

「彼女がケガしてる」コールダーは最初に近づいてきた救命士に訴えた。

「だいじょうぶよ」エルは言ったが、その頬には赤く打撲の跡が残り、早くもそれが腫れてきている。

「こちらへ」救急車の一台に導こうと救命士は彼女の腕を取った。通りには何台もの緊急車両があっちこっちを向いて停められていた。コールダーはしぶしぶ彼女を救命士の手にゆだね、その後ろをついていった。

「コールダー！」

立ち止まってふり返ると、コンプトンとパーキンスが大股で近づいてくる。コンプトンは興奮していた。「だいじょうぶだった？」

「ああ。だがドーンがエルの顔を拳銃で殴った。骨が折れてるかもしれない。もしかすると」彼はふたりに背を向けて、小走りに救急車へ向かった。

「コールダー！」

また立ち止まって、ふり返った。コンプトンが言った。「あなたのフェア会場での衝動的な行動についてわたしが言ったことだけど、謝らなければ」

コールダーはコンプトンとパーキンスを交互に見た。「よしてくれ。あんたの言ったとおりさ」

# 41

フェア会場銃乱射事件の犯人の劇的逮捕を受けて、コールダーはマスコミから追いまわされることになった。コンドミニアムを一歩外に出れば、マイクとカメラの列のあいだを駆け抜けなければならなかった。そんな日が五日続いたのち、コンプトンとパーキンスの許可を得て車でカリフォルニアに旅立った。

自分では両親のための帰省だと言い聞かせていた。生きて困難を切り抜け、問題なく元気にしている姿をじかに見せなければ。だが実際には、膝に擦り傷を作って走って家に帰る子どもと同じだった。求めているのは慰めと安心、そのうちかさぶたができる、いま苦しめられている痛みもやがてはやわらいでよくなる、と言ってもらう必要があった。

両親から、おまえのせいじゃない、と言ってもらう必要があった。

ふたりは息子が帰ってきて大興奮だった。コールダーと、最近の検査の結果がよかった父親は、海を見はるかす自宅裏のテラスでラウンジチェアに座って長い時間を過ごした。ある昼下がり、コールダーは自分のなかで温めていたアイディアを父に投げかけた。

「新たなビジネスプランなんだ。会社に潜入してリストラぎりぎりの従業員を切るんじゃなくて、彼らの弱点を洗いだして改善方法を教えたり、逆に長所に合わせて業務を割り振るようにしたらどうだろう。

それなら労働者の幸福を追求しつつ生産性をあげられるから、収益の増加にもつながって、上層部もよろこぶ。まだアイディアだけで、青写真の段階だけどね。この話をするのは、父さんがはじめてだ。意見を聞かせてくれないか、父さん」

「わたしはいいと思うね。削ることより、積みあげること」

コールダーはにやりとした。「新しい名刺に印刷するキャッチフレーズになりそうだ」

まじめな話はそこまでだった。だいたいの時間は社会的な重要事とは無縁の話をしていた。くだらないエピソードに富んだ思い出話のかずかずをネタに、涙が出るまで笑いころげた。

人生をどうとらえているかとか、時に残酷な人生の逸脱をどう考えているかとか、お互いをどう思っているかといった扱いのむずかしい事柄は、気安い沈黙のうちに、心が通じあっているとわかる目つきや笑みなど、よりとらえどころのない方法でやりとりした。

母親のほうはもっとはっきりしていた。息子の世話を焼き、食べさせ、帰るまでに二・五キロは太らせると誓っていた。いつも以上に愛情をあらわにし、理由もなしにしょっちゅうハグをし、息子を抱えて感極まった声でささやいた。「ああ、コールダー、あなたを失うところだったなんて。わたしたちのベイビーを、わたしたちの坊やを。あのかわいそうな女性が気の毒でならないわ」

エルのことだ。エル、一人息子であったベイビーを失った人。コールダーは絶えず彼女のことを思い、彼女が感じている痛みを思った。彼女の人生が続くかぎり、その痛みが彼女のなかに残りつづけるという事実に苦悶した。

毎日ひとりで何時間もビーチを歩いて波打つ太平洋を眺めたり、砂浜に寝そべって夜空を見つめたりした。許しを求め、天に尋ねた。責められるべきはおれなのか？

マスコミを驚かせたこと、それは、エルがフェア会場銃乱射事件のあと以上に世間を避けたことだ。インタビューの依頼をことごとく断って、自宅に引きこもった。彼女からなにも引きだせないまま数日が過ぎると、彼女の自宅前に陣取っていたジャーナリストたちはひとりまたひとりとバンに荷物を積んで引きあげた。

両親がやってきて、週末を過ごしていった。つねに変わらず娘を思ってのことだったが、ふたりが帰るとエルは肩の荷をおろした気分になった。エージェントのローラはほぼ一日置きにようすうかがいの電話をしてきた。出版社がいまの状況を鑑みて、締切を数カ月延ばすと言ってきていた。にもかかわらず、エルが仕事に戻ると伝えると、ローラはそれを驚きとよろこびをもって聞き入れた。

「ありがたい申し出だけれど、延期してもらわなくてだいじょうぶよ。決められた締切より早く原稿を提出するわ」

ジェフからは試練が終わったことを祝うボイスメールが入っていた。エルは彼に電話をして、息子が生まれたお祝いを伝えた。

むかしからの友だちに電話を返す以外は、人目を避けたまま、コンピュータと製図板の前で長い時間を費やした。事件の解決によって心が解放され、創造力がよみがえっていた。

しかし、ドーン・ホイットリーの亡霊を完全に避けることはできなかった。コンプトンとパーキンスと何度も会い、ドーンとの対面にいたるまでのこまごまとしたできごとを説明し、彼女から聞かされたすべてを伝えた。エルの高い記憶力が捜査上の空白を埋めるのに大いに役立った。

刑事たちによると、ボイスメールに残されていた脅迫に対して、すでに音声分析の専門家から疑問の声があがっていたのだという。「彼らが〝あやしい〟と言うので、分析に入ってたんです。そこへコールダーが大あわてで電話してきて、ドーンが犯人だと言ったのよ」

また、エルはドーンの取り調べについても刑事たちから聞かされた。当初は反抗的な態度で黙秘を続けていたというが、コールダーがダイニングに隠れながら携帯電話でこっそり録音した音声を聞かせると、彼女の無実の主張が揺らぎはじめた。

ドーンはエルとの会話のなかで、実際に自分の犯罪を再現して、自分の利口さを自慢していた。録音を聞いたあと、公選弁護人は彼女の罪状のひとつ――たとえば、チャーリー・ポートマンの殺害――でも裁判にかけられて有罪の判決が出れば、死刑が妥当ということになるだろうと彼女に伝えた。

罪状認否手続きの場で、彼女はすべての罪状を認めた。

「ドーンの量刑審問は終わっていない」最後の会合の席でコンプトンはエルに語った。「罪を犯した事実からも、刑務所に入れられて、独房で人生を終えることになる。あなたが望めば、判決に先立って、彼女と裁判所に対して意見を述べることができますよ」

「いいえ、結構です」エルは言った。

コンプトンは、ショーナ・キャロウェイが監獄の独房にいるドーンへのインタビューを請求し、判事からたとえビデオ通話でも取材は許されないと却下されたことも教えてくれた。

「判事は請求そのものを非難しました。大量殺人犯をセレブ扱いして持ちあげることになると。そのまま引用すると、〝銃の乱射という無慈悲な罪を犯した加害者はむしろ無名の存在に追いやるべきだ。請求を拒否する〟とね」

この会合のしめくくりとして、パーキンスはエルに名刺を渡した。「暴力犯罪の被害者およびそのサバイバーの権利擁護団体の会長が電話を欲しいと言ってる。今年の夏の大会で話をしてもらいたいそうだ。あなたが世間の目を避けているのは知ってるが、考えてみてくれ、ミズ・ポートマン。世の中のためになる活動だ」

パーキンスにしては長広舌だった。エルは込みあげるものを抑えつつ名刺を受け取り、仲介してくれたお礼を伝えた。「考えてみます」

その夜、エルは刑事たちとのやりとりを、夕食にタイ料理を買ってきてくれたグレンダに話した。ふたりはエルの自宅リビングでワイングラスを片手にのんびりしていた。

「ふたりにお別れを言ったときにね」エルはグレンダに語った。「変な話だけど、彼らを懐かしく思うのがわかったわ」

「サマーキャンプの指導員みたいなもんかもね」グレンダが言った。「短いあいだだけど絆（きずな）

を結び、もう二度と会わないけど、絶対に忘れない」

グレンダのたとえ話をエルは笑顔で聞いた。

「それと、もし大会で話をするなら」グレンダが続けた。「父さんに言って、その組織にたんまり寄付させるから。あなたならきっとうまくやれる」

「考えてみる」

「ほかのふたりはどうなった？」

「どのほかのふたり？」

「重要な証人の。五人いたと言ってたでしょ」

「ああ。年配の女性は新しいペースメーカーを入れて、退院して元気にやっていらっしゃるって。妻に先立たれた若い男性はアーカンソーの親戚の家に連れていかれたんだけど、本人がそこに留まると決めたみたい」思い悩んだ顔でワインを見る。「彼が元気になって、幸福になるのを祈ってる。平穏を取り戻せるといいんだけど」

「あたしはあなたがそうなるのを祈ってる」グレンダは迷ってから、つけ加えた。「エル、コールダーはこの三週間、すっかり姿を消してる。知ってのとおり、あたしは彼をあやしんで、あなたたちがつきあうことを警戒してた。でも、意見が変わったの。あの人は男のわりには、悪くない」

エルは笑った。「ずいぶんな高評価ね」

「それで、彼はどこに雲隠れしてて、あなたたちの関係はどうなってるの？　こんなことを尋ねて、あたしの気づいていない理由であなたが泣きださないといいんだけど」

「ううん、だいじょうぶよ。おちつくまで距離を取ったほうがいいと、お互いに納得してのことだから。わたしたちはいま、注目されすぎてるし、それでなくてもややこしい状況だし。これ以上なにか説明したり隠したりすることがないほうがいいと思って」

「ふーん、ずいぶんと複雑ね。そして今夜のあたしは複雑さにつきあってられない」彼女はワインを飲み干して、バッグを肩にかけた。

「なにを急いでるの？」

「デートよ」

「あら、本気の相手？」

「ええ。本気のお金持ちなの」

ふたりは笑いながら、別れのハグをした。「ディナーを持ってきてくれてありがとう」

「気に入ってもらえてよかった」

「それと、グレンダ、わたしの友人でいてくれて、ありがとう」

エルが彼女を離すと、グレンダが真顔で言った。「なに言ってんの。あなたこそ、あたしの友だちでいてくれてありがとう」

ふたりはしばらくお互いの目を見つめた。エルは玄関まで出て、彼女を見送った。グレンダが車に乗り込もうとしたそのとき、見慣れないジープがその背後に停まった。

コールダーが降りてきた。エルの心臓がダンスを踊りだした。

彼はグレンダに向かって、うわの空のようすで手を振った。グレンダはお茶目な表情でちらっとエルを見てから、車に乗り込み、走り去った。

コールダーが小径を歩きだした。「気に入った？」親指で背後のジープを指し示した。「新車なんだ」

「ジャガーから乗り換えたの？」

「いや、あれもまだ持ってる。お互いいま少し距離を置いてるんだ」

エルは笑った。コールダーがエルのいるポーチまで来ると、ふたりは黙って見つめあった。青痣になったエルの頰を見て、彼が言った。「まだ痛むかい？」

「ううん。痛そうなのは見た目だけ。なかなか消えないけど、そのうちなくなるわ」

またふたりの目が合って、彼が小声で尋ねた。「おれたちはまだ傷の話をしてるのか？」

エルは物悲しそうにほほ笑んだ。「もう激痛はないわ、淡い鈍痛だけ」彼がわかったというようにうなずいた。「入って」

「ありがとう」

エルは回れ右をして家に入り、彼もついてきた。エルは尋ねた。「カリフォルニアはどうだった？」

「最高の時間を過ごせたよ」

「よかった。お父さまは？」

「早期治療でガンを治すキャンペーンのイメージキャラクターになれそうだ」

「よかった！」

「ああ。父に新しい事業の話をしたら、すごいキャッチフレーズを考えてくれた」

「そうなの？　どんな？」

「その話はあとで」

「興奮してるみたいね」

「そうだな。いい気分だよ、エル。本当に。人に話せる仕事ができて」

「わたしもうれしい」

「おれもだよ」

「いつ戻ったの？」

「まっ先にここに来た」

「そうなの？」

「ああ。ここに忘れ物がある」

「サイン入りのベッツィの絵本ね」

彼は首を振った。「きみだ」彼は近づいてエルを壁に追いつめると、包み込むように彼女の顔に手を添えて、キスをした。やさしい、けれど情熱的なキスだった。

やがて熱烈になった。

彼は脱がせるのに必要なだけエルのトップスのボタンを外して、頭から抜き取った。髪が肩にかかると、その髪に顔をうずめつつ、背中に手をまわしてブラジャーのホックを外した。

エルはすべらせるようにして脱いだ。

貪欲に乳房を求める彼の唇は、熱く湿っている。エルは壁に頭をつけたが、両手は休まずベルトのバックルをほどき、ズボンのボタンを外して、彼を解き放った。エルが手で包み込むと、彼が悪態をつき、祈りの言葉を漏らす。「神よ、お許しください」

彼はスカートをまとめてたくしあげ、両腿を割らせて、ショーツをずらすと、エルが欲望から手に体を擦りつけるまで愛撫した。

彼が深く探るようなキスをやめて、しゃがれた声で言う。「脱いで」

服とあせる気持ちと格闘しながら、エルはショーツを脱ぎ、彼のほうはジーンズを腿までおろした。そしてエルを自分の腿まで持ちあげ、なかに押し入った。

しばらくそうやって抱きあったまま、彼はエルの顎の脇の壁に額を押しつけていた。重くて熱を帯びたふたりの呼吸の音が、鼓膜に響く動悸と同じくらい大きく聞こえる。エルはうつむいて彼の眉に沿って軽いキスを散らした。くるおしげに彼の名前をくり返しながら、閉じたまぶたにも、彼の頬に散る薄いそばかすにもキスを浴びせた。

「エル」うめき声とともに、彼が動きはじめた。


コールダーはふたたび彼女の臍を飾ることになった煌めくスタッドピアスをいじっていた。

「これを見る前だったおかげで、三十秒はもったわけだ」ふたりはエルのベッドに横たわり、顔を見あわせていた。じゃまな衣類はとうに脱ぎ捨てている。

エルが顔を寄せてきて、無精ひげの生えた顎を噛む。「めくるめくような三十秒だったわ」

コールダーは片眉を吊りあげて、にやりとした。「そう？　どんなふうに？」

エルは彼の肩を叩いた。

コールダーは体を丸めて小さな装身具に舌を這わせた。「ああ」低い声で言う。「たしかにめくるめくようだった」彼女の体に鼻を擦りつけ、無精ひげをこすりつけたが、枕に頭を戻してエルの髪に指を通すと、からかうような態度を引っ込めた。

「おれは身勝手な男だよ、エル。むかしからそうだった。だが、この話をする前にきみとセックスしたのは、過去最大に身勝手な行為だった。二度とその機会がないかもしれないのが怖かったんだと思う」

エルが頭を後ろに倒した。彼の手から髪の束がすべり落ちると、エルはその手を取って甲にキスし、乳房に持っていった。「なにを話す前だったの？　想像はつくけど」

コールダーはため息をついて、研究対象の美しい乳房から彼女の瞳に視線を移した。「きみに尋ねないといけないことがある。インタビューのとき、きみは引き金を引いた人物だけを責めるとショーナに言った。本心からの言葉なのか？」

「ええ」

「きみへの愛がどんどん深くなった挙げ句に、ある日、きみから面と向かって〝あなたがいなければ、チャーリーは死ななかった〟と言われたら耐えられない」

「そんなこと絶対に言わない」

「でも、そう思うことはあるかも？」

「いいえ」エルは身を寄せると、両手でコールダーの顔を包み込んだ。「わたしの言うことをよく聞いて、二度と尋ねないでね。もし尋ねたら、わたしのことを嘘つき呼ばわりしているのと同じよ。わかった？」

コールダーは黙ってうなずいた。

「まず第一に、コンプトンが手紙のことを話してくれた」

コールダーは一瞬、カッとした。「ですぎたことを」

「ええ、たぶんそうね。でも、わたしは話してくれてよかったと思ってる。だって、あなたが話してくれたとは思えないもの」手を伸ばして彼の髪をすく。「とても高潔な行為だわ」

コールダーは銃乱射事件で負傷した全員と亡くなった人の家族に手紙を書き、ドーン・ホイットリーによる復讐劇ではからずも自分が果たした役割を詫びた。

「みんなに知ってもらいたかったんだ。おれが彼女の父親に会ったことはなく、まったく接点がなかったことを。辛辣なやりとりがあったとか、そういうことじゃない。外見はおろか、名前すら知らなかった」

「コールダー」彼女は人さし指でコールダーの口を封じた。「自己弁護しなくていいの」

「そうしないといけないと感じた。みんなに知ってもらいたかった。おれは知らなかったんだ、自分に敵がいて、その敵が……」

「あやまった考えにとらわれていることを。彼女はみずからのゆがんだ正義感に溺れて自分の両親を殺したのよ」

「そうだ」ため息。「おれもそう思う。ところで、おれがコンプトンに手紙を配ってくれるよう頼んだのは、みんなの住所を知らなかったからなんだ」

「彼女が返事を受け取っているわ。あなたが読みたいと思ったときのために、保管してくれているの。彼女が言うには、みんな――」

「コンプトンは読んだのか？」

「それが義務だと思ったみたい」

「なにが義務だよ。詮索好きなだけだろ」

エルはにこりとした。「あなたが返事を読んだら、深く心を動かされるだろうと言っていた」彼の喉ぼとけの下にある深い三角のくぼみの端を指でなぞる。「わたしには手紙をくれなかったのね」

「きみからは直接返事が聞きたかった」

コールダーの目をのぞき込んで、彼女が言った。「わたしはあなたを責めないわ、コールダー。事件で影響をこうむった人は、誰ひとりあなたを責めていない」やわらかな口調で、彼女は言い足した。「そうよ、あなた以外は誰も。そしてもしあなたが――ううん、最後まで言わせて」コールダーが口を開きかけたのに気づいて、彼女は言った。

「もしその過度の罪悪感を根づかせてしまったら、乱射事件で死んだも同じよ。あなたが持てたはずのかけがえのない人生がその日で終わりになってしまうから」彼にやさしくキスして、唇を触れあわせたまま言った。「だから手放して」

コールダーは深く息をついた。「少しかかるかもしれない、エル」

「少しくらいなら許してあげる」

互いにほほ笑みあった。彼は言った。「きみがそばにいてくれると思っていいのか？」

「逃げだすのはいつもあなたで、わたしじゃないんですけど」

コールダーは両手で彼女の頭を抱え込んだ。「きみのいないところへは、もうどこへも行かない」

「じゃあ、わたしへの愛がどんどん深くなると言ったのは、嘘じゃないのね」

「ああ。息苦しいほどに。罪悪感についてはなんとかする。いずれはね。だが、きみにいてもらわないと困る」

エルは思案顔になった。「用意してた〝悪いのはきみじゃない、ぼくだ〟という言い訳は、このまま言わないつもり？」

「なんの話？」

「あなたがまとめてくれた言葉でじゅうぶんだった」

「おれがなにを言った？」

「覚えてないの？　とても深みがあったのよ」

「おれの記憶によると、深みのあることを言おうとしたんじゃなくて、きみによく思われたかっただけだ」

彼女が笑った。「そう、だったら狙いどおりだった」指先でコールダーの唇をなぞった。「いまもその効果が続いてる。悲劇的な状況がわたしたちを引きあわせた。でもわたしはたったひとつのその事実で、あなたを遠ざけたりしない」転がって彼の上になり、やさしく口づけした。「だからわたしはここにいる」

コールダーは彼女に腕をまわした。「おれたちはここにいる」

# 訳者あとがき

探していたしあわせの青い鳥がこんなところに！

のっけから訳のわからない叫びを、お許しください。ここでわたしが言っているしあわせの青い鳥とは、おもしろい本のことです。サンドラ・ブラウンの作品がおもしろいのは重々承知しているつもりでしたが、改めてそのすごさを確認したら、そんな感慨が湧いてきたのです。というのも、この十数年、何度かの例外をのぞいて、ほぼ毎年、サンドラの新作を翻訳させていただいてきました。そのたびにサンドラ作品と正面から向きあってきたわけですが、あとがきを書くのはずいぶんと久しぶりなので、この際、これまでの作品をふり返ってみようかと思い立ち、二〇〇九年の『火焔（かえん）』にはじまるレンガのような既訳書十三冊を机に積んで、一冊ずつ手に取りざっくりとながら目を通してみました。ちなみにこれはわたしひとりの現象ではなく、翻訳者あるあるだと思うのですが、内容の忘れ具合ときたら、われながらあきれるほど（これは言い訳ですけれども、一冊訳し終わったら、CDを入れ替えるようにしてその作品を頭から取りださないと、新しい作品が入る余地がないのです……）。ときおり訳した覚えのある文章を見かけるたびにわたしの仕事だと安堵（あんど）しつつも、犯人がはっきりしないまま山場を迎える本が何冊もありました。ヘッドライトの明かりが雨の路面に反射するのが目に見えるように映像的かつ衝撃度の高いプロローグから、スピード感にあふれ、二転三転する展開に、登場人物のくっきりとした造形とその多彩さ、犯人の意外性で引き込む中盤、そしてハッピーエンド（この点ではロマンスの鉄則にのっとっています）のエピローグまで、読者を運んでいくその手際と工夫のみごとさ。少し距離と時間をおいて読んだおかげで、一読者としてサンドラの世界を堪能することができました。

そんな本編とあわせて――というか、今回はむしろこちらがメインだったのですが――気合いを入れて読ませていただいたのが、わたし以外のみなさまが書いてくださった解説です。吉田伸子さん、大矢博子さん、穂井田直美さん、安藤優子さん、Dakiraさん、三浦天紗子さん、池上冬樹さんと、いずれも個性的ですぐれた本読みの方々がサンドラの本を語ってくださったという、手を合わせたくなるほどのありがたさ。その名文をまとめて読めるのはこのうえのない贅沢でした。

こうして読んでみて感じたことのひとつは、解説者のみなさんがロマサスの女王とされるサンドラの強みとして共通して挙げられている、サスペンス／ミステリ部分のできのよさ、エンターテインメント作品としての上質さです。わたしから見たサンドラ作品は、家屋にたとえると、鉄筋コンクリート造り。手堅い。堅牢です。気密性が高くて、ぐらぐらしない。そのしっかりとした躯体のなかには、質が高く高性能で美しい家具、調度、設備が絶妙に配置され、なおかつ随所にはタイルや漆喰の手仕事が施されている。外観も間取りも印象も作品ごとに異なりますが、造りのよさと、そのことがもたらす安心感は共通です。

　では今回の作品はどんな造り、どんなしつらえになっているでしょうか。プロローグとして置かれているのは、なんらかの事件の犯人とおぼしき人物による自分は捕まらないという大胆不敵な独白。続いてヒーロー役のコールダーとヒロイン役のエルが登場します。コールダーは華々しいビジネス成功の場面からテレビ・リポーターである同棲中の恋人に請われてカウンティフェアに向かうコンサル業のビジネスパーソンとして、エルはフェア会場で友人とともに幼い息子を遊ばせるシングルマザーの絵本作家として。前者の車はジャガーで住居は市街地に近い高級コンドミニアム、後者は郊外にある庶民的な住宅街で息子と慎ましくも心豊かな日々を送っています。本来なら接点のありようのないふたりです。しかし、フェア会場で銃乱射事件が起きるという異常な事態によってそんなふたりの運命がぶつかります。ちなみにサンドラは自身のサイトで本書の要約として、「考えられないほどの悲惨なできごとが起きた瞬間に、見ず知らずのふたりの人生が衝突し、絡みあう」とそのことを表現しています。

　しかも、ふたりは同じ事件の被害者というに留まりません。生来のヒーロー気質であるコールダーは、銃乱射事件のときもおのずと積極的に動き、声を出したり体を張ったりして周囲の人を助けようとします。ところがそれが裏目に出てというか、にもかかわらずというか、犯人の放った銃弾がコールダーの腕を貫通し、エルの愛する息子チャーリーの命を奪ってしまうのです。同じ事件に遭遇しながら、コールダーは生き残り、彼が助けようとしたがためにエルは息子を失う。サンドラ作品に出てくる男女は、不都合な状況・条件――どちらかが身元を偽っていたり、亡き姉の恋人だったり、過去に事情があったりなどなど――を抱えているのが定番ですが、今回はいつにも増して厳しい。お互いにどれほど相手が好きでも、揺るがすことのできない過去を完全に払拭できるのか？　そのあたりのふたりの葛藤に真正面から取り組んだことは、サンドラのまえがきからも読み取れます。

　そんなタフな心のやりとりが深い部分で進行する一方で、ミステリの柱である犯人捜しも続きます。事件発生直後は犯人だと思われていた若い男性は、やがて犯人どころか最後の被害者であったことが判明し、さらには被害者のひとりに脅迫電話が入ります。コールダーの恋人のテレビ・リポーターの勝手なふるまいもあって、ただでさえ進展の見られない捜査は混迷をきわめ、さらなる事件へと導かれることになります。まだ読んでおられない方の興を削ぐことになるのでこの先は書きませんが、本作にはコールダーの恋人ショーナと、エルの親友グレンダというふたりのビッチが登場し、狂言回しとしていい味を出しています。

　過去作をまとめて読み返して気づいたことのもうひとつが、この女性のビッチさ、サンドラの描く女性像です。ロマンス小説の場合、女性読者を意識してヒロインは当然ながら同性から好かれるタイプが多くなります。男性からビッチ扱いされることはあっても、同性には愛されるビッチだし、性的にはまともで一途なのが定石です。そんななかにあって、サンドラのヒロインは定型から少し外れているように思います。策略として体を張った色仕掛けで相手に近づいたり、自分の希望を通すために誰かを誘惑したり、夫がいる状態でそういう関係に突入したり。最終的に見て人として道を踏み外していることはないにしろ、ロマンスの常道からしたらビッチ寄り。少なくとも、かまととぶったヒロインは皆無と言っていいでしょう。今作のヒロイン、エルにしても、いわゆるビッチとは言わないまでも、腹に一物あるタイプ。なかなかにしたたかです。

また、ロマンス部分についてもひとこと。サスペンス／ミステリ部分が目につく柱であり壁であり床であるとしたら、ロマンス部分は作品の土台としてブラックボックスになっています。そもそも恋愛の内実がそういうものであることを反映しているとも言えますが、サンドラ作品の男女は事故に遭ったかのように惹かれあいます。理屈抜きに本能として。そして美男美女であることがお約束です。ヒロインの身体的な特徴はさまざまですが、男性は総じて長身痩軀の細マッチョタイプ（安藤優子さんは『壊された夜に』の解説で、「サンドラが好んで登場させるワイルドかつ知的なヒーロー役にはう～んと若い頃のダニエル・デイ＝ルイスがぴたりとはまります」とされています。わたしだったら、個人的な好みも加味してやはりう～んと若い頃のクリント・イーストウッドです）。どんなに条件が悪かろうと、障害があろうと、今回の場合なら人の死という絶対の事実があろうと、ふたりは性愛に導かれて官能の世界に飛び込んでいきます。大人の女性であれば誰もが備えているであろうそこそこのビッチさと、性愛に身を投ずる潔さが、表から見えない土台として、あるいは建物に宿るハートとなって、サンドラ作品を内側から発光させています。あるいは、人と渡り合って生きていくことの困難さや、人を好きになることの奇跡というそのやわらかさを守っているのが、躯体の堅牢さとも言えるでしょう。

九〇年代にブレイクし、ニューヨーク・タイムズのベストセラーリストの常連入りをして以来、いまだ創作意欲に衰えの見られない驚異の作家サンドラ・ブラウン（Facebook の彼女のページには、こちらもいまだ色っぽくてお元気そうな近影を頻繁にアップされています）。もちろん次作もございます。どうぞお楽しみに。

二〇二四年十二月

林啓恵

S 集英社文庫

# 凶弾のゆくえ

2025年1月30日　第1刷　　定価はカバーに表示してあります。

著　者　サンドラ・ブラウン
訳　者　林　啓恵
編　集　株式会社　集英社クリエイティブ
東京都千代田区神田神保町2-23-1　〒101-0051
電話　03-3239-3811
発行者　樋口尚也
発行所　株式会社　集英社
東京都千代田区一ツ橋2-5-10　〒101-8050
電話　【編集部】03-3230-6095
【読者係】03-3230-6080
【販売部】03-3230-6393（書店専用）
印　刷　中央精版印刷株式会社　株式会社美松堂
製　本　中央精版印刷株式会社

フォーマットデザイン　アリヤマデザインストア　　マークデザイン　居山浩二


ISBN978-4-08-760795-6 C0197